# 爱之世界

朵兰茜 著

朝华出版社

**图书在版编目(CIP)数据**

爱已过界/朵兰茜著. —北京:朝华出版社,2011.11
ISBN 978-7-5054-2955-0

Ⅰ.①爱…　Ⅱ.①朵…　Ⅲ.①长篇小说-中国-当代
Ⅳ.①I247.5

中国版本图书馆 CIP 数据核字(2011)第 217792 号

## 爱已过界

| | |
|---|---|
| 作　　者 | 朵兰茜 |
| 选题策划 | 杨　彬　王　磊 |
| 责任编辑 | 王　磊 |
| 特约编辑 | 梁　惠 |
| 责任印制 | 张文东 |
| 封面设计 | 小徐书装 |
| 出版发行 | 朝华出版社 |
| 社　　址 | 北京市西城区百万庄大街 24 号　　邮政编码　100037 |
| 订购电话 | (010)68413840　68996050 |
| 传　　真 | (010)88415258(发行部) |
| 联系版权 | j-yn@163.com |
| 网　　址 | www.blossompress.com.cn |
| 印　　刷 | 北京外文印刷厂 |
| 经　　销 | 全国新华书店 |
| 开　　本 | 710mm×1000mm　1/16　　字　数　270 千字 |
| 印　　张 | 17.75 |
| 版　　次 | 2012 年 1 月第 1 版　2012 年 1 月第 1 次印刷 |
| 装　　别 | 平 |
| 书　　号 | ISBN 978-7-5054-2955-0 |
| 定　　价 | 25.00 元 |

版权所有　翻印必究・印装有误　负责调换

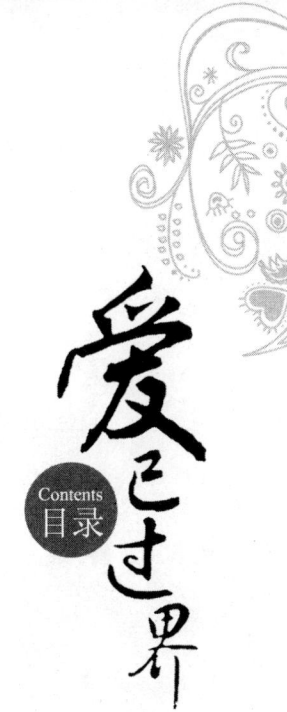

## Contents 目录

第一章　乍起波澜 • 1

第二章　风中凌乱 • 14

第三章　乍暖还寒 • 25

第四章　吹皱心湖 • 37

第五章　相思秋怨 • 49

第六章　悠悠我心 • 61

第七章　心影交叠 • 72

第八章　静夜秋思 • 84

第九章　风吹草动 • 97

第十章　雨意云情 • 108

第十一章　物是人非 • 120

第十二章　断雨残云 • 133

第十三章　琴心相挑 • 144

第十四章　暮翠朝红 • 157

第十五章　风情月意 • 170

第十六章　明镜止水 • 176

第十七章　情何以堪 • 191

第十八章　一叶知秋 • 205

第十九章　覆水难收 • 219

第二十章　尘缘如梦 • 232

第二十一章　烟花易冷 • 243

第二十二章　日薄西山 • 255

第二十三章　花成蜜就 • 268

# 第一章　乍起波澜

暮色渐沉，深邃幽远的夜空下，古老的同城又开始绽放她另类的风姿。妖娆缭乱的霓虹光影，柔媚了鳞次栉比的高楼大厦，硕大的玻璃幕墙正切换着这个时代特有的动态画面，喧闹的街道人潮拥挤，车辆川流不息，城市的繁华和妩媚在这一刻被尽显无遗。

不同于商业区的喧嚣，同城的开发区显得颇为冷清，大多数公司和厂房都孤灯照影，铁门紧闭，但也有例外，风头正劲的中天公司，在开发区大手笔兴建了三家4S店。这里扼守滨同公路要道，交通便利通畅，占地颇广的厂院里醒目地依次排列着，一汽解放店、福田欧曼店、北京凯元店。此时在中天公司空旷的厂区里，解放店和欧曼店的员工早已下班，唯有凯元店依旧灯火通明，整装以待，在大厅的玻璃门两旁还摆放着迎宾的鲜花篮，地上铺就着鲜亮的红地毯。

童语抬起腕表细眉微蹙，晶透的蓝宝石水晶镜面下，雨滴型的时针刚好指在八点。童语透过玻璃看了看外面忙碌的身影，员工们又是加班加点地守在这里，可是这位来审核验收的东北大区经理却迟迟未出现。中天公司的高层领导殷勤地把验收组的成员直接从机场接到酒店洗尘，再加上公关能力非凡的老总秘书乔菲的陪伴，更是让验收的时间一延再延，也让这位姗姗来迟的神秘人物蒙上了浓浓的异样色彩。

童语摘落眼镜，精致的眉眼遮不住沉沉的倦意。她轻揉着眼角，看来她的担心是多余了，酒桌上的杯来箸往相谈甚欢已然让他们顺利通过了审核。此时的童语莫名地有些烦躁，低垂的右眼抑制不住地抽动着，隐约的不安滑过她的心头。她用力按住跳动的眼皮，也许是最近她过于疲惫了，才会如此地心神不宁。童语深吸一口气，打起精神重新戴上黑框眼镜，与其坐在这里胡思乱想，

还不如再去车间内视察一番。

撞见刘涛时童语刚从配件部出来,她低声唤住脸色不佳的人,"发生了什么事?为什么擅自离岗?"

售后服务顾问刘涛看到是童语,语气里不免夹杂了些许的委屈,"童经理,大厅内悬挂的凯特宣传画突然脱落,按理说这是他们销售部的事情,尚经理却让我和小王把它挂起来,我这不就是去工具库取梯子嘛。"

童语舒展笑容,"刘涛,不要带有情绪工作。大厅是最前方的服务窗口,不管是什么工作我们都要齐心协力地去完成,销售部与售后部本就是一个整体,不分你我。"

刘涛颇为年轻的脸上现出无奈,他们的童经理永远是这样的好说话,在销售部和售后部的问题上,她似乎总是这样淡定地退让。

"快去吧,在验收组到来之前把宣传画挂好。"童语轻拍怔忡的刘涛,提醒他验收组随时都到的可能。

刘涛应声离开。望着刘涛的背影童语叹息地摇头,她对尚玲的一些做法早就习以为常。这尚玲不但是中天公司的老员工,而且还是从底层靠实力做起来的部门经理,所以人难免有些自负。这段时间大家为能顺利通过审核验收辛苦劳作,凯元店的员工们不分部门全体动员,可是唯独销售部的人员难以调动,用尚玲最常用的回绝理由就是:"销售部的人员要卖车不能离岗,任何事情都不能影响销售部的正常工作。"

也难怪尚玲会这样处理问题,追其根源还要从王董事长这位公司创建人说起,在多年前他就是靠卖车起家的。这几年汽车行业的销售空前火爆造就了今天的一切,所以总公司对厂区内三个4S店的销售部尤为重视,对销售员们更为优待。

售后部接待主管冉婷接到通知时,童语刚从维修车间出来。冉婷匆忙地找到童语,"童经理,刚才乔秘书的电话,他们正在来的路上,马上就到。"

童语轻吁了口气,一边吩咐一边往回走,"通知服务台的接待人员到大厅内集合列队欢迎,配件部与维修车间的人员在各自的岗位等候迎接检查。"

验收组的人要到了,大家自是紧张地准备着,很快销售部与售后部的接待人员就整齐地站在玻璃门内的两旁,他们的目光都望着远方,疲惫中带着抹兴奋。终于视线里现出几束灯光，车前氙气灯的光芒愈发耀眼，最后稳稳地熄灭在凯元店的门前。童语与尚玲交换了个眼神，屏气凝神，调节好自己的站姿。

在大家的簇拥下，这位备受期待的东北大区经理步下车子。在店外射灯的映耀下，男人高大的身体愈显挺拔，气宇轩昂地站立在门前，笔挺的手工西服，一脸的肃然，幽冷的眼眸审视着凯元店外部的装修结构。

欧文瑾锐利的眸光环视着这家4S店，不得不说，店的外部结构非常标准，符合总公司的设计要求。三面都是大玻璃幕墙，这让整个展厅看起来宽敞明亮。

欧文瑾薄唇上扬现出一抹微笑，透过明亮厚重的玻璃幕墙，展厅内员工们着装规范，目及之处温馨整洁富有时尚气息。

在大家热烈的掌声中，欧文瑾及随行人员走进店里。望着微笑鼓掌列队欢迎的凯元店员工，欧文瑾唇边的弧度不断地扩大。尚玲落落大方地上前与欧文瑾握手，笑靥如花地欢迎他的到来，这位欧经理倜傥不凡，帅气得让她顿时心生好感。相比较主动的尚玲，童语却一反常态隐没在人群里。

凯元店经理苏逸引领欧文瑾来至童语的面前，笑着为其介绍，"这位是售后服务部经理童语。"

欧文瑾的瞳眸倏地收紧，目光牢牢锁住童语，少顷唇角就扬起蛊惑人心的笑容，温热的大手更是不容拒绝地紧握住女人迟疑伸过来的手，如炬的目光仿若要洞穿她的灵魂，"童经理，很高兴见到你。"

童语稳住自己狂乱的心跳，忽略对面这个男人的炙热掌握，她笑容舒展镇定自若地轻启双唇，"欢迎欧经理亲临我店指导检查工作。"

欧文瑾扬眉，云淡风轻地松开童语的手，转身向随行验收组的成员低声指示："现在已经很晚了，不要再耽误员工们休息，你们负责前面的验收工作，我直接去售后部。"

欧文瑾示意苏逸向售后服务部走去。他没有执行正常的验收程序，而是绕过销售部直接深入售后部的举动让大家都颇感意外。

苏逸的眼中现出赞许，方才在车里，欧文瑾就谢绝了直接去会议室听取报告的建议，提出先去维修车间内视察。这一点他是赞同的，也许在有些人看来销售部才是高额利润的所在，可是专业人士都会看得到售后服务部的远大前景，它的长远收益将大大超过销售部的收益。因此维修检测设备的先进与否，技师

第一章 乍起波澜

专业技能的高低才是专业评定的重中之重。

既然这位审核负责人锁定售后部,童语自是伴随其后为其讲解。进入工作状态的女人已恢复了往日的精明干练,她技巧周密地回答欧文瑾提出的各种疑问。七千余平米的凯元店,售后部就占了较大的工作区域,其中还包括两千多平米的专业维修站。欧文瑾认真地检验售后部的各项工作,详细地做好记录,同时也打上了他的分数。童语的目光不时地扫过欧文瑾的脸,试图找到自己想要的答案,然这个步履轻松的男人却表情平静,不现任何异色。

欧文瑾没有忽略童语的异常,他放缓脚步,借着转身的机会忽然倾近童语的脸,"为什么要刻意隐藏你的美丽,这副平光镜并不适合你。"

"……"

显然一心只猜测验收结果的她没有想到欧文瑾会提出这样跳脱的问题,表情微滞竟一时语塞。

欧文瑾削薄的唇抿起笑意,没有再为难她,掠过童语继续前行。苏逸并没有听清欧文瑾问什么,他不解地看了看睖睁的童语,代替了她的位置跟近欧文瑾的身旁。

"苏经理,开业初期你们会有哪些建设性的想法?"欧文瑾望着跟上来的苏逸若无其事地问着。

苏逸清俊的眉眼浮起笑意,"开业初期我们将在全市范围内开展为购车客户免费检测、优惠保养的放心行活动……"

苏逸朗朗自信的声音滑过童语的耳畔竟莫名地抚平了她微皱的心,她收敛心绪跟在他们的身后认真地倾听着……

结束实地验收工作后,在乔菲的引领下大家返回二楼会议室进行座谈,欧文瑾非常体贴地提出让加班的员工先行下班。

会议室内的气氛很是轻松,欧文瑾听完各部门经理的汇报,客观地指出了一些需要近期整改的地方。他还颇有建设性地提出销售部要增设儿童活动区,客户休息室要增添读书区和上网娱乐区,售后部维修技术人员中学徒比例过高的问题也给了相应的建议。

此次北京审核验收工作也顺利结束,大家都放下心来,结果早已在欧文瑾的心中,在形式上还要汇报一下北京凯元的领导,由北京给出最后的结论。

中天公司的领导自是欣喜,热情地邀请欧文瑾和验收组其他成员去城中的绅士商务会所放松消遣。欧文瑾的薄唇慢慢勾起,意外地他没有拒绝,只是把目光投向低头静坐在角落里的售后部经理童语的身上。

欧文瑾的暗示再明显不过了,公司总经理秘书乔菲立刻心领神会,她附在苏逸的耳旁轻声低语,苏逸平静的脸上闪过异色,但稍现即逝。

当会议室里的人都走得差不多时,苏逸才叫住正要起身的童语。很明显这个女人有些不在状况,他唤了她数声,她才猛然抬头。

"童经理,今天你可能要晚些下班,我们要一起陪欧经理去绅士会所坐坐。"苏逸温和地说出下面的安排。

苏逸的声音不大,却在童语的心里投下惊雷,她掩饰着自己的心慌,为难地抬起胳膊看了看腕表,"苏经理你看现在已经很晚了,我今天的工作已经结束,余下的即兴节目我可能无法配合你。"

苏逸好似早已料到她会拒绝,他的唇角微扬,"童经理,你的工作没有结束,一个优秀的售后服务经理同时也要有过硬的公关能力。你不是去消遣而是去工作,把欧经理当做你的客户,我们的目的就是让客户满意。"

童语愕然,她显然没有料到温文尔雅的苏经理会这样曲解这个无理的要求。她错开目光微低下头,"对不起苏经理,这样的工作并不适合我,不要因为我的不适应坏了大家的好兴致。"尽管童语的声音不大,却透露出自己的坚决。

"童经理,你与欧经理是旧识吧?"一向不挖掘人隐私的苏逸此时却在问着令人尴尬的问题。

"怎么可能,我们并不认识。"童语惊讶地抬眸,只是她的回答连她自己都觉得底气不足。

苏逸伸手打开会议室的门,语气已由商量转换为命令,"那是我感觉错了,你先去准备一下,我在外面等你。"

童语望着苏逸清冷坚定的目光,知道此时的状况已经不允许她再拒绝,她轻咬下唇没有再争辩下去,先行离开了会议室。

望着女人柔弱的背影,苏逸心中滑过不适。这样的应酬对于一个正统的已婚女人是有些勉强,但今天欧文瑾却指名让她作陪,总公司已经下了指示,他也只能如此。

回到办公室,童语把手中的资料颓然地甩在桌子上,纤秀的双眉烦乱地绞在一起。她该怎么办?她应该去见他陪他吗?老天似乎同她开了一个荒唐的玩笑,多年不见的他与她竟在另一个城市相逢,她还没有从复杂的心情中解脱出来,就又遭遇即将面对的尴尬局面,如此暧昧的角色定位,让她该拿何种心情去面对他?

童语缓缓来到窗前,额头无助地抵在玻璃上,冰凉的触感似乎缓解了她稍许的头痛,翻飞的思绪乍然倾泻,时间在斑驳的记忆中缓缓流逝……

在大连的一所重点大学里,两个女孩儿挤在宿舍狭小的单人床上,躺在外侧的童语脸上有着掩饰不住的心事。

春晓放下手中的杂志,目光中有着探究,"小语你不是已经拿到奖学金了吗?学校又给你减免了学费,你还担心什么?"

"我担心的不是我的学费。"童语伸了个懒腰坐了起来,她担心的是她妈妈的病,医生说妈妈必需做手术,否则……她不敢再想下去,她唯一的亲人是不是也会像她爸爸一样永远地离开她?

春晓的心咯噔一下,她明了童语欲言又止的是什么,一定是童妈妈的病又重了。春晓利落地从床褥下摸出钱包,掏出里面所有的钱,"小语,这是我这几个月打工赚的钱,你先拿去用吧。"

童语的眼睛有些湿润,春晓的家庭也不富裕,更何况这些钱相对庞大的手术费来说也只是杯水车薪。"春晓你的心意我领了,钱我自己会去想办法的。"为了让好友安心,童语又扯出轻松的笑容,"我还没有谢谢你为我介绍的那份家教,小孩子挺不错的,很听话,这次考试成绩提高了不少,所以他爸妈已经给我加薪了。"

春晓担忧地望着好友,她实在想不出来好友会有什么好的解决方法。童语看了看表,时间还过得真快,她又该去打工了。她跳下床麻利地换着衣服,"春晓,今天是你生日,晚上你等我,我要请你吃饭。"

"晚上?你不上班了?"

"家教的那个孩子这个周末他爸妈要带他出去旅游,咖啡店那边今天我白班,晚上就没事了。"

"真的？那好哦！"春晓摆出标准的馋猫脸，"我正想吃学校北门那家的炒年糕。"

童语心里一暖，她何尝不知道春晓是在为她省钱，一盘炒年糕多少钱？三元而已，可是前几天她分明听春晓说过，她要减肥不再吃那爱胖人的炒年糕。

"今天我请客，去哪里要听我的。"童语最后套上风衣，临走时还不忘叮嘱，"你一定要等我哦，我下班后就赶回来。"

"好，我等你。你慢点儿骑，路上车多。"春晓把童语送出宿舍，心疼地目送她离去。同学们都说童语过于清高，但春晓明白她不是清高，而是她根本没有时间去经营大家的友谊。这么弱不禁风的水乡女孩竟起早贪黑地到处打工，还要保持科科的好成绩，试问有几个人能做到。

那天晚上，童语还是把春晓拽到学校附近的饭店，点了两盘春晓爱吃的菜。不是童语奢侈，是她欠春晓的太多了。她为了不拖欠学费平时省吃减用的，春晓外表看上去大大咧咧的但内心却极为细腻，她每次买饭都会故意多买，足够她们两个人的量，明明很胖的她还总是喜欢买瘦的根本穿不了的衣服，找各种理由硬塞给童语。

今晚这家饭店的客人并不多，她们坐在大厅临窗的位子，边吃边聊很是惬意，童语还不时地给春晓夹着菜让她多吃。

欧文瑾和同学们进来时并没有看到童语，今天碰巧是好哥们江岩的生日，他把关系好的同学都叫了过来，一起为江岩庆生。

"哟，那不是咱们学校的得奖专业户吗？"一个男生眼尖地看到了童语。

"她好像是特困生吧，怎么还跑到这里来吃饭？"有人提出疑义。

"咳，听说她又得了奖学金，一定是来改善生活的。换你天天吃清粥白菜的，你不腻啊？"先前那位笑着调侃，话语里有着明显的嘲讽。

欧文瑾顺着同学们的目光望了过去，原来是童语。这个女生是学校老师们眼中的宠儿，他们把一切美好的词语都用在了她的身上，勤奋、节俭、自强、自立……他不禁掀起唇角，扫了眼身旁的江岩，"江岩，你不说她是你老乡吗？不过去打个招呼？"

江岩的脸上漫过红云，捶了欧文瑾一拳，"开什么玩笑，人家会以为我有病呢。"他又转头扫了眼其他同伴，"你们这些臭小子就会瞧不起人，我告诉你们

第一章　乍起波澜

可不要小看了她,她从小就是个资优生,如果不是她父亲早逝家逢变故,她怎么会在这里混,早去清华和北大了。"

"切……"江岩的话遭到伙伴们的一致抵制,"清华?北大?嗯,是去了,一定是梦中去的。"

"哈哈……"大家笑作一团。

童语和春晓被笑声所惊扰,她们一同望了过来。童语的目光一沉,赶紧看了看春晓,果然好友的笑脸已是一片阴霾。童语轻抚她的手,"春晓快吃吧,菜都凉了。"

春晓收回目光,声音里尽是嫌恶,"真是见到鬼了,吃个饭也能看到他们,一群害群之马。"

童语及时制止住春晓的大嗓门,"小声点,别让他们听见。"

"怕什么?我就是看不惯他们自以为是的德行,不就家里有几个臭钱吗……"春晓的声音是小了,可又开始像祥林嫂似的唠叨起来。

欧文瑾招呼大家进包间,他自己却把服务员叫到一旁,从钱夹里取出几张钞票递给她,并低声嘱咐了几句。

"文瑾,你在干什么?还不快进来。"江岩开门探出头来。欧文瑾走过去,手搭在江岩的肩上一起进了包间。

"春晓别生气,欧文瑾那种人不理他就是了,咱们不提他,多影响食欲啊。"童语好言相劝。说起春晓与欧文瑾的恩怨,还得追溯到大一,那会儿最让新生妹妹们倾慕的就是这位比她们高一届的欧文瑾,只不过这位帅哥着实傲慢冰冷,冻伤了很多女生的心,这里面自然也包括勇气可嘉的春晓,一封表白信换来的却是被人当众的羞辱。

接下来春晓明显心不在焉,童语便招来服务员结账,与其坐在这里难受还不如打包回去吃。但让她意外的是,大厅的服务员告诉她这桌的账已由6号包间的那位穿蓝色衣服的先生给结了。

童语哑然,她从口袋里掏出钱,把实际吃饭花的钱查好,攥在手里。无论那人是谁,她都要把钱还给人家。

春晓万般不愿还是陪着童语来到包间门前。童语伸手敲了门,门很快就被打开,开门的男生看到是童语竟腼腆地笑了。童语忽觉得他有些面熟,又想不起在哪里见过,她看了下里面一屋子的男生面露犹豫。

"站在外面干什么,都是一个学校的,快进来说话吧。"江岩扶了扶眼镜,温和的话语倒让童语放下了些许的顾虑。

由于欧文瑾的缘故,童语让春晓等在外面,她一个人走了进去,也看到了服务员所说的那位替她们结账的人。说来也巧,那天满屋子的男生只有欧文瑾穿了件宝石蓝色运动款的夹克衫,这让童语颇感意外,因为此人不是别人,正是让春晓深恶痛绝的不齿之徒。

包间里的男生们看到童语进来都停止了嬉闹,他们很好奇她来这里做什么?

童语清冷的目光锁定欧文瑾,径直走到他面前,把手里的钱放在桌上,漠然开口,"这是结账的钱还给你,谢谢你的好意,只是我们不能接受。"说完她旁若无人地向外走去。

"等一下。"欧文瑾的声音有些冷,明眼人都看得出他的脸正晴转多云。

"你还有什么事吗?"童语停住脚步,有些疑惑地看向欧文瑾。

欧文瑾扫了眼桌上那些零散的钞票,"这钱与我无关,账也不是我结的,请你把它拿回去。"面色发沉的欧文瑾否认了事实,直接把问题抛回给童语。埋单的事,别人并不知晓,现在这样被童语拿出来说事,还如此高调地拒绝,这不是成心让他下不来台吗?

"怎么可能?"童语蹙起眉头,"你是说服务员在撒谎吗?那就太奇怪了,今天又不是愚人节。"

"扑哧……"包间里有人窃笑出声,碍于欧文瑾的面子,还不敢大声地笑出来,脸憋得通红。大家都面面相觑,这都是演的哪一出啊?埋单的不承认,免单的不接受,好像这钱烫手似的。

啪的一声,粘在一起的钞票夹带着摔碎的瓷碟碎片滚洒在童语的脚前。"你怎么这么啰唆,你不是很拼命地在争取各种奖学金吗?既然你很享受这种白得的福利,那就把这顿饭当做免费赠餐好了。至于你的这点钱……"欧文瑾斜起薄唇,轻蔑地说道:"还是留给你自己买双体面些的鞋子吧。"

"哈哈……"这次想笑的人不再顾忌,大大方方地笑出声来。因为童语的鞋子着实滑稽,鞋面已脱胶掉漆,斑驳得一塌糊涂,也不知道是哪位师傅给她修的鞋,黑色的边竟轧了条白色的线。

第一章 乍起波澜

童语尴尬地站在那里,这双她在夜市里买来的减价处理鞋质量并不好,她已经修了很多次了,一直没舍得丢,此时却被提到台面上任人观赏评价,这让她有种说不出的羞愤。

她有些后悔来招惹欧文瑾,她怎么会猜不出是谁埋的单?如若平常,她大可以让服务员把欧文瑾单独叫出来,亦或者是回到学校后,找合适的时间再把钱还给他。只是方才她不知道是哪根筋错了,就是想挫挫他的锐气,她故意当着大家的面拒绝他,就像当初他当着同学们的面拒绝春晓一样。童语认为相比较欧文瑾当众羞辱春晓,她这样做也不算过分了。

可是现在……这个阴险讨厌的欧文瑾不但撇清了自己,还把满屋子人的视线都成功地转移到她的鞋子上。

"童语。"春晓站在嘈杂的走廊并没有听清屋里到底发生了什么,碟子的碎裂声却吓着了她,她喊着童语,示意她出来。

童语并没有回头,而是蹲下身子一张一张地把钱捡起来,再次来到欧文瑾的面前,"我获得的奖学金并不是你口中狭隘的白得的福利,它是学校给所有勤奋好学的同学们的奖励。如果你不服气,那么请你下次用功些,用你的成绩去说话。"

童语把钱重新放回欧文瑾的面前,"至于我的鞋子……"她的脸上竟多了抹自豪,"这鞋子是我在大连第一次打工赚的钱买的,虽然它在你的眼里很廉价,但在我的心里却很珍贵。在我看来,靠自己双手挣来的钱买的东西都是体面的,当然这种情感你很难理解,因为你拿惯了家里人的钱而任意挥霍。像你这种寄生虫永远也体会不到这双鞋子的真正意义,它并不体现在它的价钱上,而是穿鞋子的人是不是脚踏实地,勤勤恳恳地做人。"

……

所有嘲笑童语的人都收敛了笑容,房间里顿时落针可闻,他们的目光都聚焦在欧文瑾的身上,霸道如他怎能受得了一个女生如此嚣张的讽刺?

可让众人大跌眼镜的是,欧文瑾不但没生气,竟还低低地笑了起来。他懒散地站起身来,高大的身子顿时遮住了童语的娇小,"你是不是觉得自己很勇敢?勇敢到可以挑战一个男人的尊严?"

"我对挑战你不感兴趣。"童语心跳加速,但她还是硬着头皮对视上欧文瑾的眼睛,"只是请你记住,在你抱怨你的尊严受到伤害时请先问问自己是否尊重了别人。"

欧文瑾逼近了童语,前一刻还笑意盈盈的眼眸,这一刻已布满阴霾。面前的这个女孩,明明长着一张乖巧温顺的脸,却是这样的伶牙俐齿,不可理喻。看她摆出一副神圣不可侵犯的样子,他还真想撕破她这副假清高的嘴脸。

童语被欧文瑾的靠近吓了一跳,她的心里告诉自己不能后退,她没有错,可是她的腿却在不听使唤地节节后退。欧文瑾猛然抓住躲闪的童语,有力的手紧紧扣住她的头。童语大惊失色,只觉眼前光线一暗,欧文瑾带着怒气的吻已然侵占了她的唇……

欧文瑾霸道地强吻了童语,吓傻的不止是门口的春晓,还有一屋子看热闹的人。

"呜……你干什么……"童语惊怒交加,纤弱的手臂用力地捶打着欧文瑾。她的挣扎和反抗反而加重了欧文瑾的掠夺,他肆意索取她口中的空气,势必要把挑衅的她给降伏。

童语感觉自己就要窒息而死,嘴唇的疼痛远远不及心里的恐惧来得真切。她的耳边响起刺耳的叫声,她知道那是春晓的,但春晓的声音很快淹没在众多男生欢腾的哄笑中。

今天他们本来是为江岩庆生的,没想到竟捡了个便宜,看到这么兴奋刺激的一幕。

欧文瑾并没有发现童语的异常,如若他不是失控地强吻了她,并莫名地投入了这个吻,他会发现怀里的女孩脸色惨白,全身瑟瑟发抖摇摇欲坠,她一切的肢体语言都在清楚地告诉他,她在害怕、在极度地惊惧。

童语最终晕倒在欧文瑾的怀里,这次事件在学校里被传得沸沸扬扬,有人说欧文瑾太有魅力了,直接把涉世未深的童语给吻晕了,也有人说是欧文瑾太不知轻重了,把体弱娇小的童语给憋晕了。但只有当事人童语清楚真正的原因,那就是欧文瑾的强取豪夺把她彻底送回童年的梦魇,那个她一辈子都不愿想起的梦魇。

"童经理,苏经理让我进来找你……"冉婷推门走了进来。

第一章 乍起波澜

窗前陷入回忆的童语蓦然惊醒,她转过身来,苍白的脸色难掩悲伤。

冉婷的心被惊得忽地一沉,"童经理,你怎么了,哪里不舒服?"

童语看到是冉婷,她舒展眉头微敛神色,"我没事,你也早些下班吧,我这就出去。"

冉婷快步走到童语身旁,握住她冰凉的手,"如果身体不适就不要勉强了,我送你回家。"

童语扯出笑容,"不要担心,可能是这些天太累了,一会儿在车上歇息一下就好了。"

冉婷还是有些不放心,细心地为童语取过通勤包,兀自感慨道:"谁说女人是水做的,你纯粹就是铁打的。"

童语嘲解地摇头,浅笑着与冉婷向外走去,忽又想到什么忙嘱咐冉婷,"告诉没下班的员工都打车回家吧,路上一定要注意安全,保管好票据公司负责报销。"

"你就别操心了,我早下达了通知,倒是你一会儿少喝些酒。我真担心就你这身体怎么受得了接下来的酒精考验?"冉婷跟在后面随手熄了灯关了门。

"放心吧,你不是说我是铁打的嘛,怎么会受不了?"童语回眸调侃着自己的得力助手。

望着故作轻松的童语,冉婷的心愈发担忧,方才她已经听到某些对童语不利的言语,她听着都觉得刺耳。

目及冉婷的欲言又止,童语眸中滑过了然,颇为轻松地扬唇,"不要担心,都是自己公司的同事哪会灌我酒,大家会相互照应的。"

两个女人相伴着走出4S店,毫无意外地看到等在外面的苏逸,他正倚靠在敞开的车窗前淡然地吸着烟。验收组与总公司的人都已先行离开,偌大的门前的空地上只剩下苏逸的车。

看见童语出来,苏逸掐灭烟火,绅士地为她打开车门。这个女人终于出来了,还好没有在里面躲一夜。童语也不再拒绝,与冉婷道了别俯身上了车。

尚玲推门走出来时,童语刚好坐上苏逸的车。她们的视线胶合,尚玲笑得意味深长,仿佛她已经了然一切。童语的心漫过苦涩收回视线,车子滑过尚玲的身侧驶出厂院。

清凉如水的夜晚，星月依然灿烂。

童语沉默地目视前方，透过洁净的挡风玻璃，窗前的视野清晰开阔，流光璀璨的灯龙蜿蜒起伏向远方无限延伸。女人的眸光渐渐空茫，摇曳的光影让她再次陷入沉思。

沉闷凝滞的气氛终究是波及了苏逸，他伸手松了松领带旋开CD，舒缓悠扬的爱尔兰音乐瞬间流泻出来，缠绵迂回的笛声似乎缓和了些许的沉闷。

中天凯元店地处开发区，故而离绅士会所较远。车子在黑夜里稳速前行，苏逸的视线不经意地瞟了过来，却意外地发现颇为安静的童语已然睡着了，鼻梁上的黑框眼镜早已悄然滑落，现出弯月的眼帘，翘密的睫毛投下扇子似的暗影。流离的灯光不时地扫过女人白皙光洁的脸，竟让她的睡容流露出几分娇媚。

第一章 乍起波澜

# 第二章 风中凌乱

苏逸的心莫名地勒紧，旋即转过脸去伸手关掉音乐，目视前方的眼眸现出不忍。凯元店要是通过验收，随即而来的就是正式开业，这前期的工作繁重而复杂，他这个工作狂都深感吃不消，更何况身旁这个柔弱的女人。

中天公司的凯元店作为同城首家北京凯元4S店，自年中成立以来一直处于过度经营阶段，粗放式的经营模式，严重阻碍了发展。形势逼人，苏逸任职后的第一件大事就是要通过北京凯元的审核验收。

这新官上任三把火，头一把火就阻力重重。以苏逸多年的经验，在他对整个凯元店全方位的深入了解后才赫然发现中天的这家4S店与北京凯元VI标准相差悬殊，需要修整的地方太多了。大到销售部的展厅装修，售后部车间的格局，小到各个流程的细枝末节都有诸多的不符，但是无论有多难他这位新上任的总经理也要完成北京凯元的验收工作。苏逸一向注重效率因此他立马制定整改方案，也就出现了全体现代员工加班加点的赶工。

这期间他更是不辞辛苦地往返北京与同城数次，亲自拜访了相关负责此项工作的领导，今天也终于迎来了东北大区经理亲临此店的审核验收。

秋风沉醉的夜晚，苏逸难免惆怅，这当初他是为了能与妻子何琳团聚才调回同城的，可是现在早出晚归忙碌劳累的他还是同以往一样没有时间陪伴妻子，这让他很是愧疚。

车子终于抵达绅士商务会所，苏逸没有叫醒熟睡的女人，而是点燃一支烟，轻缓地滑下车窗，弥漫的烟雾徐徐袅绕，伴随着男人孤寂清冷的眸光飘逸出窗外……

童语苏醒时看到的就是这样的情景，男人浓眉紧锁，冷峻的侧脸神情凝重，修长的手指夹着一支烟却没有吸纳，任它一节一节地，寂寞地燃烧……

烟火明灭，渐渐成灰，纤长的烟灰固执地纠结在一起，终是灼痛了男人的手，弹指间他才惊觉车内的女人已经苏醒。

童语颇为不自然地错开目光，伸手扶正眼镜，"对不起，我睡着了。"

苏逸随手摇上车窗，语气温和，"没什么，我们刚到。"

童语率先走下车子，贪婪地呼吸着沁凉的空气，舒展着微僵的身子。少顷她的目光扫过腕表，旋即露出惊讶，原来他们竟然迟到了这么久。

苏逸锁好车子走了过来，目光中尽是了然，"迟到终究比不到好，我们还是进去吧。"童语心想，这只是你的想法，在我看来不进去最好。

绅士商务会所的大厅极具奢华幽雅，流离柔和的灯光洒了一室的朦胧，一位气质高雅身裹长裙的女人正依坐在黑色的三角钢琴旁深情演奏。

这情景让童语颇感意外，她没有想到同城还有这样的地方。氤氲飘香的厅堂，飘浮着悠扬清朗的钢琴曲，这氛围还真是……童语不仅感叹这里真是惑人心志的好去处，一个别样的纸醉金迷的世界。

门迎微笑地把两人引领至电梯旁，童语回归现实硬着头皮跟着苏逸走进电梯。这该面对的总是要面对，她只能祈祷这不平常的一夜尽快翻过，不要留下任何的痕迹。

"放松些，时间不会太长，我会亲自送你回家的。"苏逸望着有些紧张的童语，好心地开解她。

童语垂眸略微整理了下衣服，似乎并不领情，"既然来了，还是尽量完成你交给我的这项工作吧。"

苏逸挑眉现出无奈，"哦，听你的语气不像是来工作的，倒像是来赴刑场的。"

童语讶然地提醒某人，"怎么会是刑场？客户是上帝，这里只能是天堂。"她没有忘记方才是谁让自己把欧文瑾当做客户，她来此的目的就是为了让"客户"满意。

苏逸笑着摇头，原来这个女人对他的强迫之举还在耿耿于怀，没有消气。

电梯门适时地开启，两个人相视而笑，先前的不快似乎也尽数散去。五楼的侍者热情地将他们引领至走廊深处的豪华包房。苏逸率先推开厚重的雕花玻璃门，一股醇香的酒气迎面扑来，包房里已是觥筹交错，一片欢声笑语，看得

第二章 风中凌乱

出到场的各位都玩得颇为尽兴。

面对大家聚焦的目光,苏逸微笑地解释,"不好意思,我们来迟了,店里临时来了位急修的客人,处理了一些事情,所以耽搁了些时间。"

苏逸合情合理的解释似乎掩盖了他们姗姗来迟的失礼,然而却有人不让他们轻松蒙混过关。

正与欧文瑾喝酒的乔菲放下酒杯热络地迎过来,把二人让到里面,不着痕迹地把童语安排在欧文瑾的身边。

乔菲看着有些拘谨的童语笑着调侃,"就知道你们一定是有事情耽搁了,刚才大家还在说怎么罚你们呢。"

乔菲的提议自是有人响应,喝在兴头上的众人纷纷起哄让他们先自罚三杯,人是迟到了,可是酒不能逃掉,他们得撵撵大家的进度。

欧文瑾慵懒地倚靠在沙发上,笑望着他们并没有阻止。这时总公司李副总打了圆场,这位脸已泛红的男人大手一挥,豪爽地解围,"既然是因公事耽搁,三杯就免了,苏经理和小童就改罚一杯吧。"

乔菲殷勤地为二人倒上酒水,童语一看这架式自然是不能拒绝了,目及苏逸已端起杯子,她也只好大方地举杯仰头一饮而尽。

凶烈的酒水灌入口中,劲大刺辣,引得童语胃里阵阵翻滚。她强忍着火辣的灼痛,眸光瞟过桌子上酒瓶的标签,"Tequila",童语的眸光一沉,眼风低飞飘过桌子另一端的红酒。旋即有些自嘲地勾起唇角,这位总公司的乔秘书是没打算让她好过,有温和的红酒却故意让她硬灌了一杯烈性的龙舌兰。

一片柠檬送至童语的唇边,童语不用想也知道这是谁的手,她不想引人注目,低声道谢并接过含在嘴里。冰过的柠檬片口感很赞,缓和了辛辣灼热的味道,舌尖渗出丝丝凉爽的酸甜。

童语环视了下四周,包房内的音乐已重新响起,正有同事拿着麦克开始唱歌,其余的人也都在各自找着乐子,玩掷骰子的,喝酒聊天的,还有在电脑旁选歌单的,并没有人注意她这边。

童语放下心来,这才转眸望向这位"好心"的欧经理,微笑地讥讽道:"以这种方式让我来,你想得还真是够周到。"

欧文瑾微啜杯中的酒,笑得很惬意,"小语,是不是不习惯这里的嘈杂?如果你介意，我们可以去我住的酒店，那里清静些。"

童语狠狠地瞪着某人，嘴上却客套地说着，"不、不用了……还是热闹些好。"去你那里？亏你说得出口，看来这些年你没少腐败。

"你在嘀咕些什么？"欧文瑾亲切地靠了过来。童语的身子微僵，她紧贴在沙发上，"没……没什么……你要干什么？"此时的欧文瑾已温柔地拉过童语的手，修长的手指从浅碟中取了少许的细盐，耐心地涂抹在童语指背的虎口上，"龙舌兰喝前少加一点盐，味道会更好些。"欧文瑾的嗓音蛊惑低沉，竟让童语的心隐隐发紧。

"谁说我要喝龙舌兰？"童语硬生生地抽回自己的手，取了块苹果放进嘴里。被强行叫来这里已经够让她堵心的了，她自己的那点酒量自己清楚，陪酒还是免了吧。

"你还是这么固执，不懂得变通，真是难以想象，不会服务的你怎么会做服务经理？"望着某人的倔犟，欧文瑾忍俊不禁。

童语状似领悟地扫了眼富丽堂皇的包房，置身于斑斓游离的碎光之中，亦梦亦幻得让人甚是迷离。她飘忽的眸光再次回到欧文瑾的脸上，眼中已尽是了然，"我倒是能想象得到，这样纸醉金迷的生活很适合你。"

原本笑如春风的欧文瑾听到童语的嘲讽，狭长的眼眸危险地眯起，蓦然攥住童语的手，还没等她做出反应，就已然优雅地俯下头，削薄的唇吻上童语的手背。

男人温热的舌卷肆的不光是女人肌肤上覆着的盐末，而是女人敏感的心。顷刻间酥麻感已蔓延至童语的四肢百骸，她不可抑制地浑身一颤。

欧文瑾若无其事地松开童语的手，执起自己的酒杯潇洒地一饮而尽，微翘的薄唇含进一片柠檬，极为享受地品嚼着。

童语气愣当场，他竟然……竟然在同事面前做这么暧昧的举动。果然离得近的人都一脸惊讶，乔菲看到童语望过来还掩饰地冲她笑了笑。如果不是灯光昏暗，他们一定会发现童语的脸羞得通红，她紧握被舔吻的手，忽然明白欧文瑾是故意的，他是在惩罚她。

童语吸气，再吸气。要冷静，一定要冷静，她承认她不想招惹欧文瑾，因为她惹不起。"文瑾，同城这种小地方不比你生活的城市，你的无心之举都将带

第二章 风中凌乱

给我不必要的麻烦。"童语好声好气地解释着,生怕再惹某人不快。

"怎么,怕你老公知道生气吗?"欧文瑾挑出一根烟低头含住,旋开火机潇洒地点燃。

童语讶然他的消息灵通,只不过这个话题更危险,应该避免。童语放下姿态主动给欧文瑾倒了酒,"文瑾,一直以为你会回北京发展,至少是吃皇粮的,可没想到我们竟然成了同行,只是你家里人怎么会同意你做这一行?"

这一声"文瑾"让欧文瑾很受用,他收敛了轻浮之色,狠吸一口烟,缓缓靠在沙发上,"我不喜欢的事,没人能逼我妥协,就算是我父亲也不行。"欧文瑾转眸深深地凝视着身边的女人,"你呢?是妥协了,还是顺应了自己的心?"

"……"

童语哑然,她的伶牙俐齿在这一刻竟吐不出一个字。欧文瑾紧视着童语的眼眸,似要从她躲闪的目光中看到他想要的答案,然,他看到的只是一张再平静不过的脸。

欧文瑾幽深的眼眸仿若埋藏了海一样的忧伤,他忽然不能这样直视面前的女人,他狠狈地错开目光,俯身执起酒杯灌了一大口的龙舌兰,掺杂了他泪水的烈酒滑进了他的胃,再次隐藏了他的悲伤。他很想质问她,为什么要离开他?可是如今的她早已嫁作人妇,他的质问已毫无意义。看来这些年沉浸在思念中的人唯有他一个,再次的重逢,他没有在她的眼中看到任何缘于他的悲伤和留恋,有的只是疏离和戒备。

"不要再喝了,你的胃会受不了。"童语轻声劝阻,她没有忘记这个男人有胃疾,不能过量饮酒。

"这些年你过得还好吗?童伯母她也在同城吗?"欧文瑾到底是个念旧的人。

"我妈她……已经病逝了。"童语的眼帘低垂遮住眸中的悲伤。她曾想努力工作让妈妈过上好日子,可是她走得那么早,都来不及看着自己的女儿出嫁。

欧文瑾身子一震,眼前闪过童伯母慈爱的脸,"我曾去你们家找过你,房东说你们退租回南方了。我又托人去了你出生地打听,没人知道你们的消息,就像消失了一样无迹可寻。"

童语内心颤动,她真想伸手去抚平眼前男人的悲伤,但理智终究战胜了情感。她故作轻松地抿起微笑,"文瑾,过去的就让它过去吧,我很满足现在的生活,不想再纠结于过去。"

欧文瑾嘴角含笑,目光却渐渐冰冷,眸光紧视着手中颤动的酒液,兀自说道:"这龙舌兰酒性虽烈,却是最有感情的酒,它的爱来得浓烈,来得干脆彻底。和它比起来,人倒是显得薄情寡义多了。"

童语的面色平静内心却已揪紧,欧文瑾的话成功地挑起她的痛觉神经。曾经的她也曾这般执著于爱情,可残酷的现实却让她不得不低头。她承认自己薄情,她狠心地逃离只是不想再去承受更灭顶的伤害。

"小语。"欧文瑾望着童语柔美消瘦的脸庞轻声呢喃。

童语抬眸,有些疑惑地望着突然变温柔的男人。

"跟我回大连吧?我们重新开始。"欧文瑾的声音不大,却在童语的心里奏起狂澜。

"你开什么玩笑?"童语大惊失色,心虚地左顾右盼,生怕隔墙有耳。

欧文瑾胸腔震动,逸出低低的笑声,"你也知道我在开玩笑?看你吓的,算了,不逗你了,陪我喝杯酒吧。"欧文瑾轻柔地为他们的杯子注入酒水,专注的表情仿若注入的不是酒而是他的深情。他把酒杯递至童语的手中,幽幽微叹道:"明天一早我就要离开同城了,以后我们也不知道何时才能再相见。"

童语泪腺酸涩,伸手接过杯子,轻薄的水晶杯砰然碰撞,轻脆的玻璃声响似划过他们的心尖,异样的惆怅倾涌而出迅速涨满他们的心房。

凶辣的火线一路烧灼,激得童语双眸泛起水雾。她取了一片柠檬含进嘴里,随即露出苦笑,这酒是够猛烈干脆,可是激情过后却只遗留了一味苦涩让人凄然回味。童语转眸望着意犹未尽的同事有些无奈,这场尴尬的夜宴何时才能结束?这一刻她只想逃离,尽管她现在的生活平淡乏味,但却是难得的安逸宁静。这正是她想要的生活,她不需要任何的改变。

老天仿佛读懂了童语的心事,她的手机适时地响起。她拿起通勤包向旁侧的欧文瑾歉意地说道:"对不起,我出去接个电话。"

欧文瑾理解地点头,童语稳步走出包房。厚重的玻璃门关闭的刹那,童语颓然地瘫软在门旁的墙壁上,压抑许久的泪水终于溢了出来……手机铃音再次响起,童语伸手抹净泪痕,吸着鼻子从包里翻找出手机,原来是冉婷打来的,她担心童语的身体故而打来电话询问。童语与她聊了一会儿才挂断手机,她没

第二章 风中凌乱

有急着回包房,而是沿着走廊随意地走着,好好平复下自己的心绪。

商务会所的走廊迂回曲折,迷离的灯光缭乱晃目,童语的头本就眩晕,此时更是搞不清方向,直到撞在某人的身上,她才惊住脚步。刺耳的娇吼充斥着她的耳膜,"长眼睛了没,怎么走路的?"

童语惊慌地抬头,被撞的女人正不悦地瞪视着自己。"对不起……"童语赶紧道歉。

"对不起?对不起有什么用?我的靴子都被你给踩坏了。"尹静扫了眼自己的靴子眉头皱得更紧。

童语顺着她的视线望向她的鞋子,漂亮的白色皮靴,上面却被踩磨上一道难看的划痕。尹静气得一跺脚,"这是什么事儿啊?真倒霉。"

童语微扯唇角,"这双靴子我可以赔给你。"

尹静霍然抬头,漂亮的眉眼一挑,"赔,你赔得起吗?这是我老公刚从香港买给我的,你去哪里再给我买来相同的一双?"

童语轻嘘口气,眸中现出笑意,"还好,只是香港,不是南极北极就好。你把店的地址给我,这双靴子应该不是限量版吧?"

尹静轻眯美眸,开始正眼打量眼前的童语,听她的口气,似乎她并不在意花费多少钱来赔她的靴子。尹静语气转柔,"哦,看来你很有诚意,那你随我过来吧,我让老公写给你店的地址。"

童语望着尹静向自己来时的方向走去,便跟在她的身后一起往回走。还真是巧,尹静进的包房就在他们的隔壁。童语站在门外并没有进去,她倚在走廊的玻璃墙壁上,阵阵的眩晕正席卷着她的身体。这酒后劲十足,她的头跳得愈发疼痛。

房门很快被再次打开,一个男人很不情愿地被尹静拉扯出来。男人稍显不悦的眸光落在童语的脸上,他的表情有瞬间的僵滞,便难以置信地走过来,"小语,你怎么会在这里,你是来找我的?"

童语的视线一片模糊,她紧紧地闭上双眼,再次睁开的眼眸紧视着男人的脸。她要确认自己没有看错,更没有听错,站在她面前的男人,这个尹静的老公,竟是她公出在外的丈夫江岩。

童语不胜酒力的身子一阵阵虚软,勉强遏制住自己下滑的身子。江岩迅速扯离身旁的女人，伸手揽住童语。然，愧疚的男人却准确地嗅出妻子身上的酒气，他的眉宇微蹙，"小语，你怎么喝得这么多？你已经醉了。"

童语紧瞅着面前的男人，更多的眼泪溅落下来。她很少来这种场所，没想到偶尔的光顾就遇到这样的"巧事"，她远在香港公出的丈夫江岩，此时却戏剧性地出现在她的面前，提前回到同城竟然不是回家，而是陪情人在这里欢聚。

童语用力推开江岩的手，点点泪光颤人心弦，"你就是她口中所说的老公？去了趟香港公出竟是为了给她买这双心爱的靴子？"

"小语，我们回家再谈这件事情好吗？"江岩极力安抚着面色惨白的女人，包房里还坐着他的客户，他不能在他们面前出丑。

"谈什么？谈你们如何认识的？又如何相爱的？还是这一切只是你的逢场作戏，她只不过是你莺莺燕燕中的一个？"童语嘲弄地反问，冰冷的目光直抵江岩的心尖。

江岩慌乱地抱住童语，"对不起小语，是我不好，你不要再哭了，咱们回家好不好？"

"你放开我，要走你一个人走，不要拉着我。"童语用力挣脱，低声地怒斥。她没有忘记她的同事还在隔壁的包房，她不能这样不辞而别。

江岩烦躁地钳制住女人倔犟的身子，"我会给你解释的，小语，你能不能听我一次，不要再闹了。"

两个人正撕扯间，旁侧包房的门应声而开，走出来的欧文瑾诧异地望着相扯而怒的他们。他的目光最后落在恼羞成怒的童语身上，他快步向她走来。

江岩转眸望着走过来的欧文瑾，他的眼角不住地抽动，这个男人怎么会出现在这里？这一切都太让他不可思议了。他的寒眸扫过童语的脸，目光中掠过了然，"小语，你来这里就是为了与他私会吗？"

欧文瑾淡然一笑，伸手把童语扯离江岩的怀抱，并把她揽进自己的怀里，"我倒希望是私会，但今晚的确是公司的聚会。怎么江岩，什么时候你这么关心我和小语的事情了？"

听了欧文瑾的话，江岩不怒反笑，他紧盯着欧文瑾怀里的女人，温柔地开口："小语，老朋友来了，你也不告诉我一声，至少要请他来家里坐坐吧。"

欧文瑾的双臂有片刻的僵滞，他紧瞅着自己怀里的女人，不太相信自己所

第二章 风中凌乱

听到的。

童语深吸一口气,这该来的躲也躲不过终究是要面对。她缓缓抬眸对视上欧文瑾锐如鹰隼的眼,"对不起文瑾,我还没来得及告诉你,江岩他就是我的丈夫。"

欧文瑾悬着的心骤然收紧,他显然被这个女人的惊人之语给惊骇到。他幽沉冰冷的眸光在他昔日好友和昔日恋人身上反复掠过,谁来告诉他这是怎么一回事?他们怎么会走在一起成为夫妻?倘若……文瑾的心狠狠地抽搐,看来这次同城之行真是收获颇丰,居然让他发现了如此可怕的事实,他的女友竟和他的朋友一起背叛了他。

在丝竹轩茶社走廊深处的雅室里,欧文瑾与江岩沉默而坐,温热的茶品氤氲飘香却没有柔和两个男人微沉的脸。酒醉的童语早已被江岩送回了家,这样尴尬的谈话自是不需要她在场。

"你不认为你们还欠我一个解释吗?"欧文瑾首先打破了沉寂。

江岩轻执茶杯,微微啜饮,再次抬起的眼眸竟平添了一抹笑意,"文瑾,男女相爱而结婚还需要理由和解释吗?我与小语是在你们分手之后开始交往的,难道这人都和你没有关系了,你还要限制她找男朋友吗?"

欧文瑾眉宇微蹙,克制着想挥拳的冲动,眸光转向窗外。午夜的同城已完全沐浴在重墨渲染的夜色里,远处缥缈的街灯似乎成了它唯一的点缀。"江岩,你不要故意曲解我的意思,当年我疯狂地到处找寻小语的时候,你都不曾透露她的去处,作为朋友,我很难理解你的做法。"欧文瑾尽量让自己的语调听上去平缓随和。

江岩笑了,白皙的脸庞有微许的落寞,"当年我在哈市遇到小语的时候她很落魄,母亲病重已到了弥留之际,她们所有的钱都付给了医院,连她母亲的后事都是我帮她料理的。"

欧文瑾的心倏地一痛,"为什么不通知我?"

江岩笑得颇为无奈,"小语的态度坚决,她不允许我告诉你她的任何行踪,我唯有答应她的请求,她才肯接受我的帮助。"

欧文瑾闭了闭双眸,修长的手指痛苦地紧握成拳。这个女人还是如此的固执,可是为什么她宁可求助江岩都不愿回来找他?

"因为小语的原因,我没有离开哈市,一直在那里陪伴她,照顾她,直到她答应我的请求成为我的妻子。"江岩直视着面前的男人,深刻如斯的五官浸染了难以疏解的忧伤,这让他看上去颓败而憔悴,曾经不可一世的欧文瑾何曾这般狼狈过?

欧文瑾胸口窒痛得有些呼吸困难,他还有什么资格去质问对面的江岩,小语最困难最需要人帮助的时候,他却不在她的身边。他错过了挽回两个人感情的最后机会,残酷的命运之神已经将他们彻底地推向分离。

清香的茶室出现短暂的凝滞,两个男人各怀心思,眉宇间都掺了份落寞的消愁。半晌,欧文瑾才空幽地喃喃低语:"你知道她离开我的真正原因吗?我一直都参不透她为什么要一声不响地消失。"

江岩的目光中多了抹同情,他缓和了语气,"文瑾,你应该能猜得到,没有人比你更了解你的父母。"

"什么意思?请你说得清楚些。"欧文瑾的眸中滑过异色。

"这种事还是小语亲口告诉你为好,毕竟当年的事我也不是很清楚。"江岩把欧文瑾面前的凉茶倒掉,又重新为他置了杯温茶。

"明天我会找她好好地谈谈。"欧文瑾恍惚地低语,究竟还有什么是他看不真切的,此时的他急需要拨开这些困扰的云雾,他要知晓真相。

"文瑾,我和小语现在过得很幸福,作为她的丈夫,我不希望你再去打扰我的妻子。我也耳闻你在那边已经有了谈婚论嫁的对象,这个时候我不认为你们还有详谈的必要。"江岩试图点醒混乱的某人,让他清楚木已成舟的事实。

欧文瑾脸色愈发暗沉,这样咄咄逼人的江岩让他深感不快。面前的这个人已不再是他昔日的同窗好友,他变得如此陌生和疏离,让他难以与他沟通。

"文瑾,你本不该来同城,我们都已经过了冲动的年龄,我们都有各自的平静生活,不该彼此打扰。"江岩似乎想让某人彻底地死心,又幽幽地补上一句。

"够了江岩,你这样的说辞,我只能理解为你在心虚害怕。我不是单纯的小语,她糊涂我并不糊涂,当年的你对她早就势在必得了吧?我的家人只是促成了你们的好事,这一切可能都在你的意料之中吧?"欧文瑾终于失去耐性,不再顾忌,说出自己心中所想。

第二章 风中凌乱

江岩扬眉,"你是在夸我聪慧还是在贬自己愚蠢?文瑾,你为什么要把简单的事情弄得如此复杂?难道你父母的过错也要由我来承担吗?"

欧文瑾霍然起身,寒眸盯着江岩足足数秒才冰冷地开口,"我明天会直接飞回北京,我要把当年的事情调查清楚。江岩,倘若这里面有你的一份耕耘,我会回来找你的。"

江岩忽略某人话中的威胁,无奈地耸耸肩,"你执意如此,我也没有办法,只是请你考虑清楚,你这样做,伤害的最终还是小语。"

欧文瑾没有理会江岩的嘲弄,径直向外走去,他来到门口,手摁在把手上又顿住脚步,冷酷的嘴角微掀,含了一抹厌弃之色,"如果我没猜错的话,今晚站在你身边的女人是你的情人吧?江岩,说到对小语的伤害,没有人比你做得更彻底。"

茶室的门已关闭,某人的气息却滞留在房间内继续困扰着江岩的心。他把自己深深地陷进沙发里,眉头紧锁。这样的状况他不是没有预料过,这些年他断绝与昔日同窗的往来,和小语躲在清静的北方就是在避免这样的状况过早地发生,只是这该来的总是要来的,躲也躲不过。

遥想当年,他对小语的喜爱不比欧文瑾少一丝一毫,只是他的青涩胆怯让他输给了抢先一步的欧文瑾。每每看到自己心爱的女人被别人揽在怀里,轻轻拥吻,他真是难以控制自己心中的愤恨。他明明认识小语在先,明明比他更能读懂小语的心,可轻易闯进小语心中的却是欧文瑾,而非他江岩。

好在他不曾放弃,最终小语成了他的妻子。江岩的眸光里现出几许温柔,依稀记得当初他与小语在一起相依相伴的情景。那时候的他是多么的容易满足,他单纯地认为,婚姻就是两个人在一起厮守清晨和日落,这就是最难得的幸福。可是现在……江岩的心隐隐作痛,他又该如何跟小语解释清楚尹静的事情呢,善意的欺骗是否能让他们的生活重归以往的平静?

# 第三章 乍暖还寒

夜凉如水，沉静幽冷的客厅里，童语蜷缩在沙发上陷入昏迷。这个季节天气乍冷还寒，然，同城的热力公司却还没有开始全市供暖，所以在室内是属于最为阴冷的季节。浑身冰冷的童语神志愈发混沌，轻盈的身子似飞回长春百花绽放的五月，恍惚中一双温热的大手紧紧地拥着她，熟悉的怀抱依然是那么的亲切，温暖……

东卓将咖啡豆放进研磨机里磨成粉末，转睇看了看站在吧台外面的童语，"傻丫头，在发什么呆，6号桌的客人在喊你。"

童语惊慌地抬头，果然6号桌的女客人正面露不悦地看着迟钝的她。童语有些懊恼自己的走神，她麻利地把草莓蛋糕装盘，又把东卓递过来的卡布奇诺小心地放到托盘里，稳妥地送去6号桌。

这是一间飘浮着浓浓咖啡香气的咖啡屋，童语在这里做工已经快一年了，每天晚六点到半夜十二点，周末她会上白班，晚上给一个孩子做家教。这里的老板是位归国华侨，但她却很少来咖啡屋，基本上都是她的表弟东卓在这儿帮着打理。

咖啡屋厚重的木门被人推开，童语笑脸相迎，却不想对视上一双含笑的眸。

"欢迎光临！"童语机械化地复述着欢迎语。

"晚上好！"欧文瑾笑着冲童语打招呼。今晚他穿了件纯黑的羊绒开衫，同色的仔裤，袖子似乎有些长，遮住了他修长的手。

"请给我一杯蓝山。"他说，今天他依旧坐在临窗角落里的12号桌。他把手中的书放在黑胡桃木的桌子上，同时递给童语一张神秘园的光碟。

这是他的习惯，来的时候都会带一张光碟，很快神秘园舒缓空灵缥缈的音

乐就静静地流淌在咖啡屋里。

隔壁11号桌子正坐着几个年轻的女学生，她们自从欧文瑾走进来便把目光聚焦在他身上，此时她们正望着这边兴奋地窃窃私语，还不时发出阵阵的笑声，引得其他客人频频注目。童语在心里哀叹，这位"欧大帅哥"走到哪里都是这样地扰人清静。

童语再次返回吧台，炉上的咖啡壶里正飘散着香醇的咖啡香气，"12号桌一杯蓝山。"

听到童语的声音，东卓了然地瞟了眼12桌的年轻男孩，"他又过来了，这个男孩儿还真是痴情种子。"对于欧文瑾，这里的人对他都不陌生，这三个月以来他天天这个时间过来，会坐到咖啡屋关门，然后理所当然地跟在童语身后护送她回学校。

"东哥，你不要乱说。"童语嗔怪地低声制止。

"傻丫头，你看不出来他是在追求你吗？"东卓提醒着童语，他不认为童语方才的走神是偶然，只是她看不清自己的心。

童语的心的确不平静，她的目光飘向临窗的角落，这欧文瑾自从上次强吻事件后，便像换了个人似的，天天跑到这里来报到，临窗的12号桌都成了他的专属座位。通常他会一个人安静地坐在那里看他的专业书，有时也会把玩着游戏机，偶尔童语望过去就会发现他也正看着她。但童语一贯把他当做是空气，她不明白这个公子哥到底想要做什么？如果说他是在同她玩一场暧昧的游戏，那么他也未免玩得太上心了。

"请您慢用！"童语将咖啡轻缓地放在欧文瑾面前，蓝山的香浓味道在空气中袅袅飘浮。

"谢谢……等一下。"欧文瑾叫住转身欲走的童语。

望着童语探究的目光，欧文瑾一笑，把手里的药盒递给她，"昨天看你好像着凉了，是不是感冒了？"

童语没有接，但她还是礼貌地道谢："谢谢你，不用了，我已经好了。"

望着童语离去的背影，欧文瑾端起咖啡浅浅地品尝。虽然她是拒绝了，但她最近对自己的态度已经有了很大的转变，这正是他想要的结果，他是不会放弃的。也许是心情愉悦的缘故，苦涩的咖啡入在欧文瑾的口里都化为美妙的甘甜，他觉得今晚咖啡的味道棒极了，甘、酸、苦三味结合到极致，那细腻香滑的咖啡正带着暖暖的温情在他的身体里层层扩散。

他的目光转向铁艺的窗棂，外面已是漆黑一片，在玻璃窗里正映着那抹娇柔的身影。自从上次他吻了她的唇后便感觉自己上了她的瘾，中了她的毒。她的唇是淡粉色的，柔软得像他小时候爱吃的棉花糖。那次在童语晕倒后，他直接把她送到了医院，医生也把他当做她的男朋友责备了一番，你的女友身体虚弱、疲劳过度还患有严重的贫血。不知道为什么，当时他的心里就莫名地疼痛，他竟然在心疼她。

他喜欢看工作时的她，温柔亲切，不再伶牙俐齿，不再咄咄逼人，有的是一份特有的娴静。她清丽的脸上总是带着抹温暖的笑，浅淡的唇色丝毫不损伤她的美丽，倒给她平添了一份我见犹怜的味道。这还真应了那句老话，情人眼里出西施，现在的欧文瑾就是现成的例子，他不但不嫌烦还很享受这样的状况。

其实童语早就原谅了欧文瑾。童语是个聪慧的女孩，她的聪明不仅表现在数理逻辑能力上，她的聪明还源于不断地自省，就如上次强吻事件，诚然带给她的伤害是严重的，但她也反思了自己的错误。第一，欧文瑾为她埋单的初衷是善意的，而她回以的拒绝却是恶意的。第二，她不该明明知道他是个爱面子的人，还当着他朋友的面拒绝他，这种硬碰硬的做法是不明智的。第三，她不该呈一时口舌之欢，她不是愤青也从不仇富，那么她那天的话就明显带着挑衅的味道，寄生虫，这个词用在任何一个男人身上都会伤其自尊。最后她还总结出她用错了时机，那并不是雄辩是非的时候。如果说她是憎恶欧文瑾当众羞辱春晓在先，那么她羞辱欧文瑾的行为又是什么呢？

午夜，寂寥的大街上，童语快步前行。这里离她的学校并不远，大连是海滨城市早晚温差较大，她紧了紧身上的毛衫，这衣服洗的次数多了就会变得愈发不保暖。

正想着，她身上就多了件带有木质清爽味道的羊绒衫。欧文瑾已经不假思索地把自己身上的开衫脱下来披在了前面的童语肩上。

童语站住脚步，转身望向身后的欧文瑾，她没有看错，这个以往冰冷耍酷的男生眼里此时竟溢满了关切。

"谢谢你。"童语诚挚地道谢，大眼睛里竟透露出友好的信息。

第三章 乍暖还寒

欧文瑾没想到童语会这样优待他,有些不好意思地挠了挠头,"没什么,是我太热了。"欧文瑾又紧张地清了清喉咙,"童语,你真的不生我气了?"

童语低下头想了想,再次抬起的脸竟漾开了一抹清丽的笑,笑靥如花的她竟把欧文瑾给看呆了。

"哪有那么多的气好生,上次的事我也有不对的地方,总之那一页已经翻过去了,我们以后都不要再提它了。"童语大大方方地与欧文瑾冰释前嫌,这倒让欧文瑾有些受宠若惊。

两个人并肩前行,童语抬头看了看远处的学校,"你天天来这里喝咖啡是因为我吗?"

"……我是怕你一个人深夜独自回学校不安全。"欧文瑾还是说出了真正的原因。

童语有些感动,但还是板起脸来,"你明天不要再来了。"

欧文瑾神色一变,"为什么?我尽量不打扰你工作。"

"你天天喝咖啡的钱比我工资还多,这样怎么行?我们还是学生不能这样奢侈浪费。"童语义正词严地教育着某人。

"还好了,只是夜里喝多了咖啡回到宿舍常常失眠。"其实他也知道失眠不光是因为喝多了咖啡,而是他脑子里全是童语,他又怎能睡得着呢?

"扑哧……"童语被他的表情给逗乐了,一向霸道冰冷的他何曾这样腼腆过?随即童语又佯装严肃地说:"明天你再来我就生气了。"

"那我明天晚些来,接你下班好不好?"欧文瑾小心翼翼地问着,漂亮的眼眸中带着些许的期盼。

童语有些羞涩地错开目光,故作平静地说道:"那你借辆自行车吧,你载我回去。"本来童语有一辆二手的自行车,只可惜两个月前被偷了。

欧文瑾大喜,蓦然上前一步,把童语拥入怀里。童语的脸砰地一下就红了,羞得不敢抬头,但她不得不承认在这个沁凉的深夜,这个怀抱很温暖,真的很温暖……

江岩旋开客厅的灯,视线准确地落在米色的沙发上。他换了拖鞋轻轻地来到童语的身旁,却看到她眼角溢出的泪。他没有迟疑,手指重重抹去那抹格外刺目的眼泪,因为他知道这是为谁而流下的泪。然,女人皮肤滚烫的温度却让江岩脸色惊变,他俯下身子温热的唇轻触童语的额头。

江岩的瞳眸一缩,她居然在发烧!他慌忙把童语抱进卧室为她盖上棉被,手忙脚乱地翻找出药箱,取出体温计和退烧药。江岩里外忙碌着,抱起童语喂服了药末,浸过冷水的毛巾敷在她的额头上,折腾了大半夜,疲惫不堪的江岩才躺在童语的身侧,揽过已退烧、汗涔涔的女人沉沉地睡了过去。

清晨,童语从睡梦中醒来,她的头还有微许的刺痛。她转动着干涩的眼球,目光定在墙上的挂钟。她没有忘记今天还有个重要的会议要参加,尽管她浑身无力,但还是打起精神克服着身体的不适爬出温暖的被窝。她走出卧室阵阵米粥的香气便暖暖扑来,开放式的厨房里,江岩正身影忙碌地做着早餐。

童语有瞬间的茫然,此时的他仿佛依然是她体贴入微的丈夫,昨夜可怕的一切也仿若只是她的错觉,并没有真正地发生过。

然,童语不能自欺欺人,她胸口的疼痛正告之她那一切的真实。她闭上眼睛忍了忍欲出的泪意,再次睁开眼眸的她转身向卫室走去,她要争取时间好好地冲个热水澡,被汗水浸过的身子真让她很不舒服。

童语正用温热的花洒冲洗着及腰的长发,耳边就传来轻缓的敲门声。江岩担扰地询问:"小语,你的身子能行吗?我来帮你洗吧?"

童语抚发的手一滞,泪,滚了下来。她没有应声,继续揉搓着自己的发丝。门外的江岩又唤了几声才叹息着离去,门内满脸是水的女人却早已看不出泪水滑过的痕迹。

童语洗漱完毕出来时,江岩已经坐在餐桌前等着她共进早餐,她收回视线径直回到卧室去换衣服。经过一番整理,再次从卧室出来的女人似乎恢复了往日的神采。

江岩拉住欲离开的童语,"小语,你不能带病去上班,先过来吃些早餐,一会儿我带你去医院看看。"

童语的眸光扫过桌子上颇为丰盛的早餐,轻嘘了口气走过去坐在餐桌前。她平静地望着对面的男人,此时她的丈夫江岩竟和往日一样,丝毫没有做错事的忐忑不安。他居然如此坦然地邀请她共进早餐。

"快点吃,牛奶都快凉了。"江岩体贴地为发怔的童语夹了块煎蛋。

第三章 乍暖还寒

·29·

童语缓缓拿起筷子,她也知道赌气和争吵都解决不了任何问题,她需要与江岩彻底地深谈。他们的婚姻已然出现最严重的问题,她的丈夫居然在外面有女人,这个最残忍的事实不得不让童语承认自己是个失败的女人。

心情郁滞的童语,美味可口的早餐吃在她的嘴里却味同嚼蜡,她颓然地放下筷子,语气有着从未有过的凝重,"江岩,如果你觉得我们的婚姻乏味得让你不得不去外面找女人寻求慰藉,那么我们离婚吧?"

啪的一声,江岩惊得筷子掉在餐桌上。他抓住童语的手,"小语,你在说什么?我们怎么能为了这点事就轻言离婚呢?"

童语的泪水滑落,颗颗滴落在羹稠香糯的米粥里,"江岩,我不想知道你为什么在外面养女人,但是我知道我决不会允许自己的丈夫做出这样荒唐的事情。"

"小语,我向你保证我和她真的没有什么。我承认她喜欢我,但我对她绝对没有非分之想,我们的关系仅限于同事,那双靴子是她事先托我帮她捎的,绝不是你想的那个样子。"江岩的眼角隐现湿润,紧握童语的手竟抑制不住地微微颤抖,"这次的事情是我不对,我现在也很后悔,我以后不会再与她来往,你就原谅我这一次好吗?"

童语挣脱开他的手站了起来,她实难相信丈夫的这种说法。她的声音难掩气愤,"我们的婚姻不是你用保证来维持的,江岩就因为我太了解你,你这个人感情一向自律,那么你怎么解释你这次的行为?是精神出轨还是肉体空虚?你敢说你对那个女人不曾有过爱慕吗?"

江岩一怔,童语尖锐的言辞竟噎得他有些词穷。

童语失望地扯出笑容,江岩的反应显然是心虚理亏的表现,这更证实了她最初的猜想。童语的胸口顿感窒痛,她用力地抵住心口,"江岩,我们都该重新思考我们的婚姻是否还有必要继续下去,这个时候我们需要的不是回避问题而是该彻底地解决问题。"

童语不再看江岩,她自顾走向沙发抓起通勤包向门口走去。不料刚走到门口就被追过来的江岩紧紧抱住,她的耳边响起江岩痛苦的表白,"小语不要这样,我们走到一起不容易,我无需思考,绝不同意离婚。"

童语无奈地抬起胳膊,精致的腕表呈现在江岩的面前,"我今天有个很重要的会议不能迟到,有什么话我们晚上回来再谈。"

"小语,你等我一下我送你过去。"江岩知道童语对工作一向认真,他不再纠缠而是讨好地要送她去上班。

"不必了,我们不顺路。我已经习惯了自己坐车去上班,你不需要因为愧疚而送我。"童语淡漠地拒绝了江岩的好意。她从来就不是个娇气的女人,不需要丈夫绕路送她去上班。

江岩心中一痛,他对自己的妻子真是疏于照顾了。童语以前就职的公司离家很近,故而一直步行上班,而这次新聘的中天公司却离家很远,是他疏忽了,竟让她一个人挤车去上班。

惭愧的男人硬生生地把妻子给拽了回来,随手取了饭盒把桌上的奶黄包放进去摆好,又找来了药一起塞进童语的包里,"你的病还没有好,到了公司先吃些点心再吃药。"

望着江岩眼中的担心和恳求,童语轻轻叹息,她这次没再拒绝。江岩快速取了风衣和公文包,牵着妻子的手一起走出家门。

童语任由江岩握着她的手一路走出家门,她淡漠地看着他为她打开车门,上车后又体贴地为她系好安全带。女人冰冷的心在一点一点地融化,她转眸望向开车的江岩,这个男人在她最艰难最无助的时候伸出援助之手,他关心她呵护她,并给了她一个温暖的家。

这个"家"对于她来说何其重要,她幼年丧父,童年又遭遇不幸,孱弱的母亲带着她远走异乡,母女俩相依为命,直到最爱她的母亲也因病离开她。而江岩曾经给予她的又何止是单纯的爱?他是她在这个世界上唯一的亲人,是她仅有的依靠。

她自问真的能做到忘记过往,狠心地离开他吗?几年的夫妻情谊能否就这样被斩毁在这个冰冷的城市,从此以后,她一个人孤独地继续前行……

看着自己的妻子悲伤难过,江岩深感不安,他攥住她的手十指紧紧交握,"对不起小语,都是我不好,以后我绝不再让你伤心了,我们好好地过日子。"

童语的视线模糊,她转过头望向窗外,此时正值上班高峰,路上车辆拥挤行人匆匆,所有的人都在为自己的小家而忙碌奔波着。她的心有些松动,自己是不是也应该相信他这一回,给彼此一个机会,让他们的"家"继续维持下去。

第三章 乍暖还寒

　　车子一路沉默地开到厂区的大门前,江岩亲自下车为妻子打开车门。他轻拥住童语在她的额头印上一吻,"不要硬挺,身体不舒服就给我打电话,我会马上过来接你。"

　　童语微微点头。江岩大喜,妻子的应允让他悬挂的心有了些许的着落,他开心地目送妻子走进公司大门。

　　一辆凯特滑过童语和江岩的身旁,率先开进厂区的大门,苏逸收回视线,他已经认出那个被拥抱的女人是他的下属童语。苏逸把车子停好后没有先进店,而是站在台阶下等待童语的到来。

　　低头走路的童语差一点撞在苏逸的身上,她的思绪还停留在她丈夫的出轨事件上。

　　苏逸望着她诧异的目光,微露歉意,"童经理,昨夜……"男人斟酌着怎么说出口,他也不能直接问你是否与欧经理一起离开的?

　　"哦,昨夜我没事,是碰巧遇到了我丈夫,正赶上酒醉头晕就跟欧经理打了招呼先行离开了。"童语打断了苏逸的话,把他想知道的一口气全说了出来。

　　童语的坦白倒是让苏逸一怔,他随即舒展笑容,"那就好,我还在担心这人怎么不见了?我可是承诺要安全把你送回家的。"

　　童语微笑地与苏逸并肩走进凯元店,"不好意思,不辞而别终是失了礼貌。"昨夜自己的确考虑不周,一声不响地就随着江岩离开了。唉,如果当时的情形不是那么混乱,她还能想起来回包房打声招呼再走。

　　"没有关系,只要你没事就好。"

　　两人行至楼梯旁,童语淡然一笑,"我先去准备开会的资料,苏经理我们一会儿见。"

　　苏逸望着女人的背影释然而笑,昨夜他还真是为她捏了一把汗,这人是他硬带过去的却突然失踪了,只有欧经理匆匆回来和他们交代了几句,说是遇到了老同学要先行离开。

　　这让大家不得不浮想联翩,欧经理走了,童经理也失踪了,而且在包房里就算是再迟钝的人也能看得出他们的关系非同一般,一种难言的暧昧在他们之间表露无疑。

　　上午的会议进行得很顺利,把开业前期具体准备事宜都制定下来。大家都很振奋,毕竟中天公司凯元 4S 店的开业是件大事情,届时不但市里的相关领导会来,广大媒体记者及业内人士都会前来庆贺。

时间匆匆而过,大家也都难得开始恢复正点下班。通勤车早已等在厂门前,三个 4S 店的员工们都有说有笑地排着队上车,目及童语走过来嬉笑的人群顿时安静了许多。

早已看到江岩车子的童语若无其事地走过来,她俯身上了车后便瘫软在座椅上。这种尴尬的状况她早已预料到,昨夜东北大区经理的暧昧邀请已经让一向低调的她成为公司的"名人",中途她与欧经理双双失踪又被大家广为猜测,想必自己已然成为公司最热门的谈资了。

人总是喜欢顺着自己的思路去揣摩别人的事情,窥探别人的隐私似乎成了大多数人的乐趣。江岩载着童语早已离开,通勤车内却泛起阵阵的私语。

毕竟车里还有凯元店的员工,其他两个 4S 店的员工也只能小声地议论。

欧曼店的收银员小李笑得颇为神秘,"哎,看见了没,人家老公都找上门了,这一定是不放心跟踪到公司来了。"中天公司的总办公区就设在欧曼店的楼上,因此她们的消息要比其他两个店来得更为灵通些。

"平时看她挺严肃的啊,不像你们说的那种人。"解放店的小贾目露怀疑。

"这你们就不知道了,外表冷漠保守的女人内心比谁都来得狂热。我听楼上办公室的孙姐说,那位欧经理在包房当着大家的面就吻过童经理的手,两个人亲密着呢。这节目还没结束他们就一起玩失踪,你们说他们之间怎么可能是清白的?"欧曼店漂亮的销售顾问接过话。

"啧……说得跟真事儿似的,都是些什么心理?怎么,你们是不是也想有此艳遇啊?"凯元店的刘涛终于忍不住出言相撞。

"嘘……不要吵了,冉婷来了。"有人好心地提醒大家适可而止,谁都知道这冉婷是童语的得力助手。

这话管用,车内立刻安静。冉婷走上车发现大家都在看她也有些疑惑,便坐在服务顾问刘涛的旁边,低声地询问:"发生了什么事情,怎么我一来就变得这么安静?"

刘涛无奈地看着自己的顶头上司,"冉姐,这些女人没事闲的都在乱嚼舌头,说童经理的不是呢。"

冉婷目露了然，不免为童语打抱不平，"这都是些什么人啊？长心了没有？童经理累得都生病了，今天劝她去医院，可她怕耽误工作就是没去，强挺着坚持到下班，她们却在这儿说风凉话。"

刘涛回头扫了一眼方才那些八卦的女同事们，颇为赞同地说道："所以说，女人聚在一起就没好事，这东家长西家短的，就看不到自己身上的毛病。"

冉婷一挑眉，"哦，你是说女人都是麻烦的长舌妇啰。"

"没，没，冉姐，我是说那些不长大脑的女人，你和童经理当然得例外。"刘涛赶紧纠正自己的口误。

冉婷柔唇轻弯，"谣言止于智者，她们的确不长大脑。"

童语自上车就一言不发，她双眸轻合眉宇微蹙。江岩刚开始还以为她是没消气，半晌，他仔细地端详了童语的脸才赫然发现，身旁的她竟然面色潮红，探手抚了下她的额头竟然烫得惊人。

江岩心疼之余不免怒从心生，这个倔犟的女人烧得如此严重还要坚持到下班，真是为了工作连命都不要了。他再生气脚下却不敢耽搁，加大油门车子飞快地向医院驶去。

江岩是去年年初接到总公司调任的，童语放弃哈市的工作陪着他一起来同城任职。他本来是劝她不要出去工作，在家里享享清福，但是童语却执意不肯，凯元店是她来同城的第二份工作。

"小语，再坚持一会儿，我们马上就到医院。"江岩不时地轻唤着童语。

然，童语已听不到他的声音。她强挺了一天，现在坐在江岩的车里才强烈地感受到自己浑身酸痛无力，头晕目涨，虚弱的她已彻底陷入昏迷。

到底是江岩把童语拉到医院挂了三组吊瓶。童语蜷在病床上沉沉地睡着，这些日子她太累了，身体累，心更累。此时的她就想好好地睡一觉，最好是一直这么睡下去，永远都不要醒来……

手术室外，欧文瑾强行把焦躁不安的童语按在椅子上，"小语，你这样走来走去也无济于事，先吃点东西，你再不好好吃饭，没等童伯母出来你就先倒下了。"

"文瑾,我妈不会有事吧,怎么这么久还没有出来?"童语抓住欧文瑾的胳膊,小脸满是焦急。

欧文瑾心疼地为童语理了理凌乱的头发,"小语,你要相信我,童伯母会没事的,这主刀的医生在北京是这方面的权威,如果他没把握我怎么敢请他来?"

"嗯,也是。"童语接过面包轻咬了一口,又听话地喝了口牛奶,文瑾说得对,是她多虑了关心则乱。"文瑾谢谢你,手术用的钱以后我一定会还给你的。"

欧文瑾无可救药地瞥了她一眼,"能不能不再跟我提钱,你再钱、钱、钱的我真生气了。"

童语的眉蹙了蹙,"可是……这钱你怎么和你父母解释呢?"毕竟他们还都是学生。

"解释什么?这钱是我外公给我的,和他们有什么关系?"欧文瑾看着童语认真的表情,忽然笑了,"再说我又没给别人用,里面的不是我未来的丈母娘吗?"

童语的脸一红,"胡说,谁是你丈母娘。"

欧文瑾笑眯眯地凑近童语的脸,"这你就不知道了吧,童伯母昨天和我谈了很多,最主要的是她把你托付给了我。我已经答应她了,要好好地照顾你。"看着童语羞红的小脸,欧文瑾又贴近她的小耳朵,"我对你妈说了,要一辈子对你好。"

童语的心一热,原来自己做饭时妈妈和文瑾就在聊这些呀?她和欧文瑾的事在学校还没有人知晓,主要是她不太想让人知道,所以一直保密。这次母亲病重欧文瑾坚持要和她一起回来,结果他还真成了母亲的救星,不但为她们交了手术费还请了北京的专家来亲自主刀。

童语看着嬉皮笑脸的欧文瑾,忽然觉得自己很不了解他,平时看他吃吃喝喝玩世不恭的,可办起事来却是游刃有余,把事情安排得井井有条。

"那你外公知道我们的事了?"童语迟疑地问着。

"当然知道。我外公最疼我了,他曾放出豪言……"提到外公,欧文瑾不禁有些得意,他故意学着外公的口气,"放眼望去,这么多的子女,孙子孙女的就文瑾和我性子像,简直就是我年少时的翻版。"

童语怀疑地挑眉,难道这位外公年轻时和文瑾一样性子顽劣、玩世不恭?

· 35 ·

　　欧文瑾敲了下童语思考的小脑瓜,"想什么呢?我告诉你,我外公可是顶优秀的人物。你猜他在电话里怎么和我说的?"

　　"夸你助人为乐……"老一辈的人一定是思想上进了。

　　"切……老土,人家老头子说了,臭小子你一定要把那女孩儿追到手,否则你就不是我孙子。"

# 第四章　吹皱心湖

"……"童语满头黑线,她抹着额头的汗,这文瑾的外公还真是异于常人。

"我这次能来大连上大学也是多亏了我外公的支持,没有他,我这会儿一定被我父母强行拴在北京念书了。"

"为什么不留在北京念书,在父母身边多好啊!"童语当然不能理解欧文瑾的叛逆行为,在她看来能和父母在一起是多么奢侈的事情。

欧文瑾像看外星人似的瞧着童语,"我看你脑筋真是学傻了,现在谁还希望被父母管?你没听说过吗,亲情诚可贵,爱情价更高。若为自由故,二者皆可抛。"

童语鄙视地看了欧文瑾一眼,"你就编吧,这诗还有这么用的?"

欧文瑾厚着脸皮揽过童语的肩,"逗你玩的,怎么样现在不紧张了吧?"其实他说这些也无非是想转移童语的注意力,不让她过于焦虑。

而童语的注意力倒是转移了,可此时她的心却更不安了。以欧文瑾的叙述,他的家庭还不是一般的优越,童语不免想起自己的身世,如若他的家人知晓了她的事,他们还能接纳她吗?她与他的世界是不是相差得太远了……

欧文瑾看了看手术室上的指示灯,视线又转回童语身上,此时的童语已倚在他的怀里睡着了,这些日子把她给累坏了。有时他真怀疑这么一副柔弱的身子怎么会有这么强的暴发力?她的努力,她的坚持都是他所欣赏的,也许他已经喜欢她很久了,早在新生入学的迎新晚会上,她作为新生代表发表了一番激情的演讲,给欧文瑾留下了深刻的印象。

童语刚进学校那会儿还在校图书馆做过一段时间的兼职,那时的欧文瑾明显增加了去图书馆上自习的次数。

淡然雅致的女孩,静静地坐在那里,面对熟悉的同学她没有丝毫的自卑和

尴尬。她浅浅地笑着，嘴角的弧度优美地弯曲，也许唯有她自己不知道她的笑容有多美，她的五官很精致，让人越看越觉得惊艳。就是从那以后这抹姣好娴静的倩影总是能若有若无地撩拨着欧文瑾的心。

上次的饭店事件，他承认当时他很恼火。他头一次向女生示好竟换回她冷漠地对待，他明明是想让她收回她本就不多的钱，可好面子的他冲口而出的却是恶言恶语。而她的反唇相讥更是火上浇油，一个自己喜欢的女孩儿竟把他定义为寄生虫，这对于骄傲的欧文瑾是何等的污辱？他冲动地强吻了她，柔软的唇亦如梦中的美好……

欧文瑾内心涌动，眸光紧锁住眼前淡粉色的唇，他缓缓低下头在浅睡人的唇上印上一吻……

童语的眼睛蓦然张开，静静地看着咫尺的男孩儿。尽管她的表情依旧平静，可是她知道她的心已开始沦陷，而且是心甘情愿地沦陷……

"文瑾……"病床上的女人发出模糊的呓语，然，这个并不陌生的名字却让病房里其他两个男人的心骤然收紧。

江岩干咳一声，冲着前来探病的苏逸尴尬地一笑，"不好意思，我妻子又做噩梦了。"

苏逸理解地点头，他看了看腕表，适时地告辞，"让童经理安心地养病，不要再为公司的事情操劳，有什么事我会与她电话联络。我还有事要先赶回公司，就不多留了。"

江岩道了谢，客气地送苏逸出了病房，目送他的背影消失，江岩温和的目光才蓦然凌厉。他缓缓地来到床前伸手把童语拥进怀里，有力的臂膀随着他的心愈发收紧……

"痛……"昏迷的童语终于苏醒，她费力地睁开双眼，此时的她尚未完全清醒，所以当她看到眼前人并非是欧文瑾时，竟毫不掩饰地流露出几许失望。梦中文瑾的怀抱真实而温暖，她忽略不了此时心口的疼痛，这是她对他的不舍与不甘。

"小语，你好些了没有？"江岩的目光瞬间柔和，体贴地伸手拭去她额头的汗水。有些眩晕的童语也终于看清楚眼前的人是她的丈夫江岩。

童语混沌的大脑彻底清醒，她收敛心绪，转眸打量了下病房，虚弱地询问："我躺了多久？"

"怎么，还在惦记着公司的事情？"江岩起身倒了杯温水，耐心地用小勺喂着童语，"小语，这一次可由不得你，你就给我好好地安心养病。公司的事不用你操心，你们苏经理已经来过了，他把你的工作都做了妥善的安排，他也嘱咐你，一定要把身体养好再去上班。"

童语的视线扫了下床头柜上的水果篮，最后落在江岩的脸上。眼前这张熟悉的面孔早已失去了往日的清爽，温和的眼里布满了血丝，疲惫和担忧都清楚地写在他的脸上。童语的眼角隐现湿润，她心疼地握住他的手，"江岩，我们回家吧，我答应你我会安心地待在家里养病。"

江岩收紧的心蓦然柔软，反手握住童语的手，眼里尽是怜爱。他知道他的妻子最害怕医院，她对这里总是有莫名的恐慌，她就是在这里先后送走她的双亲。

"好，都听你的，我们这就出院，回家养病是会舒服些。"江岩喟叹地把妻子揽进怀里……

在童语生病期间，凯元店迎来了振奋人心的好消息，北京正式通知他们审核验收通过了，虽然还有一些需要近期整改的地方，但已经无伤大雅了。就这样，苏逸到同城中天公司任职的第一项任务圆满完成，他亲自去了一趟北京，捧回了北京凯元的正式授权牌。

凯元店接下来的工作就是开业，病愈的童语也在开业前赶回公司销假上班。一切又仿佛回到从前，日子平静得像从没发生过什么，只是童语明白有些东西已然在她的心里生了根，发了芽，她不能刻意地剔除它，只能尽量地忽略它，淡化它。

开业当天，童语早早地来到公司，凯元店的员工们兴奋地忙碌着。中天公司的大门前彩虹门耸立，各色的彩旗迎风飘展，簇新的红地毯一路铺就到凯元店的台阶上，两边缀满了鲜艳的花篮。

临近吉时，应邀的嘉宾和客户们都一一到场，凯元店里人潮如涌，热闹非凡。尽管人头攒动，童语还是在众多人中看到了最怕看到的人——欧文瑾竟出现在她的视线里，此时中天公司的王董事长正与他热络地交谈着。童语难掩惊

第四章 吹皱心湖

呀,一般来说像同城这样规模的城市,4S店开业他根本不用亲自到场,只需派区域经理过来略表心意就可以了,然而他却在百忙之中亲临同城来为中天公司庆贺,这不能不让童语感到意外,但这个时候并没有闲暇的时间来让她胡思乱想。她平静地收回目光,继续忙碌着典礼前的准备工作。

吉时一到,剪彩仪式正式开始。在凯元店的门前,开发区的区长与欧文瑾以及中天公司的高层领导依次走上台,喧闹的场面静了下来,嘉宾们剪彩的瞬间,锣鼓喧腾,鞭炮齐鸣,绚丽的礼花漫天飞舞。

在雷鸣的掌声中,开发区的区长首先致辞,大力地肯定了中天公司在本区经济建设中做出的贡献,并对凯元店的发展前景致以最殷切的期盼。

欧文瑾代表北京厂方也发表了一番祝词。帅气俊朗的他一上台就成功地吸引了大家的眼球,童语的心莫名地触动。曾经在校园里的他也是这般的万众瞩目,是众多女同学倾慕的对象,而让她们大跌眼镜的是,收获他爱情的却是她这个毫不起眼、除了学习就知道打工赚钱的贫困生。

众人的掌声惊醒了游思中的童语,她凝神一看此时台上的人早已换成苏逸,苏逸正代表中天凯元店发表感谢致辞。

收敛心思的童语忽然发现一束灼人的目光正盯着自己看,她转眸望了过去,随即脸色变白。她应该有心理准备的,作为同行,凯龙公司的总经理郑重出现在这里很正常,只是他那带有侵略性的目光依然让童语感到不舒服。童语心慌地收回视线,却发现身旁的尚玲正蹙眉打量着她。妆容亮丽的尚玲扫了眼郑重,又看了看童语,她有些领悟地笑了,"童经理没来中天之前是在凯龙做事吧?"

"是又怎样?尚经理又有什么见解?"童语很不喜欢尚玲的口气,让她很不舒服。

"那就对了,一个曾在凯龙做事的朋友给我讲了一些关于你和郑总的事,原来不是空穴来风啊。"尚玲的眼中难掩得意,这个童语果然不是省油的灯,欧经理、苏总还有眼前的这位郑总哪个不是和她暧昧不清?

童语审视着眼前的女人,忽然觉得她很好笑,"尚经理似乎对我的事太上心了,你这样了解我,应该知道我的家就住在枫林酒店的附近吧?"

尚玲脸色一变,"你什么意思?"

童语目光渐冷,"我不喜欢窥探别人的隐私,希望你也如此。"

尚玲看了童语数秒，终是放弃争辩，转了眸不再理童语。

开业典礼顺利地进行着，抽奖活动吸引了众多新老客户，大家高涨的参与热情让现场气氛愈加热烈，同城知名艺人的激情献唱更是把整个开业仪式推向了高潮……

最后童语和尚玲带着凯元店全体员工郑重宣誓，为凯元店的开业庆典画上了圆满的句号。

在中午的聚餐酒会上，被众多人包围的欧文瑾好似忽略了童语的存在，他甚至连一个眼神都没有望过来。童语礼节性地应付了下场面，从洗手间出来的她思量着应该尽快赶回凯元店，还有些事情没有处理完。

"小童，好久不见了。"在走廊里有人唤住童语。

童语的背有些僵硬，她慢慢转过身来，眼里满是戒备，"郑总你有事吗？没有事我还要赶回店里。"

郑重并不打算让她轻易脱身，他猛然拉住童语的胳膊把她拽到近前，"怎么，很怕我吗？我还以为你很想我。"

童语稳住内心的慌乱，冷言警告："郑总请你自重，这里不是你的凯龙店。"

郑重锐利的眼浮过笑意，温热的呼吸吹着童语的颊，"我和你们的苏经理也算是旧识，你说我用不用和他提些我们的关系，让他关照关照你？"

"你放开我……"童语终于按捺不住，刚要发火耳边就响起苏逸的声音。

"童经理，凯元店的客户还在等着你，你怎么还在这儿磨蹭？"苏逸状似无意地走了过来。

郑重不着痕迹地松开童语，谈笑自如地调侃着来人，"苏经理，你很厉害啊，把我的得力助手都挖到这里来了。"

苏逸依旧顶着一张温和无害的脸，扫了眼童语匆匆而去的背影，"你们凯龙的员工流动性本就很大，我还在想是不是你对他们太苛刻了，现在看来是我多虑了，你对辞职的员工都会这样地念念不舍。"

"郑某一向爱惜人才，现在我的员工都被你高薪挖走，这让我很被动啊？"郑重笑望着苏逸，只是这笑容有点冷。

"瞧，我们站在这里做什么？郑总我们去那边坐。"苏逸亲切地抚了下郑重

第四章 吹皱心湖

的肩,"你今天能来我还没有好好地谢谢你,一会儿我们要多喝两杯才行。"

"没问题。苏经理有这个雅兴,郑某奉陪便是了。"两个男人的身影渐行渐远。

时间转瞬即逝,转眼又到了下班,童语忙完手里的工作走出厂区时,正好看着通勤车离去。这正合她意,她为了耳根子清静,宁愿自己打车回家。童语看了看周围,并没有出租车经过,缓步向回家的方向走去。明天是周末,她不用起早,准备去超市多采购些食材,为江岩好好地做一顿丰盛的晚餐。

一辆黑色的车子慢慢滑过童语的身侧停了下来。童语回身躲避,疑惑地望着这辆陌生的车子。正思忖间,紧闭的车窗就缓缓滑下,欧文瑾的脸露了出来,墨镜下的薄唇轻轻上扬,"小语上车吧,我送你一程。"

童语微眯双眸礼貌地拒绝,"谢谢你,我们并不同路,还是各走各的路好。"

欧文瑾笑纹加深,摘落墨镜潇洒地下车,高大的身子挡住童语的去路,大手更是不容拒绝地握住她的手腕,"小语,你是想让我亲自抱你上车吗?如果是,我愿意效劳。"

日影西斜,萧瑟的秋风吹卷起童语风衣的下摆,似乎要吹动她那颗故作冷漠的心。童语没有挣扎,任由面前这个霸道的男人攥住她的手腕,而她只是静静地仰望着他,小巧的下巴倔犟地抬起,滑出美丽的弧线,清澈的眼眸中映入了雾霭的暮色。

童语望着这个近期时常出现在她梦中的男人,恍惚的她忽然混淆了时光,虚实交错中她仿佛又回到从前。澹澹的秋光里,暧昧的光影层层晕散,凝结的是花季过后的恬然和幽寂,体味的却是凄楚怜惜的感伤与抒怀,涓涓的情愫若有若无地撩拨着两颗故作坚强的心。

半晌,首先回过神来的欧文瑾俊眉懊恼地蹙起,他对童语的平静反应感到莫名的不满。他斜起唇角,幽深的黑瞳逼近童语的脸,低磁的嗓音拂过她的颊,"为什么这样看我?是不是你也同样地想着我?"

童语白净的脸拂过霞色,低下头错开他的碰触,"你找我有什么事?不会就单单只为了送我一程吧?"

欧文瑾将她的羞涩尽收眼底,他被冻伤的心似乎也暖和了许多。他的目光落到她的后方，薄唇优雅地挑起，"我们去车上谈吧，站在这里成为别人眼中的街景并不是我的初衷，我知道你很介意这样的麻烦。"

童语回头，果然公司的大门口聚集着一些晚走的同事，而她们好奇的目光正齐刷刷地望向这里。童语颇为懊恼，回眸看着眼前这张很是无辜的脸，怎么都无法相信他是无意的。

"如果你真怕我有麻烦，就不该来这里找我，请你放开手，我们到车上谈。"

欧文瑾露出得逞的笑容，殷勤地为童语打开车门，两个人在众目睽睽下上了车子，车子很快驶离中天公司。

上车后的两人颇为安静，童语用余光瞟了瞟开车的欧文瑾，看得出他的心情不错，眉宇间都隐含着浅淡的笑意，而自己呢？她有些不安，明明知道自己不该这样与他单独相处，可为什么此时她的心不但不排斥，甚至还有一点点的企盼？

"小语饿了吧？看你中午也没怎么吃，我们就先去吃饭。"欧文瑾首先打破车内的沉闷。

童语的心揪紧，本能地拒绝，"不了，有什么话你就快说吧，今晚我约了人，一会儿在前面方便停车的地方让我下车就是了。"

欧文瑾目视前方的眼滑过凛冽，但语气却是相当的愉悦，"我看你是约了江岩吧？看得出你们夫妻二人伉俪情深，但也不差我这一顿饭的工夫吧？如果你怕他有想法，那我就把他也找来，正好我们三个老朋友好好地叙叙旧。"

童语微现窘色，让江岩与欧文瑾坐在一起共进晚餐，那后果一定很严重。明眼人都能看得出他们昔日的哥们情谊早已荡然无存，尽管他们当事人都装作若无其事的样子，但她的丈夫她了解，他现在最忌讳的就是眼前的这个人。

"你找我到底有什么事情？需要用一顿饭的时间来讲。"童语的语气很无奈。

欧文瑾深深地看了她一眼，幽幽说道："小语，和我在一起，让你很难受吗？就算我们做不成恋人，我们还可以做朋友吧？你这样避忌我，我真怀疑你是不是有什么事情瞒着我，心虚得怕与我单独相处。"

童语的手心攥出了汗，看来今天这贼车她是下不了了，这顿饭她也非吃不可了，既然这样她再紧张逃避也没用，择日不如撞日，她是该与他好好地谈谈，把他们的问题都尽可能地解决了，也许这样对彼此都好。

第四章 吹皱心湖

· 43 ·

释然的童语心情似乎轻松了许多,她随意地望了望窗外,"我们这是去哪里?你对同城应该没有这么熟悉吧?"

童语的顺从让欧文瑾很高兴,他才不会真的去找一个上千瓦的电灯泡来打扰他们难得的聚会。他的眼眸重新溢满笑意,"听这儿的朋友说,君悦来的环境和菜式都不错,我们一会儿就先去那儿。"

童语的眉蹙了蹙没有说什么,她把头再次转向窗外,君悦来她是知道的,本城有名的奢侈消费场所,在那儿吃一顿饭的钱足够普通工薪家庭一个月的伙食费了。但想归想,她并没有说出口,因为她知道对于欧文瑾这样的人,说了也是白说,就全当支持同城的餐饮建设了。

目及童语的表情,欧文瑾笑了,以他对她的了解他当然知道她在想什么。看到童语把脸转向窗外,他也不打扰她,只是把目光落在她白嫩的脖子上。这女人的发髻虽丑,但却把她完美的脖颈裸露出来,玉颈莹白竟让他有想触摸的冲动。他伸出手覆了过去,中途却改变主意把她发髻上的水钻流苏的银簪揭了去。

女人一头丝滑垂顺的长发瞬间倾泻下来,童语转头杏眼圆睁,"你干什么?"可显然她判断有误,她眼前一暗,那副呆板难看的黑框眼镜就已不翼而飞。

欧文瑾不理会她的责怪,而是举起眼镜看了看,果然是副平光镜。他好笑地弯起唇角,"小语,我很好奇你为什么要把自己打扮成这样?难道扮丑也成了一种流行趋势?"

童语望着他的坏笑有些气结,"哎,你能不能不要随意打探别人的想法,这很值得你研究吗?快把眼镜和簪子还给我。"

童语光顾着生气,殊不知这样含羞带怒的她有多娇美,没有镜片遮挡的双眸水润迷离,衬着羞红的桃花面,整个人都顾盼生辉。

欧文瑾有些意犹未尽地收回目光,上扬的薄唇不屑地抿起,"我要和我熟悉的女人吃饭,而不是和一个老气横秋的眼镜妇,如果你想拿回去,就等晚餐结束后再向我索要吧。"

童语满腹的怨言生生地咽了回去,唯有用凛冽的目光来凌迟他。

车子终于抵达君悦来酒店,两人乘观光电梯直达顶楼,服务小姐热情地将他们引领到预订的房间"山水阁"。欧文瑾进去后先为童语拉开座椅,并为她挂好风衣和包,而童语则被包房里古朴雅致的中式格调所吸引。别致的木雕,仿古的花窗,博物架上的彩绘瓷瓶,就连铺餐桌的锦缎台布都是一幅清丽的水墨画。

欧文瑾看出了童语的喜欢,也没打扰她,自顾点了一桌子的菜,并嘱咐服务生所有的菜饭都不要放香油、香菜和辣椒。

童语转身坐下来时正好听到他对服务生说的话,她的心似有暖风拂过,他竟然还记得自己喜欢吃的饭菜和口味。

欧文瑾扫了一眼包房内的装饰,"就知道你会喜欢这里,记得当年你唯一的兴趣就是忙里偷闲地作几幅水墨画,尽管在我看来只是单调的水与墨、黑与白,而你却对这样的笔情墨趣情有独钟。"

"是啊,我小时候的梦想就是想成为一名国画教师,像我父亲一样,简简单单地做人,认认真真地做事,只可惜……"童语没有继续说下去,脸上不经意地流露出一抹悲伤。她的父亲就曾是位国画教师,所以她从小耳熏目染非常喜欢画画,如果不是父亲早逝,她也许会真的成为一名简单的教师,只是事与愿违,悲惨的生活终是改变了她和母亲的命运。

欧文瑾的心狠狠地抽痛,他知道她欲言又止的是什么。这次回北京他不但调查出当年事情的真相,还从母亲那里知道了童语的一些过往。他无法形容他听到那件事时的震惊与愤怒,可想而知当时的她是怎样的悲惨,又是怎样的无奈。

欧文瑾握住童语微凉的手,试图用自己的温度来暖慰她伤感的心。童语有些诧异地抬头,居然从他的眼中看到了心痛与怜惜。她不安地抽回自己的手,有那么一瞬,她认为他已经知道了她曾经有过的痛苦,才会出现那样怜悯心疼的目光。

轻缓的敲门声打断了短暂的宁静,服务生送来了红酒和冷盘,并轻声地询问:"先生,您需要我为您打开这瓶酒吗?"

欧文瑾微笑点头,"是的,请打开它吧。"

服务生娴熟地为他们开酒,童语也恢复了常态,饶有兴味地欣赏着服务生颇为优雅的动作。欧文瑾想起什么不由得笑了,"上一次在会所,有人好似怪我不够绅士,没有让她喝温和的红酒,所以这一次绅士的我要让她喝个够。"

第四章 吹皱心湖

· 45 ·

童语笑颜逐开,"你还真能断章取义,上次我明明是为了不想喝那醉死人的龙舌兰,你又不是不知道我的酒量,逢酒必多。"

"是啊……你的酒量我还真是不敢恭维,以前你每次喝多了都是我背你回宿舍的,害得我平白无故地受了收发室大娘的多少白眼。"欧文瑾说着说着竟忍不住笑起来。

想起那些开心的往事,童语也忍俊不禁。童语上学时住的宿舍楼是3舍,是全校唯一的女生宿舍楼。由于学校是以理工为主,所以女生较少,也因此她的宿舍楼被列为重点保护对象。一楼收发室的大娘又是相当的认真负责,所以对于带女生出去喝酒的欧文瑾自然是没有好脸色了。

菜上得差不多齐了,训练有素的服务生才悄然退出房间,临走时轻轻地为他们关好门。

欧文瑾分别为童语和自己的水晶杯注入酒水,俊朗的眉眼深深地凝望着心爱的女人,"原以为这辈子都不会再见到你,没想到我们还能这样地重逢,小语,你把我当做朋友也好,看做同事也罢,我只希望对于我们这只是开始,而不是结束。"

童语眼眸有些酸涩,扯出笑容缓缓点头,文瑾的要求并不过分,可这对于她来说只能是奢望。

玲珑剔透的郁金香酒杯,泛着红宝石般的幽光,轻薄的杯体清脆地碰撞,醇香温润的酒液缓缓滑入两颗愈渐回温的心。

欧文瑾再次为自己的杯子注入红酒,深邃的眸光紧锁住童语的瞳眸,"小语,这一杯我自罚,我为当年的事向你道歉。我母亲她不该那样对你,这一切都是我的错,我没有保护好你,让你受委屈了。"

伤感心痛的男人仰头喝尽杯中的酒,一滴泪悄然滑落……

童语望着这样的欧文瑾,她的心莫名地疼痛。她赶紧安慰他,"文瑾,这不是你的错,也不能怪伯母,如果换作是我,我也会那样做的,如果非说她有错也是错在她太爱你。"

说到这儿,童语主动为欧文瑾的空杯倒上酒,她端起自己的杯子由衷地笑了,"文瑾,喝了这一杯,我们就把过去的所有不快都忘掉吧。你看我们现在过得都很好,并没有因为当年的事损失什么,反而它让我们懂得该怎样去珍惜现在的生活。"

欧文瑾望着眼前柔美恬静的女人，内心酸楚不已。小语她没有变，还是这样地体贴善良，总是为别人着想，说到底是他没有福气，竟然错失了这么好的女人。

迷离摇曳的灯光下，两个人放开芥蒂促膝交谈，不知不觉中数杯红酒下腹，渐渐地童语净白的脸颊浸染了妩媚的桃红。

"小语，江岩他对你……"欧文瑾终于还是问出了口。

童语醉眼迷离，笑得妩媚，"江岩他……他对我很好，这些年多亏了有他照顾我，才能让我度过一个又一个的难关。"

听到童语的感激之言，欧文瑾心里顿时五味杂陈，说不出的苦涩。他真的很想告诉她，有些难关就是江岩给她设置的，他的目的就是想让她依靠他，离不开他。但欧文瑾终究是没有说出口，他潜意识里不想让童语再伤心，倘若她知道了事情的真相，她还能承受得住吗？

童语没有忽略某人的欲言又止，她眯着眼眸研究着欧文瑾的神情，显然她会错了意，她还煞费苦心地劝着他，"文瑾，人生就好比在下一盘棋，任何人都不能悔棋，无论对与错，我们只能按着自己选的路走下去。"话是说得没错，但童语的心也不好受，即使她再强装淡定，在自己曾经爱的人面前还是容易伤感的，故而她说这话时，眼睛自然就湿润了，泪瞬间涌了出来。

欧文瑾本来就强忍着自己不去触碰她，但看见她哭了，他也就不再压抑自己，倾身把童语拥进怀里。

被酒水浸泡的童语，大脑阵阵眩晕，她挣扎着要摆脱欧文瑾的怀抱，却反而被他拥得更紧。

欧文瑾紧拥着童语，怀里的女人亦如往昔地柔软温香，美好得让他恍如在梦中，让他不舍得放开她，只想把她拥得更紧。他俯下头，轻颤的薄唇触碰着女人的耳垂，"小语不要动，让我抱一会儿，就一会儿……我想你，我真的很想你。"

感受到怀里的女人不再动了，欧文瑾才说出憋在心里的话，"小语，自从我上次见到你，我怎么也静不下自己的心，我竟然疯狂地想再见到你，所以我又来了，还强行地把你弄上车，又逼着你陪我吃饭。我知道我不该这么做，但是我无法控制自己的心……"

第四章 吹皱心湖

这个男人的怀抱亦如梦中的温暖，童语心跳加速。她听着他低柔蛊惑的倾诉缓缓抬头，却不想跌进一泓深邃的墨潭。欧文瑾的目光深不见底，把她深深地吸了进去，她终于明白自己为什么害怕与他相处，她怕的不是别人，而是自己那颗没有枯寂的心。

欧文瑾似乎抱上了瘾，怎么也不肯放手，其实他早就想这样抱着她。凯元店的那次重逢，他被震惊得无以复加，惊喜与兴奋狂乱地轰炸着他思念的心，他差点就把她拥进怀里，就像今天这样，紧紧地抱住她。

"咚咚咚……"突兀的敲门声打断了一室的暧昧，惊醒的童语慌忙推开欧文瑾，与此同时有人推门走了进来。看清楚进来的人，童语明显地手足无措，因为来的不是别人正是她的顶头上司苏逸。

苏逸显然也没有想到会撞见这样暧昧的一幕，他止住脚步，身后的妻子何琳毫无预警地撞在他的身上，场面立现尴尬。

苏逸到底是苏逸，片刻就恢复了神色，镇定地揽过身后的妻子，笑着向他们走过来。

几个人中最正常的还要属欧文瑾，他丝毫不觉得有何不妥，此时的他已经热络地握住苏逸的手，两个人相互打着招呼。

原来苏逸难得不加班，趁着周末他与妻子何琳也来这家酒店用餐。说来也巧，这酒店正是苏逸向欧文瑾推荐的，但苏逸也没有想到他今晚真的会来。方才在包房里他随口问了服务生，预订山水阁的客人来了没有，服务生笑着回应，早就到了，可能都快结束了。

苏逸一听赶紧取出卡递给服务生，并叮嘱他把两个包房的账都结了，出于礼貌他又带着妻子亲自到旁侧的包房敬酒，可没有想到竟撞见他们俩人相拥的一幕。

# 第五章　相思秋怨

苏逸的加入让童语直感无地自容，她知道这下她就是有几张嘴也说不清了，不过再难堪也不能对来者视而不见，所以当苏逸给欧文瑾介绍妻子何琳时她就迎了过去，"这么巧，苏经理也在。"

苏逸诧异地打量着面前的女人，其实苏逸并没有注意到欧文瑾抱的女人是谁，可这一听声音，他才认出这竟是他的属下童语。也难怪他没有认出来是她，此时的童语完全变成陌生人，平时一丝不苟的发髻早已被打散开，宛若绸缎般的长发慵懒地覆在肩上，由于喝酒的缘故，她的脸微微泛红，双眸水润含羞，神态甚是娇媚，真是没有想到去掉伪装的她竟是这样美丽动人。

童语倒是忘了自己没有戴眼镜，笑着向何琳伸出手，"你好，我是童语，在苏经理的手下工作。"

何琳大方地与童语握手，她可爱地睁大眼睛，唇边的梨涡跳动，"我怎么不知道，苏逸的公司有这样一位美人啊，呵呵……你好，我叫何琳，是你们苏经理的老婆。"

听到对方夸自己，童语笑得羞涩，"我很喜欢看你主持的节目，没想到你本人比电视上更漂亮。"

原来何琳正是同城电视台的主持人，这几年风头正劲的她已成为本城的王牌主播，她外貌出众，主持风格活泼，倍受本城观众的喜爱。并不热衷电视的童语之所以一眼就认出了她，还是因为何琳那标致性的笑容，亲切可爱、还有一对甜美的酒窝。

"你们两位美女就不要再相互客气了，既然这么投缘就一起坐下来多喝两杯。"欧文瑾招呼大家都坐下。

四个人一起坐下来，热络地喝了杯酒。何琳好似很喜欢童语，故作神秘地

和童语咬着耳朵,"怎么样,你们这位领导有没有剥削你们啊?我告诉你,他可是个典型的工作狂。"

苏逸无奈地摇头,宠溺地给妻子矫正,"这回你可错了,你面前的这位童经理才是少有的工作狂,带病坚持工作,最后竟累得住进医院。"

"什么时候的事?我怎么不知道你病了。"欧文瑾关切地注视着童语,怪不得看她越发削瘦了,原来是生病了。

"没什么,只是小感冒,早就好了。"童语轻描淡写地带过这个话题。

苏逸没有忽略欧文瑾眼中的关爱,他的心已明了他们的关系,看来大家的猜测并没有错,他们二人的关系不只暧昧,还很亲密。

苏逸主动给欧文瑾和童语重新倒了酒,年龄相仿的四个人很容易找到共同话题,古灵精怪的何琳又非常会调节气氛,他们边喝边聊,竟又喝了不少的酒。

苏逸与何琳回到自己包房时,何琳逼近苏逸的脸,笑得颇为诡异,"老实交待,这个漂亮女人是不是你招进来的呀?你不会藏有私心吧?"

对于妻子的拷问苏逸一点都不奇怪,他给何琳盛了碗汤,答得很是从容,"这位童经理的确是我招进来的,但她为人低调,工作努力,任劳任怨是个难得的好帮手。"

"可是她分明和那个东北大区经理关系暧昧耶,人又长得漂亮,怎么可能低调得起来?"何琳旺盛的好奇心又在作怪了。

苏逸伸手敲了下妻子的额头,"小脑袋又开始胡思乱想了,你与其操别人的心,还不如想想怎么快些给我生个儿子。"

何琳本来嬉笑的脸,一听这话小脸顿时一垮,表情立现哀怨,清脆的声音连珠炮似的蹦出来,"你连我都顾不过来,我简直就是你扔在一边任其自生自灭的小草,你还想再添根小可怜草?老公,你可不能这么自私。"

"小草?我怎么不知道我老婆孩子都是草?他们在我心里最重要。"苏逸望着表情丰富的何琳,耐心地给她纠正她的错误观点。

何琳显然不想再谈这个话题,无所谓地耸耸肩,"OK,就算你说的对,那你现在也没有时间去陪伴孩子,我不能让他幼小的心灵就有了被遗弃的感觉,所以老公,等你什么时候能意识到老婆最大,孩子第一的时候,我们再谈这个问题。"

苏逸目及妻子的表情不悦，赶紧揽过何琳的肩，"好了，怎么还越说越激动了，你要是暂时没有这个想法，我们就等以后再说，反正日子还长着呢。"

何琳表情复杂地闭上眼睛，伸手环住丈夫的腰，深深地叹气，"对不起，是我最近压力太大了，请给我时间，我还没有准备好去面对家里的这个新成员。"

苏逸心疼地拥紧妻子，他虽然对电视台的工作并不了解，但他清楚那里的竞争有多激烈。自己的妻子一无后台，二无背景，能站在今天的位置已属不易，而她的这段心酸奋斗史里，他并没有参与，这一点他是愧对她的。

江岩自从在会所被童语撞见他和尹静的事之后，有意地讨好童语，对于妻子养病期间的若有所思他也识趣地不去点破，毕竟是他有错在先。现在的他不但天天尽量早回家陪童语，还抢着做家务，可是今晚他望着一桌子的菜，有些不是滋味。他和童语两人都是以工作为重的人，故而对于晚上偶尔的应酬，都给予了理解和宽容，但童语的病刚好，就这样辛苦地陪客户应酬，他还是有些放心不下。

江岩看了看墙上的挂钟，都十点多了童语还没有回来。他无聊地摁着遥控器，电视画面闪得飞快却始终没有定台。突然手机铃音响了起来，他焦急地抓了过来，"小语，你怎么还没有回来，用不用我去接你？"

电话那边沉默数秒才发出声音，"……江岩，你心里难道就只有她吗？"尹静哀怨的声音飘了过来。

江岩一怔，随即脸上露出不快，"我不是告诉过你不要再给我打电话吗？"

尹静似乎被他冰冷的语气给冻伤了，声音不禁哽咽，"是，是我没出息，你这样对我，我还是舍不得离开你。江岩，你就是个浑蛋，对根木头爱得死去活来的，我真不明白她哪里比我好？"

"够了，我不想听这些，我自己的家事不用你操心。"江岩站了起来声音愈发不悦。

"好啊，你不想听这些，那我就告诉你些你想听的，你老婆又把你一个人扔在家里了吧？我今晚在君悦来看见她了，她跟上次绅士会所你的同学在一起，看得出他们关系很不错，亲密得很。"生气的尹静说完就啪的一声挂断电话。

江岩呆怔地站在那里，手机脱落掉在地上。他有些不太相信自己所听到的，

第五章 相思秋怨

　　小语怎么会和欧文瑾在一起？如果是真的，那欧文瑾这次来就一定是有备而来。当年由于他的疏忽，那封匿名信是从大连寄出去的，故而聪明的欧文瑾只要拿到那封信就会怀疑是他做的。倘若他回来是为了告诉小语真相，那小语和他的婚姻是不是也该走到头了？

　　蓦然江岩又摇了摇头，拾起地板上的手机放在茶几上，缓步来到凉台。也许是自己紧张过头了，这很可能是尹静为了气他而胡乱说的，况且现在的欧文瑾早已不是当初的欧文瑾了，经历过这么多女人的他，怎么还会为了别人的妻子而冲动做傻事呢？

　　江岩从兜里摸出一包烟，指尖颤抖地点燃一支，烟雾缭绕中他的眸子愈现焦灼，一颗心起起伏伏，却始终不能平静。

　　心烦意乱的江岩目光忽然一滞，视线里多了一辆车子，越开越近最后稳稳地停在他家楼下。江岩下意识地往里避了避，很快车上走下来一男一女，男人怜惜地理了理女人被风吹乱的长发，两个人轻声细语地说着话，很是依依不舍，最后在女人的注视下男人才上车离去。

　　江岩的心骤然收紧，砰的一声似有什么东西应声而碎，修长的手指猛然掐灭指间的烟火，烟尘撕裂，顺着指缝洒落下来。江岩的目光渐渐冰冷，楼下的那两个人不是别人，正是童语和欧文瑾。

　　童语在上楼的时候忽然想起什么，匆忙地在包里翻找着，而后她才想到她的眼镜和银簪还留在欧文瑾那里。她有些懊恼自己的坏记性，居然忘记要回她的东西。时间并不容她多想，随手在包里找出一支笔把长发利落地盘在头上，来到家门前她拿着钥匙刚要开门，门就被江岩打开了。童语笑得有些不自然，"你怎么还没睡，我是不是惊扰了你？"

　　江岩笑了笑摇摇头侧身让妻子进来，童语进屋后就急着脱靴子，结果没站稳险些摔着。江岩手疾眼快地抱住妻子，随即他的鼻子就蹙起来，这女人真是没少喝，看来他们喝得还颇为尽兴。

　　"累了吧，又陪客户了？"江岩极力压抑着自己的不快。

　　童语含糊地嗯了一声，直奔卧室去换睡衣。

　　江岩来到沙发前坐了下来，看童语的神情欧文瑾并没有告诉她什么，那么他这次又是为何而来呢？难道他只是想让小语与他旧情复燃，以此来报复他吗？

再次出来的童语看到丈夫坐在沙发上发呆，她的目光随意一扫，却看到餐桌上没有动过的饭菜。她的心一紧走过去握住江岩的手，"在想什么？你怎么还没有吃饭？"

"哦，没什么，一个人吃也没什么胃口，所以我一直在等你。"江岩笑得有些牵强。

童语微微叹息，她挽起江岩的胳膊，把他拉到餐桌前坐了下来，"来，我陪你一起吃，刚才和客户吃饭我也没吃饱。"童语好似为了验证自己的话，她拿起筷子夹了一块红焖肉放进嘴里，边嚼边夸赞道："嗯，还是你做的菜好吃。"

江岩配合着又给她夹了一块肉，"好吃你就多吃些，病刚好你得多注意身体。"

童语的心很痛，丝丝的愧疚胀满她的心房，自己的丈夫在家做好饭等她回来，她却背着他去和别的男人约会。

江岩的心更痛，方才楼下的她分明是长发飘飘，笑容亮丽，而她为了欺骗他竟然……他们俩究竟在一起做了什么？让她头发凌乱地回来还饿着肚子，难道他们真的已经……江岩不敢再想下去，他已经害怕知道真相。

童语和江岩颇为沉闷地吃了饭，饭后心情复杂的江岩借故有些困乏先行回卧室休息了。童语把碗筷清洗干净，又去冲了个热水澡才回到卧室，看到江岩已经睡了，便悄然地上了床，轻缓地躺在他的身旁。

童语刚闭上眼睛，旁侧就伸过来一双手把她拽入怀里，转瞬间江岩已把她反压在身下，大手迫不及待地滑进她的睡衣。

童语的身子微僵，紧抓住江岩的手，今夜的她身心疲惫，她不想，也不愿去做那件事。

对于童语的抵触，江岩丝毫不觉得奇怪，他没有停止手里的动作，反而愈加激烈。他极尽所能地挑逗着女人木然的身子，湿热的吻堵住童语微启的唇。

在这场欢爱里，诚然江岩是努力的，可童语却怎么也进入不了状况，她安静地躺在江岩的身下，默默地承受着他的予取予求。江岩心里本来就压着一股火，这样的童语更让他气恼。她还是这么残忍，对他没有一丝激情，在他的身下她永远是尾脱水的鱼，如果换作是"他"，她还会这样无动于衷吗？

想到这里江岩停下动作，幽冷的目光直视着童语的眼睛。他想看出她的真

第五章 相思秋怨

· 53 ·

正想法,然而他什么也没有看到,身下的童语只是睁着一双无辜的大眼睛静静地看着他。

这样的眼神让江岩更加挫败,就在童语以为一切都已结束的时候,江岩不再犹豫进入她的身体。童语吃痛闷哼出声,这痛苦的呻吟却如强心剂般的注入江岩的心。

童语纤眉紧蹙,她尽可能地舒展着自己的身体,以缓解江岩带给她的疼痛,可这疼痛又来得这般真切,让她不得不再次紧绷了身子……

餍足的江岩终于一泄千里,他无力地瘫在童语的身上。童语迟疑地伸出手,轻抚他的肩背,"江岩,你在生我气吗?"

江岩没有回答她的话,只是翻身躺在童语的身侧,紧闭着双眼好似睡着了一般。童语只得作罢,轻柔地给他盖好被子,转身下床去了洗手间。

江岩在童语离开后才缓缓睁开双眼,他的眼角微抽隐现湿润。他莫名地感到沮丧,他知道他的妻子不爱他,可是这么多年过去了她却依旧对他毫无激情,在他的身下她永远只是承受,是奉献,那无辜的表情更是刺痛了江岩的心……

那一边童语的家阴雨绵绵,凉风瑟瑟,而这一边苏逸的家却是和风细雨。

激情过后的苏逸搂着何琳,修长的手指有一下没一下地抚摸着她的肌肤,最后停留在她的腰上,"这里怎么紫了一片,是不是你走路毛毛躁躁的又撞到了哪里?"

何琳脸色微变,撒娇道:"哪里有啊?我怎么不知道。"

苏逸坏笑着亲了下妻子的脸,暧昧地低语:"就是方才我在后面时,看得很真切。"

何琳娇笑着捶了他一拳,"坏家伙,让你偷看我,我也要看看你。"说着她的青葱小手就去掀被子,苏逸及时地摁住,有意地提醒:"你确定你要看,看过后可是要付出代价的。"

苏逸的话还没说完,何琳的手就缩了回来,菱唇不满地一翘,"我可不奉陪了,明天你可以睡到自然醒,我一大早还要赶到电视台去录节目。"说着她真的打了个哈欠,闭上了眼睛。

苏逸也不勉强,体贴地给何琳掖了掖被子,伸手关了床头灯。

"老公,明早你还是叫我吧,我可不能迟到了……"何琳的声音越来越小。

"好，你就放心地睡吧，明早我起来做早餐，你可以多睡一会儿。"苏逸宠溺地抚了抚何琳的头，小巧的女人蹭了蹭苏逸的怀，紧贴着他睡了过去。

看着妻子恬静的睡容，苏逸的心里涨满了满足感，他觉得自己回同城发展的决定是对的。当初他们结婚那会儿，何琳还不是同城电视台的主持人，只是台里栏目组的采访记者，不被重用，做的都是别人不愿意接的苦活、累活。那时候两人曾约定，等苏逸在天津一切稳定后，何琳就辞掉这面的工作去他那边共求发展，然等到苏逸一切发展顺利让何琳过去时，她却婉拒了。

原来台里创办了一档新的新闻性栏目，竟破天荒地提何琳为主持人兼制片人。这让何琳重新提升了自信心，也对自己今后的发展燃起希望，故而她违背了两个人当初的约定留了下来，也因此造成苏逸与何琳长达数年的两地分居生活。

在天津苏逸的才华很快得到展示，最后成为知名品牌汽车4S店的总经理，而这边同城的何琳也顺风顺水，前程似锦的她最终成为电视台的王牌主播。

他们俩都是热爱事业的人，都割舍不下自己的现任工作，直到今年同城中天公司的王董事长要加盟北京凯元汽车4S店，他特意去天津邀请苏逸回同城任职。尽管王董事长给他开出高薪，但同城那样小规模的城市自然不能与天津同语，但苏逸再三考虑，还是决定辞职回同城与何琳团聚。有了苏逸的牺牲，他们夫妻也终于结束了两地的分居生活。

欧文瑾住在开发区的一家酒店，早上起得颇晚，他刚冲了个澡出来，就听到有人摁门铃。他套了条西裤走过去开门，站在门前的竟然是江岩。这一次倒换作欧文瑾淡定如斯了，他的唇角大大地勾起，将门大开，"请进吧。知道你会来，只是没想到你会这么迫不及待地一大早赶过来。"

江岩并不理会他的冷嘲热讽，自顾走进房间在沙发上坐了下来，目光扫视着欧文瑾。而欧文瑾像是故意考验某人的耐心，慢悠悠地用大浴巾擦拭着头发上的水珠，微低的头把他刀削般的下颌完美地呈现出来，清晰的唇线微微上抿。

江岩耐着性子欣赏着某人健硕的好身材。半裸着上身的欧文瑾，宽厚结实的美胸下隐现六块腹肌，江岩脑海里忽然闪出一幅画面，就是这样的欧文瑾把柔弱的小语压在身下，他的小语将会是什么反应？

这样的联想让江岩的心猝然揪痛,他错开目光点燃一支烟,稳了稳自己的心绪,"文瑾,我们谈谈吧,不需要拐弯抹角,说说你来的目的,你究竟要做什么?"

欧文瑾无视江岩的询问,从衣柜里取出一件熨烫平整的衬衣穿上,修长的手指慵懒地系着扣子。一切收拾妥当,他才缓缓开口,"什么目的?江岩,现在人都是你的了,我还会有什么目的?"

欧文瑾气人的语气让江岩有些火大,他掩饰着把目光转向还没有整理的床褥,然,江岩转过去的视线却再也没有离开。在酒店那对标准的躺枕旁正散着两个小物件,小语的黑框眼镜和她常戴的那根水钻流苏的银簪。江岩只觉嗡的一声,他的大脑一片空白。

欧文瑾疑惑江岩的反应,他顺着他的目光望了过去,随即他唇边的弧度就愈滑愈大。原来江岩看到的正是他忘记还给小语的眼镜和银簪,昨夜有些失眠的他捧着小语的东西借物思情来着,可谁知却被此时赶过来的江岩看了个正着。

欧文瑾踱步来到江岩面前,伸手揭走他唇上的烟,放入自己的嘴里狠吸一口,清爽的指尖暧昧地抚摸着烟体,"上学那会儿,我们好得常常共吸一根烟,真是没有想到现在连女人都可以共享。"

江岩冷冷地收回视线,望向欧文瑾的眸中已满是怒火,"文瑾,小语并不适合你的游戏,你身边的女人哪一个不比她懂得讨男人喜欢,你又何必为了报复我而去伤害她呢?"

欧文瑾把剩下的半支烟掐灭在烟灰缸里,薄唇吹了下指尖上的烟尘,语气很是漫不经心,"谁说我是在游戏,说不定我是认真的。"

江岩鼻子冷哼,不屑地反问:"我和小语都已经结婚了,你以为你还能改变什么?"

不料欧文瑾却笑了,他轻拍了下江岩的肩膀,笑得极为轻松,"江岩,你可真是单纯,婚姻这种事还不是说散就散。小语以前就曾是我的女人,女人大都忘不了她的第一个男人,你说我们俩谁的胜算更多一些呢?"

江岩额头的青筋隐现,条条绽出,怒火已让他彻底失去冷静,"你撒谎!你根本不是她第一个男人,我和她在一起的时候,她分明青涩得⋯⋯"

"那请问您,你们的第一夜她落红了没有?"欧文瑾打断了某人的争辩,气死人不偿命地补上一句。

"她没落红又不是因为你,那是因为她的继……"江岩的话戛然而止,他蓦然清醒,他已正中某人的下怀。

"继什么?为什么不接着说下去?"欧文瑾收敛了笑容,望着语塞的江岩,他的眸光渐渐冰冷,"既然你不想说下去,那就由我来说吧。那是因为她的继父,他强暴了小语,夺走了她的童贞。江岩,话说到这种地步你还要继续伪装下去吗?"

江岩的眉眼抑制不住地抽动,"这与我有什么关系?你母亲瞧不起小语在先,你的家人都认为她这个贫困生配不上你这个高干子弟。文瑾,试问当时的你有能力改变这一切吗?"

欧文瑾的眸子溢满痛楚,一字一顿地控诉着某人的罪行,"如果不是你给我母亲寄去了那封要命的匿名信,如果不是你在小语失踪时隐瞒了她的去处,如果你事先就能把这一切都告诉我,我们不会就这样分手。江岩,你才是分开我和小语的罪魁祸首。"

面对欧文瑾痛心的质问,江岩反而平静了,他靠在沙发上颇为无奈地看着欧文瑾,"是又怎么样?你们分开是早晚的事,我只不过加速了这个过程。平心而论我不觉得小语嫁给你会幸福,相反只有我才可以给她想要的平静生活。"

欧文瑾望着狡辩的江岩,讥诮地卷起唇角,"她想要的?你让她选择了没有?你活活地把她逼进一个无路可走的死胡同,让她不得不感恩地嫁给你。"

这话管用,没有什么比"感恩"二字更能刺痛江岩的神经,他倏地站了起来,紧紧揪住欧文瑾的衣领,从牙缝里逼出语句,"我告诉你欧文瑾,我以小语丈夫的身份警告你,不要再去骚扰我的妻子,你们的事到此为止。"

欧文瑾猛地挣脱开江岩的钳制,轻轻地拂了拂衬衣上的折皱,薄唇优雅地挑起,"江岩,我也明确告诉你,你做不了任何人的主,昨夜只是开始还会继续,我会唤醒小语对我的全部记忆,直到她心甘情愿地跟我走。"

两个冰冷的男人瞳眸久久对视,噬骨的利芒怨毒地刺向对方。如果眼神能杀人,他们俩势必都已千疮百孔,体无完肤。谈话已进入僵局,再说下去已无意义,江岩临走时拿走了小语的眼镜和银簪,而欧文瑾在他离开后更是和某人斗气似的摔了茶几上的烟灰缸。

第五章 相思秋怨

周日上午,童语把家里彻底清洁一遍,又去露台把昨天清洗的已晾干的衣服取下抱回卧室。走进卧室的童语望着正倚躺在床上看书的江岩微蹙了下眉,她把衣服都放入衣柜里挂好,才转身来到床前坐下,顺手拿走江岩手里的书,"在想什么?连书都拿倒了。"

江岩回过神来目光注视着童语却不做声。童语伸出五指在他的眼前晃了晃,不料却被江岩猛地抓住把她带入怀里,"小语,我们要个孩子吧?"江岩紧紧地抱住童语,涩声相求。

童语一怔,显然被江岩的话给吓着了,"为什么突然想要孩子?咱们不是说好等过两年你工作调回去时再说吗?"江岩和童语的工作都很忙,故而夫妻俩一直没有要小孩的意向,下个月才是童语二十八岁的生日,她原计划也是等自己过了三十岁再说。

"最近总觉得家里太清静了,有了孩子我们的家会热闹些。"江岩的语气让童语很难受,一向坚强如铁人的他何曾这样伤感过,可现在江岩提出的这个要求也着实让她为难。

童语来中天公司还不到三个月,还没有发挥她应有的作用,售后部方方面面都需要她去操劳,满腹的规划也等着她去实践,而这个时候让她回家养胎,她还真是做不到。况且当初苏逸面试她时,就曾询问过她是否有要孩子的打算,苏逸重申他招的这位售后服务经理必须全方位地配合他的工作,至少一年内不能因怀孕分娩而耽误工作。

"江岩,再给我两年的时间,到时候你在同城的三年任期也满了,等你再次调回哈市后我就不出去工作了,好好地在家怀孕生子。"童语的语气温柔,试图说服江岩。

江岩的双臂一僵,缓缓地放开童语,"为什么非要等到调回去才要,你就这么不希望拥有我们的孩子吗?"

童语有些诧异江岩的过敏反应,抚了抚他的额头,"江岩,你怎么了?发生了什么事?以前你不是这样说的,我怎么会不想拥有我们的孩子呢?我只是觉得自己刚刚到中天公司,还没有做出些成绩就回家养胎,这多少让我有些难做。"

江岩深深地叹息,转身无力地躺倒在床上,语气里有着前所未有的抑郁,

"小语，你为什么就不能多考虑下我的感受？为了工作你可以常常把老公扔在家里，为了工作你更可以不要孩子。我知道你是个事业心强的女人，可是在你强调自己是名售后经理之前，是不是更应该晓得你首先是我江岩的妻子，是我未来孩子的母亲？"

童语没有做声，这个时候她不想为了逞口舌之欢而影响他们夫妻的感情，她坐在那里望着江岩的背影深感无奈。

就在夫妻二人都沉默不语的时候，床头柜上响起震耳的嗡咛声。童语取过手机一看面露异色，她起身出了卧室来到露台才接起电话，"喂，文瑾……"

"小语，是我，你现在方便吗？我想见你。"听得出欧文瑾的心情不错。

童语有些为难，江岩还在生她的气，这个时候她一声不吭地就走掉会引起他更大的不满。

"小语你在听吗？"欧文瑾似乎觉察出童语的异样，继而又补充道，"我下午就要离开同城回去了，想在走之前见你一面。"

"我在听。"童语压低了自己的声音，"文瑾，你现在在哪里？"尽管现在不方便，可是文瑾要走了，这于情于理她都应该亲自去和他告别。

欧文瑾笑了，"你向下面看……我就在你家楼下，小语，我已经看到你了。"

童语向窗边靠了靠，眼风低飞向下望去，果然欧文瑾出现在她的视线里，此时正站在车旁向她招着手。

童语也笑了，"你等我一下，我这就下去。"她也不再坚持，这人都来了，她更应该下去送他，况且这样让他站在楼下被江岩看到了会更有麻烦。

童语把手机攥在手里，目光扫了扫自己身上的睡衣，她的眉心微蹙，貌似这样下去会有些不妥，可是如若她回卧室换衣服那江岩……

"你在做什么？是谁的电话？"一个幽冷的男音突兀地响起。

童语吓得倒退一步，捂住心口，"吓死我了，你，你什么时候出来的？一点动静也没有。"她极力掩饰着自己的心慌，有些埋怨地责备着面前的江岩。

江岩平静的目光扫过童语的手机，再次问道："是谁的电话，让你这么紧张。"

"没谁的，是公司的同事，有些工作上的事情找我沟通。"童语的谎话脱口而出。

第五章　相思秋怨

"哦,那就好,我是在卧室里闷得慌想出来透透气,没想到会吓着你。"江岩走到童语的身前,伸手环住了她的腰,嘴唇不经意地擦过她的唇,落在她的耳垂上,嗓音格外地低柔,"对不起小语,方才是我太急躁了,孩子这事我们慢慢再商量,今天你难得休息,一会儿我们就出去吃午饭,对,就去街对面的那家川府火锅。"

面对这样的江岩,童语反而愧疚了,毕竟妻子给丈夫生孩子这是天经地义的事情,这也是江岩应有的权力,因此她也检讨了自己,"是我不好,不该忽略了你的感受,这件事让我再想想。"

"真的吗?你会考虑孩子的事?"望着江岩的惊喜,童语轻轻地点头。童语的松口无疑是给了江岩莫大的希望,他激动地抱住童语,随即狂喜的吻就覆了上来,在童语的粉唇上辗转缱绻。

童语的脸哄的一下就红了,这毕竟是露台,大庭广众之下的,这让她怎么好意思?她急忙推拒着江岩,"呜……不要在这里……江岩不要……"

但激动的江岩并没有放开童语,反而把她牢牢地顶在露台的落地玻璃上。江岩炽热的唇愈吻愈烈,惹火的大手更是抚摸着童语的温香软体。

此时的江岩,余光瞥向楼下那抹熟悉的身影。在四楼这样的高度,当着下面那位自大高傲男人的面,把童语牢牢地挤压在玻璃上亲热,这带给江岩的竟是无法感知的快感。

同城这个地方因为地处偏寒的北方,所以本市的露台都是全封闭式的。童语家的这栋楼,露台的三面都设计成落地的玻璃窗,采光是相当的不错,可这也让站在楼下的人能清楚地看到上面发生的一切。

欧文瑾仰望的面孔现出僵滞,他倒抽一口冷息,微眯的眼眸惊怒交加,十指紧攥几近青白……他明白,那是一个男人在向另一个男人的宣示,他在告诫他,那是他的女人。

欧文瑾的左肋隐现疼痛,渐渐地这疼痛愈发地撕心裂肺,直至蔓延成灾……

# 第六章　悠悠我心

蓦然的欧文瑾他很想逃，但他的双腿早已僵硬，如注铅般的沉重，让他挪不动一丝一毫。心情恍惚的他脑中滑过一张清丽的素颜，淡雅干净的白裙，浅淡的微笑，宛如清风中缓缓盛开的白莲……

那是他初见童语的惊鸿一瞥，以至于这些年来这魂牵梦萦的情景常常出现在他的梦里。每每他惆怅地醒来，就会感叹这段曾侵蚀他骨髓的爱恋，纵然后来他谈过许多女友，经历过多场欢爱，但他不能忘怀的依旧是那段最纯的初恋……

江岩终于放开童语，粉唇红肿的童语娇喘吁吁，心魂渐定的她霍然转身向下望去，正如她所料，欧文瑾和他的车子早已不见了踪影。江岩在后面意犹未尽地拥住妻子，窃笑的脸深深地埋进妻子的颈窝，汲取着她淡淡的幽香，暖暖的情话继续蛊惑着童语不安的心，"小语，我爱你，我不能没有你……"

童语彻底无语，她甚至不确定江岩这来势汹涌的欢爱是不是出于下面那个不该出现在这里的人。直到他们坐在火锅店里，童语还在想欧文瑾到底走了没有？他是不是已经被他们给活活地气走了？

童语不能吃辣，所以江岩要的是鸳鸯锅，此时他正殷勤地给童语夹着涮好的菜，而童语却体味不到火锅的美味，她的心里已被苦涩所胀满，这让她吃得愈发心不在焉。

江岩倒是心情不错，还自饮了一瓶凉啤。吃得差不多时，江岩扬手示意服务生埋单，然，服务生却告之他们的单已经由6号桌的那位先生给结过了。

江岩和童语都很诧异，他们顺着服务生的提示望了过去，大感意外的是，此时6号桌坐着的男人正是欧文瑾。他独自一人悠闲地吃着火锅，面对他们望过来的目光，欧文瑾撩起俊挺漂亮的长眉，薄唇勾起性感的纹路，优雅地举杯

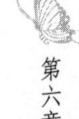

向他们致意。

江岩惊讶地抽气,脸瞬间阴了下来,愤愤地低喃,"他还真是阴魂不散。"

"你说什么?"童语没有听清,她的眸光还停留在欧文瑾的脸上。她不得不承认,这样悠闲惬意的欧文瑾让她难受的心多少得到缓解。

"你再不收回你的视线,我会认为你想过去和他聊一聊。"江岩酸楚地责怪着童语。

"啊……"童语怔然,她转眸看了看脸色阴郁的江岩,没有再说话。这情形还真是让她两头为难。

江岩看着低头不语的童语,觉得自己有些过头,便缓和了语气,拉起妻子的手,"我们去附近的超市看看吧,买些牛肉,咱们晚上包饺子。"

童语当然同意,多年的相处,她已经看出了江岩隐忍的怒火,再待在这里,说不定这两个男人会发生什么样的状况。

江岩站起身来,拉着妻子的手快步走出火锅店。这里他一分一秒都不想多待。

童语紧跟在江岩的后面,虽然此时的她很想过去和欧文瑾道声别,可现在她也只能这样不辞而别。临走时童语飞快地回头,冲着正望着她的欧文瑾歉意地一笑。

望着童语的背影消失,欧文瑾神采奕奕的黑眸才黯淡下来,他有些自嘲地放下杯子。他的身体里似有一种声音在叹息,你到底在做什么?如此疯狂地追着一个有夫之妇,你真的肯定她能跟你走吗?倘若到了最后她选择的人仍然是她的丈夫,你将情何以堪?

在人潮如涌的超市里,童语的手机轻震,她扫了眼正在挑选牛肉的江岩悄然地转过身去,从风衣口袋里飞快地掏出手机点出信息:我走了,小语多保重,以后我会常来看你,请勿挂念,我们下个月见!

童语说不清此时自己的心情,她嘘了口气有些怅然若失地把手机放回去,紧张刺激的日子终于结束了,她想她应该是高兴的……

"在想什么?"江岩轻拍妻子的肩,把手里的牛肉馅放进童语推的购物车里。

童语下意识地拂了拂耳边的碎发,抬眸望向前方的果蔬区,"我在想咱们是包韭菜牛肉的还是包圆葱牛肉的?"

"既然喜欢吃就都包些,吃不了咱们可以冻起来。"江岩笑着揽过妻子的肩推着购物车一起向果蔬区走去。江岩的眉宇舒展,他当然猜得到那个短信是谁发来的,明天是周一,欧文瑾必然得回大连上班,所以他今天到他家来是和小语告别的。

影响童语心绪的男人走了,这也让心神不宁的江岩松了口气,他和小语的日子终于恢复了平静,尽管它是短暂的平静……

开业后的凯元店较先前的紧张繁忙轻松了不少,九十月份本是汽车销售的旺季,所以凯元店验收后的首个月业绩很是不错,超额完成了北京凯元下达的销售任务。这也让凯元店拿到了第一笔足额返利资金,做为销售部的经理尚玲自是喜出望外。

在凯元店周一的例会上,苏逸十指相扣搁于桌面上,他表情专注地倾听着各个部门经理的发言。他的眸光掠过深棕色的实木班台,落在讲话的童语身上。

此时的童语正对售后部今后的工作陈述自己的想法和建议,"……现在正是建立车友俱乐部的好时机,在同城形成第一家上规模的车友俱乐部,融洽并提升我们与客户的关系,拉拢各方面用车客户的人心,以达到树立凯元4S店在本市同行中的标杆形象……"

"我不同意你的看法……"尚玲突兀地打断了童语的讲话。

童语平静地望了过去,诚恳地询问:"乔经理能说说你的理由吗?"到会的其他部门经理也向尚玲投去探究的目光。

尚玲低头一笑,"童经理的建议听起来不错,但是并不适合现在的凯元店。"尚玲顿了一下,迎着大家的目光开始阐述自己的理由,"众所周知,上规模的车友俱乐部都需要大手笔的投入资金,耗费人力、物力、财力不说,短期内还见不到任何的成效。我们凯元4S店的情况也是刚刚起步,还不具备有这样的闲钱去做这种空中楼阁的设想,与其把钱投在这种不切实际的设想上,还不如用在汽车销售的宣传活动上。"

有人倒吸口凉气,这尚玲的话虽说得有道理,可是她这样唐突地打断童语的发言,此刻还直言不讳地指出童语的设想"不切实际"、"空中楼阁",这不能不让人惊叹。此时企划部和市场部的主管经理又双双把目光投回被批评的童语身上。

童语并没有像尚玲那样打断她的谈话，反而在认真地倾听，那张平静无波的脸上竟还带着浅淡的笑，让人错觉尚玲说的不是她，是在批评一个与她无关的人。

"……话说金九，银十，现在正是我们汽车行业销售的黄金旺季，别家汽车4S店都把年底作为全年销量提升的好时期，我们销售部也做好最后拼搏的准备，因此我建议把重心放在汽车销售的宣传活动上去，这样会更见实效。"

尚玲并没有觉得自己方才的行为有多不合时宜，发表完自己的看法，直接把目光投向了沉默不语的童语。

童语抬眸，纤细的手指扶了扶鼻梁上的镜框，似乎斟酌了下自己的语气，"乔经理说的很有道理，但我并不认为我们的想法有矛盾之处，相反还会互为受益。同城是个古老传统的城市，这里的人们更注重亲人和友人的意见和建议，他们在有购车意向时，更愿意去相信身边的朋友和亲人的推荐，因此拉拢新老客户的人心是我们必修的课程。建立车友俱乐部不但能提高售后部的收益，更能带动销售部的收益，所以它并不是空中楼阁而是势在必行的趋势。"

说到这里，童语把目光落到尚玲的脸上，语气又柔了几分。

"至于乔经理提出的耗时耗力浪费资金，在这点上我有不同的看法。形成上规模的车友俱乐部是要有个发展过程，那么我们在初级阶段完全可以先展开一系列资金投入并不多的俱乐部活动，打好我们的亲情牌，与客户建立良好的互动关系……"

"童经理你能详细地说说，你所谓的投入小回报大的具体活动吗？"童语的话再次被人打断，并且提出疑问的人在"投入小回报大"的上面加了重复的重音。

再次打断童语话的依然是尚玲，她对童语笼统模糊的概述听得极不舒服，好听的话谁不会说，可是实效呢？中天公司历来都把重点放在销售部的销售工作上，现在刚刚起步的售后部还没有做出什么成绩，就要与她抢分这有限的活动经费，这让她颇为不满。

童语再次推了下那副新买的黑框眼镜，淡粉的柔唇笃定地弯起，"我们可以借鉴和参考的活动有很多，例如为新老客户举办汽车维修保养方面的知识讲座，根据季节的特点开展客户喜欢的体育竞技项目。对于前者我们售后部的技师是现成的授课人选，教室设在店里不用外借，在课后会跟进式地展开一些现场操练指导，但也不会耗费多少人力物力。而后者我们中天公司宽广的厂区里就有闲置的足球和篮球场地，公司的员工活动室里还有乒乓球和台球设施，至于在活动结束时，赠送给客户的奖品和礼品，我想这与客户帮我们所做的宣传比起来已是物超所值。"

会议室里一片寂静，显然大家都认同了童语的想法，先前反对的尚玲此时也是无话可说。

苏逸点了点头，做了最后的总结，"童经理和乔经理的想法都很不错，你们今天就配合企划部把你们的设想都行成可行性报告，并附上详细的数据说明，明早我要看到报告，如果可以的话两个部门的活动我们会同时进行并列开展。"

"你们谁还有不同的看法？"苏逸的眸光在会议室里扫视，各部门的经理都用自己的沉默告诉他，他们都没有想法。最后苏逸站了起来，"那好，既然大家都没有意见那今天的会就开到这里。"

"童经理，你一会儿到我办公室来一趟。"苏逸说完率先走出会议室。

望着苏逸的背影消失，大家才开始窃窃私语。尚玲望着对面的童语，无奈地掀起红唇，"童经理作为同事我不能不提醒你，建立车友俱乐部固然是好事，但是以我们店目前的运营情况来看，并不能为客户充分提供实质性的服务，因而你很难实现俱乐部的功能作用，很可能忙到最后形同虚设，反而让客户对我们凯元店失去信心。"

"谢谢尚经理的提醒，我会考虑的。"童语回以微笑。

尚玲深深地看了她一眼，拿起自己的会议资料起身离开，依旧是她的一贯风格，不咸不淡，不冷不热。

童语到苏逸办公室时，苏逸正站在书柜前翻找着什么。他示意童语先坐下，手上虽忙着，嘴里说的话却还是有条不紊，"童经理，经过我和总公司商议决定第一批去北京凯元培训的人员由你带队，你尽快上报售后部这次培训人员的名单。另外在拟定名单的时候，你最好考虑到不影响售后部的日常工作，培训的人员也要具有一定的稳定性。"

童语认同地点头，"我下午就给你上报人员名单。"

苏逸终于找到他需要的资料，转身回到办公桌前直接把资料递给了童语，

第六章 悠悠我心

"这是其他城市这几年建立车友俱乐部的资料,其中有不少成功的范例,你可以拿回去参考一下。"

童语望着手里的资料有些感动。她很庆幸自己有这样一位好上司,他尊重每一位员工的想法,给你足够的空间让你去发挥,就像现在这样,给你最有力的支持和帮助。

苏逸望着沉默不语的童语,温和地劝慰道:"童经理,部门之间有不同的意见是好事,处理得当就会把阻力变为动力,在我的认知里售后部和销售部是同等的重要。"苏逸对自己曾带过的团队都会有两个必备的要求,就是高度的凝聚力和必胜的自信心,在他看来这才是走向成功的必要因素。

"我明白,苏经理你放心,我会全力配合乔经理的工作。"童语难得地笑了,一抹自信油然而生。

"苏经理没有什么事我先回去了。"童语适时地告辞,不再打扰领导工作。

苏逸点头,他望着童语的背影舒展欣慰的笑容。他喜欢这样的员工,低调努力、不骄不躁、聪慧得体。

苏逸下午去了建设区拜访客户。同城下属桦县的某机关单位近期有购车意向,并对北京凯元的凯特很是关注,曾在电话里与苏逸接洽过。苏逸听闻此客户这几日正在同城参加政府会议,便在下午抽出时间亲自去其下榻的酒店拜访,并在酒店的中餐厅宴请了这位大客户。

结果两个人相谈甚欢,彼此都很欣赏对方的豪爽性格,事情进展得很顺利,苏逸按政府公务类为其让出最大的优惠,充分享受凯元店大客户的特殊优惠政策。对方经过这次的愉悦合作,更是把苏逸当成他的朋友,并表示兄弟单位有购车意向的他都会推荐中天公司的凯元店。

苏逸从酒店出来时天已蒙蒙泛黑,他缓缓启动车子平稳地驶出酒店的大门,就在他打舵往来时的方向转弯时,一辆黑色的奥迪与他擦肩而过。也就是那么随意的一瞥,竟让他恍惚中看到一张熟悉的脸,尽管对方扣着宽大的墨镜,但他还是认出了那是他的妻子何琳。

苏逸的手一顿,随即反打舵跟上开过去的那辆车子。苏逸没有跟得过紧,他始终与前面的奥迪车保持着距离。他仔细地辨认了前面车子的车牌号,这是一辆政府机关的5号车,而它行进的方向是更为偏远的南郊。

苏逸隐约地记得这是去"水苑华庭"的方向。说起南郊的"水苑华庭",在同城是无人不知,无人不晓,那里风景秀丽,依山傍水,环境甚是怡人,是本城最具盛名的花园别墅小区。

一路上苏逸都在猜测,何琳这么晚去那里做什么?按常理这个时间,这个地点,她都不该出现在这里。就在苏逸百思不得其解时,路的前方却隐现出英伦都铎风格的别墅群,苏逸的眸中滑过异色,他猜的果然没有错,这就是"水苑华庭"。

前面的奥迪车开到别墅小区的门口,顺利地拐进奢华复古的铜艺大门,而苏逸的车子却被小区的保安给截了下来,苏逸只能放弃跟进去。他眼睁睁地望着奥迪车绕过中心广场的喷水池向小区深处一路开进去直至消失了踪影,留下的唯有喷水池中那个姿态优美的雕塑,正向他投来优雅从容的微笑。

苏逸自嘲地笑了笑,紧握手机的手指缓缓松开。他深吸了一口气,把手机放了回去,不再停留迅速调转车头往回开。

天色愈渐昏暗,苍凉的天际晕满了浓稠的藏青色,深沉得亦如此时苏逸的心,化不开也淡不了。

苏逸的车子终于开回了闹市区,灯红酒绿,车水马龙,周围的喧闹驱散了他心中少许的阴郁,也让他遐想的心回归现实。他的大脑渐渐清醒,他这是在做什么?他竟然怀疑自己的妻子。他与她高中同窗三载,虽然大学不是在同一所学校,但对彼此的心性都很了解,他应该相信她,而不是在这里胡思乱想。

晚上何琳回家时,苏逸正在书房里写材料。何琳倚在门旁,一脸的疲惫,"怎么还没有睡,在等我吗?"

"嗯,在等你,我这也要写完了。"苏逸望了何琳一眼,又笑着补充道,"今天我在建设区北苑路看到你了。"

何琳打了个哈欠,一脸的无奈,"唉,可不是,我去水苑华庭了。有个难搞定的人物拒绝采访,还好这一趟没白去,他同意接受采访了。"

"吃饭了没有,没吃我给你弄些吃的。"苏逸目光温柔,轻声地问道。

"不用了,我已经吃过了。老公你快写我先去冲个澡,一会儿你要乖乖地陪我睡觉。"何琳边说边向卧室走去。

"好,我这就完。"苏逸应允,脸上的笑容愈发明朗,心里却暗忖,这的确是场误会,还好他没有跟进去。

有了何琳的指示,苏逸是高效率地完成工作。他返回卧室时里面竟是漆黑一片,白色的蕾丝窗帘已全部拉下,皎洁的月光把浅淡的窗缦打上柔和的光影。

然而这漆黑的房间里却环绕着迷幻鬼魅的音乐,苏逸有些不适应房间里的黑暗,他反射性地伸手去开床头灯。

"不要开灯,我喜欢黑暗。"何琳的嗓音慵懒,配着CD里神秘抽象的吟唱,有种说不出的媚惑迷离。她柔弱的小手已准确地拉住苏逸的手,被蛊惑的苏逸就这样顺势躺倒在她的身上……

黑暗中的何琳在苏逸的身下一次次地绽放,他们急切地彼此缠绕,只是苏逸看不到的是女人眼尾悄然滑落的泪……

疲惫的两个人相依而眠,困乏中苏逸低声地轻喃:"你不是最喜欢裸睡吗?这些日子怎么又穿衣服了?"

"坏人。"何琳声如蚊哼,"是我最近胖了,不想把自己最不美的一面留给你。"

苏逸莞尔,不再打扰妻子入梦,只是用手爱怜地轻抚她的头……

在这个月色凄迷的夜晚,童语的家里寂静无声,此时的江岩正在书房里处理白天没有做完的工作,他的妻子童语早已先睡了。电脑旁边的手机突然震起嗡咛声,打扰了正全神贯注工作的江岩,他扫了眼来电显示,果断地摁断电话。然,对方却不肯妥协,一遍一遍不厌其烦地打过来。后来江岩终于失去耐性,决定关机。而手机却在这时发出嘟嘟的短音,提示他有信息进来,江岩想了又想最后还是打开看了。

这条让江岩脸色大变的短信是尹静发来的,原来尹静已经回到同城,她现在病得很重,浑身疼痛,需要江岩的帮助。说到底江岩是做不到铁石心肠,他套了件开衫,拿了车钥匙便匆匆地出了家门。

一路上江岩都在频频地加速,生怕自己慢了一分那个女人就会出事,焦急的心难免生出阵阵的燥热。他滑下车窗,扯开衬衣的领口,让冷风彻底地灌进来,最好能穿透他的胸腔让他有片刻的宁静。

平心而论，他与尹静相处的这段日子里，他是快乐的、满足的。尹静对他很好，知冷知热，甚解风情。

在江岩还没调来同城之前，尹静就是同城分公司的一名普通职员，有一个同居多年的未婚男友，那个男人在职业中专学校的政教处工作，两人的感情一直都很好。

只可惜被周围人都认为是准夫妻的他们却突然分手了，说是分手不如说是那个男人抛弃了尹静，他娶了本市某银行行长的女儿，据说他们是"一见钟情"，"疯狂"地相爱，更是"闪电"地结婚。

未婚夫攀了高枝，抛弃了他们多年的感情，这让尹静深受打击。去年的年初江岩调来同城时，正是尹静最低谷时期，精神委靡不振，工作时常出错，对工作一向严谨认真的江岩自是严厉地狠批了她一顿，并警告她，再犯错她就可以自动辞职了。可以想象得到，那一次尹静是哭着离开江岩办公室的。

后来一个偶然的机会，财务的刘姐给江岩讲了尹静的事，这才知道尹静在未婚夫结婚当天自杀，幸亏抢救及时。他还了解到尹静虽然年轻但平时工作却是积极肯干的，要不是经历这样的感情挫折也不会这么失职。

江岩并不是冷酷无情的人，自己就曾为情所困过，他明白这种伤害对于一个女人来说有多深，所以他对尹静的看法和态度开始转变。

今年的三月，江岩去沈阳与韩国客户洽谈一笔生意，由于尹静是朝鲜族，精通韩语，所以为了方便与客户更好地沟通，江岩带上了尹静一同前往。

这次的沈阳之行，让江岩对尹静的印象彻底改观。尹静无论是在谈判时，还是在酒桌上，都发挥了极大的作用。她反应灵敏，善于周旋，酒桌上的她更是八面玲珑，酒量惊人，还是她把那两个好喝的韩国客户给灌得满意而归。

当然最后还是江岩把酒醉的尹静扶回酒店的。他把她送回她的房间，为她脱了鞋子盖好了被，正要转身离去时，酒醉的尹静却突然抱住欲走的江岩，死死的，怎么都不肯放手。

这让江岩着实措手不及，没少喝酒的他理智地想推开她的纠缠，可是尹静火热柔软的身子却是那么的坚定、那么的义无反顾。她就是要把自己献给面前的男人。

挣扎中江岩与尹静双双跌倒在床上，疯狂的尹静更是将江岩反压在身下。

在这个混乱的夜晚,尹静彻底颠覆了江岩自出生以来对女人的所有认知。

在尹静的掌控下,这场欢爱犹如掠夺的战争,疯狂而彻底。江岩在理智与极乐之间疯狂地游走,他获得的是前所未有的满足和刺激。是的,在一个和长期没有快感的妻子截然不同的女人身上,江岩得到无以伦比的享受。

这就是开始。第二天酒醒后的尹静并没有表现出异色,她坦然地告诉江岩:她爱他,已经爱他很久了,她说不清是为什么,所以昨夜是她自愿的,不需要他负任何责任,就当他们彼此慰藉各取所需。

江岩无语了,这女人已经把他要说的话都说了出来,倒让他无话可说。

从那以后,他们便由同事关系上升为情人关系。尹静对江岩很体贴,她并不像其他情人那样喜欢黏人,无度地索要钱财。她从不向江岩要求什么,对于江岩偶尔的礼物只是欣喜地接受,小心地保管,这也是为什么在绅士会所童语不小心踩坏了她的皮靴,引起她暴怒的原因,因为那是江岩送给她的。

江岩与尹静的关系一直很稳定,两个人在公司里都很低调,没有人知道他们的事情,私底下她总是任性地称呼江岩为老公,但在公司里她却正经八百地尊称他为江总。

直到江岩带她到绅士会所陪客户应酬时遇到了童语,两个人的关系才被撞破。童语提出离婚这让江岩很是恐慌,他还是深爱着童语,不能失去她。故而江岩决定不再与尹静往来,他与尹静深谈了一番,表明他们的关系到此为止,尽管尹静不同意恳求他不要这么绝情,但江岩还是断了他们的来往。

然而今夜,江岩之所以没有狠下心来拒绝她,是因为他觉得自己亏欠了她,也着实有些担心怕她出事。

江岩终于赶到尹静家,匆忙地爬上五楼焦急地按着门铃。门立即就打开了,开门的人急切地把江岩拽进屋里,门关上的同时,她已经把他牢牢地欺压在门上,炽热的吻覆上江岩滚动的喉结,一路吻上他的唇。

暗黑的屋内,江岩终于抓住女人不安分的手,把她反身压制在门上,并顺手开了灯。

耀眼的灯光,晃了两个人的眼,也晃了两颗微怒的心。

江岩与尹静紧视着对方,都隐现燃烧的怒火。

"你骗我?"江岩的声音有些冷,"你扔下那边的工作就这样跑回来了?"

尹静笑了，眼泪就这样砸落下来。她饱满的双唇微颤，声音尽显悲伤，"不骗你，你能来吗？不是因为想你，我能就这样迫不及待地跑回同城吗？"

她用力挣脱开江岩的钳制，手指着自己的心，"我是不是很可悲，想见自己的爱人，还得靠欺骗的手段才能让他来，否则就算我一个人在这里饿死冻死，他都不会来？"

江岩这时的怒火已消退，取而代之的是深深的无奈。他颓然地走到沙发前坐了下来，随手点燃一支烟。他在斟酌着怎么能让这个固执的女人放手，不再这样地纠缠他。

"尹静，我已经给你的账户打入了一笔钱……"

"我不要钱，我只要你这个人。"

江岩狠狠地吸了一口烟，"尹静，我很爱我的妻子，我不可能与她离婚，你明白吗？"他终于还是说出了最残忍的事实。

尹静当然明白，早在被他妻子撞见后他跟她决绝地分手，她就已经明白他有多爱他的妻子。尹静走到江岩的近前缓缓地俯下身子，把脸轻贴在他的膝上，"我没有让你离婚，我们完全可以像从前那样相处……"

"不可以。"江岩断然斩灭了尹静不切实际的想法，"小语她已经知道了我们的关系，我不可能再继续伤害她，我更不能失去她，所以我们只能到此为止。"说着江岩狠力地掐灭了指尖的烟火。

面对决绝无情的江岩，尹静的情绪再次激动，她痛心疾首地控诉着江岩，"为了讨好你的妻子，你就狠心地把我送走，让我看不到你，听不见你，只能一个人在那边孤零零地想你，江岩你这样做对我公平吗？"

江岩低头望着这样楚楚可怜的尹静，他很无奈，喟叹一声把跪在地上的女人揽进怀里，"尹静，你真的甘愿留在同城做一名小职员吗？我虽然把你调到下面的县城，可你是以部门经理的身份去任职的。这样的机遇并不是人人都能得到的，你应该珍惜它，借此机会好好地历练自己，而不是这样不负责任地跑回来。"

第六章 悠悠我心

## 第七章　心影交叠

自从上次尹静打来电话揭发童语在君悦来与欧文瑾私会，江岩就意识到让尹静留在同城早晚会出事。恰巧同城下属的县办事处缺一个部门经理，江岩就把尹静调了过去，希望她能够尽快平静下来，把精力转移到工作上去，而不是这样苦苦地纠缠彼此。

"可是我只想要你，我要和你在一起……"尹静讷讷地低语，说到最后竟掩面而泣。她真的好难过，一个男人那样对她，另一个男人还是如此地对她。

"尹静你不能这么任性，先不说我们的关系能维持多久，我的三年任期一满就会离开同城，到时候我们一样面临着分手。如果你还这样逼我，我只能提前申请调令离开同城。"江岩煞费苦心地劝说着尹静。

果然，江岩威胁的话奏效，尹静蓦然心惊，是啊，她不能逼走他，逼走了他，她就永远也不能和他在一起了。她不要这样的结果，也许是她过于急切了，她不该这样逼迫他。

尹静缓缓抬头，不再坚持，表情恭顺地轻喃："我明早会赶回桦县上班的……"

江岩终于松了口气，擦净尹静脸上的泪水，耐心地引导她，"尹静，你还年轻，以后一定会遇到一个真正懂你爱你的好男人，你们可以正大光明地生活在一起，这才是你需要的生活。"

尹静这样的女人，她的优点恰恰也是她的缺点。她对男人太用心，把他们看得比自己还要重要，每遇到一段感情就会百分百地投入，失去自我没有原则，因此她才会一次次地被情所伤。而江岩对于尹静来说是她迄今为止最让她心动的男人，他成熟稳重，大方得体。她也曾想只安分地做他的情人，可如今她却越陷越深，她不想再做他的情人，而要做他的妻子。

江岩回到家时，童语还在睡梦中。他到浴室冲洗掉自己身上的香水味，才回到卧室躺在童语的身旁。

深感疲惫的江岩不一会儿就沉入梦乡。

半晌，床另一侧的童语听到男人均匀的呼吸声才缓缓睁开双眼……

她很想知道她的丈夫半夜三更的去了哪里？可是她方才酝酿良久，还是没有问出口，她想她应该相信江岩。

翌日清晨，童语起得颇早，特意为江岩煲了他爱喝的排骨冬瓜汤。两个人吃饭时，童语随口说了过几日要去北京培训的事情。

江岩的脸上并没有出现异色，可是他的话却说得相当霸道，"跟公司说一声，这次培训你不去了。"

"为什么？"江岩的话让童语觉得不可思议，他的反对让她大感意外。

江岩放下手中的汤勺，目光平静地注视着妻子的脸，"小语，你工作上的事情我从不干预，但是这一次我真的不希望你去。"

"可是江岩，我不能因为你的不希望就贸然拒绝公司的安排，我也找不到拒绝的理由。"童语有些懊恼，接受不了江岩的这种说法。

"你去北京做什么？去给欧文瑾再次接近你的机会吗？他求都求不来的，你却要亲自送上门吗？"看到妻子执意要去，江岩沉静的目光渐渐冰冷。

"……"童语愕然，这好好的问题怎么又会扯上欧文瑾？但看到丈夫的脸色阴霾愈发不快，她也放下姿态，缓和了自己的语气，"江岩，你怎么会有这种想法，我带队去北京是去培训的。我们这次的行程紧张，时间匆促，不可能也不会发生你担心的事情。"

"你是我的妻子，我自然对你放心，但我对欧文瑾不放心。你若去了北京，他一定会借机纠缠你，上次你也看到了，他整个就是一块超黏的胶皮糖，我怎么能放心让你去？"对于童语的好声解释，江岩也坦然地说出自己反对的理由。

童语微微叹气，这些年她怎么就没发现自己嫁的是一个偏激而又固执的人呢？

"江岩，我们夫妻这么多年，难道连最起码的信任也没有吗？你这样怀疑我，干涉我的工作只会让我更难做。"

信任？你连他的床都上了，还来和我谈信任？想到这儿江岩的唇很自然地卷起不屑。

第七章 心影交叠

"请不要怀疑我的判断力,我预感的事情都会发生。你的工作我并不想干涉,要不是我最近忙,我会亲自陪你去。"

"……"有那么几秒钟,两个人都没有说话,固执的眸光彼此纠缠着,似乎谁也不愿意放弃自己的坚持。

面对这样蛮不讲理的江岩,童语终于失了耐性,她站起身来清晰地说道:"我尊重你的工作,也希望你能尊重我的工作。我不想再跟你解释什么,这次培训对于我来说很重要,所以我必须去。"说完童语转身离开餐桌,留下江岩一个人僵坐在那里。

江岩的手指紧攥成拳,他没有忘记上次欧文瑾对他的公然挑衅,势在必得的欧文瑾怎能放弃此次的机会?他们远离他的掌控,善于风花雪月的欧文瑾势必会再次俘获小语的心,他怎么能让这样的事情发生?

心烦意乱的江岩向卧室走去,他不能放弃,他应该和小语恳谈一番让她改变主意。

童语正在换衣服,她刚把睡衣褪去,就听到身后的门响。她下意识地用睡衣捂住裸露的身子,回眸的刹那略显紧张。

江岩的嘴角微扯,逸出一抹苦涩。同床共枕这么多年,她竟然还是如此地疏离防备,说到底她没有把他当做最亲密的人。

江岩收敛心绪,来到童语的身后轻轻地拥住她,语气里难得地溺了抹哀求,"小语不要去了,我不会让你难做的。我去跟你们苏经理谈,我会找合适的理由向他解释清楚。"

江岩的手有些凉,冰冷的触感让童语禁不住地瑟缩。童语虽然不知道江岩要用何种理由去说服苏逸,但有一点她就算是脑子再笨也能预知到,那就是如果江岩真的去找苏逸,那她因丈夫的反对不能去北京的事,一定会成为全公司最热门的笑话。试问,她能让这样的"事情"发生吗?

童语挣脱开江岩的怀抱,嘲弄地讥讽着某人,"何必呢?你非要把简单的事情搞得这么复杂。如若按你的想法,是不是以后公司的培训和出差我都要推掉?就因为有了欧文瑾的存在,我就要被无理地限制在这里哪儿也去不了?"

失望瞬间如潮水般的向江岩涌来,他的目光再次冰冻。他这样哀求她,她却毫不体谅他的痛苦,固执己见,难道她就这么想去见那个人吗?

童语哪里体会得到江岩的复杂心情，此时她关心的是要快些整理好自己，否则再磨蹭下去，上班就会迟到。

江岩看着童语推开自己，看着她走到床边穿衣服，看着她无视他的存在，安然地坐在梳妆镜前利落地梳着她的长发，然而她手里的那根紫檀木簪却再次刺痛了他的心。

"你的银簪呢？为什么不见你戴它？"江岩幽冷地问着。

童语正娴熟地用软陶的紫檀木簪将头发挽成髻，听到江岩的话，她的手不可抑制地一抖，簪子歪了，顺滑的长发又散落下来。

她掩饰地看了看手腕上的表，顺手拿起台上的木梳，"我不小心把它给弄丢了，还没工夫去买。"

"哼……"江岩不屑地笑了，弯腰在梳妆台最底层抽屉的深处摸出两样物件，手掌啪的一声把东西倒扣在童语的面前。

童语的黑瞳猝然收缩，惊慌不期然地从她的脸上流露出来。她直直地望着台面上的银簪和眼镜，这正是她落在欧文瑾那里的，可是它们怎么会在江岩的手上？她曾想买两个相似的来代替它们，然而黑框眼镜是配上了，可那根漂亮的水钻银簪却怎么也买不到，她只好用这根紫檀木簪来代替。

"你是不小心把簪子丢到欧文瑾那里了吧？"江岩看到童语变白的脸，他愈发恼火，"那一晚我亲眼看到他送你回来，你们有说有笑，分手时还很是依依不舍。"

童语惊怔地抬眸，"我们在一起是因为……"

"够了！我不想知道你们在一起做了什么，我只是要让你明白，那是仅有的一次，以后我决不允许你再与他扯上任何关系。"

童语伸手握住银簪，双唇颤抖却没有发出声音。她的脑子有些乱，乱得让她找不到任何话语来反驳江岩。

江岩俯下身子，修长的手指猛然抚住童语的左肋，凉薄的唇轻触她的耳根，语气是前所未有的心痛，"小语，在你理直气壮地嘲讽我的请求时，你要先摸摸自己的心，诚实地问问你自己，你对那个人有抵抗力没有？"

"……"童语睁大了眼睛。她在镜子里与江岩久久对视，他这是什么意思？她自问与欧文瑾只是同学和朋友关系，他们那一晚也只是叙叙旧，聊聊天而已，可江岩的语气分明让她有种被捉奸在床的心虚和尴尬。

第七章　心影交叠

江岩苍劲有力的手牢牢摁住童语欲起的身子，他看得出她在隐隐发怒，他忽略她眼中的倔犟，微凉的唇就这样欺上她的身。是的，他就是在惩罚她，是她让他活在这种痛苦和不安中，他每每梦到她和那个男人的身体痴缠在一起，他就会痛苦得想捏碎她，撕裂她……

对于江岩的强迫，童语的躲避换来的是更狠戾地吮吻，最后她放弃挣扎，任由江岩的吻印满她光滑细致的脖颈。童语漠然地注视着他，镜中的江岩带着某种不能言明的恨，把所有的不满和不愤都发泄在她无辜的脖子上，那触目惊心的紫痕，突兀地绽放在她的身上竟是妖艳的诡异……

晨光透过洁净的玻璃窗柔和地打在他们的身上，温暖了他们的脸却温暖不了他们的心，本该祥和温润的早晨就这样给破坏了。童语为了遮盖某人的罪行，不得不在衬衣的领口系了条碎花的丝巾。她在被某人强吻之后就没有再跟他说过一句话。

江岩在门口更衣镜前整理着自己的衬衫，看到童语走过来，他似乎想说什么，但终究没有说出口。

童语也没理他径直走到门口打开了门，就在江岩以为她会一声不响地离开时，童语却说话了，"江岩，这次的北京培训我会去，但我会尊重你的意见不去和你不喜欢的人见面。"

江岩立在镜子前的身子有片刻的僵滞，听到干脆的关门声，他才烦躁地扯开已系好的领带，扬手狠狠地甩在地板上。男人清雅沉静的面孔有瞬间的扭曲，牙关里逼出低吼："不见面？鬼才相信你们能不见面……"

由于早上那段不愉快的争吵，让童语险些迟到，她匆匆地打车赶到公司，从步入公司的大门开始，就莫名地收到一大票人的祝福。

"童经理生日快乐！"又一名凯元店员工向童语送出友好的祝福。

童语点头道谢，这已经是第十位同事祝她生日快乐了。她面上挂着笑容，心里却狐疑为什么大家都晓得她的生日？今天的确是她的农历生日，但显然她和江岩都忘记了。

童语径直来到办公室，一推开门便被深棕色桌子上的那棒超大的花束给炫了眼。原来如此，她的心里滑过了然，这样高调的生日献花，想让人忽略都会很难。

童语来到办公桌前,眼眸轻眯,高贵、神秘的紫色郁金香着实晃了她的心。知晓她钟爱紫色的人并不多,知道她农历生日的人更是屈指可数。她伸手迟疑地抽出附着的生日卡片缓缓打开,伴着悦耳的音乐,上面竟然颇为卡通地勾勒出几个笨拙的大字,"亲爱的语,生日快乐!"

童语秀眉轻蹙,这到底是谁的杰作?送花还兼有美德地不留姓名。

伴着轻缓的敲门声,冉婷走了进来,"童经理,生日快乐!"愉快的祝福声再次响起。

"你也来凑热闹?"童语放下贺卡,接过冉婷手中的绿茶微抿了一口,"这花是谁送来的?"

冉婷笑得诡异,"花店一大早就送来了,是我帮你签收的,看得出这送花的人用心良苦。"

冉婷的意有所指,让童语有些疑惑,"这种花很难买到吗?"

显然童语会错了意,这"紫色"的郁金香她还是第一次见到。

"你从来不知道这种颜色郁金香的花语吗?"冉婷这一刻才发现他们的童经理有多可爱,显然外表古板的她,内心也没浪漫到哪儿去。

"花语?那是什么,很特殊吗?"童语的表情颇为无辜。

冉婷故作神秘地贴近童语的脸,压低嗓音无比清晰地告诉她,"永—不—磨—灭—的—爱。"

下一刻这位满脸憨笑的女人已快速闪出办公室,只留下迟钝的童语在那里继续惊讶。

"永不磨灭的爱?"童语不确定地轻轻复述,她的脑海里竟然滑过一张俊美邪魅的脸。

手机铃音震醒了沉思中的童语,她的目光锁住来电,细长的眼尾抑制不住地抽动。正如她所想,竟真的是那个人打来的。

"小语,生日快乐!"磁性低柔的嗓音故意蛊惑着听者的心。

童语坐回班椅上,指尖弹了下花束的外包装纸,"如果你不送花,我想我会更快乐。"她随手把花向桌边推了推。这花几乎占据了她的整个办公桌,看来她应该把它们挪到墙角去。

"怎么,你不喜欢吗?"男人轻轻地低喃。

第七章 心影交叠

"嗯,拜你所赐,公司上上下下都知道今天我生日。"童语垂下眼睫,唇角含笑。

"哦,难道你是嫌这送花没有创意?"对方的语气颇为惋惜,"那好吧,一会儿我就把自己打包送给你。"欧文瑾故意曲解着童语的意思。

童语推花的手一抖,临近的花都跟着颤了一下,"得,免了吧,我无福消受。"这一束花就已让她饱受同事们的另眼相看,他要是真来了,她可就要大祸临头了,她没有忘记早上她和江岩是为了谁而争吵的。

"你有数过多少支吗?"欧文瑾不再开玩笑,步入正题。

童语扫了眼数目众多的郁金香,放弃点数,"你如果能直接告诉我,我想会更节省些时间。"童语翻动着桌上的文件,又扫了眼腕表。

欧文瑾胸腔震动逸出爽朗的笑声,末了,他才用他那性感的嗓音慢慢地说道:"三百六十五支,寓意:我天天想你。"

对方的手机已戛然挂断,童语的心却不受控制地收紧,再收紧……她呆坐在那里,眉心紧锁。她很想自欺欺人地告诉自己,欧文瑾只是在开玩笑,她没有必要自寻烦恼。可是为什么她的心会这般的焦灼无力?不安正极速胀满她的心房,她已隐隐预料到她今后的生活将不会再平静,也许今天早上的争执只是个开始……

下午本就阴沉的天竟飘起细雨,凄凄洒洒的甚为阴冷。埋头工作的童语抬起头看了看窗外,裹紧了身上的开衫。这天气越来越寒冷,她应该抽空去商场买块厚实些的地毯,铺在客厅里还能暖和些。

耳边传来惯有的敲门声,童语随手戴上眼镜,清了清喉咙,"请进。"进来的是冉婷,她笑着把手里的文件递给童语。童语接过来快速浏览一番,随即签上自己的名字。

"童经理,晚上你有时间吗?"冉婷收好文件,状似无意地询问。

"嗯?……哦,真是不好意思,我和丈夫今晚约好了一起出去吃饭。"童语只是稍微疑问了下,便明白冉婷的意图,忙找好推脱的理由。

"我就说嘛,这么特别的日子,我姐夫他一定得把你拴得牢牢的,可是那些小鬼还是让我来问清楚你是否有时间,大家想约你一起出去 Happy 为你庆生。"

童语欣慰地笑了,"帮我谢谢他们,今天没空改天我请大家吃饭。"

· 78 ·

望着冉婷出去的背影,童语才想起自己是不是该主动给江岩打一电话,两个人一起出去吃个饭也缓和下早上的紧张关系。

她犹豫了下,拿起手机给江岩发了条短信:下班后我们一起出去吃晚饭吧?

江岩的回复非常迅速,只有七个字:有应酬,不用等我。

童语的手指顿了下,还是打上了回复:我知道了,你开车,少喝些酒。

放下手机,童语微微叹息,看来江岩还在生她的气。她本来也不重视自己的生日,既然这样她打算一个人回家随便吃点算了。

临近下班时,童语终于做完手头的工作,她合上笔记本,揉捏了下酸痛的眼角,这时桌上的座机响了起来。童语刚拿起话筒,里面便传来服务顾问刘涛的声音,"童经理,现在维修车间内有两位客户在吵闹,他们执意要见苏总经理,你看……"刘涛不确定地询问。

"刘涛不要急,你先简单地说下起因?"童语看了看腕表,苏逸出去办事下午没来,这个时间打电话给他还真是不妥。

听到童语的语气平静,刘涛也减缓了自己的语速,"是这样的,他们上午先后在销售部提走了两辆纳塔,可是下午这两辆新车就出现了相同的故障,发动机怠速不稳,加速发喘。"

"我们的维修人员怎么说?"童语冷静地询问,她的大脑已然滑过一种可能。

"姜师傅已经给排查过了,并不是我们车子的原因,他怀疑是他们加的油品出了问题,导致发动机出现类似故障。但客户并不认同这种说法,他们一开始来就嚷着要换车,现在更是大吵大闹地要求退车,冉姐正在处理。"刘涛简略地说明事情的起因。

"这两位客户认识吗?"童语柳眉微蹙。

"并不认识,只是新买的车子出现了相同的故障,所以就绑在一起,非要见苏总经理讨个说法。"

童语了然地点头,"先稳住客户,我马上就过去。"童语撂下话筒,脱下披着的开衫起身去了维修车间。刘涛在半路迎上童语又跟她补充了些事宜,两个人快步来到维修车间,也听到里面传来的吵闹声。

童语走了过去,微笑地道歉:"李先生、严先生,真是对不起,由于我们工作的疏忽,给你们带来不便,还请你们见谅。"

第七章 心影交叠

脾气略冲的李先生看了看来人,从着装上辨认出童语的身份,他稍微降低了音调,"你是?"

"我是售后部经理童语。"童语嫣然一笑,"李先生、严先生,为了更好地解决你们遇到的问题,我们能否借一步说话?"

严先生看了看腕表,有些恼火,"你们今天一定要给我们个说法,否则谁也别想下班。"

"您放心,我一定给你们一个满意的答复,请这边走。"童语笑着侧身,伸手引领两位火大的客户去她的办公室。

临进办公室前,童语嘱咐冉婷为客人冲泡一壶碧螺春。童语把客人让到沙发上坐了下来,她坐在他们的对面,首先打破僵滞,"对不起,让你们二位生气了。我很理解你们现在的心情,刚买的新车就出现发动机的故障,这叫谁遇到都会发火的,要是换作是我,我可能比你们还要生气。"

"唉,我也不想这样解决问题,可是你们的那个修理工为了推卸责任,竟然不承认卖给我们的车子有问题,还推说我们加的油品质量有问题。"李先生愤愤地说道。

"我替那位修车的师傅向你们道歉,他没有做好解释工作,激化了矛盾。"说着童语顿了下,又似乎犯愁地蹙起眉心,"不瞒你们说,那位姜师傅的脾气是有些急躁,早先一直在本市的凯龙工作,因为是那里数一数二的技师,每天向他修车的都要提前预约,这就难免让他养成怠慢客户的不良习惯。您二位放心,我们一定会对他做出严肃处理。"

"他就是曾经凯龙的姜师傅吗?"严先生似乎早有耳闻。

"是的,专业技术在本市首屈一指,牛脾气也堪称第一。"童语说着不好意思地笑了。

严先生和李先生也跟着笑了,只是笑得颇为不自然。没想到方才修车的竟是凯龙的姜师傅,以他外面传闻的专业水准,应该不至于修错车子吧?

童语把他们的神情尽收眼底,她语气放柔,轻声地询问:"我也了解了你们的一些情况,你们能告诉我,车子是在哪一家加油站加的油吗?"童语步入正题。

"出了你们的厂门,往东第三个十字路口向南拐,右手的那家加油站。"李先生如实相告。

童语点头,转眸看向另一位客户,"严先生您也是吗?"

"我也是。"严先生补充着,"离这儿最近的也就两家加油站,这一家是多年信誉的老加油站,所以我特意绕了进去加油。"打晕他,他都不会相信这家加油站的油品有问题。

有人轻轻敲门,冉婷走了进来,把清火的绿茶放在沙发前的茶几上,又悄然退了出去。

童语舒展笑容,俯身亲自为李先生和严先生倒了两杯碧螺春茶,"有问题我们就想办法解决,不要拿别人的错处来惩罚自己的身体。来,李先生、严先生先喝口茶,压压火。"

看到童语这样客气,李先生和严先生都端起杯子轻轻啜饮,但他们也清楚他们来的目的,所以脸色还是稍带了些许的严肃。

童语再次为他们面前的杯子添上茶水,"是这样的,我们店里曾经出现过类似的纠纷,当时的那位王先生也和你们一样不相信车加的油品质量有问题,后来纠其故障原因问题却真的出在油品,所以我们的姜师傅这样判断也是有根据的。当然我们不能妄自猜测你们加的油品就一定有问题,但为了更真实有效地查找出故障原因,也为了证明我们的诚意,我们会在你们的车子里取些油样送去质检,您看如何?"

"那质检的结果不是油品的问题,你们是不是就会痛痛快快地给我们换车呢?"李先生提出质疑。

"当然,倘若真的是车子本身质量有缺陷,我们会无条件地为你们换车或退车。"童语笃定的答复无疑是给客户吃了颗定心丸。

李先生和严先生相互看了看对方,话说到这个份上,他们也开始怀疑有可能是油品出了问题,既然人家经理都这样承诺了,他们也自然不好再闹下去,所以他们也都同意了童语的解决方案。

取完油样,童语亲自把两位客户送出凯元店,看着他们远去,童语这才叮嘱身旁的冉婷,"明天一早就派人同两位客户一起把油样送过去质检,结果出来后要第一时间通知我。"

冉婷点头,"童经理,刚才有人打电话找你,我告诉他你正在处理客户纠

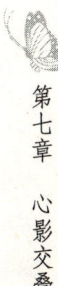

第七章 心影交叠

纷,他说一会儿再打过来。"

"他留下姓名没有?"童语继续往回走。冉婷斟酌着到底没有说出口,"他没有留下姓名。"

"哦,那好我知道了,你们也收拾一下,早些下班吧。"童语快步拐进自己的工作区域。

冉婷站在那里若有所思,其实她早已从那特有的磁性嗓音里听出他是谁,但她觉得自己还是装作不知道的好,毕竟窥探领导的隐私是不明智的。

童语从凯元店出来时,外面的雨已经停了,只是凉风阵阵,沁得人直打哆嗦。童语快步走出厂门,裹紧了身上的羊绒披肩,伸手瑟瑟地打车。最近的那辆出租车迅速启动,缓缓停靠在童语身前。童语利落地打开后车门,俯身刚要坐进去,却被里面坐的人吓了一跳。她仔细辨认,顿时用手捂住了嘴,"你……你怎么会在这里。"

车里的男人笑了,长臂一伸就把傻站在车门口的童语拽进车里,"怎么这种表情?像见了外星人似的。"

童语坐稳身子,满脸的不可思议,"你不会是来中天公司办事儿的吧?我在店里怎么没有看到你?"

欧文瑾靠在椅背上,漫不经心地扬眉,"嗯,是呀,我就是专门来为他们的员工童语庆生的。"

"……"童语有瞬间的呆滞,貌似这个玩笑一点也不好笑。这个人不辞辛苦地来到这里,应该是有公事在身。

欧文瑾忽略童语惊诧的表情,执起她的手放在自己的唇边轻啄,"小语,生日快乐。"

欧文瑾削薄的唇吻上童语冰凉的手指,炽热的温度竟灼烫了她的手。童语倏地把手缩了回来,她的双颊泛红,力持镇定地问道:"你怎么来了?明天不用上班吗?"怎么看他都不像那种为了个人私事而随意怠工的人。

欧文瑾慵懒地笑了,扯了扯领带,舒展了下他的长腿,"上,当然得上,我订了今晚的最后一班飞机回去,所以我们只有四个小时的相处时间。"

其实何止这些,欧文瑾还没有告诉童语,他最近工作一直很忙,昨夜他又通宵到天亮,本想中午小憩一会儿,可谁知他忙得连午饭也没吃上。现在的他刚刚下了飞机就匆匆打车过来找她，在路上他打过电话，店员告诉他，童经理正在忙，所以他才安心地等在外面没有进去打扰她。

童语内心震动，在她的认知里，这绝对是疯狂的举动，大老远地飞过来，晚上还得牺牲睡眠的再飞回去，就只为了给她庆祝生日？

"你……你让我怎么说你好呢？你事先连个招呼也不打就这样飞过来，你就这么确定我有时间陪你？万一我今天约了人去不了，你岂不要……"

"没有万一。无论你今晚约了谁，我都要见到你，哪怕只是短短的几分钟，也不枉我想见你的心。"欧文瑾收敛笑容，无比认真地凝视着童语……他真的很想告诉她，他很想她，想得发狂，他好似又回到学生时代，枯寂冷漠的心被重新唤醒，魂牵梦萦的思念亦如初恋般的美好，青涩而纯粹，炙热而痴狂……

童语莫名地悸动，欧文瑾的深眸里溺满了柔情，他正用他的目光告诉她，他所不能言明的爱。童语指尖颤动，攥紧了披肩。她慌乱地错开目光，她怎能不明了他欲言又止的是什么？但童语却接受不了这样的感情，"使君虽无妇，然罗敷却有夫"，现在的她给不了他任何想要的回报。

欧文瑾熠熠的黑瞳渐渐黯淡，他闭上眼眸，落寞地把头枕在童语的肩上。童语直觉地就想避开他的倚靠，然，欧文瑾疲惫低柔的嗓音却让她动弹不得，"求你不要动，让我靠一会儿，现在的我是饥寒交迫，又困又饿……"男人有气无力，真像是累到了极点。

童语微偏头，视线扫过欧文瑾的脸，疲惫正深深地写在他的脸上。童语的心丝丝抽痛，她没有再动，语气中却多了抹温柔，"同城比大连冷得多，你穿得这么少自然会冻得受不了。"

欧文瑾微抿的唇柔软地弯起，"嗯，看到你，我就不冷了。"少顷欧文瑾又低喃，"小语，我们现在就去吃饭吧，我在西海岸订了位子，离这里很近。"

童语莞尔，看来对同城欧文瑾比她还了解，她还真不晓得这附近有家叫"西海岸"的餐厅。童语此时也说不清楚自己内心的滋味，她被遗忘的生日，欧文瑾却如此用心地惦记着，她想她应该是感动的，是惊喜的，更是恐慌的……

第七章　心影交叠

# 第八章 静夜秋思

　　西海岸是一家颇有情调的西餐厅，轻音缭绕，光线温暖幽暗。

　　欧文瑾和童语两人踩着柔软的地毯拾阶而上，来到更为宁静的二楼。童语的眸中难掩惊艳，紫色唯美的琉璃珠帘巧妙地把他们的雅座与大厅隔断开，似隔非隔的，倒平添了雾里看花的情调。

　　欧文瑾在点好餐后便去了洗手间，童语一个人陷进沙发里，抱着靠枕惬意地欣赏着西餐厅的华丽装饰。

　　不得不承认这家店的装修十分经典考究，穹形结构的厅顶坠着欧式奢华复古的大吊灯，透过柔和的光束竟能看到屋顶上多幅纯手工绘制的油画，这样远的距离居然能隐约感受到凹凸有质的画面。

　　童语的视线下移，墙壁上也布局有致地装饰着摹自法国的传统装饰壁画。让童语更为惊讶的是透过旁侧高大的水晶玻璃窗，外面竟然呈现出一处别具一格的露台，虽然现在天气寒冷并没有客人到露台上用餐，但还是布置了雅致的餐桌、餐椅……

　　童语颇为感慨地收回视线，她早就知道欧文瑾是个很会享受生活的人，但没有想到现在的他更甚从前。试问在这样荡漾着浓郁的法式风情的餐厅里用餐，哪个女人会不陶醉呢？

　　童语正在兀自感慨时，耳畔却传来轻柔的音符，时断时续的，似呢喃又像是在倾诉，悲悲戚戚的足已让听者心碎。渐渐曲子的节奏明朗轻快起来，仿若雨过天晴般的美好舒畅……

　　童语不受控制地伸出手，拨开细润通透的珠帘，右前方的音乐池里一个挺拔俊逸的身影正安坐在黑色的三角钢琴前深情演奏，修长的手指在黑白的琴键上优雅地飞舞，如行云流水，清朗的音符在他灵动的指尖下撞击飞跃……

童语的眸光幽远,思绪翻飞,这样的欧文瑾曾深刻地镌刻在她的记忆里。在大学的迎新晚会上,欧文瑾就是这样当着全校师生的面弹奏着这首曲子,那优雅俊逸的身影俘获着全校女生的心。

弹琴的欧文瑾似有感应地望了过来,和童语的目光胶合,彼此久久地缠绕。欧文瑾薄唇轻扬,脸上绽放的笑容似要将童语彻底地淹没……

时间仿佛凝固,曾经的恋人此时正深情地望着彼此,那美好甜蜜的记忆,正一点点、一段段地被唤醒……

待应生开始上餐,也送来了精美的生日蛋糕。一曲弹罢欧文瑾回到童语的身边,他脱掉西服外套,扯开衬衫的领扣,亲手为童语点燃了生日蜡烛,"小语,许个愿吧。"

烛红摇影,心影重叠,在欧文瑾温柔的注视下,童语顺从地闭上眼睛,再次睁开的眼眸溢满兴奋。她深吸一口气,吹灭了蛋糕上的所有蜡烛并由衷地感谢,"文瑾,谢谢你!"

"谢什么,等我生日时你只要飞去大连陪我就是了。"欧文瑾说得理所当然。

童语干笑两声,某人还真会见缝插针,"你放心,虽然我不能保证一定会去,但我的生日礼物会如期奉上。"

"没关系,你没时间去我却有时间来,到时候我们还来这家餐厅庆祝。"欧文瑾笑得得意,他才不会放过任何与童语相处的机会。

欧文瑾说得轻松,童语却听得惊心,因为欧文瑾的生日异于常人,他习惯过阳历生日,而那天恰巧是情人节。

看着童语的若有所思,欧文瑾体贴地为两个人的杯子注入红酒,嗓音低柔,"在想什么,是不是刚才那首曲子让你想起了往昔的回忆?"

童语回神,掩饰地执起酒杯与欧文瑾轻碰,"你弹得还是和当年一样好,只是这些年我已经极少听音乐了。每天匆匆忙忙的,也不知道自己在忙些什么,倒把以前许多的喜好给遗忘了。"

欧文瑾微抿了一口酒,芬芳醇厚的液体滑入喉咙,滋润了他微凉的心,"本来想送给你一曲生日歌的,但弹的时候,竟鬼使神差地敲出这首来。看来有些人,有些事想忘记都很难。"

欧文瑾没有忘记在大学时,小语最喜欢听的就是这首曲子。

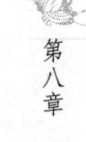

第八章 静夜秋思

童语微低着头没有言语,她没有勇气再去对视那双深情的眼睛,她能说什么呢?现在的她说什么都已没有意义,只会徒增彼此的烦恼。

童语沉默地品尝着深黄色的南瓜汤,试图把凌乱的思绪转移到可口的美食上。

欧文瑾也没再打扰,两个各怀心事的人颇为安静地用着餐。

渐渐餐厅里的客人多了起来……

"小语你尝尝这鹅肝,不愧是这里的招牌菜,口味很地道。"欧文瑾温柔地说着,首先打破沉默。

童语浅尝了一口,味道真的很让她惊艳,汁多味腴的鹅肝,甘香细腻,入口即溶。

"你是怎么找到这里的,我要是没记错的话,这是你第三次来同城吧?"

欧文瑾笑了,"说来也巧,这家店的老板是我的朋友,他的店开得遍地都是,我也没想到竟会开到同城来。"

原来文瑾在这里还有朋友。童语莞尔,欧文瑾对朋友一向慷慨,人又重友情,讲义气,所以在大学时人缘就甚好。

两个人正说着,欧文瑾口中的朋友就出现了。这家西餐厅的老板亲自过来打招呼,看得出他和欧文瑾的感情不错,打对方一拳再相互拥抱,让童语都颇感意外。

欧文瑾笑着给童语和蓝涛相互介绍。蓝涛是个长相漂亮的男人,之所以说他漂亮而不是帅气,是因为他的长相介于阳刚与阴柔之间。他很爱笑,一笑起来他那双桃花眼都跟着神采奕奕起来。

显然这蓝涛对欧文瑾带出来的女人很感兴趣,瞧童语的目光里都溢满了好奇,而且这厮还特别会来事儿,变戏法儿似的从口袋里取出一个精美的礼物,绅士地递给童语,"文瑾的女朋友过生日,我这个做哥们儿的自然也要表示一下,小小礼物不成敬意,还望美女赏脸收下。"

童语被他幽默的语气给逗乐了。她忽略话中的用词不当,礼貌地道谢并收下礼物,对于只有一面之缘的人,她用不着去给他纠正。

当时童语并没有打开看,但她回家后才愕然发现,蓝涛送给她的竟是一套知名品牌的首饰,那个价格更是贵得让童语咋舌。这让她更好奇蓝涛与欧文瑾的关系，什么样儿的哥们儿才会送此豪礼做礼物呢？

当然这是后话，蓝涛很识趣，他并不想当电灯炮，所以聊了几句便借故离开了，临走时还神秘兮兮地跟童语说着悄悄话，"我这哥们儿可是为你费尽了心思，一会儿还有预留节目，你就慢慢享用吧！"

望着蓝涛的背影，童语疑惑地问着欧文瑾，"你这朋友怎么会亲自跑到同城来管理？这里又不是大城市应该不用老板亲力亲为吧？"

欧文瑾笑了，"我不也是常常借故跑来这里嘛，有时候城市的大小不重要，重要的是你在意的人在这里。"

童语装傻地低下头继续用餐，这样的话题她还是不接为好。

"这次新建店去北京培训的人员有你吧？"欧文瑾想起什么随口问道。

"没有……这里有些事情，我走不开。"童语喝了一口酒，压下微许的心虚。

欧文瑾毫不掩饰自己的失望，"真遗憾，我还在想如果你去，我要带你好好地玩一玩，这个月份正是观赏红叶的好季节。"

童语故作惋惜，"只有等到以后了，有机会我会请你当我的导游，带我好好地逛一逛北京城。"童语心里暗忖，这个"以后"可能要遥遥无期了。

天色早已暗下来，由最初的青灰色墨染成浓稠的藏青色。童语看了看被自己遗忘的时间，他们居然吃了这么久，"你是几点的飞机？不要延误了时间。"

"十点多的飞机，还有些时间。"欧文瑾也看了下腕表。

侍应生早把生日蛋糕切成小块端了上来，童语含了一小块，口感轻盈如丝，味道甚佳，这让已经吃饱的她又多吃了一块蛋糕。

欧文瑾宠溺地看着童语，为她轻抹掉唇边的奶油，"一会儿带你去看烟花。"

"烟花？"童语有些怔然，又不过年过节的，哪里会有烟花？

欧文瑾神秘地握住童语的手把她引领到露台，他们刚站稳脚步，头顶的夜空就怦然骤响，转瞬间如墨的星空被绚丽的烟花璀璨得七彩夺目，密集的星雨点亮了星辰寥落的夜空。

童语仰着头，目光定格在天空。今晚有太多的惊艳让她应接不暇，她有种穿越时空的惶然无措……

童语正凝望着七彩的星空，而欧文瑾却专注地看着眼前的女人，痴迷的目光从童语湛亮的星眸移至她绝美的脸庞。欧文瑾不受控制地伸出手臂，轻柔地

第八章 静夜秋思

把童语拥进怀里,刀削般的下颌摩挲着她的发髻,"小语,我爱你……"

童语告诉自己她应该推开欧文瑾的怀抱,然,她的身体却顺应了她被蛊惑的心,她依进欧文瑾的怀抱,把自己放心地交给身后的男人,痴迷的眸光锁住灿烂的星空,细腻的面颊泛着天真的潮红。

欧文瑾彻底沉醉了,迷离的眸光眷恋着臂弯里的女人。欧文瑾清晰的唇线微微颤动,怜惜地触上童语的脖颈,浸满爱意的吻轻盈地洒在女人莹白的肌肤上……

蓦然,一抹妖艳的紫痕闯进欧文瑾的视线,他迟疑地伸出手抽去童语脖颈上的碎花丝巾。欧文瑾呼吸停滞,大片醒目的紫痕突兀地绽放在童语的脖颈上……

欧文瑾修长的手指不可抑制地抖动直至紧攥成拳,怎样的欢爱才能让这个女人的脖子烙印上如此疯狂的吻痕?欧文瑾的脑中滑过一幅身体痴缠、旋磨撕咬的画面,他的眸光暗淡渐渐化成死一般的灰烬……

痛,侵脑,蚀骨……

恨,绝然,深刻……

眩目的烟花固然璀璨,却让人不得不怜惜它的生命过于短暂,稍纵即逝得让人抓不住任何的痕迹。七彩的"流星雨"滑过幽暗的夜空,尽情绽放完它的绚烂美丽,最终还是湮灭在茫茫的苍穹之中……

一切归于平静,寥寂的墨色又重新替换了璀璨的星空……

童语意犹未尽地收回视线,迟钝的她这才后知后觉地发现身后男人的异常。

童语转过身去,欧文瑾来不及掩饰的情绪就这样闯入童语的眼帘,惊异、心痛、愤怒、怜惜多种情感纠结矛盾地掺杂在一起,让这个高大的男人眼眸湿润,尽显悲伤。

"对不起……我……"童语的手不自然地抚上自己光洁的脖子,连她自己都不知道她为什么要道歉,潜意识里她真的不想再伤欧文瑾的心。

"小语,江岩他对你真的很好吗?"欧文瑾伸手扶住童语的肩,眸光复杂地看着她。

"当然……"童语似乎很想证明自己说的话是真的,故作轻松地补充道,"江岩他一直都很照顾我,你也知道我有时候很固执,所以在许多方面都是他迁就我，容忍我的。"童语的这番话不光是说给欧文瑾听的，也是在说给她自己听。方才的她竟然很享受欧文瑾的怀抱，这让她有些恐慌。

欧文瑾扯动微僵的薄唇，舒展了个还算正常的笑容，"那就好，只要他对你好，我就放心了。"目光转柔的欧文瑾轻巧地为童语系好丝巾，微凉的手指轻抬起她的脸，"小语，正因为我爱你，所以我希望你能幸福。你放心，我会尊重你的婚姻，只要你觉得幸福就好。"

"但是……"欧文瑾的指尖不舍地抚上童语的脸，细细地勾勒，"如果有一天，你不再眷恋那个家，那请你诚实地面对自己的心，不要再把我摒弃在心门之外。我的爱不比那个人少一丝一毫，我的心会永远为你等待……"

真诚深情的欧文瑾终是打动了童语，童语的伪装瞬间被瓦解，抑制不住的泪水夺眶而出。她不再压抑自己，紧紧地拥抱住欧文瑾，心酸的泪水濡湿了他单薄的衣衫。她很想告诉他，她从来不曾忘记他，她还深爱着他，只是她没有勇气说出口……

欧文瑾拥紧怀里的女人，泪溢了出来。看来是他错了，方才小语如此地维护江岩，让他不得不承认，小语是爱江岩的……

然，欧文瑾不知道的是，他真挚深情的话语已成功打开了童语紧闭的心门，童语往昔的坚持已开始融化，干涸的泥土重新被雨水滋润，深埋的种子悄然而出……

欧文瑾带着遗憾飞走了，童语蜷缩在被子里辗转反侧却怎么也睡不着，好不容易进入浅睡状态，却又被晚归的江岩给惊扰。客厅里噼里啪啦的声响清晰地传入童语的耳中，她知道江岩又喝多了，撞翻了客厅里的东西。她没有一如往常地跑出去照顾他，而是在假睡。

良久，江岩才推开卧室的门，踉跄地走到床边，歪着头看着熟睡的妻子，他的拳紧握呼吸急促。半晌，他瘫坐在地板上，酒醉的身子似乎很沉，沉得他不想再站起来……

听到男人均匀的鼾声，童语睁开了眼睛，江岩已躺在地上睡着了。童语叹了口气，这么凉的地板他的身体怎么受得了。童语费力地拽着江岩，试图把他弄到床上去。正当她费力拉扯时，江岩却醒了，他恍惚地看着童语，手一用力童语就摔倒在他的身上。童语的鼻子磕得酸痛，还没等她缓过神来，身子就已

第八章　静夜秋思

经一百八十度的旋转，江岩已把她压在身下。

冷硬的地板撞得童语后背生疼，江岩沉重的身子又压得她喘不过气。她猛然握住江岩伸进她内衣的手，"不要，我很累，我们去床上睡觉吧。"

"累？是啊，你确实应该累。"江岩嘴角卷起不屑，却没有停止手中的动作。

童语躲过了江岩的碰触，"江岩你喝多了。"

"我是喝多了，可我的脑子很清醒。小语，你是我江岩的妻子，我想要你就应该配合我。"江岩的眸子清明了许多，恼怒重新涌上心头。

童语被江岩的蛮横给激怒了，推开身上的男人，"我困了，没有心情配合你，如果你执意，那我去书房睡好了。"这样的强迫让童语很不舒服，特别是在这个伤感凌乱的夜晚。

然，童语没有如愿，眼神冰冷的江岩粗鲁地扯回童语，并把摔倒的女人钳制在身下。童语抗拒的手被举过头顶，挣扎的身子被轻易掌控，江岩已用行动表明了他的强硬态度，那就是他要她。

"放开我。"童语动弹不得，只能用眼神来反抗，狠狠地瞪着江岩。如若平时，逆来顺受的童语是不会反抗的，可是今晚她的心刚经历过欧文瑾温柔的洗礼，这一刻的粗鲁对待竟让她莫名地反感。

"放开？"江岩冷哼，长指在女人小腹下肆意旋磨，唇边的笑容愈发邪恶，"他碰你时，你也要求过他放开你吗？"

"你……"童语气结，她的胸口强烈地起伏，小脸也因为恼怒而涨得通红。

"不要用这种眼神看我，既然你的心不爱我，也许你的身体会爱上我……"

说罢江岩加重了这个吻。

"呜……"蛮横霸道的吻瞬间夺走童语的呼吸，她的大脑出现眩晕，呼吸愈发困难……

江岩直到吻够了才放开童语。看着她艰难地喘息，他意犹未尽地笑了，手指轻松地解开女人睡裙上的扣结……

痛……好痛……脸色惨白的童语已不能承受如此癫狂的攻城略地，眼泪不禁溅落下来。

江岩伸手接住童语滴落的泪，黑瞳复杂地变沉……

"告诉我，是不是只有他才能让你快乐？"

童语滴泪的莹眸失望地看着江岩,"我没有,我和他真的没有……"

江岩望着楚楚可怜的童语,内心冰冷,怎么以前没发觉小语会演戏呢?如果不是他屡次撞破他们的好事,如果不是他亲耳听见欧文瑾的承认,他一定会被她的表情所迷惑,会深深地自责。然,这个女人当他是傻子吗?

江岩倾身温柔地吮尽童语脸上的泪珠,"你告诉我,今夜,你和谁在一起?"

预期中的江岩看到怀里的女人身子一震,泪眸里滑过慌乱。

"啊……"童语的头向后猛然仰起,疼痛再次贯穿了她。江岩已用行动惩罚了她,混乱的思绪被疼痛炸得阵阵茫白……

渐渐地童语不再挣扎,痛得麻木的她无力阻止面前这个疯狂的男人,唯有支配自己。她放空自己的思想,闭上眼睛,不再看这个已经疯狂的男人……

一个人的性爱是孤独挫败的,疯狂的江岩准确地接收到童语身体给出的信息,他的动作慢了下来,直至停止。

他受伤地望着童语。她真残忍,她用她死寂幽魂般的身子来回答他。江岩笑了,笑得凄凉而癫狂……难道他的碰触就让她这么不能接受吗?到底什么是两情相悦,什么又是耳鬓厮磨?他与她到底算什么?

江岩的笑震醒了麻木的女人,童语木然地张开眼睛,她看着江岩不可抑制地仰头大笑,看着他凄凉地抽出身子,看着他痛心地推开自己,看着他踉跄地走出卧室……

砰的一声,卧室的门狠狠地闭合,惊得童语身心战栗。浑身疼痛的她愈加冰冷,她畏缩在地板上,把脸埋进膝盖。她知道江岩这一次是真的生气了,这样悲伤难过的江岩,她还是第一次看到。

童语深深地挫败,不断溢出的泪濡湿了她的长发,她该怎么办?她和江岩的婚姻已不复往日的平静,频频发生的状况更是让她措手不及也深感无力。童语并不擅长处理家庭矛盾,理科生的逻辑思维能力并不能很好地为她分析复杂的感情问题。正如今夜,童语不明白江岩的滔天怒火从何而来,江岩如此生气还是头一回。

江岩一夜未归,童语早上在洗手间洗漱时,却看到手机残骸在地砖上散了一地。童语叹气,她的手机被迁怒,成了牺牲品。她没有去捡,浑浑噩噩的她已经睡过了头,她必须马上出门。

第八章 静夜秋思

童语匆匆走出家门,她家的小区上班高峰一向难打车,于是她特意绕了些路来到隔条街的枫林酒店。远远地,童语看到出租车停靠处有车便加快了脚步,蓦地一个熟悉的身影掠过童语的视线坐进了出租车。

童语望着离去的车子顿住脚步,她有些后悔不该来这里打车,这样的巧遇并不是她想了解的。

"小童。"一个沉稳的男中音叫住睐睁的童语。

童语暗自叹气,真是怕什么来什么。她缓缓转过身子,若无其事地打招呼,"李总,这么巧。"

这位国字脸的中年男人,面带微笑地指了指他的车子,"我带你一程吧,正好我也要去公司。"

"不……不麻烦你了,你忙先走,我坐出租车。"

"顺路麻烦什么?快上车吧,再磨蹭你上班就要迟到了。"李副总不容分说,拉过童语的胳膊向他的车走去。童语望着自己胳膊上这只过于热情的手,忍了忍没有拂开它。

坐上车子后,童语就一直保持沉默,与领导相处并不是童语的强项。

李副总用鹰隼的眼打量着近处的女人。先前他还奇怪这个木讷无趣的女人有什么地方值得欧文瑾着迷的,这样近距离的细看之后倒发现她的五官长得极为精致。如若她摘了这副难看的黑框眼镜,换一个发型可能会更好些。

对于旁侧咄咄逼人的目光,童语不自然地扶了下眼镜。

李副总随手摇下车窗,昨夜刚下过雨,清爽湿润的空气顺着窗边旋进车里,冲淡了车内少许的尴尬。

"小童,来中天工作有三个月了吧?怎么样,还适应吗?"李副总微黑的国字脸带着抹领导特有的关怀。

"我来中天已四个月了。我很喜欢这里,大家都很努力工作,有什么困难都会同心协力地去完成。"童语说得轻松,但她心里清楚这些困难都是拜中天公司领导所赐,过分秉承"勤俭节约"的优良传统,这让许多花钱雇工解决的问题都由凯元店的员工来完成,现在凯元店的员工俨然成了无所不能的万能工。

李副总很满意童语的说辞,以领导的角度,他们要的不是员工的诉苦和牢骚,而是百分百的绝对服从。"万事开头难,现在是凯元店的初期阶段,困难是有的，但只要你们好好配合苏经理的工作，一切都不会有问题。"

这话童语倒是很认同，"苏经理他的确是难得一见的人才，在短时间内就让凯元店步入正轨，大家都很敬佩他。"

李副总笑了，苏逸近几个月的工作表现让他们很满意，看来王董的决定是对的，远方的和尚是很会念经。

李副总谈兴正浓，又询问了些凯元店的日常工作。童语避重就轻，颇为技巧地应付着李副总的询问。远远地，凯元店纯宝石蓝色的店标出现在童语的视线里，"李总，就在这里让我下车吧，这一小段路我走过去就行。"童语没忘记自己现在是中天公司的话题人物。

可李副总似乎并不想避嫌，很豪爽地回绝，"何必那么麻烦，我直接载你进去就是了。"

童语无语，麻烦的怎么会是你风流成性的李副总？麻烦的可是她，看来她这个狐狸精的功名册上又要添上一笔。

童语眼睁睁地看着车子明晃晃地开进公司大门，绕过正在打卡上班的员工，一路开到凯元店的门前。童语客套地道谢下车，刚关上车门，一辆银灰色的凯特就停靠在她的身旁。

童语心里暗忖，这运气还真是"好"到爆，她礼貌地问候，"苏经理早。"

"早，童经理。"苏逸微微点头又转眸向摇下车窗的李副总打招呼。

童语跟在苏逸的身后走进凯元店，行至楼梯前男人儒雅的身影蓦然转了过来，"童经理，开完早会后到我办公室来一趟。"

童语应允，收敛心绪拐进自己的工作区域。还好她没有迟到，在最后的三分钟到达了自己的办公室。

给直管部门主管开完早会后，童语又下车间视察了一番，再次返回办公室的她看了看腕表，麻利地收拾好汇报材料向苏逸的办公室走去。

尚玲与童语在楼梯口相遇。童语友好地打招呼，尚玲微扯了唇角算是回应了童语。两个人并肩拾阶而上，童语不太明了尚玲对她的敌意从何而来，从她到凯元店任职的第一天起，她就强烈地感受到尚玲对她的不满和抵触。

"苏经理让我们来是何事？"尚玲幽幽地开口。

"这个我也不清楚。"童语如实相告。

第八章　静夜秋思

"你是苏经理眼中的红人,又一再得到他的重用,你会不清楚?"尚玲眼帘低垂现出一抹嘲讽。

童语没有反唇相讥,她猜想尚玲可能是对苏逸让她带队去北京的事有意见。童语的视线不经意地飘过大厅东北角置放的电视机,此时的画面正在实况转播女子自由摔跤比赛。

童语笑了,"尚经理看过摔跤比赛吗?"

"哦?童经理很热衷这种刺激的竞技比赛吗?"尚玲扬眉,颇感兴趣地回视这个转移话题的女人。

童语的眸光放柔,"优秀的摔跤运动员要懂得全盘的掌控与配合,上盘的强劲搏击力固然重要,但是下盘的稳固扎实却是上盘必不可少的依托,所以唯有紧密配合团结合作才会全盘皆赢取得竞技比赛的最后胜利。"

尚玲的嘴角微僵,片刻嫣红的双唇就不断地上扬,"童经理的比喻的确有趣,只可惜你的理解有些偏差,不同的竞技项目侧重点自然不同。据我所知摔跤比赛上盘的搏击力才是输赢的关键,但是如果换做跆拳道比赛那可就要靠灵活的下盘来取胜了。"

道理是浅显易懂的,可是听的人要执意扭曲,那童语也就无需再点明了。两个人没有再交谈,一起来到苏总经理的办公室门前,尚玲轻轻扣门率先走了进去。

在同城电视台的一号演播室里,第一主播何琳和第二主播李哲端正地坐在主播台上。

"各部门准备,倒计时,五、四、三、二、一、开始……"

导播右手一推,画面切到女主播何琳的机位。

"观众朋友大家好,欢迎收看同城新闻,本次新闻的主要内容有……"

郭政明目光专注地看着电视,娇俏的短发,美丽的脸庞,一身克莱因蓝色的时尚套装把何琳娇小的身子衬托得愈发玲珑有致。

华灯初上,满城璀璨。

电视里晚间新闻早已播报完毕,郭政明随手关了电视。他起身来到窗前,随着同城景观亮化建设的进行,同城的夜景已置换了美丽的华服,从高层俯瞰下去，现代化楼群组成了一幅高低错落，异彩纷呈的灯光景象。

郭政明收回目光，嘴角微掀。繁荣璀璨永远是虚伪的表象，在这个灯海包裹的城市里，又有几人能真正拥有快乐？就如他一样，身在高处，俯瞰芸芸众生，坐拥着城市的繁华，可他的心却贫瘠得空旷难耐。

郭政明高大的身影来到办公桌前，英挺的剑眉微蹙，他的手轻缓地扣着桌面，少顷在纸上写了两个苍劲有力的大字"何琳"。

口袋里的手机震个不停，何琳捧着杯热咖啡紧跑了两步回到桌前。她放下马克杯掏出手机看了看，旋即她的手抖了下。这个并没有显示来电的电话号码她却清楚地知道他是谁，她犹豫了下还是接通了电话。

"丫头。"亲切的男音传了过来。

"……"何琳的手不自觉地握住马克杯，咖啡很暖，她的掌心却很凉。

"我知道你在听，半个小时后我会派人去接你。"郭政明的话是温柔的，也是强制的。

"政明，我一会儿有事可能去不了……"何琳终于说话了。

"没关系。让司机先送你去办事，然后再过来，我会在水苑华庭等你。"郭政明没有给何琳拒绝的机会，他摁断了电话，嘴角的笑依旧温柔，只是他的这抹温柔没有抵达眼眸，这个女人最近是越来越不听话了。

何琳坐在化妆间里，她的唇抵着咖啡杯，半响，她大大地灌了一口，但显然温烫的液体并没有缓解她荒凉的心。

"何琳，还没有走？用不用我送你一程。"李哲望着愣怔的女人，敲了敲玻璃。

何琳抬起头，可爱的笑脸呈现在来人眼前，"哦，谢谢了，我还有个采访稿要整理下，你先走吧。"

李哲潇洒离去，何琳的目光转向面前的镜子。里面的女人穿着最合体的范思哲套装，脸上洋溢的是最职业化的微笑。她被全城的观众评为最美丽的女主播，可是在这光环的背后呢？

何琳卸下笑脸，对自己生生地多了份鄙夷。外人谁会知道这位平时乐观向上、开朗积极的资深女主播会是一位最不光彩的情妇？

何琳的指尖轻轻地触摸着左腕上的白色手表，这是她和苏逸的结婚信物。

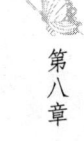

第八章　静夜秋思

之所以把它作为信物是因为他们曾寄予了美好的期望,他们要像这表盘里的时针和分针一样,相依相伴,永不分离。

有人说:时针和分针,就像一对天荒地老的恋人,心甘情愿地被困在一个钟里面。何琳想她的错就错在不该跳出这钟面,她以为只要有爱的牵绊,她会再风光地回到钟里面与苏逸相伴。只是这如今的她,该怎么做才能回到她最初的轨迹?

# 第九章　风吹草动

　　何琳深知自己不能再这样顺从下去，她的丈夫苏逸已然回到同城，她必须终止这段危险的关系。前些天苏逸已生端倪，她的谎言终有一天会被识破，她不敢想象那时的她该拿何种脸面去面对苏逸。

　　忧心忡忡的何琳强打起精神开始卸妆，除去优雅的妆容，镜子里现出一张苍白憔悴的脸。何琳深吸一口气，伸手扣上一副宽大的墨镜，现在也许还来得及，只要摆脱了郭政明，她会把重心放在家里，好好地去爱苏逸，好好地去弥补自己对他的亏欠。

　　车子已开进水苑华庭的大门，绕了很久，何琳透过墨镜终于看到了掩蔽在浓密树木后的白色别墅。她走下车子，轻车熟路地穿过空旷的草坪，拾阶而入。

　　刘秘书温和地告诉她郭政明正在二楼的卧室里等她。何琳来到二楼推开虚掩的门走了进去，里面并没有人，只是从洗漱间里传来哗啦的水流声。

　　何琳的心莫名地抽紧，她裹紧了身上的大衣，规矩地坐在沙发上。她跟郭政明在一起已三年有余了，可她对他还是莫名地有些惧怕。苏逸的温文尔雅，让所有和他接触的人都会感到如沐春风般的舒适，而郭政明不同，他高大魁梧，棱角分明，犀利的眼神和严肃的面孔总是给人居高临下的威严感，让人不自觉地惧怕他。

　　郭政明披着睡袍从浴室里走了出来，看到何琳来了他露出笑容，稳步走过来亲昵地揽过何琳的腰，"丫头，累了吧？去泡个热水澡，放松放松。"

　　何琳潜意识地躲了躲，想避开郭政明的熊抱，但纤细的腰肢还是被他准确地掌握。

　　郭政明大手已伸进何琳的衬衣里，五指极其暧昧地揉捏着何琳颇为柔软的

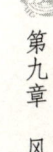

腰,"丫头用不用我陪你洗?"

"政明……"何琳深吸一口气,她斟酌再三还是说出了口,"我以后不会再来了,我今晚来就是为了和你谈这件事,我们……我们到此为止吧。"

郭政明的脸微寒,还没有一个女人敢先和他提出分手,他的情人不止何琳一个,但何琳却是最能挑战他极限的女人。他抛弃的女人想再见他一面都难,而何琳呢?每次都是他见她难。就是这样一个不懂得讨好,不懂得顺从的女人却成了他时间最长的情妇。

"我知道你丈夫回来了,如果你怕他?我来为你解决问题。"郭政明的声音不大,却隐含了恼怒。

"不是的,他对我很好,是我不能再对不起他。"何琳听出某人的不悦,赶紧解释道。

"我对你不好吗?"郭政明挑眉,声音里有着山雨欲来的危险气息,"我知道他,苏逸,中天公司凯元店的新任总经理。"

何琳的脸色变白,她反手抓住郭政明的手臂,"你要做什么?你不能伤害他。"

郭政明伸手摩挲着何琳的脸,语气回温,"丫头,只要你听话,他就会没事。"

何琳懊恼地低下头,双手无助地捂住脸,成串成串的眼泪从指缝中溢出来,"为什么不放过我?你知不知道,他只是想要个孩子我都没有办法满足他,是我对不起他,我不想再伤害他……"

何琳的话成功地软化了郭政明的心。是的,这个女人曾经为了他做过两次人流,最后一次手术时意外感染,医生已经诊断她为终生不育。

郭政明叹气,把哭泣的女人拥进怀里。也正因为如此,他对她才格外地偏爱,知道生于北方的何琳喜欢大海,他就先后送了她两栋风格迥异的别墅。这两栋别墅都位于美丽富饶的海滨城市,地理位置极佳,面朝大海,春暖花开,举目百米,海景尽收。何琳曾利用出差的机会去住过几次,当然都是郭政明陪她去的。

"丫头,我知道这是我亏欠你的,我会好好地补偿你。"郭政明抬起何琳的脸,"以后不要再说到此为止的话,你这样很伤我心。"

何琳泪眼朦胧地望着郭政明，蓦然地她觉得很挫败，她终究是摆脱不了他的控制，她不能拿苏逸的安全开玩笑。

"乖丫头，先去洗个澡，我给你准备了一套新的内衣，就放在浴室里。"

"好，我现在就去。"

"我等你。"郭政明洪亮的嗓音在这一刻出奇地温柔。也许处在高位的他平日里听惯了阿谀奉承的话，人们都是主动迎合他的喜好，所以何琳的冷淡抵触和若即若离的态度倒让郭政明生出异样的眷恋。

何琳在郭政明的注视下缓缓走进洗漱间，她躺在超大的按摩浴缸里，轻合上眼睛，思绪愈发混乱。她知道她不容易摆脱郭政明，但没有想到郭政明居然威胁她。自从苏逸调回同城，她就更减少了与郭政明的见面，仅有的两次相聚也都是迫不得已，推脱不掉才来的。

何琳知道郭政明的情人很多，而她是最不体贴最不听话的一个。她从来不主动给他打电话，彼此的关系也只是若有若无地维系着。何琳曾单纯地认为，郭政明不会在意她的，对于她这个早就不新鲜的玩偶，他会放手的。可是现在郭政明却给了她当头一棒，他的态度如此强硬，甚至不惜威胁她。

悔恨的泪水再次涌出眼眶，何琳清楚郭政明的能力，别说把苏逸赶出同城，就是把他送进监狱对于他来说也不是什么难事。何琳的心阵阵绞痛，苏逸是无辜的，她不能让她的爱人以身试险。何琳柔软的小手握紧浴缸边沿，她到底该怎么办？难道真的就这样继续下去吗？任其事态的发展？何琳的眉心烦躁地紧揪在一起……早知道如此，当初她就该听苏逸的话去天津发展。

天津？何琳的手指动了动，一个想法俨然滑过她的大脑，假若她和苏逸离开郭政明的势力范围，一起去其他城市不就相安无事了吗？以她和苏逸的工作经历，在别处谋求发展应该不成问题。

这个不是办法的办法让何琳低落的心升起微许的希望，她站起身来用花洒冲洗着身子。她现在最应该做的就是稳住郭政明，不让他起疑心，回头再去做苏的工作，她想苏逸是会听她的。

卧室的灯已调暗，何琳站在床前，望着眼前的蓝色大床，她竟然害怕再踏上去。郭政明放下手中的酒杯，从身后拥住何琳。他的鼻息贪婪地汲取着她身上的幽香，男人粗壮的手臂下移，解开女人身上的白色浴袍。

第九章 风吹草动

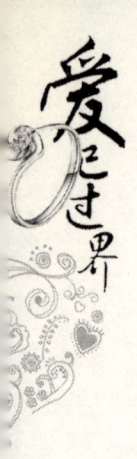

衣衫脱落，何琳的身子轻颤，在洁白严实的浴袍下竟是一件黑色的风情内衣，神秘高贵的黑色把何琳白皙曼妙的身体勾勒得异常妖媚。

郭政明顿时呼吸急促，"有没有想我……"明知道问得多余，但郭政明还是问出了口。他的声音透着沙哑，丰厚的嘴唇啄吻着何琳小巧的耳垂，吮吸着她性感的锁骨，并一路向下吻去……

郭政明有着异于常人的特殊嗜好，由于他过分贪恋女人的腰，因此走下他床的女人腰部都会不可避免地青紫一片。

此时郭政明的大手抑制不住地猛力揉捏着何琳的腰。何琳紧闭的眼尾微搐，这感觉绝对是在煎熬，痛苦和快感复杂地交织在一起反复折磨着她本就脆弱的心。

郭政明和苏逸不同，苏逸的手温柔细腻，他每每抚爱何琳时，都是掺杂了一份怜惜在里面。

而郭政明不同，曾当过兵的他天生一副魁梧健壮的身材。经历过特殊年代的他，曾吃过不少的苦，他的手骨节粗大，掌心粗糙，因此他的抚摸和亲吻都生生多出了一份蛮力，他粗厚的手趼刺痛了何琳细嫩的肌肤，也生出了异样的酥麻。

何琳的脑海里滑过苏逸清俊的脸。此时的苏逸在做什么，他是不是亦如往常地在期盼着她回家？那张温润如玉的脸总是带着春风化雨般的笑容，不期然地洒进她的心尖。

"啊……"何琳吃痛，轻呼出声。

郭政明狠咬了何琳一口，惩罚了她的心不在焉。他长指捏住何琳的下颌，"告诉我，你在想什么？"

何琳睁开眼睛，映入眼帘的是郭政明那双凌厉的眼，他似乎已看透了她的心。

"我……"

何琳的表情泄露了她的心事，郭政明剑眉凛起。

"看来今夜你不想离开了？也好，你好久没有在这里过夜了，今夜就留下来好好地陪陪我。"郭政明鹰隼的眸子没有错过何琳脸上的任何表情，他的目光愈发冰寒，嘴角卷起不屑。

何琳的心狠狠地抽痛，让她"夜不归宿"？这着实考验着她的心。在她的家，她的老公苏逸还在等着她，以男人的惯常思维会怎么理解老婆的彻夜不归呢？不，这事情绝对不能发生在她的身上。

何琳紧攥的手指缓缓打开，开始顺从郭政明的一切，希望能尽早结束。

郭政明笑了，这种小聪明他又怎会不知晓？只不过今夜的她太美好，他舍不得让她尽早地离开，他要好好地，慢慢地享用她……

显然，何琳低估了郭政明的能力，今夜的他尤为有耐力。郭政明很庆幸今夜的他提前吃了药，本来他以往是不吃这东西的，前日有人拿来出国买回来的宝贝献媚地送给他，他还在想他需要这东西吗？现在他倒感谢那位贴心的属下了，这药用在何琳身上正合适。

一次又一次的狂热交融，让何琳身心疲惫，最后她竟然在欢爱中睡了过去。

郭政明望着她的睡颜，仰躺在一旁，吸了一支烟。半晌他才拨通内线电话，轻声地吩咐，"刘秘书，通知李台长，下周去省城的随访记者就安排何琳……嗯，给我打一份她最近的电话清单……"

何琳在水苑华庭毫无设防地睡着了，这可急坏了在家等待的苏逸。他反复确认着墙上的钟表，平日里这个时间何琳早就进了家门，可今天她蹊跷地迟迟未归。苏逸最担心的还不是这些，而是一向二十四小时开机的何琳，居然关机了。这样不寻常的状况还是第一次发生，苏逸早已打过电话去电视台，值班的人明确地告诉他何主播早就下班了。

这个往日里最沉稳的男人也不免焦躁起来，不停地在客厅里走来走去，最后决定自己开车出去寻找何琳。

夜晚的大街，苏逸的车子晃过同城的大街小巷。同城并不大，何琳可能出现的区域更是屈指可数，苏逸燃起的希望尽数变为失望。他和何琳的父母都不在同城，何琳的朋友又不多，几个熟悉的他都已打过电话，回答他的都是不知道。

最后苏逸不得不往回开，也许何琳会意外地在家里等着他。可是这个意外并没有发生在家里，而是早一步地发生在他家的楼下。

此时苏逸望着前面的这辆白色丰田车，他没有看清楚驾驶座上的男人是谁，

但他却看清了走下来的女人是何琳。

显然何琳是焦急的,头发凌乱的她也顾不上脚上鞋跟过高的鞋子,一路急促地跑进单元门里。

何琳急匆匆地开了家门,进去找了一圈没有发现苏逸,便长长地嘘了口气,还好,苏逸比她回来得还晚。

苏逸进来时,何琳已换了睡衣,她正在厨房里找东西吃。可想而知郭政明把她折磨得有多惨,现在的她急需吃些食物来补充能量。

何琳嚼着松软的馒头,吃着微凉的鱼肉,嗯,还是苏逸体贴居然还给她留了饭菜。

苏逸站在厨房的门口,目光复杂地望着何琳。一向爱漂亮的何琳此时却穿了件不搭配的卡通睡衣,而且明显地由于匆忙弄错了反正,那个本该在前面的大头猫此时正对着他咧嘴甜笑。

苏逸伸手拿走何琳手里的馒头,端起料理台上的菜一起放进微波炉里,又从冰箱里取出一盒牛奶尽数倒进奶锅里加热。

何琳嘴里的食物都忘了咽,视线随着沉默的苏逸一起转动。

"你也饿了……"何琳小心翼翼地轻问。

苏逸没有抬头,温柔的声音亦如他轻缓的动作,"我已经吃过了,知道你爱吃鱼就给你留了两条。"

何琳勉强咽下口中的食物,吸了吸鼻子,这一刻她尤为感到对不起面前的苏逸,她何德何能嫁给了这样一位体贴温柔的老公。

苏逸疑惑地看着何琳,手指轻柔地抹去她脸上多出来的泪水,"为什么哭?是不是发生了什么事?"

何琳脸上的泪像断了线的珍珠止也止不住。她猛然扑进苏逸的怀里,紧紧地抱住他,"对不起,今晚是我不好,不该这么晚回来。"

苏逸轻叹一声,安抚地轻揉何琳的头,"我只是担心你出事。你手机关机,朋友又都说不知道你去了哪里,我只好自己出去找,可是你知道我有多恐惧?我的妻子突然不见了,我居然无能为力找不到她。"

"嗯……"何琳破涕为笑,原来晚归的苏逸是出去找她了。何琳讨好地亲了亲苏逸的脸颊,撒娇地蹭着苏逸的怀,"我又不是小孩子,怎么会不见了?不要担心,一个曾帮助过我的朋友,请我参加他们公司的餐会,我没有关机,只是手机没电了。"

何琳还算机灵,她撒的谎正好处在苏逸怀疑的盲点上,换作任何一个理由都会穿帮,可她偏偏撒了个最贴切的谎。

苏逸不疑有他地相信何琳所说的话。不是苏逸蠢笨,而是他与何琳相识的时间太久了,从高中就是同桌的他们至现在算来认识已有十六年光景了,这时间久得苏逸都会认为何琳是他身体的一部分,他了解何琳胜于她了解她自己。

另一边童语和江岩的婚姻正式进入冰河期。今夜江岩加班到十一点才回来,他站在客厅里看着卧室的门良久,但还是转身去了书房。也许里面的童语并没有睡,但江岩却没有勇气去推开那扇门。

童语家的书房虽不大,却安置了一张舒服的单人床。本来这床是为了给临时串门的亲友准备的,但没想到第一个睡在上面的人竟是江岩。

江岩颓然地躺在床上,脑子里一片混乱,本已疲惫不堪的他却无法安然入眠。这些天都早出晚归的他,天天强迫自己在公司加班到深夜,他潜意识里就是不想与童语多接触,他不知道自己该拿何种态度来面对她。

童语在江岩的心中,曾是纯洁美好的,他并不在意童语的年少失身,因为他是所有事件的见证人。当年的他虽然年纪尚小,但他却亲眼目睹了童语的境地有多凄惨。他恨自己没有能力去保护她,让她受尽了别人的欺辱,最后只能眼睁睁地看着她和母亲远走他乡。

再次遇到童语,江岩是狂喜的。儿时喜欢的女孩儿竟然再次出现在他面前,她依然温柔美丽,生活的磨难没有在她身上留下痕迹,她的眼神依然清澈澄净,成绩优秀的她再次成为老师眼中的宠儿。

江岩曾试着与童语接触,但童语显然忘记了他是谁。

这也难怪,当时的童语勤工俭学,还要照顾生病的母亲,她没有时间也没有精力去注意其他的事情。直到江岩生日时,欧文瑾当着江岩的面强吻了童语,仅那一次,江岩就把欧文瑾踢出"哥们儿"的行列,他不再把他当做朋友。

但接下来的事情更让江岩大跌眼镜,童语居然爱上了强吻她的欧文瑾。这让江岩无法接受,但也正因为童语成了欧文瑾的女朋友,江岩这个欧文瑾的哥

第九章 风吹草动

们儿才得已跟童语熟悉并成为朋友。

欧文瑾是张扬的,他从不掩饰自己对童语的喜爱。也许他是想让他最好的哥们儿和他一起分享他的快乐,但他明显选错了对象,他对江岩事无巨细地汇报着他和童语的恋爱过往,但他每多说一件,江岩就会更恨他一分。

江岩撞见欧文瑾亲吻童语也不是一两次了,他就不明白童语这样努力刻苦的女孩儿怎么会喜欢上欧文瑾这个浪荡公子哥?直到有一次欧母来到大连探望儿子,江岩亲眼目睹了场面的尴尬。欧文瑾欣喜地把童语介绍给母亲,然,衣着考究的欧母只跟童语礼节性地点了下头,就不再看她一眼。明显的态度让在场的人都明了她不接受这个多出来的女孩儿。后来江岩才从欧文瑾嘴里知道,当天他们母子俩就因为童语而大吵一架。欧文瑾说这些话时是悲愤心痛的,然江岩听在耳里却是舒心的,因为欧母的反对让他又燃起一线生机。

江岩抬眼看了下墙上的钟表,已凌晨一点多了,可他却还是睡意全无,明明已困乏的他却怎么也睡不着。

蓦地,客厅里传来声响,有人去了洗手间……

听到响声,江岩的心猝然绷紧,他来到门口,手放在门把上,他想出去,但他的脚却像灌了铅似的走不出去。试问哪个男人能轻易原谅妻子和别人有染?至少他江岩现在做不到……

耳畔终于传来卧室门关闭的声音,江岩的手颓然地垂下……

他受伤的心很挫败,他居然不敢见童语,他怕他一个忍不住就会全盘托出。如果那层窗户纸被捅破了,那他的妻子是不是就会不再有所顾忌,她会为了欧文瑾而向他再次提出离婚?

原来童语生日的那个晚上,江岩并没有喝多,至少他的头脑是清醒的。那一晚他的确有应酬,回来得也很晚,头晕的他倚在客厅的沙发上喝着水。"嘟,嘟……"细小的提示音告诉他有短信进来,他扫了眼童语放在茶几上的手机,鬼使神差地点开看了。这一看不要紧,江岩是气得惊怒交加,那上面大大方方地写着,"小语,谢谢你陪我度过这么美妙的夜晚,我刚下飞机已回大连,勿挂念。文瑾。"

有那么一瞬,江岩认为这可能是某人的恶作剧,毕竟他们俩的城市还隔着千山万水,毕竟他的妻子小语不是那种随便的女人。但急于想证明的江岩还是来到封闭性、隔音性都良好的洗手间,直接把电话打了过去。

此时的欧文瑾还沉浸在与深爱的女人相处的快乐里,他以为来电话的是童语,故而他笑着调侃,"小语你怎么还没有睡,是不是想我想得睡不着。"

江岩的心已提到嗓子眼儿,他强压着怒火,"欧文瑾,你又来找小语做什么?"

话筒那边明显地怔了一下,少顷便传来欧文瑾愉悦的笑声。欧文瑾很气人地反问:"江岩,你说这男人找女人能做什么?"

童语和欧文瑾相拥缠绵的画面立刻出现在江岩的眼前,江岩的心都在颤抖,牙缝里蹦出,"你真无耻!"

"无耻?"欧文瑾笑得更惬意了,"这个词从你江岩的嘴里说出来,还真是有喜感。难不成你失忆了,忘记了小语本来就是我的女人,要不是你江岩的蓄意破坏,我们的孩子都能打酱油了……"

"欧文瑾,你到底想怎样?"江岩的头开始针刺般的疼痛,他忽然觉得欧文瑾已不再是块黏人的胶皮糖,而是破坏力超强的病菌,让人防不胜防。

"放了小语,我们会很感激你。"这句话欧文瑾倒说得很正经。

"你休想,这辈子你就死了这条心吧。"江岩已完全失去冷静,倘若现在欧文瑾出现在他面前,他一定会掐死他。

"何必呢?小语又不爱你。"欧文瑾永远知道江岩的痛处在哪里,他继续嘲笑着,"不过江岩,我说你下次能不能不把小语的脖子弄得那么惨,女人是用来哄的,不是用来强迫的。"

手机里再次传来愉悦的笑声,江岩怒火攻心,他把童语的手机狠狠地摔在墙上,碎了一地。江岩的心彻底冰冻,他的妻子早上刚信誓旦旦地表明不会再与某人来往,可仅仅到了晚上她就已经迫不及待与人私会……

带着满腔怨恨的江岩走进卧室看了熟睡的小语好一会儿,但他终究没有勇气把她拎起来质问,最后他无力地瘫坐在地板上,昏昏入睡。童语的拉扯拽醒了沉睡的江岩,也拽醒了他压抑的怒火,他无法控制地强迫了童语,也换来了这些日的夫妻冷战。

三天后,江岩去了省城开会,在省城的他也突然想起了被他遗忘的童语生日。为了修补他与童语的关系,他特意给她买了礼物。然,等江岩急匆匆地赶

第九章 风吹草动

回家时,童语已经离开。江岩望着童语留给他的字条,额上的青筋条条绽出,这个女人终究是去了。北京,这个地方意味着什么?江岩不敢再想下去……

童语来北京后一直很忙,也没有给江岩去电话。一晃数日过去了,在培训临近结束时,正巧赶上周末,因此大家都利用这难得的机会结伴外出采购。

童语和同住的小王没有去,她们在房间里整理着培训资料。耳边传来敲门声,小王跑去开了门,半晌才犹豫地喊童语,"童经理,有人找。"

童语走到门口就愣了,这几天忙得她倒忘记了欧文瑾,此时他就站在她的门外,一脸悠闲地看着她。

"很意外吗?就像我意外你能来北京一样。"欧文瑾意有所指。

童语的眸光紧张地扫了下屋里,脸色有些不自然,"对不起文瑾,你先等我一下,我马上就出来。"

欧文瑾了然地点头,"我的车就停在下面,我在车里等你。"

童语下来时还是穿着她的那套西服,只是外面裹了件黑风衣。她一眼就认出欧文瑾的车,上车后她就提议:"我们去别处走走吧,这里人来人往的,被同事们看见不好。"

欧文瑾抿着薄唇,反瞅着她,"你顾虑的还真多,我还以为你现在最应该顾虑的是怎么和我解释你撒谎的事。"嘴上虽这么说,欧文瑾还是发动了车子。

"公司临时安排的,没来得及告诉你。"童语想了想,还是用谎言掩盖了谎言。

欧文瑾没有说话,其实他早就从第一批上报人员名单里看到了童语的名字,只是他不想让她太难堪。

童语别开头望着窗外飞逝的街景,此时已是深秋的北京却漫天飘洒着细雨,雨虽不大,却一直在下。她摇了摇头,难得手下的员工有空闲出去逛街购物,可惜这天公还真是不作美。

"我们这是去哪里。"童语打破沉寂。

欧文瑾眉眼凝笑,"难得你来趟北京,我还是尽地主之谊带你到处转转。"

童语再次看了看窗外,"这样的天气还真不适合观光游玩。"她也在犹豫着,自己是不是该和文瑾出去。

"雨天自有雨天的妙用,这样的天气正好清静,人少能让你更好地领略风景。"欧文瑾最了解童语,她生性喜静,意清幽。比起繁华的都市生活,她反而更钟情于幽静的水乡小镇。

欧文瑾的话说得有道理,故而童语不再坚持,她实在不用刻意地拂了他的好意。

童语倚在靠背上自顾沉思。也许是阴雨的天气影响了她,竟打起盹儿来,欧文瑾的车子很舒服,竟让她沉沉地睡了过去。

童语毫无设防地睡了过去,而身旁的欧文瑾却驾驶着车子一路开出北京城,路越走越偏,最后竟上了山路。

第九章 风吹草动

# 第十章 雨意云情

童语睡的时间颇长，醒来时着实吓了一跳。童语反复确认着窗外的路况，"你到底要带我去哪儿？"就算她对北京再不熟也能看出此时的他们已经出了城，这地方怎么看都像是在郊外。

"我们去喇叭沟门赏红叶。"欧文瑾气定神闲，很清楚地告诉童语要去的地方。

显然童语并不晓得这劳什子"喇叭沟门"究竟是何方圣地，但她却能肯定那地方很远。"调头回去吧？现在我没有心情去看什么红叶，我这样一声不响地离开，同事们会着急的。"童语担心是必然的，她做事一向谨慎负责，眼看着就要返回同城了，在这个节骨眼上她不能出现任何纰漏，她毕竟是带队的。

"担心什么？我保证下午把你送回去。"欧文瑾不在意地看了眼窗外，俊美的脸庞溢出惊喜，"小语，我们运气不错，这雨竟然停了。"

童语也颇感意外，她还以为这雨能下到后半夜呢，可是现在它却停了，这倒是应了那四个字"阴晴不定"。

"为什么跑这么远的地方来看红叶，北京附近不就有吗？"童语很怀疑欧文瑾的不明之举。

"这红叶本来是要去香山看的，只是这个时候那儿一定又是人山人海，像你性子这么幽静的人一定会觉得吵闹。"欧文瑾回眸深深地看了童语一眼，"所以我们才转去更偏远的喇叭沟门，其实那儿的红叶才是最美的，你看了一定会喜欢。"

童语的眉心微蹙，她莫名地有种预感，他们去了晚上就很可能回不来了，谁会在雨天的夜里危险地赶山路呢？

童语望向窗外，雨的确是停了，可是天边还弥漫着大片的乌云，"我们下午真的能返回去吗？"

"当然能,我什么时候骗过你。再说现在我们也返不回去了,我们已经走了四分之三的路程,油箱的油只够开到喇叭沟门的,我只能到了那儿才能加上油,你如果能早醒个一两小时,你的提议还可能实现。现在我也没有办法。"欧文瑾耸耸肩,表明他真的是无能为力。

童语狠狠地瞪了他一眼,我看你是诚心的没加满油,现在来这一手算你狠。

童语不再理欧文瑾,眸光无精打采地看着窗外,渐渐地她的眸中现出异彩。雨后的山景自是有一番清新的韵味,放眼望去,绵延的山林,色彩次第渐深,犹如水墨画般的意境通幽。

"这是北京现在唯一的原始森林自然生态保护区,虽然地处京郊偏远了些,但这儿的确是观赏红叶的最佳去处。"欧文瑾耐心地解释着。

童语似乎也接受了欧文瑾的说法,她不再郁闷,开始有一句没一句地同欧文瑾聊起来。欧文瑾的车一路顺利地开到离景区最近的满族乡孙栅子村,下了车童语才知道,原来欧文瑾早已在这里的农家院订了房间。

这时间也赶得挺巧的,正是午饭的时候,欧文瑾和童语也就在农家院解决了吃饭的问题。老农家自己圈养了很多鸭子,因此他们就点了一盘炒鸭蛋,一盘山野菜,又炖了条鱼,主食是棒子面粥和玉米面的大饼子,这样原滋原味的农家饭自是香得两人没少吃。

他们吃饱喝足后便动身去山里赏红叶,果然,他们还没有走近,童语就已经被红绿相间的山林给吸引。极目望去,远山如黛,秋意正浓,火红的枫叶与银白色的树干相互衬托,绚丽而鲜明地呈现了一片五彩斑斓的动人景态。

童语率先走进山林,原来银白的是高大笔直的白桦树,火红的是那鲜艳的五角枫叶。童语站在满是红叶的山林中,情不自禁地闭上双眼,深深地呼吸着雨后天晴的清爽空气。

微风拂面,吹起女人飘逸的长发,深深的秋韵层层包裹着女人秀丽的身姿。欧文瑾的笑眸渐渐深远,霎时飞扬了思绪,这个美丽的女人还是如此美好,美好得让他想再次拥有。

童语唤着睐睁的欧文瑾,招呼他跟上自己。此时的童语一改往日的沉稳内敛,欢快得像个调皮的孩子。

老天也似乎特别眷恋两人,阳光绽破层层的乌云,天气愈发晴朗。更让他

第十章 雨意云情

们意外的是越往山上走,道路越干爽,显然这里下的雨并没有北京城大。

童语走得飞快,身心都沉浸在大自然的洗礼中。漫山遍野的红,层林尽染,这红不但红得娇艳,红得热情,更是红得绚了她的眼。眼前的景色美得已超出她的想象,强烈地震撼着她的心灵。欧文瑾说得没错,只有在这人迹罕至的原始森林里,这深秋的红叶才会真正彰显出它遗世独立的韵味。

嗖的一下,一个灰暗的影子从童语面前掠过。童语惊得退后一步。

"不要怕,是松鼠。"欧文瑾及时扶住童语的身子。

果然,路的左前方出现了几只野生的小松鼠,灰灰的小东西,并不怕生,身子敏捷地穿梭在丛林中。

童语笑了,笑声感染了身后的欧文瑾,他不再犹豫,伸手握住童语的手,带着她向上一路攀登。

渐渐地,欧文瑾和童语的体力开始透支,他们呼吸急促,双腿沉重。欧文瑾和童语不免感叹,平日里沉浮在钢筋水泥构建的城市里,已让他们的身体难以承受这样最本能的锻炼。

"啊……"某人痛呼,立即用事实验证了这一感悟,气喘吁吁的童语把脚给扭伤了。也难怪,有谁爬山会穿一双高跟鞋呢?童语瘫坐在地上,强忍着钻心的疼痛。

童语倏地把脚缩了回来,疼得发皱的小脸已经红到耳根,她掩饰地穿上袜子,"没……没什么了,已经不痛了。"

欧文瑾抬眸深深地看着童语,嘴角扬起一丝笑,"你还能走吗?我来背你吧。"

"别,别……我能走的,你扶我一下就可以了。"童语逞强地拒绝了他的好意。

到底是欧文瑾把童语背上山的,因为女人那龇牙咧嘴的忍痛表情着实煎熬着他的心,最后他一狠心在童语的惊呼中把她背起,大步流星地向山上走去。

终于登上了山顶,欧文瑾放下童语,扶着她倚石而坐。他们坐在那里一起观赏茫茫的远景,阵阵凉风沁面,这里远离都市的尘嚣,抽离现实的烦恼,让他们平时紧绷压抑的心瞬间得到释放。童语望着山景,殊不知她此刻也正是别人眼中的风景。欧文瑾侧目欣赏着眼前娇弱的女人,相比远处那幅水墨的风景画卷,眼前这张笔功细腻、眉眼含黛的仕女图更能打动他的心。

童语张开手臂,深吸着高负氧离子的空气,两个人置身于山巅,抬眼是湛蓝幽远的天空,低眸皆是醉人的秋色,童语自感浑身舒畅,"原来美景滋润的心灵竟是这般的美好!"

欧文瑾也似有感触,由衷地说道:"美景也是有心灵的,只要用心去体会,就会发现它的美好,这就是心灵合一的享受。"

童语美眸轻眯,极目远眺,"坐在这里,呼吸着青草花香,感受着真实的山林野趣,倒让我找到'采菊东篱下,悠然见南山'的清幽意境。"

欧文瑾把童语的小手包裹进自己温热的掌心,"既然你这么喜欢这里,我们就不走了,在这里买处房子,种块菜地,你做饭我砍柴,这样我们就能天天欣赏美景了。"

童语打落欧文瑾的手,"如果人人都像你我一样,赖在这里不走还不乱套了。你可别忘了,大自然最强大的破坏者就是我们这些贪图享乐的人类。"

童语终于收回视线,有些哀怨地看着自己的脚,"这上山容易,下山难,我们该怎么下去呢?"

"这有什么好担心的,难道你觉得我会把你弃于荒野一个人回去?"欧文瑾好笑地回望她。

当然不是。童语眸光锁住男人额头上还没有风干的汗水,有些心疼,但此时还真是没有办法,只能连累他了。

返程并不顺利,肩上背着心仪的美女,欧文瑾倒是想感受下健步如飞的侠士风范,可脚下这高低不平的山路就是和他作对,两个人竟狼狈地摔了一跤。慌乱之中欧文瑾紧张地抱住童语查看伤情,童语看着两个人的狼狈样儿再也忍不住大笑起来。欧文瑾也自觉好笑,火红的枫林中,所有的顾忌在这一刻消失殆尽,唯有爽朗的笑声向远方绵绵不断地传送……

筋疲力尽的两人返回山下时,整个村子都沉浸在蒙蒙的夜色中。他们已经错过了返程的最好时间,童语无奈,只能听从欧文瑾的安排,在农家小院留宿一晚再走。

何琳来省城已有些日子了,今天郭政明参加当地安排的招待会,她不用跟随,所以她难得跑出来给苏逸挑选冬季的衣服。何琳这个人很会打扮,她对时

第十章 雨意云情

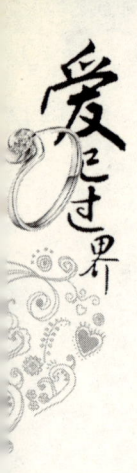

尚流行的东西十分敏感，总是能抓住最具前卫的潮流。

苏逸自从回同城后，他里里外外的衣服都是何琳为他打理的。何琳是一个极爱漂亮的女人，故而苏逸上上下下都洋溢着何琳式的时尚，就连最贴身的内衣，何琳都会选她喜欢的款式。苏逸曾抗议，他穿不惯三角裤，以往他在天津都是穿四角裤的。可何琳却不允许，她振振有词地教育苏逸，这东东就是穿给她看的，三角裤比四角裤性感，她看着舒服。

苏逸也不争执，对于何琳的所有安排都欣然接受。在他看来穿不穿内裤都不重要，重要的是这个肯为了他花心思买内裤的人是何琳。

何琳拎着大包小包的战利品回到宾馆，冲了个澡，便舒舒服服地躺在宾馆的标准床上。她本来对这次省城之行很不满，她也反感李台长的趋炎附势，如果当初没有李台长的牵针引线，她又怎么会沦落到今天这个地步。

何琳已经跟李台长通过电话，明天她会提前返回同城，她的采访任务已经结束，没必要也没有义务在这里陪郭政明干耗。今夜是何琳在省城的最后一晚，所以此时她的心情很不错。这些天来郭政明都没有骚扰她，并不是他"好心"，而是他太忙，辗转于会议与饭局之间的他根本没有时间来关注何琳。这正合何琳的意，所以每天工作一结束她就会神速地自动消失。

何琳把行礼都收拾好，又给苏逸打了通电话，告诉他明天她就会回去。小两口煲了好长一会儿的电话粥，当然多半都是何琳在说，苏逸在听。

回想当年，两个人是同桌时就是何琳话多，苏逸只是静静地听着。看着表情丰富的何琳一会儿笑，一会儿皱眉的，他觉得很有意思。

何琳上学那会儿是个爱憎分明的女孩子，喜怒哀乐全都写在脸上，清清楚楚的，苏逸想忽视都不行。何琳忘性大，丢三落四，每次苏逸都细心地帮她把书包整理好，外带爱心地帮她记好作业。连何琳父母都养成了习惯，有什么事情都会先打电话向苏逸询问。在何琳妈妈的眼里，苏逸就是天使的化身，学习好，纪律好，品德好，总之就是样样都好。

这导致后来在苏逸和何琳的结婚问题上，何琳父母都是举双手赞成的，就差没跟苏逸说感谢你娶了我们家的女儿，有你在我们就一百个放心了。

苏逸本认为自己心目中喜欢的应该是文文静静的、不爱说话、温柔内敛型的女孩，可是他最后偏偏爱上了何琳这样活泼外向，调皮张扬型的女人。

有时候苏逸都怀疑自己是不是哪根神经搭错了才会爱上何琳？当年他们高中毕业时考上了不同的大学，平时连书信来往都没有，只是偶尔寒暑假时，关系好的高中同学会隔三差五在一起聚会。每逢聚会时美丽俏皮的何琳就毫无疑问地成了大家的主旋律，她光芒四射，总是让人不自觉地跟着她的身影移动。

苏逸的话少，他总是看着别人嬉闹，口才了得的何琳总是妙语连珠风趣得不得了，每每那时都会让苏逸的唇不自觉地上扬。苏逸曾想哪个男人如若娶了何琳，那他的嘴就一定得按个拉锁，否则会天天乐得合不上嘴。

到了吃饭的时候，何琳绝对是第一个坐在苏逸的身边，她解释为习惯了，这是她同桌。一般这种情况下苏逸的责任就重大起来了，何琳不想喝的酒就天经地义地由他这个同桌来代劳；何琳酒量不好，事后苏逸也会沉稳地把软绵绵的何琳安全地送到家。久而久之，苏逸都把照顾何琳当成了一种戒不掉的习惯。

当年苏逸第一次向何琳表达爱意时，何琳当场就落泪了。她说，苏逸你知道我等你这句话等了多久吗？原来何琳上学时就是喜欢苏逸的，只是他这人太沉闷，以至于何琳把一切都隐藏在心里。她经常故意欺负苏逸，让他为她记作业，让他洗两个人的桌布，让他晚自习后送她回家。苏逸也没有意见，总是好脾气地听从何琳的指示，但他却从来没有表示出丝毫对何琳的喜爱。

轻缓的敲门声震醒了回忆中的何琳，她用指尖飞快地梳理了下凌乱的短发，跑去开门。她以为是同来的摄影记者小胡，他就住在她隔壁。

可让何琳意外的是站在门外的不是小胡而是刘秘书。何琳的心蓦然勒紧，刘秘书那张牲畜无害的脸总是带着温和的笑容，然何琳最害怕的就是自己面前出现的这张脸。刘秘书的"尽职尽责"是有目共睹的，不但把郭政明的日常工作安排得井井有条，连老领导的生活都打理得无微不至。

刘秘书随着何琳走了进来，他简明扼要地说着来意。原来省城会议结束后，郭政明被邀请去温泉休闲度假城休养几日，他派刘秘书前来就是要告诉何琳收拾好东西去他那里。

"李台长让我明天就回去，再说我去那里也不合适吧？人多眼杂，会添麻烦的。"何琳的声音已不复平静，尽量控制着自己不悦的语气，她已不能再接受这样的安排。

"也好，那你就先随我去一趟，和领导说明你的情况，他不会为难你的。"

第十章　雨意云情

刘秘书温和的语气亦如脸上那张温和的假面具一样毫无破绽。

何琳当然明白刘秘书要表达的意思,他是在委婉地告诉她,不要为难他,有什么话自己去说。

何琳颓然地收拾着东西,她放弃了挣扎,因为她清楚地知道,不去的后果是什么。

今夜的郭政明没少喝酒,此时的他正躺在沙发上喝着解酒的凉茶。看到何琳进来,他没有动,只是示意她过来。

刘秘书很体贴地为他们关好了房门。

何琳板着张脸,不是她不想给郭政明好脸色看,而是此时的她真是拿不出任何的好心情来对待他。

郭政明倒也没介意何琳的态度,这样真性情的何琳反而更吸引了他,他不吝啬花费心思去降伏这个倔犟的丫头,而且对这个过程还颇为享受。

"你也逛了一天了,把外衣脱了过来坐坐。"郭政明嗓音温和,大手轻拍着旁侧的沙发。

何琳唇角微抽,原来这些天他都在监视着自己的一举一动,看来是她高兴得太早,在来之前郭政明早就安排好这里的一切。

何琳没有脱大衣,无精打采地走过去坐在郭政明指定的位置。她的眼睛没有看郭政明,而是在专注地盯着茶几台面上的复古花纹。

郭政明温热的手掌顺着何琳的后腰伸进她的衣服里,让她浑身一颤,声音可怜的说:"政明,比我年轻漂亮的女人有的是,你也从来不缺女人……"

"所以呢?"

郭政明的声音听不出来是喜是怒,却让何琳紧张的心愈发抽紧。

"我求求你,放过我吧!"何琳鼓起勇气,说出了她最想对他说的话。

郭政明的手一滞,他猛然甩开何琳。他最忌讳的就是这句话,何琳再一次触碰了他的底线。郭政明酒醉的大脑顿时充血,难以抑制的愤怒瞬间高涨起来,他站起身子,捞起地上跪着的何琳,直接把她扔倒了床上。

措手不及的何琳转瞬间被摔得七荤八素,郭政明扯掉她身上碍眼的大衣,直接用何琳的衬衫捆住了她挣扎的双手。

何琳此时已不能用害怕这个词来诠释她的心情,没来由的恐惧已渗透到她的四肢百骸,她的浑身都在颤抖。郭政明已不是在脱她的衣服,而是在用手撕,仿佛撕裂的不是衣料,而是她带有血肉的身躯。

"政明,不要,是我错了……"何琳开始示弱,但已经晚了,她的哀求已挽回不了惨烈的对待。

郭政明溢血的眸子根本就没再看何琳一眼,他攻击的是她战栗的身子。没有言语,没有交流,有的只是肉体的搏战。

漫长痛苦的折磨终于画上了句号,何琳委靡地蜷缩在床上,大腿上斑斑的血迹触目惊心。何琳没有哭,她痛得麻木的身子仿佛已不是她的,她的目光空洞呆滞……

郭政明这时倒是酒醒了,到浴室里冲了个冷水澡。再次回到床上,他的目光已不再凌厉,竟多了抹温柔。他亲手为何琳解开了手腕上的衣结,黝黑的大手着迷地抚摸着何琳,"我从不知道我这么喜欢你,丫头,不要再说让我伤心的话,没有用的,你看受伤的反而是你自己。"

说着郭政明又把何琳怜惜地抱进怀里,"等我离开同城时,我会带着你,所以这辈子你都甭想逃离我。"

深秋的夜晚,童语惬意地坐在院子里的大树下,眼睛目不转睛地欣赏着对面欧文瑾的茶艺。她不得不佩服他的"心思细腻",到山上观赏红叶居然还带着成套的茶具。

娴熟弄茶的欧文瑾忽地抬眸冲童语勾唇一笑。童语莫名地觉得自己被算计了,这样有备而来的他,怎么会算不准时间被滞留在此地呢?

童语叹气之余也难得享受这样清幽惬意的小憩,这农家小院虽然简朴,却被细心的主人设计得绿荫环绕,雅味十足。因为上午下了雨,故而游人稀少,他们留宿的这家农家院现在只有他们一对旅客。

欧文瑾把泡好的茶送至童语的面前,"晚上吃的烤肉不易消化,喝些茶去去油腻。"

童语轻闻着碧螺春的清幽茶香,缓缓地轻啜一口。

满月的秋夜,微风习习,清辉的月华透过头顶茂密的枝叶,洒下明明灭灭的光影,让人心碎,更让人心醉……

第十章 雨意云情

115

孙栅子村海拔高,昼夜温差大,小院儿渐渐地冷起来。欧文瑾脱下身上的大衣裹住童语单薄的肩。

"喜欢这里吗?"

童语紧握着温热的杯体,浅笑着点头。

欧文瑾眉眼凝笑地看着怕冷的童语,他满足于这一刻的安谧宁静。"等明年五一,我带你来这里赏花,虽然那会儿山上还有积雪,可山下却漫山遍野地开满鲜花,有杜鹃、丁香、马兰……漂亮得都能让你不想再离开。"

虽然明年五月还很遥远,但童语的心还是被蛊惑了,甚至在想她应该带画板来,很多年没有动画笔了,她应该用油彩去感受这里的山,体会这里的水,留住这里的山林美景。

欧文瑾还在兴致勃勃地为童语科普着这里的动植物知识,听得童语有种恍如隔世的抽离感。她有多少年不曾这样恬淡随性地放松自己?辛勤地工作,压抑的生活,竟让她遗忘了本来的自己。此时的童语陶醉于这样迷人的秋夜,与自己心仪的人品茗畅谈,渐渐地她忘却了同城,忘却了北京城,更忘却了她的丈夫江岩。

夜里,欧文瑾敲开了童语的房门,拿着他的衬衣和在附近刚买的洗漱用品。童语的衣服在下山时弄脏了,还好欧文瑾有带备用衣物,所以给她送来一件衬衣做睡衣。

童语有些迟疑,她怎么能穿他的衣服。

"在想什么?难道你想洗完澡还穿着那身脏衣服睡觉?"欧文瑾眉宇轻弯。

童语接过衣服,不再拒绝。欧文瑾临走时为童语调好了空调,知道生于南方的她怕冷。

欧文瑾再次来到房间时,童语已洗过澡穿上了清爽干净的衬衣,屋里暖融融的,让童语刚出浴的脸粉润桃红,甚是娇媚。

童语望着送西瓜的欧文瑾,盈盈一笑,"夜里谁还吃这东西,吃完胃会不消化的。"

欧文瑾放下手里的西瓜,其实他也知道吃这东西不消化,可是他就是想来她的房间多待一会儿。

童语半干的长发用手绢随意系了个马尾,欧文瑾的衬衣穿在她的身上还真是媲美宽大的睡袍。此时童语正整理着床铺，纯白晃动的衬衣也难掩她起伏曼妙的身姿，裸露在外面的小腿，笔直修长的，还有那双水嫩的玉足在过大的蓝色拖鞋里显得格外娇小润白。

欧文瑾情不自禁地走过去揽住童语的肩，修长的手指在童语粉白的脸上爱抚着，迷离的目光滑过童语清丽的眉眼落在她轻启的粉唇上。

童语的心抽了一下，努力扯出一抹笑容，"你没有梦游的习惯吧？这位同学请你回自己的宿舍吧，我要睡觉了。"

"嗯，我一看到你，就感觉自己在梦游。"说着欧文瑾轻柔地抚住童语的头，嗓音里有着说不出的蛊惑迷离，"不要动，让我再感受一下我们曾拥有的初恋。"

童语睁大了眼睛，睐睁地看着欧文瑾的吻覆了下来。

欧文瑾含住童语的唇，小心翼翼地轻吻着，带着茶香的舌尖勾勒着女人绵软的唇，轻柔得亦如三月的春风，一丝丝，一寸寸地撩拨着女人枯寂沉睡的心……

童语净白的脸颊泛起醉人的潮红，欧文瑾的舌已开启了她的牙关，追逐着她的粉舌，难以形容的酸软正沿着她的唇向四处舒卷漫溢。

童语害怕了，眼眸里滑过惊慌，她退了一步，欲躲开欧文瑾的蛊惑。然，欧文瑾却先她一步扣住她的腰身，把她牢牢地掌控在自己的怀里。

童语抗拒地推着欧文瑾。那段曾经的爱恋对于她已变成萦绕远山的雾，美好而缥缈，这份美好她一直珍藏着，尘封着，不愿再忆起，然而此时这个男人却强势地揭去封印，似要将一切过往卷土重来。

欧文瑾重新攥住童语的粉唇，这一次他吻得更深了，他的大手带着滚烫的热度抚摸着童语轻颤的身体，修长的手指掠过童语嫩白的脖颈，抚过她单薄的背脊，舒缓地揉捏着她过于紧张的身体。

童语彻底慌乱，她害怕这种失控的感觉，猛然推开欧文瑾，"不可以，文瑾，我们不能这样……"

然，童语已阻止不了爱欲的汹涌，欲火焚身的欧文瑾已经等不及童语的应允，急促的大手用力一扯，唯一蔽体的衬衣就发出哀鸣的锦裂声，晶透的钮扣跌落在地板上四处蹦窜……

童语的脸色惊变，眼泪不受控制地砸落下来……

第十章　雨意云情

·117·

　　女人的哭声终于唤醒了男人的理智,爱欲迅猛的欧文瑾停住动作,他艰难地调整着呼吸,滚烫的手指勾起童语的脸。

　　童语的表情复杂而痛苦,点点泪光颤人心弦。欧文瑾勉强地清了下喉咙,"为什么哭?你明明是喜欢我的。"

　　"我已经结婚了……"只这一句就把意乱情迷的两人拉回残酷的现实。

　　欧文瑾喟叹一声,把哭泣的童语紧拥进怀里,"你的感恩与他的坚守,不足以成就你们的爱情,小语你并不爱他。"

　　童语无助地摇头,把脸深埋进欧文瑾的怀里,成股的泪水濡湿了他健硕的胸膛。"爱"这个字对于她来说何其奢侈,也许早在她童年失贞的那一刻起,就已丧失了这项权力。

　　半响,童语抬起头,盛满泪水的眸子不敢直视男人失望的脸,"对不起文瑾,我不奢求我的婚姻能美满幸福,但求它能白头偕老,从一而终。"

　　欧文瑾的左肋阵阵钝痛,童语的话无形中宣判了他的死刑。他深深地凝望着童语,光洁的额头下汪洋一片,泪水颗颗滴落在她凝脂的胸前……

　　他伸手抿紧童语的衣襟,喑哑的嗓音滑过一丝温柔,"不要哭了,我不碰你便是。小语,你永远是我的软肋,让我不忍心违背你的意愿伤害你。"

　　童语的手抵住胸口,压抑地抽泣,无法承受的疼痛正啃咬着她的心,竟让她呼吸困难。这个她曾经爱过的男人又何尝不是她的软肋,让一向冷静自持、清心寡欲的她频频失守,差一点铸成大错。

　　悲伤哭泣的童语被欧文瑾抱了起来,把她轻柔地放在床上,为她盖好了被子。

　　"好好地睡一觉,明早吃饭的时候我会来叫你。"欧文瑾抚了抚童语的额发,一记饱含歉意的吻印在童语的额头上。

　　童语望着欧文瑾孤寂落寞的背影,眼泪再次溢了出来。她最不想伤害的人就是他,但到头来他还是被她所伤。

　　欧文瑾站在花洒下,用冷水不断地冲刷着肿胀的身子,可一切都是徒劳,只因为他的脑海里还停留着童语的影像。在这分离的五年里,童语不止一次地出现在欧文瑾的梦里。长夜漫漫无穷尽,一墙之隔,两处心酸,无心睡眠的欧文瑾和童语都沉浸在往昔的回忆里,久久不能入睡……

此时，在同城的苏逸半夜里却被电话铃音所惊扰，他猛然惊醒，抓过手机，里面竟然传来何琳哽咽的声音。

苏逸尚未清醒的大脑并没有听清楚何琳在说什么，但他却肯定何琳在哭。

"琳琳，你怎么了？是不是哪里不舒服？"苏逸的嗓音沙哑，心也蓦然揪紧。

何琳似乎吸了吸鼻子，轻叹了口气，"没有了，是我做噩梦了，醒来后就非常想你，想听听你的声音。"

苏逸松了口气，眉眼不免染上笑意，"好啊，你想听我说什么？"

"说你爱我，说你不会离开我。"何琳的声音再次泛起哭腔。

苏逸忍不住弯了嘴角，他是个含蓄内敛的人，很少把爱字挂在嘴边，可是此时他的老婆这么难过，他也不得不去说那个令他尴尬的词。

"琳琳……我爱你，你不常说你是我身上的肋骨吗？我怎么可能会离开你？"

"……"

电话那边的何琳没有说话，只是抽泣得更厉害了。

苏逸有些心疼，他的声音里糅杂了份宠溺，"乖，还这么孩子气，好好地去睡觉，明天就回来了，哭什么。"

"我明天不能回去了，这边又临时接了个采访任务，还得再耽误几日才能回去。"何琳停止了哭泣，尽量让自己的话听上去真实可信。

苏逸对何琳的话从来就是深信不疑，他又安慰了老婆几句，感觉何琳的情绪稳定了，他才挂断电话。

这边的何琳双手颓然地抵在洗手台上，她的脸缓缓抬起，镜中的女人哭得眼睛红肿不堪，身上更是惨不忍睹。这次不止腰部被捏伤了，她的手臂、前胸、双腿、膝盖，就连小腹都不同程度地青紫一片。她不敢再看下去，这些都是她耻辱的象征……

何琳心灰意冷地蹲下身子，缓缓地把头埋进膝盖。她不知道接下来的几天里，郭政明将如何虐待她，但她知道她已经受够了，不能再等下去，她要和苏逸尽快地离开同城，怕再晚一步，她就会崩溃地疯掉……

第十章 雨意云情

## 第十一章　物是人非

翌日清晨，欧文瑾和童语都顶着一张憔悴的脸，失眠清楚地写在他们的脸上。他们四目相撞，彼此又尴尬地错开目光。这种感觉还真是让他们难受，两个人也没心思细品农家院的特色早餐，匆匆地喝了口粥，便决定起程返回了。

临走前，欧文瑾特意买了当地产的小黄梨和山楂，并细心地洗净，留给童语在路上吃。一路上童语对山楂表现出了少有的喜爱，直到吃得牙倒。

车厢里颇为沉闷，开车的欧文瑾扫了眼兀自看窗外的童语，主动递过去一瓶水，"喝点水吧？"

童语收回视线，伸手接过水却没有喝，她的指尖反复地在瓶盖上旋磨着。她在斟酌着怎么说才能让欧文瑾断了追她的念头。

"文瑾，有时候我们会过于执著自己未曾如愿的事，总认为不了结曾经的心愿，就会给自己留下诸多的遗憾。其实细想一下，假如当初我们在一起了，这五年的相处也会把我们曾有的浪漫和爱恋都磨光遗尽，也许我们还会为了生活中的琐事而常常争吵，相互猜疑。所以有些东西不去实现，永远地放在心里反而是最好的。"童语不疾不徐地说着最理智的话，企图劝醒欧文瑾。

欧文瑾犯愁地反瞅着童语，这个女人啰啰唆唆地说了这么一大堆废话，无非是想让他不要再在她的身上花费心思。只可惜他根本不认同她的想法，"放弃"这个词跟他从来不搭边。

"如你所说，人的感情问题都能像 1＋1＝2 那么简单就好了，不要哪份感情就自行减去，哪天需要了再加上。"欧文瑾的话充满了嘲弄，有些感情是随便能忘记的吗？永远地放在心里？他能放得住吗？

"……"欧文瑾的话竟噎得童语一时找不到话来反驳。

欧文瑾不满地瞟了童语一眼，继续说着，"争吵怎么了？猜疑又怎么了？我倒想感受下这样的烦恼与快乐，你认为的坏事我倒觉得是增进夫妻感情的好事，说不定还能在这些小打小闹中更体会到爱情的真谛。"

欧文瑾的声音同样地不紧不慢，轻松的语气仿佛他说的不是复杂的婚姻生活，而是简单的算术题。

童语气乐了，"要真像你所说的那般简单轻松，结了婚的人又为什么会离婚呢？"童语觉得欧文瑾的想法太过乐观，没经历过婚姻的人还真是不该给他发言权。

欧文瑾猛然刹住了车，他的身子瞬间就倾了过来，就在童语以为他会贴近她的脸时，他却停了下来，狭长的眼眸无比认真地凝视着童语，"你那么怀疑我的判断，不如给我一次机会，看看我们的婚姻到底能维持多久？"

童语傻眼了，本来她是要解决问题的，没想到反而让问题变得更糟糕。

"哈哈……"欧文瑾爽朗的笑声逸出薄唇，抬手轻弹了下童语的脑袋，"傻瓜，下车走走吧，前面正好有条河，你不想活动下坐僵的腿吗？"

童语望向窗外，果然车子前方出现一片河水。她无可救药地瞪了欧文瑾一眼，不就是河嘛，至于搞得这么神经兮兮的。

童语推开车门，踱步来到小河边，静谧的河水微波粼粼，衬得两边的红叶愈发娇美。童语蹲下身子，手指轻轻地撩拨着清凉的流水，她在寄予她的所有烦恼都能随着这流动的河水一起消失殆尽……

欧文瑾站在童语的身后，幽静的白桦林、盈动的河水、沉默的女人，构成了一幅静谧幽美的画面。如若不是水中映出一张愁眉紧锁的脸，他想意境会更好些。

欧文瑾俯身拾起一枚石子投入童语面前的水中，溅起的水花倏地冲淡了一池的哀怨。

"人家美女来河边都是为了沉鱼，而你来却是惊鱼的。"

童语伸手拂了下溅在脸上的水，身子一动不动地蹲在那里。

欧文瑾有些慌了，难不成童语又哭了？他赶紧过去也蹲了下来，指尖讨好地轻触童语的肩，"哎，不会吧，触景生情了……"

哗啦……欧文瑾措手不及被童语溅了满脸的水，俊挺的眉宇，狭长的眼线，挺鼻，薄唇，以致整个刀削般的脸庞都在滴着水。

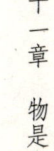

第十一章 物是人非

欧文瑾掀起滴水的眼帘，望着跑掉的女人，不怒反乐，"让你跑，一会儿我就把你摁在水里喂鱼。"

秋风卷起地上的落叶，白桦林里传来阵阵的嬉笑声。腿长的欧文瑾轻松地捉住童语，钳住她的手腕，狠狠地挠她的痒。童语被痒得笑得喘不上气，乌黑的长发都在地上滚满了枫叶。

忽然童语痛苦地皱起眉头。

"怎么了，是不是碰到了脚？"欧文瑾紧张起来，松开童语的手，拿起她受伤的左脚。

"刚才跑得急了，忘了脚上的伤。"童语懊恼地抽回自己的脚，手指适度地揉捏着，可眼中却滑过一抹狡黠的光。

欧文瑾轻叹口气，都怪他不好，竟让童语受伤了。他细心地为童语摘落头发上的枫叶，"一会儿进了市区我带你去医院看看，最好再拍个片子。"

"不用那么麻烦了，我还要急着回去处理些事情。"童语拒绝了欧文瑾的好意，她在临走前的确有些工作要完成。

童语又抬起腕表看了看，"我们还是赶路吧，再迟就要耽误事了。"

欧文瑾横抱起童语，一路走到车前，把她舒服地安顿在副驾驶座上。

"好好地给我坐着，有什么事我帮你处理就行了。"欧文瑾发动车子，继续赶路。

"都是一些收尾工作我自己去就可以。你放心吧，这种小伤没事的，我会注意的。"

欧文瑾不再坚持，他太了解这个女人，她要是执拗起来，任何人说都是无济于事的。

鉴于童语赶时间，欧文瑾加快了车速，大约行驶了两个多钟头，他们终于返回了北京城。

车子刚驶进环路，童语的手机就响了起来。她低头看了下，向欧文瑾比画了个静音的手势。接通的手机里迫不及待地传来江岩的声音，"小语，你在哪里，什么时候回来？"

"我还在北京，明天上午的火车，后天早上就能到家。"

"我是问你现在在哪里？"江岩的语气加了重音。

童语的右眼毫无预警地跳了下，她稳住自己的声音，"我还在培训中心。"

江岩没有再说话，沉默了一会儿，便不声不响地挂了电话。

童语的眉心蹙起，她总觉得江岩的语气有些怪怪的，但又说不清楚是哪里出了问题。

欧文瑾唇际上扬，"他还真是看得紧，远在同城还要监视你的一举一动。"

提及自己的丈夫，童语的嗓音不免掺了份温柔，"是你多想了，我来北京这么多天，这还是他打给我的第一通电话。"

欧文瑾不置可否地掀掀唇角，江岩担心什么他当然知道。说心里话，欧文瑾倒是想应了江岩的猜忌，只是他对童语就是下不去手。早在大学时，情浓意更浓的欧文瑾就曾有过这方面的想法，但童语拒绝了，从那以后，他就没再要求过，顶多情不自禁地亲亲她，抱抱她。在他的心里，童语就是圣洁的白莲，如果他强迫了她，那他就太浑蛋了，他不能亵渎她。而昨夜呢，欧文瑾不得不再次承认自己心软，一看到童语哭了，他就完全没了要她的勇气。

车子终于抵达培训中心，童语摁住要下车的欧文瑾，"你不要下来，让别人看到不好。"

"你的脚自己能走吗？"欧文瑾有些担心。

"当然行，我慢慢走就是了。"为了让欧文瑾放心，童语笑得还满自信的。

"好吧，我看着你走进去。"欧文瑾不再坚持，只是他的目光一直跟随着童语，如若她有什么不妥，他就会冲下去抱住她。

童语麻利地下车，没有回头，一路小步慢走地进了大楼。她直接乘电梯上了九楼，童语来到自己的房间随手敲了下门，同住的小王并不在，也许是上街购物去了。童语用钥匙开了门，走进房间的她忍着疼痛脱掉了鞋子和袜子，她有些疲惫地躺在床上，眼皮沉沉地合上。她很累，昨夜的"经历"让她一夜都没睡好，现在躺在舒适的床上倒泛起浓浓的困意。

"玩得很辛苦吧？怎么样，他都带你去了哪里？你们晚上又在哪儿过的夜？"寂静的房间里，冰冷的男音蓦然响起。

童语如惊弓之鸟，立马坐了起来。太不可思议了，方才她进屋时房间里明明没有人，而江岩又怎么会出现在这里？

望着惊惧交加的童语，江岩冷峭寒冰的脸缓缓靠了过来，他倾身贴近童语

的脸,手指轻佻地拈起一绺长发放在自己的鼻息下轻嗅,"你的身上竟带着他的味道,这是他惯用的古龙水。"

童语狂跳的心就要撞出胸膛,费力地喘息着,"你……你什么时候过来的?"

江岩没有回答她,锐利的寒光从童语惨白的脸上移至她轻颤的身上。他怒飞的眉眼狠抽了下,想来这个身体已经与欧文瑾恩爱缠绵了一夜。

"我的妻子在来之前曾给我诸多保证,信誓旦旦地说不会与欧文瑾见面……可现在,她不但见面了,还快活得乐不思蜀,夜不归宿。"

童语忍不住战栗一下,羞愧得不能言语,因为江岩说得没错,她和欧文瑾在一起玩得的确很开心,她与欧文瑾又如江岩所说的在外面过了夜,还差一点发生了……这让她怎么理直气壮地为自己辩解,她的强词夺理只会挑起江岩更大的怒火。

面对默然承认的童语,江岩气得肝胆俱碎。他希望他的妻子能辩解,至少他还有一丝渺茫的希望,能欺骗自己她没有背叛他,是他想得"多"了,可现在她却心甘情愿地承认了。

啪的一声,童语被江岩掌掴得摔倒在床上。怒火攻心的男人痛心地指着床上的女人,"你们在一起私会已经不是一两次了,我为了维护我们的家,我都在忍,装作不知道。可是你却变本加厉,丝毫不顾忌我的感受,现在竟然公开和他在一起厮混?童语,我江岩在你的眼里到底算什么?"

耳鼓嗡鸣的童语费力地支撑起身子,颤抖的手指抚了下红肿刺痛的左颊。这一掌打得够狠,她的脸已五指宛然,凛然得红肿一片。童语的眼角湿润,她强忍住泪意,缓缓抬眸对视上江岩痛心疾首的眼。

"文瑾曾是我们的朋友,为什么现在他却成了你不能碰触的刺?你不能容忍他的存在,仅仅是因为我与他曾经的关系吗?江岩,你虽然是我的丈夫,但文瑾却不是我的敌人,我把他当做是朋友。"

"朋友?"江岩像是听到了全天下最好笑的笑话,伸手钳住童语的手腕,把她拽到面前,眼里寒彻入骨的剑芒直穿童语的心脏,"哪一种朋友?是可以和你亲吻上床的朋友吗?"

童语的心都在哆嗦,她在江岩的眼里竟然是这样的污浊不堪,尽管她现在理不清自己对文瑾的感情到底是什么,但她却从未想过要背叛江岩。童语的手腕传来钻心的疼痛,眼前这个暴怒的男人似要捏碎她的腕骨,苍劲的五指正带着滔天的怒火勒进她的血肉。

"你为什么不说话?你平日的伶牙俐齿呢?我要你现在就告诉我,我说的都是错的,你是被冤枉的,你没有和他在一起,昨夜你更没有和他……"目眦欲裂的江岩疯狂地晃动着童语的身体,试图要摇醒她的缄默。她这样算什么?一句话也不说就能把她所犯的错给略过不记吗?

"你放开我……"童语打断了江岩的恶语中伤。他的臂力超乎寻常地劲猛,头晕目眩的童语已被江岩摇晃得五脏六腑都在翻腾。她的泪开始倾涌而出,既然他这么不信任自己还要她说什么?

"你想让我说什么?说我错了,你没有冤枉我,我昨天的确和他在一起,我很开心,开心得忘记了返回的时间。"

江岩的双臂蓦然僵滞,他不敢相信地看着童语。童语倔犟地回视着江岩,嘲弄地继续说着,"是不是我这样说了,你的心就能好受些?"

江岩的手掌迅而不及地抽了过来,这一掌掴得更结实猛力,直接把虚弱的童语打飞下床。女人柔弱的身子顷刻间跌撞在墙壁上,发出沉闷的撞击声……

被怒火充斥的房间顿时沉寂……

童语痛苦地萎缩在地上,顺直的长发遮住了她的脸……

女人死寂般的颓废终于刺激了江岩的神经,他丧失的理智渐渐回窍,"小语?"他心疼地蹲下身子,指尖轻触童语的脸。

"咚咚咚……"清晰的敲门声不合时宜地响起,惊得江岩收回自己的手。

"不要开门。"虚弱的声音逸了出来,童语的手指动了动,似要挣扎着起来。她不能这样惨烈地出现在同事面前,之前的她已经经历过太多的磨难,这一次她也要挺过去……

显然江岩却不这么理解,这笃定的敲门声竟让他想起一个可能出现的人。江岩预感的没错,站在门外的的确是欧文瑾。他此时正拿着在附近药店刚买的药酒和跌打丸,看到开门的是江岩,他也明显地一愣,以至于结实地被江岩赏赐了一记重拳。

欧文瑾抽动着嘴角,压抑着怒火,伸手抹去唇边的血丝,"你让开!"此时他担心的是房间里的那个女人。

第十一章 物是人非

"你还有脸来这儿？你是要告诉这里所有的人你在勾引有夫之妇吗？"江岩的声音愈发寒冷。

欧文瑾蹙眉，他压根儿就不该和江岩这种人讲废话。欧文瑾的身材本就比江岩高大，他轻易地推开阻挡的江岩，闯进屋里。紧随其后的江岩反手揪住欧文瑾的大衣，"你给我滚出去……"

"拿开你的手……"欧文瑾欲甩落江岩的魔爪。

"文瑾。"童语轻唤着欧文瑾，嗓音里似包裹着巨大的痛苦，"我肚子好痛……"

欧文瑾猛然转过身，狭长的眼眸蓦然惊惧，眼前的景象太过惨烈，那触目惊心的血红直接震慑住两个男人的心。

长发凌乱的童语委靡地蜷缩在地上，惨白的小脸红肿变形，颤抖的双手痛苦地捂着小腹，血正沿着女人的裤角源源不断地流溢出来……

欧文瑾哽咽得声音颤抖，跪在童语的身旁，小心翼翼地抱起她，"小语不要怕，我这就带你去医院。"

"求你，不要让别人看到我这样。"童语扯住欧文瑾的衣袖，虚弱地哀求着。

泪水模糊了欧文瑾的视线，他用力地点头，伸手脱下大衣把童语包裹严实，并细心地用围巾遮住了童语的脸。

江岩呆傻地伫立在那里心魂离窍，他已看不清眼前的一切，又仿佛真切的一切让他已不能再承受……

欧文瑾抱走了童语，临走时不忘叮嘱江岩，把房间清理干净。急促的关门声震得江岩跪倒在地上，他茫然地抬起双手，他究竟做了什么？他竟然痛打了小语，还亲手毁掉了他们来之不易的孩子……

童语从手术室里推出来时一直处于昏迷状态，欧文瑾守在病床前，心痛得无以复加。眼前的女人哪还有昔日的风采，长发因冷汗沾贴在她的脸上，红肿的左颊虽已消退，但指痕却依旧清晰可见，略显苍白的嘴唇不安地紧抿着，似有很多委屈要倾诉……

欧文瑾执起童语的手紧贴在自己的脸上，湿润的眼眸痛苦地紧闭。是他错了，他不该连累小语，他是爱她的，可是他的爱却如此自私，竟让小语为了他付出如此惨痛的代价。

·126·

悲伤的男人不免扪心自问，他能做到甘愿放手吗？不能，他不能。没有小语的日子他是孤独挫败的，当初他因为父母强烈反对小语的事而与他们争吵渐生心结，大学毕业后他没有听从父母的安排回北京发展。在别人眼里放弃北京吃皇粮的工作而留在大连做业务员是多么可笑愚蠢的决定，可他却固执地留了下来，不为别的，只因为这里有他与小语的全部记忆，他舍不得离开。他曾幻想着某一天，在这个城市的某个角落，他与失踪的小语擦肩而过，那时的他们两两相望，他会把她紧拥入怀，他要狠狠地吻她，惩罚她。

时间一天天地过去，欧文瑾的心也一天天地沉寂。在这漫长的五年里，备受煎熬的他曾想用酒精和女人来麻痹自己，可是思想的放纵和肉体的沉沦却始终剔除不尽他心里对她的思念。他愈是想忘记，她就愈会出现在他的梦里。午夜梦回，他望着一室的黑暗，左侧的肋隐隐生痛。他知道他完了，他没有忘记她，却让自己因她而愈发孤寂难耐。

纤弱的手指轻触欧文瑾的脸，试图抚平他脸上的悲伤，醒来的童语茫然地看着欧文瑾，这个男人表情痛苦，神情沮丧。某种不能疏解的疼痛正在侵蚀着他的血肉，让他无法释怀，不得安宁。

"你醒了？"欧文瑾惊喜地看着童语。

"我……"童语欲言又止。

欧文瑾紧握住童语的手，故作轻松地笑着，"我知道你在担心什么。北京这边我已经打过招呼了，苏经理那边我也去过电话，现在所有的人都以为你得了急性阑尾炎，不得不滞留在北京做手术。"

童语的鼻子发酸，"我是说我的……"

欧文瑾体贴地理顺了下童语耳边的碎发，"你是说你的员工吧？你放心吧，我交代了这边的朋友会把他们安全地送上火车。"欧文瑾又看了看腕表，"现在他们已经上车了。"

童语闭上眼睛，泪溢了出来，"文瑾，我知道你不想让我伤心……可是我想知道那个孩子是不是真的没有了。"

颤抖的指尖轻触童语的脸，为她拭去脸上的泪，"都是我不好，我不该带你出去，是我连累了你。"

童语摇头，泪水溅落，"我不知道有他的存在，如果我知道，我不会去惹江

第十一章 物是人非

岩生气的,我会保护好这个孩子。文瑾这事与你没有关系,你不要自责,是我自己疏忽了。"

欧文瑾轻叹,他把童语的手包进掌心,"不要难过,你还年轻,先养好身体,孩子以后会有的。"

童语转眸望向窗外,外面早已雨过天晴,天空重新绽放光芒,而她呢?她该怎么去面对江岩?亲手杀了自己的孩子,她想江岩一定是难过的。

"他来过吗?"童语的嗓音平静。

"如果你想见他,我这就给他打电话。"欧文瑾取出手机,上面毫无意外地又显示出江岩的多个未接电话,看来江岩是担心小语的,只是自己没有给他探视的机会。

江岩来得很快,憔悴的脸上满是担忧。欧文瑾识趣地退了出去,他们夫妻是该好好谈谈了。

童语的视线依旧望着窗外,江岩心疼地轻抚妻子的脸,然,童语却瑟缩地躲开了。

"小语是我错了,我不该打你。当时我是被气昏了头,否则我怎么会那样对你……"江岩懊恼地说不下去,痛苦地遮住脸颊,指缝开始湿润,成股的泪水顺着手背流淌下来。

童语到底是心软了,面前哭泣的男人毕竟是她同床共枕的丈夫。她轻轻叹息,"江岩,我们结婚已经五年了,作为妻子我知道我并不合格,对你缺少关爱,但在品行方面我却是问心无愧的,我没有做过对不起你的事情,我对我们的婚姻是认真的。"

"我知道……我昨晚想了一夜,想起这五年来我们在一起生活的点点滴滴,我才发现自己错得离谱。我越是害怕失去你,越是怀疑你,以至于心着了魔才会认为你和他有染……"江岩握住童语的手抵在自己的心口,"小语,伤害了你和孩子,我这里也很痛,痛得不能呼吸。我比你还想要这个孩子,可是我却亲手毁了他……"

江岩再次哽咽,疲惫地把脸深埋进童语的手心,"小语,你原谅我好不好?"

童语的心阵阵酸涩,这些年来她与江岩相依相伴,江岩疼她爱她,他们的生活虽然缺少激情,但却从不缺少温情。她不确定自己有多爱江岩,但她确定自己已离不开他,她与他拥有的已无关爱情,是比爱情更重要的亲情。

童语伸出手把哭泣的江岩拉进自己的怀里,柔弱的手掌轻抚着男人的背,"等我出院了,咱们就回家去。明年你调回哈市了,我就不出去上班了,我们好好地再要个孩子……"

童语轻柔的话语抚慰了江岩沉痛的心,却刺痛了门外听者的心。欧文瑾悄然地关上虚掩的门,他的腿很沉,沉得已支撑不住他摇摇欲坠的心。欧文瑾颓然地坐在椅子上,他该怎么办?是继续顺应自己的心,还是成全小语的心?

欧文瑾修长的手指烦躁地揉捏着额头,此时的他很矛盾,他想分开他们,却又不想再伤害小语。童语能轻易原谅江岩,这也是欧文瑾意料之中的,善良的童语连陌生人都不忍心为难,又怎会和自己的丈夫过不去呢?然,让欧文瑾意外的是童语对江岩的感情之深,方才的情景任谁看了都会明白那是一个女人对自己丈夫发自内心的疼爱。她爱惜江岩,主动去抚慰江岩的伤痕,而他呢?他那无法愈合的伤又该由谁来抚平……

夜深了,病房里的童语睡颜宁静,病房外的走廊却波涛暗涌。江岩与欧文瑾都冷着一张脸坐在椅子上,久久无语。

昔日无话不说的好哥们儿,这一刻却形同陌路。

"你什么时候开始喜欢小语的?我怎么不知道你还存了这心思?"欧文瑾的声音幽幽地响起,有些事他想他应该去弄清楚。

江岩掀了下嘴角,他虽然很不爽欧文瑾的语气,但还是开了口。他要让这个质问他的男人知道,谁才是有资格拥有小语的人,谁才是那个夺人所爱的人。

"我认识小语的时候,她还在上小学,你也知道我父母是做勘探工作的,长年在外,所以他们把我送到南方的外婆家。在那里我第一次见到了小语。"

忆起往昔,江岩的神情不免掺了份温柔,"我外婆家就住在小语家的前面,我天天上学放学都能看到她。她小时候长得很漂亮,学习又好,是她们那个年级的大队长,所以学校里的人没有不知道她的。为了能看见她,我天天踩着点出门上学,放学也有意等着她一起回家。我那个时候长得又瘦又小,所以她并没有在意过我。"

欧文瑾内心震动,他没有想到江岩对小语的感情能追溯到那么久远的年代。

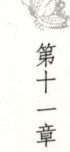

第十一章 物是人非

"虽然那时我年纪还小,但我清楚地知道我喜欢她。记得那时候外婆还曾开过玩笑,她说小岩你以后不要走了,外婆在这里给你找房媳妇,你就在这儿安家落户吧?我当时答得很脆生,我说行,我就要娶水房后面郑叔叔家的女儿童语。但世事难料,谁会想到会发生那样的事情……"

"小语的父亲病逝得早,体弱多病的童伯母为了抚养小语,学历不错的她委身下嫁给了厂里的工人郑远山。郑远山对小语很疼爱,别家孩子有的,他决不会缺了小语的。街坊邻居们都说小语是个有福气的孩子,遇到了这么好的继父,可谁会想到这好日子仅维持了三年。"

江岩说到这里有些迟疑,但他还是说了下去,"我记得那晚,天刚下过雨,小语哭着光脚跑出来时,我正蹲在巷子里玩水。她惊恐地看着我,我疑惑地盯着她的背影消失,并不明白发生了什么事。后来这事儿便传开了,原来那晚童伯母加班,酒醉的郑远山强暴了小语。童伯母第一时间报了案,郑远山被抓了,判了几年,后来听说死在狱中了。那段时间童伯母和小语过得很凄惨,在那个闭塞的水乡小镇,没有人同情她们。大家的风言风语、恶语中伤、孩子们的排挤欺辱,逼得童伯母不得不带着小语远走他乡。"

"后来我再也没见过小语。外婆过世后,父母就把我接了回去,渐渐地那个水乡小镇淡出了我的记忆,可唯独小语深刻在我的脑海里。直到我上了大学,在新生的迎新会上我看到了小语,我很震惊,我以为我这辈子都不会再见到她。我痴痴地望着她,她长大了,变得更美丽了,只是她已经不认识我了。我暗暗发誓,我一定不会错过老天赐给我的这次机会,我要得到她,我要娶她为妻。"江岩的声音很轻,轻得仿若这是他心里最柔软的情丝,丝丝都牵连着他和小语的心。

医院走廊里静寂无声,夜风顺着微开的窗边旋了进来,调皮地撩拨着人的思绪。止住话语的江岩似沉浸在冗长的回忆里,久久不能苏醒……

然,活在童话世界里的显然只有江岩一人,欧文瑾并没有被他的故事所蛊惑。此时的他很气愤,就因为你江岩暗恋小语多年,你就可以不顾忌别人的感受,为了成就你所谓的儿时梦想,就可以不择手段地去践踏破坏别人的感情吗?

"我还以为你的爱情有多伟大,没想到你这么虚伪。江岩你并不爱小语,你爱的只有你自己。"

·130·

欧文瑾不屑的口吻成功地刺激了江岩的痛觉神经，江岩警觉地看向欧文瑾，"我的爱并不需要你来评定，小语她一个人知道就够了。"

"知道？那你为什么不敢让小语知道得更多一些呢？"

欧文瑾的薄唇卷起讥讽，"例如，你让她知道，是你处心积虑地给我母亲寄去了匿名信，交代了小语的童年过往。你又从春晓那里知道了童伯母的家，让我的母亲轻易地找到那里。"

欧文瑾不疾不徐地质问着，嘲弄的目光没有错过江岩脸上的任何变化。

江岩的脸色渐白，骨节匀称的手指伸开又攥紧……

"江岩，你应该知道童年的不幸对于小语意味着什么？那是她躲避不及的噩梦。如果你爱她，你就该保护她不被噩梦所惊扰，可是你却恰恰相反，送给我母亲这么好的筹码，让她去羞辱小语，让小语去重温噩梦。"

"我没有想过要害小语……"江岩无力地争辩着。

欧文瑾站起身来步步紧逼坐立不安的男人，"江岩，你真是一箭双雕。我母亲的无理取闹直接把童伯母和小语赶出大连，她们母女人生地不熟的，导致童伯母再次病发住院。这时的你以菩萨的面孔出现了，你的悉心陪伴，你慷慨的医药费，就连童伯母的葬礼都是你帮小语料理的，你说小语怎么能不感恩于你？可是她永远不会知道，如果不是你的蓄意破坏，童伯母根本不会病发，她大可以多陪伴小语几年，但这顶罪恶的帽子已经有人替你戴了，那就是我那愚蠢的母亲。"

江岩终于坐立不住站了起来，他的情绪有些激动，"我也没有想到会连累童伯母，我只是预见了你和小语早晚会分手。欧文瑾，当年那般意气风发的你，怎能忍受自己的女朋友婚前不贞？你一定会嫌弃小语的，但我江岩不会，我爱小语，我能包容她的一切，我知晓她所有的痛苦，所以只有我才能给她最想要的生活。"

"这只是你个人的臆想，你凭什么来主导我和小语的生活？"欧文瑾猛然揪住江岩的衣领，牙齿里逼出话语，"你以为我会愚蠢地去在意那些陈年旧事吗？那些过往和我的幸福比起来又算得了什么？如若不是你，我和小语现在会幸福地生活在一起，可是你却生生地拆散了我们。我真是没有想到，自己结交的竟是这样的哥们儿，足以毁掉我一生幸福的好哥们儿。"

第十一章 物是人非

江岩挣脱开欧文瑾的手,他的笑容更冷,"所以呢?欧文瑾所以你就开始报复我,你三番五次地介入我的家庭,百般地向小语示好,又诱导我误解她与你有染,导致我打了小语失去了我们的孩子?"

欧文瑾无可救药地看着眼前的江岩,他还真是会为自己的过错找借口,"江岩,是你自己疑心过重。你如此费尽心思地得到小语,却又不好好地珍惜,如果你真的在意小语,又怎么会去外面找女人?"

"你……"江岩气得血气上涌。尹静是他又一大硬伤,这个该死的男人总是屡屡揭他的伤疤。

"你口口声声地说你爱小语,却又一次次地去伤害她,说到底是你不够爱她。爱她就要信任她,给她足够的空间,而不是处处掣肘她,约束她。江岩是你自己杀死了你的孩子,这怨不得别人。"

"欧文瑾你真卑鄙……"江岩的拳头猛然挥向欧文瑾。

欧文瑾准确地抓住江岩攻击的拳头,淡定地笑了,"谢谢夸奖,这也是跟您学的。"

蓦然,怒骂的江岩顿住话语,他的身子僵在那里,睖睁地看着欧文瑾的身后,愤怒的眸光瞬间被惶恐所代替。

欧文瑾感知地转过身去,在他的身后正站着一个极尽悲伤的女人,在宽大的病服下,那战栗的身子愈发孱弱。

童语睁大的双眸,已不能用震惊去诠释,她的手指死死地纠着胸口,双唇颤动却发不出任何的声音……

"小语……"欧文瑾的心急速一沉,猛然扑过去伸手接住女人昏厥的身子。

江岩瘫立当场,望着他们喃喃自语:"欧文瑾,这就是你想要的结果吗……"

## 第十二章　断雨残云

　　窗外风雨飘摇，雨水撞击着玻璃，诉说着它的悲惨凄凉……

　　窗内悲情涌动，悔恨痛绞着心房，欲说着它的不愿情伤……

　　童语倚床而坐，迷茫的眼眸望着窗外。这北京的天气变着法儿似的跟着她的心情走，昨儿才刚雨过天晴，今儿又重新乌云密布。

　　童语很想笑，笑到最后却发现自己只能哭得更伤心。此时的她已不能再畅快地呼吸，只要微一用力，窒闷的左肋就会抽拉得疼痛，让她不得不屏住呼吸。

　　童语抬起双手死死地抓住头发，坚强的她从不认为自己是弱者。一路走来，折难和伤痛总是伴随着她，可她从不肯向命运低头，她不相信老天会这样永远地泯灭心肠，它终会有一天向她张开怀抱，去眷恋她这个被遗忘的孩子。

　　然而此时她才发现她的坚持有多可笑，努力生活的她到头来却还是被命运所愚弄，老天永远在与她做着最残酷的游戏，在她以为自己已经走近幸福的时候再把她狠狠地抛进痛苦的深渊……

　　伤心的童语眼前滑过母亲那张慈爱的脸，她依稀记得母亲临终前对她所说的话，她说：小语，是妈妈对不起你，没有保护好你，辜负了你爸爸的寄托，妈妈会去地下好好地向他忏悔。在临走前妈妈只求你一件事，忘记文瑾嫁给江岩吧……我知道你并不爱他，但妈妈真的不想你再遭受欺辱。江岩是最懂你的人，你只有嫁给了他，才能卸下沉重的心债……

　　伤心欲绝的童语已不能再维持端庄的坐姿，她扑倒在床上痛哭流涕。泪水纷飞了她的双眼，她不甘心地捶打着床面，她怎么这么傻，她的母亲一定是认出了江岩，才会安心地把她托付给他。可是如果……如果她的母亲知道这一切都是江岩策划的，她还会如此心安地让女儿嫁给他吗？

　　悲怒的童语真想痛骂老天，为什么你待人如此不公？我们母女已经活得如

此卑微,不求温饱只求相依为命,可是到头来你还是让我们过早地阴阳相隔不得相见。你让我母亲活得如此艰辛痛苦,让她背负着愧对女儿的心债含恨离去,而现在你又让我背负着同样的心债,是我连累了母亲,让她过早地离世,这份遗憾你让我怎能心安承受……

童语痛彻心扉的哭泣终是惊扰了病房外的男人,欧文瑾站在门外,他的心都要被哭碎了。这间高档病房位置清幽,他能轻易听清楚房间里女人的悲泣,那撕心裂肺的哭声,声声都在穿刺着他的心。

昨夜童语已把江岩拒之门外,江岩百般恳求都没有得到童语的原谅,最后只能黯然离去。欧文瑾的神情愈发落寞,他知道童语已不想再见到江岩,而他呢也似乎没有资格走进她的心门。她把自己一个人锁在房间里,不吃不喝的,这样下去她那流产的身子怎么能受得了?

窗外灰蒙蒙的天际已被夜色所掩盖,医院走廊里的灯,次第地亮起来,欧文瑾耳畔贴着房门,里面已经完全消失了声音,似乎一切都已恢复平静。然,这死寂的平静却让欧文瑾更心惊,他有些慌得没底,他在害怕,害怕那个傻女人会做傻事。后来欧文瑾去护士那里取来了病房钥匙,缓缓地打开了门。

昏暗的屋内,童语一动也不动地趴在床上,周遭的空气冰冷凝滞。欧文瑾吓得魂飞魄散,快步来到床前,伸手拂开女人脸上遮挡的头发,他的眼睛渐渐湿润,还好,她没有事,只是哭累得睡着了……

十一月的北京风冷且劲,欧文瑾用被子包裹住童语,把她连人带被地拥进怀里。他知道这一次她是伤得彻底,这般锥心刺骨的疼痛一定会给她留下难以磨灭的"病根儿",但欧文瑾虽然心疼却不曾后悔,他就是想让她及早地醒悟,不要再用感恩的枷锁把自己强拴在江岩的身旁。

昨夜的童语并没有睡着,她只是不想尴尬地面对两个和她都有着微妙关系的男人,故而她闭着眼睛躺在那里小憩。聪明如欧文瑾又怎会看不出童语的心思,他以不打扰童语休息为由把江岩带出病房,并细心地虚掩了房门。

对于曾经的好哥们儿,欧文瑾能轻松地拿捏住江岩的心理,细数往昔他们在上学时就已见分晓,那时的江岩无论是在学业上还是在娱乐游戏中都不曾赢过欧文瑾,也因此欧文瑾才能轻易地诱导江岩说出一切真相,以至于江岩在童语面前证据确凿百口莫辩。

欧文瑾的目的很明确,他就是想让童语和江岩彻底分手。事实也正如他所料,知道真相的小语很震怒,震怒得直接昏厥了过去。醒来的她看江岩的眼神都是那么的冰冷绝望,绝望得让欧文瑾看了都胆战心惊……

"妈妈……"梦魇中的童语痛苦地蹙眉,不安地揪着被子,仿佛在深深地忏悔……

欧文瑾内心触动,抱紧了童语,温热的唇轻吻着她紧皱的眉心,"小语,你所需要承受的痛苦都已承受,我不会再让你遭遇痛苦,我保证陪伴你今后人生的只有幸福和快乐……"

寒冷孤寂的夜晚,高大的男人抱着沉睡的女人彻夜无眠。他的思绪翻飞,过往的记忆都在他的脑海里一幕幕地掠过,他反复告诉自己他没有错,他只是想让他的女人重回他的怀抱,仅此而已……

苏逸回到家时,意外地看到出差的何琳正在家里做着饭。苏逸柔情四溢,他已经好几天没有看到他的小女人了,他很想她。

苏逸放下公文包,脱下大衣悄然地走进厨房,从身后深深地拥住何琳,"一回家就能看到你,这感觉真好!"

何琳抬脸亲昵地蹭了蹭苏逸的下巴,"饿了吧?我们马上就开饭。"

"我现在就想吃……"苏逸炙热的吻落在何琳的脖颈上。

何琳红润的脸佯装镇定,"快去洗手去,否则两样你都没得吃。"

苏逸舒服地把脸埋进何琳的颈窝,柔声地呢喃:"遵命!我的老婆大人!为了我的五脏六腑和七情六欲,我这就去洗手。"

望着苏逸的背影消失,何琳才卸下笑脸。苏逸对她越是这般宠爱,她就会越发痛苦。这些天的精神折磨已让她怀疑自己得了抑郁症,自责、忏悔、害怕和不甘交织成一张密不透气的网,把她层层包裹,让她无处可逃,难已呼吸。

这几天在温泉休闲度假城,郭政明对何琳的身子体现了少有的痴迷。他夜夜在何琳的身上索求,何琳心里再有怨言,但嘴上却不敢驳逆郭政明,她唯有冷着一张脸和一个毫无温度的身子来回报身上男人的热情。

何琳冷漠的行为显然刺激了郭政明,他温柔的嗓音却说着最残忍至极的话。

"丫头,如果我真疯了也是被你逼疯的。你伤我的心,我会加倍地让你的心

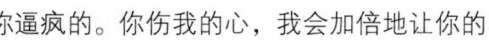

第十二章 断雨残云

· 135 ·

更痛,你还要继续这样对抗下去吗?如果你再执迷不悟,那么明天你不用回同城了,我在省城还有一处僻静的别墅,我会派人把你关在那里好好地反省。"

何琳滴泪的双眸不敢置信地看着郭政明。他真是疯了,居然要囚禁她。何琳直感手脚冰冷。

她怯弱了,她告诉自己不能抵触,她要挺过去。最近她已经私底下与南方一家电视台得联系,也幸运地得到对方的邀请,她要忍耐,明天她就能回到苏逸的身边,他们会平安地离开同城,会的,一定会的……

郭政明看着哭泣的何琳,心倏地抽痛,嗓音立马凛冽起来。

"你今夜的眼泪很多呀,是不是与我在一起,让你感到很委屈?"

何琳一怔,拼命地摇头,眼泪四溅,然而她的刻意摇头却反而泄露了她的心思。

郭政明一个用力把何琳拽倒在他怀里,他霸道的吻瞬间侵占了何琳的唇。何琳的身子僵在那里一动也不敢动,只是泪水涌得更多了。

"啊……"何琳的惨叫淹没在郭政明的激吻里,巨痛猝然席卷了她的唇,血立即溢满了何琳的双唇。暴怒的郭政明竟然咬破了她的唇,何琳的眸子不再黯然无光,痛楚和恐惧真实地写进她的眼眸,她颤抖的唇不可抑制地抽搐着,痛,真的好痛……

"你在想什么?筷子都没动过。"苏逸指尖轻触了下妻子破损的唇。这样面对面地坐着,他才发现何琳的红唇上竟平添了一处很深的咬痕。

何琳疼得瑟缩了一下,她收敛心思,"可能是路上颠簸的,有些没胃口。"

苏逸心疼地紧视着妻子唇上的伤口,"多大了,吃饭还咬嘴?是不是馋肉了?"单纯的苏逸当然不会想到这唇不是何琳自咬的,而是别的男人故意而为之的。

何琳的眼里滑过慌乱,她眼风低飞错开苏逸的注视,笑得很牵强,"是吃得太急了,下次不会了。"说着何琳又继续给苏逸夹菜。

苏逸望着瓷碗里堆的小山尖,忍不住调侃,"这么卖力地给我夹菜是不是有事情要和我说啊?"

还是苏逸了解她,何琳轻嘘口气放下筷子,"晓静下午来过电话,力邀我去她们台里发展，我很想过去。"

晓静是何琳的大学同学兼密友，现正在南方一家电视台任娱乐主播。苏逸当然知道晓静的事，他还知道妻子一直在为晓静的高薪收入而艳羡不已。

"那面都联系好了吗？"苏逸的表情认真起来。

"基本成型了，以前出差的时候和她们电视台的台长见过两次面，这次他们台里正好要成立一栏新闻性节目，想换张新面孔，所以很有诚意地邀请我过去。"

苏逸理解地点头，他当然不想耽误妻子的前程，他宽容地轻拍何琳的手背，"既然你这么想去，那你就去吧。"

何琳有些急，她要的不是一个人去，她要他与她一同去。"老公，我们一起过去吧？你也知道我们刚刚才团聚，我真的不想我们再分离。"何琳下意识地抓住苏逸的手，很怕他不肯跟自己走。

苏逸沉默了，他调来中天公司才五个月，方兴未艾，现在就让他扔下摊子辞职离开，貌似以他的做人准则有些难度。

"要不你先过去，我晚一年再去。凯元店才起步我不能扔下摊子就走，等一年后店里的业绩上来了，事事稳妥了，我再跟王总辞职去找你。"这样的考虑已是苏逸最大的让步，试问哪一个丈夫为了妻子甘愿从大城市调回小城市，还没站稳坐热，妻子却要先行离开了，而苏逸不但不生气还能提出合理性的建议。

这怎么能行？何琳的心又紧缩在一起，苏逸的父母退休后去了温度适宜的沿海城市养老。何琳的父母也于一年前被她哥哥接去了山东居住，现在同城这边让她最担心的只有苏逸一个人。自己走了，他却留在这里，郭政明还能放过他吗？如果苏逸出事了，那她走还有什么意义？

"老公你能听我这一次吗？我真的很需要你，一年的时间太长，我不想等。"何琳可怜兮兮地望着苏逸，希望他能回心转意。

苏逸感受到了妻子的惊慌，他担心地执起何琳的手抵在唇边，"琳琳，到底发生了什么事情？让你如此慌恐不安的。"今晚的何琳太反常，这让苏逸莫名地有些担心。

何琳心口一室，愁容立即舒展笑靥，她故作轻松地眨眼，"哪有什么事，是我太爱你了，不想再离开你。好了老公，咱先不说这个了，我们吃饭吧。"何琳

第十二章 断雨残云

理智地终止了这个话题,看来苏逸的工作还很难做。

尽管苏逸总觉得哪里不对劲,但他也没有多想,他的小女人本就古怪精灵的,喜怒哀乐在她的脸上瞬息万变,他早已习惯了她的反复无常。

午夜,苏逸从睡梦中醒来习惯地摸了摸身旁的女人,可是他没能如愿,因为他的身旁空空如也。苏逸睡眼朦胧地坐了起来。他披上睡袍走出卧室来到客厅,透过皎洁的月光看到了凉台上那抹隐约的身影。

苏逸倒了一杯热水,他走过去抽走何琳指尖的烟,把水杯塞进她手里,"不要碰这个,会把嗓子抽坏的。"

何琳的手指冰凉,她紧握住温热的杯体,急促地喝了口水,"苏逸,如果哪天我做错了事,你会不会原谅我?"

苏逸挑眉,这女人还是这么不懂得照顾自己,穿得这么少就跑到凉台来抽烟。苏逸心疼地抱起何琳往卧室走,"胡思乱想些什么,再不睡觉,明天你就要顶着一双熊猫眼播报新闻了。"

"可是我很害怕你会离开我。"怀里的小人瑟瑟地发着抖。苏逸来到床边放下何琳,把她手里的杯子搁在床头柜上,他也钻进被子紧紧地拥住何琳,他在用自己的体温为何琳冰冷的身子取暖。

"你还没有回答我……"怀里的何琳固执地抬起小脸,期盼地望着苏逸。

苏逸无奈地笑了,他亲了下何琳的额头,"我当然会原谅你了,你是我的老婆,是我在这个世界上最亲近的人。如果你做错了事,我是不会怪你的。"

何琳很感动,她把脸埋进苏逸的怀里,贪婪地汲取着他温暖的味道,"我已经习惯了你的陪伴,你让我一个人去南方我很难过,老公请你重新考虑下我的提议。如果你坚持不走,那我也只好留在同城陪你,总之,我是不会再离开你了。"

苏逸颇为触动,他轻揉着何琳的头发,轻声地安抚着她,"性子还是这么急,你先好好睡觉,这事儿我们慢慢再商量。"

慢慢商量?何琳的心又沉重了几分,她仿佛看到大片的乌云已然罩在她的头顶,她真不知道她是否还来得及……

无论欧文瑾怎么挽留,童语还是决定提前出院返回同城。欧文瑾也不强求,他知道童语需要时间去抚平伤痛。

欧文瑾亲自把童语送到机场。在人流熙攘的候机大厅，欧文瑾把童语紧拥入怀，"小语不要勉强自己，在这个世界上你并不是孤单一人，你还有我，我会永远站在这里等你。"

童语有些难过，吸了吸鼻子，"谢谢你文瑾，我……我也许这辈子都回报不了你，你还是……"

欧文瑾修长的手指轻摁在女人的唇上，止住了她欲说出来的话，"我不需要你回报，我要的是你心甘情愿地和我在一起。你不必有负担，我说我等你是因为我喜欢这样等着你，至少还有希望……"

童语低着头，泪水颗颗砸落在地面上。欧文瑾拉过童语的手放进她手心一串钥匙，"我已经在你公司附近给你租了套房子，里面都已经布置好了，你只需过去就可以了。一会儿下飞机时会有人来接你，他会直接把你送过去。"

童语惊讶地抬眸，下意识地想把钥匙还给欧文瑾，而他握紧童语的手，笑着摇头，"小语，你不要有顾虑，我不是想让你离开江岩，我是要让你明白，你并不是无家可归。如果你需要暂时地静一静，那就先去那套房子住吧。"

面对这样体贴的欧文瑾，童语真是五味杂陈。也许老天还没有坏到底，至少安排了这样一个好男人来关心她，疼爱她。

在飞机上童语的心彻底平静下来，也决定暂时去欧文瑾给她安排的房子居住。她已婚的身份自然不好去公司的宿舍住，会引起不必要的议论，但让她回去江岩的家，她又做不到，所以也只能顺从这样的安排了。

童语下飞机后果然有人来接她。她看着那张并不陌生的面孔，才想起这人正是西海岸餐厅的老板蓝涛。上次欧文瑾来同城为她庆祝生日时，这蓝涛还曾热络地过来赠送她生日礼物。

蓝涛帮童语拿着行礼，引领她来到自己的车位。童语看着眼前的车子她笑了，这车正是欧文瑾在同城时开的车，当时她还奇怪他在哪儿弄来辆车子开。

"熟悉吧，我就猜那小子上回来借车就是为了你。"蓝涛绅士地为童语打开车门，上了车后又很有情调地放了一首舒缓的音乐，然后利落地启动车子潇洒地驶离机场。

"这曲子文瑾也很喜欢。"童语听着熟悉的音乐，心里莫名地温暖。她在咖

第十二章 断雨残云

啡馆打工的那段日子，文瑾最常听的就是这盘 CD。"

"当然了，这 CD 就是上回他用车时落在车里的。他这人念旧，我曾经送给他一把军刺，结果这小子到现在还留着。"

"你和文瑾是发小吧？"听这人的口音和文瑾一样是地道的京腔，关系又是这样的"纯哥们儿"，这种难得的感情一定是打小处来的。

"你怎么知道，他连这个都告诉你了？"蓝涛扬眉，笑得很温暖。

童语忍住笑，"那套房子也一定是你的了？"

蓝涛望向童语的目光溢满敬佩，"看来这小子这次抓到宝了。我就说瞒不过你嘛，可那小子总担心你有顾虑，所以就骗你说是租来的了。"

童语有些过意不去，自己占了他的房子，那他去哪里住？

"不过你用不着担心，我平日里是不去那里住的，那房子除了定期打扫卫生的阿姨没有人去过。"蓝涛马上读懂了童语的心思，忙解释道。

"那你住哪里……"童语问完忽觉不妥，自己未免有些过于八卦了。

蓝涛倒没觉得有什么不妥，"我当然有更好的去处，我才不像那小子过着和尚似的清苦日子。我比较留恋温柔乡，否则你以为我大老远地跑来同城做什么？"

这人儿还真逗，童语把目光转向窗外，唇角不住地上扬，"你怎么知道文瑾他过得清苦？"

"哟！还不苦？那小子就因为上大学时认识了个女孩儿连北京都不回了，放着好好的少爷他不当，跑去给人打工，他还真以为他是情圣呢！"

童语的唇角微抽，"那他父母岂不很生气……"

"当然生气了，好在他有他外公给他撑腰，否则一定被扫地出门了。"蓝涛似乎并不避忌童语，有些神秘地压低声音，"你不知道他外公是谁吧？"

"是谁啊？"童语也好奇起来。以前和文瑾在一起时，他时常提及外公，看得出他们爷俩关系甚好。

蓝涛随口说了个名字，看着童语震惊的表情又好心地补充道："这些日子你在北京没看当地新闻吗？那老头前些天还在电视上晃了的。"

童语面似平静，内心却极为震动，看来隔在她与文瑾之前的岂只是门第之见，简直就是无法跨跃的鸿沟。

"我也刚从北京回来,本想多待些日子,却被那小子硬给撵回来委以重任。"蓝涛说到这里不由得犯愁地晃了下脑袋,"这小子还真是越活越胆小,他居然怕你找不着家。"

童语被蓝涛的话给逗乐了,"不好意思,给你添麻烦了。"

"麻烦什么?举手之劳。我只是很好奇你和那小子是怎么认识的?"蓝涛好奇心作怪,开始试着挖掘小道消息。

童语一怔,但她还是决定说实话,毕竟这人是文瑾的发小,说谎有些不厚道,"我就是你口中的,文瑾在大学认识的女孩儿。"

蓝涛有那么几秒望着挡风玻璃没有动,少顷他又转过头来仔细地端量着童语,"不会吧?你不是失踪了吗?"

看来这蓝涛还知道得不少,童语也学着他的样子挑起眉头,"你没听说过意外重逢这个词吗?"

蓝涛眉宇舒展,大彻大悟地感叹,"我说这小子怎么转性了,开始勾搭女人了,没想到还是原来的那杯茶。"

童语笑得有些不自然,是啊,文瑾是没换,可她却换了。

既然是欧文瑾最爱的女人,蓝涛自是不敢怠慢,亲自把童语送进家门,又细心地讲解了一些注意事项,最后他递给童语一张名片,嘱咐她,文瑾离得远,如果她有事需要帮忙,不管什么时间都可以打电话给他,就算他本人不在同城也会派人过来帮她解决。

蓝涛走了,童语疲惫地倚躺在客厅的沙发上,映入眼帘的是设计前卫的旋转楼梯。蓝涛这房子是一套三百余平的复式楼,黑、灰、白三色巧妙地结合在一起,时尚简洁,又不失庄重。

身子虚弱的童语小睡了一会儿,傍晚时蓝涛又过来一趟,双手拎满了购物袋。他望着童语的惊讶,自嘲地解释着,"那小子怕你不吃饭,又吩咐我去超市给你买来这些东西。"

蓝涛把食材放进厨房,又把女性洗漱用品放到洗手间,再次出来的他不停地抚着额头的汗。童语赶紧递给他一瓶矿泉水,她真是无语了,这挺帅气俊朗的人仅仅半日就已经被文瑾给折腾得狼狈不堪。看来她有必要给文瑾去个电话,这样下去蓝涛没疯,她也要疯了。

第十二章 断雨残云

"你不要责怪文瑾,他是关心则乱,这种失而复得的感情我能理解。你要是心疼我,就早些把他给收了吧,别让他再这样患得患失,折磨别人也折磨自己。"

童语望着嬉笑的蓝涛有些怔然,这人会读心术吗?看他洒脱幽默的性子却藏有这样一颗玲珑心。

"会开车吧?"

"啊……会开。"童语回神,她看着蓝涛上了二楼,再次下来的他手里已经多了一把车钥匙,"地下车库里还有一辆车,这里虽然离你公司近些,可是却没有公车,你不开车,上班下班的还真成问题。"

童语点头接过钥匙,这点她倒忽略了。

蓝涛临出门时,又有些为难地转过头来,他斟酌着措辞说道:"冰箱里放了两只乌鸡,是那小子嘱咐我买的,他说你需要这个。"

童语笑得尴尬,目送疲惫的蓝涛离去,内心阵阵酸楚。

如果……如果江岩当初没有寄那封匿名信,如果她坚定地选择和文瑾在一起,如果她也留在大连,是不是一切都会有所不同呢?

童语感动于欧文瑾的细心,也因此很有爱心地给自己煲了一锅乌鸡汤。晚上躺在蓝涛家那张超大的圆床上,竟然一夜无梦,睡得安好。

早上童语收拾妥当准备去上班,这时欧文瑾的电话却追了过来,"你一定是急着要去上班吧?你可能还得在家多休息两天。"

"为什么?"童语放下手里的通勤包。

"你没有看见我放在你包里的医疗证明书吗?医生是按阑尾炎给你开具的,这种病按时间推算你现在还没拆线呢。你说你这生龙活虎地去上班,这不是昭告天下你在撒谎吗?"

童语轻嘘了口气,缓缓坐回沙发,是啊,自己倒把这事儿给忘了,看来这人还真是不能撒谎。

"小语听话,不要急着去上班,你身体吃不消的,医生说流产后是需要休息两周的,这时候养不好,会落病的。"

童语的眼睛又开始湿润……

"下周一再去上班吧,这个周末我会飞去看你。"欧文瑾轻声地说着。

"你还是留在大连安心工作吧，我没事的。"

"不看看你，我怎么会安心呢？好了不多说了，你去乖乖地到床上躺着去，晚上我再给你打电话。"

童语哽咽地应允，放下手机，把套装脱了下来，重新换上睡衣。自从妈妈病逝后，已经没有人再这样苦口婆心地叮嘱她了。内心酸涩的童语听话地躺回床上，沉沉的倦意重新席卷而来，渐渐醉入梦乡的女人，面容恬静，不经意间唇角竟温柔地抿起。

第十二章 断雨残云

## 第十三章　琴心相挑

　　江岩仰头灌进杯中的酒，此时的他莫名地烦躁，包房里的客户已经喝高了，却还是不肯离去。江岩并不喜欢这种地方，但由于工作需要倒也时常光顾，对这里的逢场作戏早已见怪不怪，可这些天来他的心情已跌落到谷底，哪还有性子在这里消磨。

　　终于挨到午夜，大家都尽兴而去，江岩坐在车子里眉宇紧蹙。他把头俯在方向盘上，拳头紧顶住抽痛的腹部，今天米粒未进的胃已开始向他抗议了。他忍住痛缓缓发动车子，他并不急着回家，冷冰冰的空宅对他来说已不是实际意义上的"家"。夜深人静的街道显得颇为寂寥，江岩的眸光愈发落寞。在北京时童语已经连话都不愿意和他说了，他怎么恳求解释，她那寒冰似雪的目光都没有丝毫的回温。

　　江岩同城这边还有公事要处理，他不得不坐着预先订好的返程飞机回到同城。回来后的他也不在工作状态，心烦意乱的他曾尝试用手机与小语沟通，可遗憾的是她已经拒听他的电话。今天上午他终于与北京的院方取得联系，才知道童语早已出院了。

　　江岩原期盼着童语出院后能回家，可是她却没有回来，公司那边也告之他童语因病没来上班。江岩揪得紧紧的心又开始窒痛，他明白他与小语已是回天无力了，现在她的人、她的心一定都在那个男人那里了。江岩紧握方向盘的手指节泛白，他在心里狠狠咒骂着欧文瑾，这个自私的男人，他以为他把他和小语的婚姻给搅黄了，他就能娶小语吗？当初欧文瑾的父母能忌讳小语的身世把她拒之门外，现在以小语已婚的身份又怎能走进欧家的大门？欧文瑾是图痛快了，报复了他，解了心头之恨，可小语呢，没有婚姻的爱情又让她情何以堪？

　　灼热的愤怒终是诱发了胃疾，江岩的额头开始布满细密的汗水，让他不得不把车停靠在路旁。通常他醉酒回家后,小语会为他泡杯温热的蜂蜜水给他解酒,温柔的小手会力道适中地给他揉捏着跳痛的额头,他虽然难受但拥着她那温香的身子也会安然入睡。但现在等待他的却是一室的沉寂和一张冰冷无温的床。这几日他患得患失间才真切感受到小语已经融入他的骨血里,已经成为他身体不可分割的一部分,丢失了她,残缺不全的他已无法安然地活下去。

疯狂的思念促使江岩伸手摸出手机,指尖颤抖地摁着1号键,电话铃音带着江岩寄予的希望响了起来……

等待的铃声仿佛过了一个世纪般的漫长,就在江岩以为不会有人接听时却被对方接通了……

江岩喜出望外,殷切地呼唤着:"小语,我是江岩。"

"……"对方默然无声。

江岩的眼尾隐现湿润,"我知道你在听,请你不要再挂断,听我说下去好吗……小语,是我不好,我不该伤你的心,我知道我错了,错得离谱,但小语你可以打我痛骂我,就是不要不理我……我求求你回家吧?没有你的家冷得像座冰窖,我竟害怕一个人躺在床上,只因旁边没有你……"倾诉的男人愈发悲痛,哽咽的嗓音颤抖得不能把话完整地说下去。

"小语她已经睡了,醒来后我会告诉她你来过电话。"一个熟悉的男音蓦然响起,不紧不慢的声音强烈刺激着江岩的痛觉神经。

江岩的表情凝滞,更多的泪涌了出来,自己的妻子贴身的手机竟在睡觉时被别的男人接起,这意味着什么?

江岩握紧手机,白皙的额头青筋隐跳,"文瑾,你的目的已经达到了,你是不是也该放手了?"

"放手?"欧文瑾被逗乐了,"我用了五年的时间去等待,这才几天你就不能忍受了?江岩,你早该尝尝这种剥筋抽骨的滋味,为了公平起见你五年后再来要求我放手吧!"

欧文瑾挂断手机,抬头看了看二楼,小语睡得很沉,并没有被惊扰。他放下心来,把手机重新放回茶几上。欧文瑾安坐在沙发上,拿起方才未读完的书,恍惚间竟有种错觉,这就是在他和小语的家,温柔的妻子正在睡觉,而精力旺盛的丈夫却还在客厅里看着书。

第十三章 琴心相挑

欧文瑾今天傍晚时分才到的,因为恰逢晚饭时间,童语便做了几样他爱吃的小菜等着他。欧文瑾一进门就被诱人的菜香所吸引,看着自己深爱的女人正在浅笑地等着他,他的心泛滥成灾。他喜欢这种感觉,这是"家"的感觉。

欧文瑾随手脱下大衣,"我已经很多年没有吃过你做的饭菜了。"

穿着白色家居服的童语,给欧文瑾盛了满满的一碗饭,听他这么说不禁弯了唇角,"那你就多吃些,看看我的厨艺见长了没有?"她没有忘记上一次还是多年前母亲病重时他陪她回家,她曾做饭给他吃。

欧文瑾洗了手回来坐在餐桌前,面对色香味俱全的饭菜他食指大动,大快朵颐地吃了起来。嗯,真好吃,尽管是最简单的家常菜却让他吃出了幸福的味道。

童语望着这样孩子般吃相的欧文瑾,内心莫名地充盈满足,很自然地给欧文瑾夹着菜,并柔声叮嘱,"慢些吃,别噎着。"

欧文瑾被蛊惑地抬头,他一时分不清是在梦里还是在现实中,这温馨的场景原本是他触手不及的,此时却真实地呈现在他眼前……

童语承受不了这般深情的注视,唯有错开目光,"蓝涛方才来过电话了,让你到了之后给他去个电话。"

"好,我吃完饭再打。"欧文瑾温柔地移开目光,继续吃着饭。他不能破坏这样难得的气氛,要好好地享受……

周日晚上欧文瑾依依不舍地离开,与童语短短二十多个小时的相处,就足已让他上瘾。他与她无需过多的言语,他们仿佛有着千年的默契,晚上他温柔地看着她入眠,早上她醒来时他已经做好了早餐。上午,她听音乐,他看书。中午,她做饭,他洗碗。下午他开车说是出去办事,回来时却采购回更多的生活用品。童语看着面前几大袋子的衣服,真是不知道该说什么好,他这样的体贴让她如何能承受……

欧文瑾忽略童语的表情,自顾取出一件皮衣,"有风的天气要穿这个,皮衣挡风。"说着他放下皮衣随手又拿出一件新款的羽绒服,"下雪的天气一定要穿这件。还有这件羊绒大衣晴天的时候穿,我已经给它们配了相应的皮靴和裤子,你看看喜不喜欢?"

"文瑾,答应我下次不要再给我买这些东西……"童语由衷地恳求着面前的男人，她不想欠他太多，她会不安心的。

欧文瑾放下衣物，走过来扶住童语的肩，"不要胡思乱想，你现在的身子不易劳累，也没有时间出去采购，我提前买回来只是不想让你为这些琐事操心。"

欧文瑾伸手抹去童语脸上滑下的泪水，"还有，永远不要觉得欠我的，这是我自愿的，我喜欢做这些，这让我感到很幸福。谢谢你小语，我已经很多年没这么快乐了。"

欧文瑾飞走了，童语却有些失眠。她手里拿着欧文瑾为她买的衣服，尺寸分毫不差，她真是不知道自己是该喜该忧……

周一早上童语坐电梯来到地下车库，到了蓝涛家指定的车位一看，面露犹豫，难道她真要开这辆宝马车去上班吗？她看了看腕表，最后还是硬着头皮上了车，现在不是顾忌这些的时候，还是上班方便要紧。

童语到了公司先去了苏逸的办公室，苏逸抬头看到进来的是童语倒有些意外，"你的身体可以吗？不要引发刀口感染。"

童语略低了头，掩盖住自己的脸红，"没事的，我会小心的。"

"那好，你先坐下，我正好有事找你。"苏逸保存了电脑里的文件，关闭了笔记本。

"最近售后部的很多客户反应，白天工作忙没有时间过来维修保养，而且就算白天来了也可能要等很久的时间，因此他们希望我们能开设夜间维修保养，这毕竟要影响到你们售后部的日常工作，所以我想听听你的意见。"

童语坐在那里心思急转，这事显然苏逸已有定夺，只是顾忌会增加售后部的工作量，才会来征求一下她的意见。但是就个人观点童语并不是很赞同这件事，以她的经验来看这次活动得不到什么实际效益，最多只赚了个吆喝。以她对客户的了解，这次他们满足了这些要求，客户一定还会产生更多的要求，甚至是更新更离谱的要求。但她也不想直接否决苏逸的建议，因而童语想了又想才斟酌着开口："苏经理，这夜间维修保养倒是可行的，只是就目前的汽车行业来说，别说二十四小时，就是超过八小时，客户就已经很少了，所以我们要有心理准备，店里夜间所支出的加班等费用很可能比维修收益还要多。"

"这点我也想到了，不过我考虑的是，我们虽然没有得到什么实际收益，但我们却给自己做了很好的宣传。客户们知道了我们认真听取了他们的意见，切

第十三章 琴心相挑

身地为他们着想,这会大大提高中天凯元店的知名度和美誉度的。媒体那边我已经打过招呼,他们会跟进式地报道。"

童语点头,按苏逸的考量,这的确不失为提高知名度的好办法,"要不这样吧苏经理,我们可以给我们所有客户打电话,告诉他们如需晚上维修保养可以在白天时打来电话预约,并根据他们的实际情况预约维修时间,这些预约的客户来维修保养时可以进行绿色通道快速维修保养,这样也可以节省大家的时间。"

"你的想法不错,就按你说的去做吧,还有我们这次夜间维修不是通宵服务的,维修时间只延长至晚上十点,这一点你们也要和客户们说明。"苏逸笑着补充。

童语眼眸滑过笑意,看来苏逸早已把方方面面的问题都考虑到了。

童语回到办公室后就开始处理手边积压的工作,匆匆忙忙地倒让她忘记了自己是个病人。等下班后童语坐在车里,这才感觉到浑身酸痛。她狠捶了捶自己坠痛的腰,看来这医生是对的,这流产的身子还真是不经累了。

疲惫的童语启动车子缓缓开出公司大门,视线却不经意地看到路边停着一辆熟悉的车子,想来是江岩打给售后部服务台知道了她已经来上班,故而过来接她下班。童语轻轻叹息,没有停留直接从江岩的车旁开了过去……

童语很矛盾,她不知道自己该拿何种心情来面对江岩,五年的夫妻情谊到头来却始于一场彻头彻尾的阴谋,这让她情何以堪啊?

转眼已进入十二月份,入冬的同城,迎来了第一场大雪,天气骤然变冷,寒风凛冽刺骨,冻得人不想出门。

由于路上满是积雪薄冰,给行车的人带来不便,行车间距不易掌握很难控制刹车的距离,故而撞车事故时有发生。同城市雪后仅二十日二十一日两天,交通事故就多达百起,中天凯元店售后维修救援电话也急骤"升温",童语的售后部推出临时预案,全天出击展开施救。

此时的童语正在会议室里开会,今天上午售后部就已经出动五六次的人员出去施救,再加上近日来冬季维修保养的客户大量增多,所以童语售后部的工作量是成倍地增长。

童语诚恳地建议,"我们凯元店现在要启动车友俱乐部的首次活动,给客户开展冬季汽车保养护理的知识讲座。让客户及时了解到冬季汽车启动及行车的注意事项、雪后汽车养护的注意和方法……"

苏逸很赞同童语的观点,故而派市场部和企划部协助童语尽快完善此事。

大家正在商议时,门口却传来急促的敲门声,冉婷推门而入,她的神情焦虑。童语接收到她的目光,温和地询问,"发生了什么事情?"

"童经理,医院刚来电话,你爱人他出了车祸正在医院里抢救。"

童语的身子猛然僵滞,她不敢相信自己所听到的,这个被她遗忘的男人现在正生死未卜。童语站起身来就往外走,却因为腿脚无力险些摔倒。苏逸眼疾手快地扶住童语,"不要慌乱,赶紧去医院看看吧。"

童语稳住心慌,惨白着脸离开会议室。一路上她都在加速,尽管道路结冰,她还是凭着过硬的车技在最短的时间里抵达了医院。

此时的江岩还在手术室里急救,通过和交警的沟通,童语才了解到车祸的经过。原来在通江路与桥西路的交叉路口发生了四车连环相撞事故,江岩前面的黑色奥迪车紧急刹车,江岩措手不及地撞了上去,发生追尾后又被旁边经过的灰色面包车再次冲撞,目前事故还在进一步调查处理中。

童语瘫坐在椅子上,十指交叉紧握,她在乞求老天保佑江岩能平安无事。在漫长的等待时间里,童语百转千回间开始深深地自责……

江岩对她造成的伤害是不可磨灭的,但此时在江岩面对生死考验的时刻,童语已把江岩所对她的伤害忘记得干干净净,而把自己对他的亏欠无限地放大……

也许是童语的诚心感动了老天,江岩终于平安地从手术室里推出来。医生告诉童语,他已经算是万幸了,左手臂骨折,轻微脑震荡,皮肤多处擦伤。

童语在病房里守着昏迷的江岩。其他三个司机并没有江岩这么幸运,其中有一人肋骨生生撞断了三根,还有一人大腿和胳膊都被撞成骨折。

童语的手轻轻抚摸着江岩的脸,仅一个多月不见,江岩就已经憔悴得不成样子,脸颊明显地消瘦塌陷,下巴的胡子都没有刮。记忆里江岩是一个极爱清洁的男人,人虽然长得不算俊美,但皮肤白皙,再加上他沉稳的性子,倒给人儒雅出尘的感觉。

"小语,你哭了?"苏醒的江岩痴痴地望着童语,不敢相信地确认。

童语回手抚了下脸才惊觉自己早已泪流满面,故作轻松地弯起唇角,"你醒了?感觉哪里不舒服,是不是口渴?"

说着童语拿起旁边的水杯,用小勺一点一点地往江岩干裂的嘴唇里喂着水。

江岩慢慢地喝着,他的眼尾开始湿润,多日来积压的伤痛化成泪水溢了出来。

童语的心顷刻间被揉碎,手指轻柔地为江岩擦着眼泪,"这是做什么?让别人看见了多不好。"

江岩虚弱地合上眼睛,"在撞车的那一瞬间,我还在想也许这就是老天对我最好的惩罚,失去了你,我活着已没有意义,死了也就解脱了……"

童语内心震动,放下杯子轻轻地抱住江岩,"说什么傻话,多不吉利,马上就要过年了,你快些把病养好,否则春节我们回家时你爸妈看到你这样会担心的。"

江岩猛然睁开双眼,紧张地确认着自己没听错,"小语,你是原谅我了对吗?"

童语笑了,倾身顶着江岩的额头,"就这一回,下次你再犯错我绝不原谅你。"

江岩大喜,潜意识地想要拥抱童语,但却不小心牵动了受伤的胳膊,脸顿时痛得皱成一团。

童语急忙查看他骨折的左臂,把它放在最佳位置上,"小心些,你这胳膊骨折了,不能乱动的。"

显然哪里骨折对江岩来说并不重要,重要的是童语居然原谅了他,这让他被判了死刑的心再次燃起希望。

童语用温毛巾给江岩小心地擦着脸,上面触目惊心的擦痕让她的心再次疼痛,特别是眼尾那处的划痕差点就伤着眼睛了。

江岩凝视着眼前的童语,仿佛看不够似的,怎么也不肯移开视线。他的女人正用着无比心疼的目光看着他,那里面深深地写着怜爱。

童语被江岩看得竟微红了脸颊,伸手遮住了他的眼睛,"闭上眼睛好好休息,我先回家一趟,去给你取些换洗的衣服,再为你煲一锅你爱喝的排骨冬瓜汤。"

江岩露在外面的唇角大大地扬起，"好，我等你。"

由于江岩意外车祸，使工作本来繁重的童语更加忙碌，频繁地往返于公司和医院之间，在休息的间隙还要回家去给江岩煲他爱喝的营养靓汤。

这天她拎着一保温桶牛骨汤返回医院，匆匆挤上电梯，到了五楼她走出电梯后却和迎面走来的人碰了个正着。她们俩都怔住身子，四目相望，目光复杂地看着对方。

童语首先反应过来，冲着尹静礼貌地浅笑，"过来了。"

尹静微微地掀了下唇角，语气不咸不淡的，"是的，我才听说江总出事了，所以赶过来看看他。"

童语不会虚伪地挽留尹静，向旁边侧了侧身子，给尹静让出道路。

尹静走过去的身子片刻又折了回来，重新站在童语面前，"最近江总一直在带病坚持工作，茶饭不思的，整天魂不守舍。"

"你怎么知道？"童语早知晓尹静已被江岩调去了外地工作。

尹静笑得嘲讽，"全公司的人都知道，江总的胃病犯了，却不肯去医院救治，可好像唯独你这个做妻子的不知晓。"

童语怔在那里没有出声，她的确不知道江岩的胃疾犯了，以往都是她给江岩熬制养胃的中药来调理养护的。

"既然你放不开他，就要好好地对待他，这样不管不顾的算什么？本来我在心里是祝福你们的，可现在我怀疑我的放弃有没有必要？"尹静痛快地把她想说的话都说了出来，再也不愿多停留，转身进了电梯。

童语的步伐有些沉重，看来这一个多月来江岩的日子过得很凄惨，说到底是她的疏忽，不接他电话，百般地躲避他，把他一个人扔在家里，把他折磨得生病，甚至心情恍惚地出了车祸……

瞧，善良的童语此时已把过错的枷锁牢牢地加剧在自己的身上。她早就忘记了，这些事情的最根本起因是江岩自己造成的。

童语强颜欢笑地喂江岩吃了饭，又给他换了身干净的衣服，把一切安顿好后她才返回公司。

周末难得童语休息，她抽空把家里里外外地都打扫一遍，江岩过两天就能出院了，医生说他可以回家养病。

第十三章 琴心相挑

童语最后细心地把新买的康乃馨和满天星插进花瓶里,嗯,她满意地左看看右瞧瞧,这样回到家的江岩才会舒心些。

熟悉的手机铃音蓦然响起,童语随手接了起来,"我一会儿就去你那儿,我正在布置房间呢。"

电话那边的人明显地一愣,"小语,我正在蓝涛家的门口,邻居说你已经好久没有回来了,我还在担心你去了哪里。"

童语半天没有说话,艰难地措着词,"文瑾,江岩他出了车祸,我为了方便照顾他已经回家了。"

欧文瑾静默了好一会儿,半晌他才关切地开口,"江岩他怎么样了?"

"还好,左臂骨折,轻微脑震荡。"童语轻声地回复着,尽管文瑾的声音很平静,可童语还是听出了他的悲伤。

"哦,对了,你等我一下,我先过去给你开门,这么冷的天还让你站在门外和我说话。"童语忽然想起这欧文瑾没有钥匙,大老远地飞过来还等在蓝涛家的门外呢。

"不急,下雪路滑,你慢慢开。"欧文瑾浓眉舒展,轻声地嘱咐。

欧文瑾挂断电话后,身体抵靠在墙壁上。他微低着头,清晰的唇线抿了一抹自嘲,他知道这一次他又输了,他再多的努力,江岩只需一出苦肉戏就轻易地让小语回心转意。

欧文瑾缓缓抬起刀削般的下颌,眸光锁住紧闭的房门,这里终究不是他与小语的"家"。这几周他都不辞辛苦地从大连飞过来陪小语过周末,他很享受这样的欢聚,甚至他在午夜梦回时都会反复地问自己,他是不是在做梦。可显然此时他担心的事情发生了,江岩与童语的和好,让他的梦提早破灭,尽管他很不甘心,可他还能怎么做呢?

难道也让他再去制造一场车祸来同样博取小语的同情吗?不,他不会,他不是江岩,他接受不了小语因为同情而和他在一起,他要她爱他,他要让她因为爱和他在一起……

童语来得很快,脱下大衣就在餐桌前忙碌着,"饿了吧,最近雪大,我还以为飞机停班你过不来了。"

"飞机是停班了，我是坐火车过来的。"欧文瑾疲惫地坐在餐桌前，手指揉捏着跳痛的额头。由于走得匆忙他没有买到软卧，狭小的上铺，吵闹的环境搞得他没有休息好，浑身酸痛乏力的。

童语把牛尾汤倒进碗里，又给欧文瑾盛了一碗米饭，外加一碟黄瓜小咸菜。

"来尝尝我刚煲好的汤，这汤有些淡所以给你多带了份咸菜。"

欧文瑾看着眼前的汤，笑了，"这是江岩的病号餐吧，看来我是借了他的光。"

"这牛尾汤补气、养血也适合你喝，这一大保温桶都是你的，江岩的在车里。"

欧文瑾拿起汤勺细细地品尝着，清香鲜美的汤品足以让他饥饿的胃得到满足。这汤小语煲得不错，火候正好，牛尾香糯松滑。

喝汤的男人不禁薄唇上扬，眼中多了抹促狭，"其实此汤最主要的功能是益肾，最适合肾虚阳痿、下肢酸软无力的男人喝。"

童语不可避免地脸红一片，这个话题她不便于探讨，便装作没听见，伸手扣好保温桶的盖子，转身欲去洗手间给欧文瑾烧洗澡水。看他困乏的样子应该泡个热水澡好好地睡一觉。

欧文瑾的视线一直停留在童语的脸上，看她如水的秋眸溢满羞涩转身欲走，他蓦然攥住她的胳膊，一个用力，童语就撞进他的怀里。欧文瑾倾身俯下头，绵长灼热的气息吹拂着女人的心，"有没有想我？上周我去北京开会没来得及赶回来。"

童语惊怔地望着她上方的脸，他们如此贴近，彼此的心跳和呼吸都能真切地感受到。童语的心跳加速，近处这抹幽深蛊惑人心的目光竟逼得她阵阵晕眩，"文瑾我……我今天不能陪你了，我要赶去医院，江岩他还等着我……"

欧文瑾的眸光黯淡，他打断童语的话，"那你来看我又是为什么？是不是想告诉我，你与他已经和好如初了，你要让我知晓你回心转意的决心，或许你还想求我不要再去打扰你们夫妻的平静生活。"

"我……"童语竟然语塞地无法说出口，尽管欧文瑾说的不全对，但在来之前她的确存了这心思。

欧文瑾的眼眸骤然幻灭，削薄的唇凛冽地挑起。童语只觉眼前一暗，欧文瑾就已然噙住她的唇，吞进了她难以启齿的话。

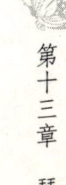

第十三章　琴心相挑

欧文瑾满意童语的顺从，他随即加深了这个吻。他知道童语是爱他的，但现实的桎梏和道德的枷锁却让她屡屡怯步，然而此时的他却不想让她再后退，他要让她退无可退，让她直面自己的真心。

男人绵绵密密的吻缱绻眷恋着女人的唇瓣，似诱惑着女人释放出她长久隐藏压抑的情感……

童语并不是不食人间烟火的圣女，欧文瑾和江岩毕竟不同，前者能轻易点燃她潜藏的欲火，她的大脑在告诉自己她不可以这样，江岩还在医院里等着她，可她瘫软酥麻的身子却已然背叛了她的心……

"文瑾不要……"

她猛然推开欲火焚心的男人，狼狈地跌落在地上……

被推开的欧文瑾只愣了下就倾身过来抱童语，童语大骇，"不要过来，我们不能再错下去了！"

欧文瑾顿住身子，掀起眼帘，"错？你告诉我，我们究竟错在哪里？明明相爱的我们却不能在一起这到底是谁的错？"

"对不起，我并不想说这些的，是我们不该……"童语面对再次压住她身子的欧文瑾吓得声音愈来愈小。

欧文瑾伸出拇指暧昧地摩挲着童语红肿的唇瓣，"我一直想不通，我为什么要牺牲自己的爱情去成全别人？难道就因为我体谅你的善良，就要这样无休止地退让下去吗？"

童语被欧文瑾眼中决绝坚定的目光所震慑，她知道她必须表明态度，否则后果不堪设想。此时如若她给了他希望那就会更害了他，他的家庭和他孤独的心，她都没有勇气去走入，那她还要牵扯他做什么？想到此童语不得不伪装地冷起面孔，目光冰冷地看着欧文瑾，"这次我又做错了，今天我不该来的。也许当初我错在不该离开你，选错了自己的生活，可是现在我已经错了，就不能允许自己一错再错。江岩他毕竟是我的丈夫，我有责任有义务去维护我们的家，所以请你放过我们，不要再介入我们的生活。"残酷至极的话出自冰冷绝情的口，字字都在穿刺着某人的心。

欧文瑾深深地凝视着童语，狭长的眼眸难掩失望。他俯视着地上的女人，"我听懂了你的意思，你是在怨恨我破坏了你们的家庭吗？"

说着欧文瑾缓缓直起身子，唇角含了一抹厌弃，"说到底是我错了，自以为是地去争取我们的幸福，可谁知这只是我高看了自己，你的幸福不需要我去成全，你有江岩就足够了。"

没有了欧文瑾的怀抱，童语炙热的身体骤然变冷。欧文瑾受伤的表情让她心痛难忍，她勉强支撑住摇摇欲坠的身子……她并不想真的去伤他的心，她是爱他的，可她真的不想再耽误他，他应该娶更好的女人，一个门当户对、身子清白、没有劣迹的身世，更没有复杂的婚史，有的只是可以和他携手并进的激情和勇气。

欧文瑾没有再看童语，起身来到沙发前，从容自若地穿好大衣，细心地戴上羊皮手套和羊绒围巾。最后他拿起旅行箱走到门前又顿住脚步，"好好照顾自己，你不是神而是人。累了就告诉我，我的肩膀依然等着你依靠……"

欧文瑾走了，童语颓然地瘫倒在地上，她这是做什么？生生逼走自己爱的人，这下她该满意了，他不会再来打扰她了，她应该舒心了。

童语失魂落魄地走出蓝涛家的门，直到她站在电梯里，她都无法克制心口的疼痛。文瑾终于如她所愿成全了她和江岩的婚姻，可为什么他的退出没有给她带来丝毫的喜悦，却反而是更沉重的心痛？

童语哀伤地站在车前，双手扶住车身。她抬起指尖轻抚红肿的唇瓣，上面还滞留着文瑾深情的温度……寒风刺痛了童语流泪的脸，她是不是做错了？她清晰地问着自己，你能丢下江岩不管不顾地去追求你自己的幸福吗？不能，她的心告诉她不能，他与她是五年的夫妻，难以割舍的亲情连着他们的血与肉，抛弃了他，她该如何做到心安理得呢？

车子滑出小区的大门，童语凄凉地目视前方，她莫名地感到绝望。一个本来深爱她的男人，咫尺之隔却是天涯，曾经的浓情蜜意，曾经的柔肠寸断终将被涤荡成死寂的灰白，有些感情是深刻彻骨的，但她却已无力回头，冥冥之中这份她珍重的情感注定漂泊流浪……

稳步行驶的车子发出慑人的刹车声，童语僵坐在那里，她的头脑已然清醒，为什么她没有看到文瑾呢？她来时小区门前并没有出租车，而这条唯一离开的路却没有他的踪影，那他是去了哪里呢？

童语纠结的心混乱得一塌糊涂，她的手快速调转车头，急切地往回开。她

要找到他,她不能把他一个人扔在寒冷无温的同城。

白色的宝马车重新开回小区,童语再次站在电梯里,她的心钝痛得不能自已,以她和欧文瑾的默契,她已然猜到他可能会去哪里。童语沉重地走出电梯,她的神经绷得紧紧的,慢慢向旁侧的安全通道走去……

童语屏住呼吸鼓起勇气推开了门,在空旷的楼梯间里,一个男人正委靡地坐在地上,他似乎很疲倦,他的头深深地埋进他的臂弯里,悄然无息地,仿佛睡着了一般……

童语步履艰难,费力地来到欧文瑾的身前蹲了下来,伸手扶起他的脸。然,指尖滚烫的温度却让童语蓦然心惊,难怪他方才的吻如此灼人,他竟然在生病。童语疼痛的心猝然碎裂,睫毛颤动,泪水模糊了她的双眼。她闭上眼睛,伸手把欧文瑾拥进怀里……

## 第十四章　暮翠朝红

周末苏逸并没有休息，忙了一上午他才从凯元店出来，中午他约了何琳共进午餐。他驱车抵达何琳指定的酒店，乘电梯来到五楼的中餐厅。

何琳早已到了包房，此时的她正看着一本商业杂志，看到苏逸进来，她不满地敲了敲腕表，"苏经理，你迟到了近二十分钟。"

"对不起老婆大人，是我不好，忙过了头忘记了时间。"苏逸被何琳严肃的表情给逗笑了，拉过椅子紧挨着妻子坐了下来，很是委曲地把头枕在她的肩上，"我现在还头昏脑涨的，满脑子都是数据。"

何琳无奈地叹气，把老公的头扶正，纤细的十指轻重适中地给他揉捏着额头，"何必把自己搞得这么辛苦，还有什么比你的健康更重要？"

"老婆说的是……"苏逸唇角上扬，享受着何琳的爱心服务。

服务生走了进来继续上菜，何琳收回手摊开面前的杂志，展开一页专栏文章横在苏逸的眼前，"看看这篇专栏文章写得怎么样？你是否赞同这个作者阐述的观点？"

苏逸伸手接过杂志，目光专注地研读着。半晌，他轻轻点头，"这个作者倒是与众不同，他能通过新闻事件发掘出背后蕴涵的商业社会的新趋势和新观念，这一点很难得。"

何琳笑颜逐开，伸手取回杂志放在一边，"好吧，算你有眼光，我就原谅你的迟到，我们吃饭吧。"

何琳亲手为苏逸盛了碗鱼翅汤，"先喝碗汤，暖暖胃再吃饭。"

苏逸听话地喝着汤，喝着喝着突然疑惑地抬眸，"琳琳，这文章不会是你写的吧？"

"为什么这么说？"何琳又给开窍的苏逸夹了块蟹糊。

"这笔名标的是逸琳?这分明是我和你名字的组合嘛!"苏逸还不算迟钝,终于从含意特殊的笔名,猜出妻子就是作者本人。

何琳笑得得意,她给这家商业杂志撰稿已有两年多了,但却没有人知道这位倍受肯定的专栏作者逸琳就是同城资深主播何琳。

苏逸殷勤地为何琳夹了块鱼,"快吃吧大作家,工作这么忙还有时间写专栏,看来我苏逸的老婆真是块无价之宝。"

"你才知道啊?告诉你这可都是你惹的祸,把我一个人扔在家里独守空房,寂寞的我也只有靠撰稿来打发时间了。"

苏逸宠溺地捏了捏妻子鼓起的俏脸,由衷地说道:"不会了,我再也不会离开你了。我现在才知道事业和成就都不重要,最重要的是能和老婆你在一起。"

为了保持婚姻的新鲜度,苏逸与何琳常常到外面去浪漫地聚餐,两个人还会抽空手牵着手到影城去观看电影。今天由于时间仓促两个人决定吃过午饭后,去结冰的江边散步。

何琳去了洗手间,半天没有回来,苏逸走出包房轻声唤住服务生埋单。然,走廊里的服务生却客气地告之苏逸,何女士在我们这里吃饭都是签单的。

苏逸还想问得仔细些,可显然服务生不愿意再多说。苏逸望了望洗手间的方向,他鬼使神差地向前走去……若隐若现的声音让行进的苏逸止住脚步,这好像是何琳的声音。苏逸迟疑地向旁侧的一间包房靠近,透过虚掩的门,里面隐现一男一女交谈的声音。

"何主播,这事儿还得请你在郭领导那儿为我多美言几句。"一个男人献媚地恳求着。

"林部长,他的公事我一向不好插手的,不好意思,我想帮你也是爱莫能助啊。"何琳拒绝得很干脆,她想和那人撇清关系还来不及呢,她怎么会再去没事儿招惹他?

林部长还想说什么,何琳已不想再继续说下去。这人拐弯抹角地拽着她聊了半天,才隐晦地提到正题,可她虽然拒绝了却不能得罪此人,想到此何琳展颜一笑,"这样吧林部长,我知道下周他要出差去南方考察,剩下的事我也就不点明了。"

林部长连声道谢,这种事不需要说得太明白,他已心领神会。

何琳摆脱了林部长才回到包房，她很讨厌和这些官场上的人打交道，说到底她不想再与郭政明有瓜葛。这些人在意的不会是她同城主播的身份，他们感兴趣的是枕边人的特殊作用。

何琳走进包房时，苏逸正呆怔地坐在那里。他望着进来的妻子，意有所指，"怎么去了这么久？我差点就去洗手间找你。"

"哦，我碰到了一熟人，被他硬拉着聊了几句。"

"方才服务生告诉我，你在这里吃饭都是签单的？"

何琳正用口红轻扫脱妆的嘴唇，听到苏逸的话她满不在意地看了他一眼，"有人帮着埋单还不好，我平时穿的衣服还不都是品牌公司主动赞助的。做我们这一行，有些好意你不接受反而显得你不合拍。"

何琳把口红扔进皮包里，看了看苏逸暗淡的脸色，关切地询问："怎么了老公，你脸色怎么这么难看？"

苏逸勉强扯出笑容，"可能是太累了，这些天都没有休息好。"

何琳体谅地点头，心疼地轻拂苏逸凌乱的额发，"那老公，我们还是不要去江边散步了，你就把我送回电视台吧，再赶紧回家补一觉。"

苏逸当然同意，此时的他哪还有心情去江边散步，他急需回家把某些困扰的问题仔细理顺清楚。

在路上何琳接了个电话，她的表情颇为怪异，但她还是沉稳地说着，好，我知道了。

苏逸收回视线，为什么他觉得这个电话让何琳很害怕呢？难道真是他怀疑的种子在作怪，从饭店知道何琳签单的那一刻起，他就觉得什么都不对路。天下没有免费的午餐，没有利益跟着，谁会无私地去为何琳埋单呢？

何琳临下车时，调皮地亲了下苏逸的脸，"乖乖地哦，好好回家睡觉，晚上不用等我了，今晚台里有事要忙，可能回家会晚些。"

苏逸含笑点头，尽管他觉得面前的何琳有些陌生，陌生得她的每一句话都会让他产生怀疑，但冲动从来就与苏逸不搭边。他目送着光鲜的妻子走进广播电视中心大楼，才卸下脸上的伪装。

人就是这样，信任与怀疑本就是一线之隔，完全的信任和处处怀疑绝对是质的变化。苏逸下午在家细致地分析了一番，都没有弄清楚到底是怎么一回事

第十四章　暮翠朝红

儿。最后苏逸放弃了，他潜意识里根本不想把妻子想得那么糟糕，因此他也在宽慰自己，是他多心了，也许那个人口中的人物只是何琳关系要好的一个朋友，朋友之间传个话帮个忙也不是什么大不了的事情。

晚上，苏逸吃过饭后便打开电视，看何琳播报新闻倒成了他的一个习惯。他边看边喝着热茶，此时的画面正是何琳在播报新闻：……元旦将至，市委刘长征、雷民、郭政明等几位领导，冒着严寒到东阳区走访慰问了特困残疾人家庭……

苏逸的手一抖，微烫的茶水溢了出来，灼痛了他的手。然，苏逸却浑然不知，有什么东西猛然击中他混沌不明的心。他的大脑在飞速地运转，那些残缺的、片面的记忆渐渐拼凑起一个最接受可能的真相，这"真相"让苏逸刚刚平复的心再次掀起狂澜。他放下茶杯，拿过手机拨了个号码。他拨的是他在区政府工作的同学的电话，他急需去证明他方才的设想是否正确，他并不想错怪他最不想冤枉的人。

苏逸在接通电话后并没有直接去询问，而是先与对方热络地聊了一会儿，临结束时才状似无意地说道："昨天我的车也差点出事，一辆政府五号车在我前面乱晃，害得我差点追尾，你知道那是谁的车子吗？"

对方没有想到苏逸会问这么无知的问题，他笑得很不客气，"苏逸你真是太久没在同城混了，连这个都不知晓，现在全市人民都知道那是市委郭政明的座驾。此人背景很深，最近都传他可能高升到省委任职。你昨天多亏没追尾，否则你一定吃不了兜着走。"

夜已深沉，可苏逸的身子自从挂断电话后就没有再换过姿势。他僵坐在那里，他已经不能再言语，如果说人的心情是有温度的话，那此时苏逸的心就是冰到了极点。他不确定他的血液是否还能回流，他的手脚已然麻木冰冻……何琳，这个他认识了十六年的女人，他认为他了解她甚至多于她自己。他爱她，他更信任她，她在他的心中永远是最真诚、最坦白、最可爱的女人。然而此刻，生活却狠狠地抽了他一记耳光，这耳光抽痛的不止是他的脸，还有他愤怒的心……

墙上的钟表发出悦耳的音乐，苏逸惊醒过来，他看了看表上的时针正指向八点。他缓缓起身，颇为平静地穿好大衣，临走时不忘记拿走玄关处的车钥匙。

苏逸把车停靠在电视台对面的一条巷道里，他的眸光注视着前面这幢同城地标性的建筑。气派非凡的广播电视中心大楼，高二十余层，其独特的设计风格让它成为同城一道亮丽的风景，而此时它在苏逸的眼里却是无比讽刺的。这幢伟岸的大厦里到底隐藏了多少罪恶的心灵，金钱和权力的欲望促使她们贪婪地攀升，不惜出卖自己的肉体和灵魂……

……苏逸的车停在那里很久，久得他都错觉自己是不是得了臆想症，竟如此迫切地想证实自己的妻子是某政要高官的情妇。如果能让他在病症与现实之间选择，他情愿自己是真的得了病，至少臆想症能治愈，而现实呢？他不敢再想下去，那将会是怎样的毁天灭地……

一个娇小的身影走出大厦旋转门，苏逸振作起精神，视线随着那抹熟悉的身影移动。何琳走得很快，脸上依然扣着宽大的墨镜，她没有打车，而是一个人向东急行。

苏逸启动车子跟了上去，何琳大约走了五六百米才左拐进了一条幽静的小巷。

苏逸的车子还没有到巷口，里面就已然拐出一辆白色的丰田车，苏逸简单判断了下，加速跟上了这辆丰田车。

苏逸似乎松了一口气，还好不是那辆政府五号车，这辆白色的丰田车他记得是何琳朋友的。苏逸缓缓放慢了速度，谨慎地跟在后面。丰田车熟练地七绕八拐，渐渐地进入建设区的地界，苏逸的心再次揪紧，因为这就是去北苑路的必经之路。

真相就在前方，苏逸的心却胆怯了，如若这一切都是真的，他该怎么办……

前面的丰田车正按着苏逸预想的路线抵达南郊的"水苑华庭"，它顺利地开进别墅小区的铜艺大门，而苏逸的车照旧被保安拦截下来。苏逸也不勉强，他把车子停靠在一边，随手取出一支烟，状似平静地吞吐着烟尘……

蓦然，苏逸夹烟的手指僵在唇边，一辆熟悉的奥迪车出现在苏逸的视野里。小区保安看到这辆车子立现恭敬，他的注目礼一直追随着车子，直到车子消失了踪影。

燃烧正旺的烟体被苏逸碾碎在手心，他紧闭上双眼，轻轻地吸气，再深深

第十四章 暮翠朝红

地呼气。他在努力平复着充血的大脑，但显然他的努力没有得到预期的平静，反而让他更加焦躁不安。终于他放弃了，他不再伪装，双手颓然地遮住脸颊，少顷一行清泪便从指缝里溢了出来……

江岩睡得颇不安稳，恍惚间总感觉有一双撩人的小手正抚摸着他的脸。江岩蓦然睁开双眼，他以为是小语来了，却不想看到另一张面孔。江岩仔细辨认着病床前坐着的女人，他以为自己看错了。

"你怎么来了？"江岩压低声音，他轻扫了下旁侧和他同一病房的人，还好那人在睡觉。

"我为什么不能来？"尹静对江岩的语气颇为不满，她好心地急着赶回来陪他，他居然没有惊喜，还像见了鬼似的防着她。

"我不是这个意思，你看现在外面天这么黑，我是担心你一个女孩子家走夜路回家不安全。"江岩也意识到自己的态度有些伤人，故而放柔了语气，

这话受用，尹静的小脸多云转晴。她随手拿起苹果耐心地削着皮，"这几天在桦县就担心你来着，也不知道有没有人照顾你，今天来了一看她竟然真的把你一个人扔在这里，她还真是够放心的了。"

江岩并没有反驳尹静，他知道他越是帮着小语说话，尹静就会越生气，所以他犯不着惹她口不择言，当务之急先把她哄走再说。

尹静把切好的苹果用牙签喂进江岩的嘴里，"我给你炖了排骨，一会儿你吃点。"

"好，我一会儿饿了再吃，你还是早些回去吧。"

"今晚我不走了，就留在这里陪你。"尹静答得很干脆。

江岩一口气没提上来，捂住嘴抑制不住地咳嗽。

尹静担心地为他抚着背，"好些没有，我给你倒杯水吧？"

江岩用手制止住尹静欲起的身子，他的脸涨得通红，"尹静，你不能留在这里，要是小语一会儿过来看见了还得了？你这不是嫌我病得不够重，给我添彩儿吗？"

"你不用等她了，她今晚不会来了。"尹静没好气地说着。

"你怎么知道？"江岩很诧异。

"你不看看自己的表，现在几点了，一会儿住院处就要锁门了，她要来早来了。"尹静是土生土长的同城人，她对这里医院的作息时间很了解。

江岩不相信地看了下腕表，果然现在已经十点多了，这家医院住院处是十一点锁门。今天小语中午时来过，送来了牛尾汤，陪了他一会儿，接了个电话说公司有事就匆匆离开了，到现在一直没过来，想来是有事耽搁了。

"那你还不快些回家，一会儿锁门了你就出不去了。"江岩还是没忘记撵走尹静。他和小语好不容易才和好，他可不想再节外生枝。

尹静腾地一下站了起来，她真生气了，她又不是病菌，江岩犯得着这样撵她吗？

"那你睡吧，我走了。"扔下话，尹静转身走出了病房。

江岩大大地松了口气，看来这男人还真是不能搞婚外情，请神容易送神难，这种提心吊胆的日子他真是受够了。

江岩先给童语打了个电话，果然童语还在忙，今夜不过来了。无聊的江岩躺在床上看了会儿书，临睡觉前，他想去洗手间方便一下，省得夜里起夜。他走出病房却被坐在外面的人吓了一跳，这尹静竟然没有走，此时她正安坐在走廊的椅子上摆弄着手机。

"你……你怎么还在这里。"江岩真是忍无可忍。

"我现在想走也走不了了，一楼的大门已经锁了。"尹静气定神闲地说着事实。

"你真是……"江岩被彻底打败了。此时他才深刻体会到什么叫搬起石头砸自己的脚，说的就是他这号不守谱的人，以为自己可以掌控状况，可没想到到头来却是别人掌控他。

尹静笑眯眯地扶着江岩，"是不是要去洗手间啊？走，我陪你去。"

江岩拿开她的手，"我自己能走。"

尹静收回了手，但她还是跟在江岩的身后去了洗手间。回来后尹静又体贴地打来了一盆热水，为江岩泡了脚。

江岩看着正为他按摩脚底的尹静，他冷硬的心开始融化。尹静的年龄并不大，比江岩足足小了五岁，可尹静与大她三岁的童语相比却反而更会照顾人。

"那边还有一张折叠床，一会儿你也早些睡吧。"往日里这床上睡的是童语，

第十四章 暮翠朝红

今日倒换成了尹静。

听到江岩温柔的话语，尹静的手顿了下，"好，你睡着了我再睡。"

临睡前，尹静起身拉上了与隔壁床中间的幔帘，这样她和江岩就能独处在自己的小空间了。

夜里江岩并没有睡好，试问旁边有双炯炯有神的眼睛一直在盯着你看，你怎么还能睡得着？

尹静仿佛看透了江岩的心思，低头狠亲了江岩的唇，"怎么还不睡，是不是想让我搂着你睡啊？"

"这里是医院，你能不能注意点影响。"江岩又扫了下邻床，那人睡得还真死，呼噜打得直震耳朵。

尹静抱住江岩，嘻嘻地笑了起来，"亲都亲了，要不你再亲回来？"

江岩看着怀里的女人，他的心开始松动，这个女人也无非是想多陪陪他，逗他开心，他又何必这样地戒备她……

尹静趴俯在江岩的怀里，小脸痴痴地看着江岩，抚摸着他愈发消瘦的脸。多日不见，他竟瘦成这个样子，甚至还出了车祸。

江岩被摸得有些烦了，避了避惹人的小手，"能不能不这样？你快去睡觉吧，你这样看着我，我又怎能睡得着呢？"江岩好言劝着尹静，这样下去今夜他们俩都甭睡了，就这样大眼瞪小眼的熬到天亮吧。

聪明的尹静自然听出江岩态度的软化，他的语气以由先前的训斥转换为商量。

"我想你，我好不容易能和你这样相处一夜，我又怎么舍得去睡觉。"

尹静漂亮幽怨的小脸在昏暗的灯光下自是有一番惹人怜爱的味道，她情意绵绵地依在江岩的怀里，如兰的气息吹拂着江岩的脸，阵阵的幽香侵扰着江岩的心。

江岩的大脑被蛊惑，右手竟不受控制地揽住怀里的女人。这无疑是给了尹静莫大的鼓励，她柔软的唇轻吻上江岩的脸颊，一点点地向江岩的嘴唇挪去……

江岩恍惚间二人的唇已然黏在一起。他的脑际轰然震颤，两个多月的禁欲生活，已让江岩经受不起这样公然的挑逗。他的理智被快感冲撞得支离破碎，一时间难以取舍……

· 164 ·

"行了,不要再胡闹了,你胆子也太大了,在这种地方也敢做这样的事?"江岩完好的右手被尹静枕着抽不出来,骨折的左手又动弹不得,他碍于隔墙有耳又不敢大声责备。

"拉着帘,谁会知道我们在里面做什么?"尹静窃笑着,得逞的小脸溢满兴奋。

江岩身上的尹静,轻咬红唇,媚眼如丝,神态诱人得足以撩拨江岩被蛊惑的心。江岩的心志再次混乱,两个空虚难耐的人终于迷失在天边的欲海里……

事后谨慎的江岩还不忘叮嘱尹静一定要吃事后避孕药。尹静倒是不在意,和江岩挤在一张床上,柔弱无骨的身子紧贴在江岩的身上。

"怕什么,有就生下来呗,你不陪我,我就让我们的孩子陪着我,这样我就不孤单了。"

江岩的眼皮没来由地一阵抽搐,表情立马严肃起来。尹静看了看江岩绷着的脸儿,吃吃地笑着,"当真了?和你开玩笑的,这事我明白的,你就不用操心了。"说完尹静紧紧地抱着江岩安然入睡了。

江岩在这一刻想起童语,他在心里感叹,他的小语从未像尹静这般依恋过他。想到这里江岩又不免悲伤起来,他在感怀那个未出世的孩子。如若那个孩子还存在,他和小语的婚姻就会牢不可破,某人也会知难而退,看来他得想办法赶紧让小语再怀一个,这样欧文瑾就无计可施了。

夜深了,欧文瑾也终于退了烧,童语给他熬了些蔬菜粥,走进卧室从他腋下抽出体温计看了看,她松了口气,可算是退烧了。童语伸手拿走欧文瑾额头上的冰袋,又细心地为他擦净了脸。看着男人安好的睡容,指尖轻柔地抚摸着他的脸,如若不是为了见她,他也不会把自己给折腾病了,说到底是她不好……现在那个没好,这个又病了,看来她还真是灾星。

"你还要看我到几时。"床上的男人长臂一伸把女人拽进怀里。其实就在童语给他擦脸时他就已经醒了,只是他很享受被照顾的感觉,于是他在装睡。

童语望着眼前的俊脸也笑了,"你终于醒了,再不醒我就要叫救护车把你给拽走。"

"你不会的,你舍不得……"欧文瑾笃定地看着童语。就凭她去而复返,他

第十四章 暮翠朝红

就断定她在心里是看重他的。

童语被欧文瑾直白的话语给吓着了,不着痕迹地拉开些距离,"饿了吧,先躺着,我去给你盛碗粥,吃过饭后还要吃药呢。"

"不用了。"欧文瑾拽住童语,看她的样子也一定是没吃晚饭。

"我还是去餐厅吃吧,你陪我一起吃。"欧文瑾克制着身体的不适,虚弱地下了床,湿热的大手牵着童语一起走出卧室。行至楼梯时,欧文瑾直感天旋地转,童语瞬间抱住了他。她的心剧烈跳动着,多玄啊,方才他差点就折下楼去。

稳住身子的欧文瑾有片刻的悸动,他的薄唇旋即弯起,"看来去餐厅是个错误,我们现在应该回到床上去。"

童语倏地收回自己的手,"你就贫吧,小心我把你踹下楼去。"欧文瑾赶紧虚弱地挂在童语的身上,他的手抚着额,"快扶我一把吧,我的头又开始晕了……"

明知道某人在赖皮,童语还是体贴地扶着他下了楼,把他安坐在餐椅上。晚餐很简单只有一锅蔬菜粥,但两个人早已饿得饥肠辘辘的,所以吃得都颇香。

童语吃得差不多时,才抬眸看向欧文瑾,却不料此时他也正看着她。四目相撞,有什么东西在急剧升温。

童语掩饰着尴尬,"你……"

"你……"不曾想两个人都异口同声地开了口,看到对方要说话,他们又同时止住话语,彼此望着对方,半晌他们相视而笑。

"你是问我为什么没有走吗?"欧文瑾自嘲地开口。

"你是想问我为什么会返回来吗?"童语也说出心里的猜想。

显然他们都猜中了对方的心思。

"我当然是舍不得走,好不容易赶来同城,刚见你一面就离开,我不甘心。"欧文瑾深深地凝望着对面的童语,这本是他的女人,现在却只能这样远远地看着她,他真是不甘心。

童语错开目光,"我是放不下你,在路上没有看到你,我就在担心你去了哪里?转念一想你一定还在蓝涛家,以你的性格才不会一走了之,所以你会固执地守在这里等我。"

两个人再次陷入沉默,无形的悲伤在彼此间弥漫,他们都在感叹命运愚弄人，明明他们彼此这般关爱，为什么当初还要让他们残忍地分离？既然分离了，他们也认了，都在努力地忘记对方，可老天显然怕生活太寂寞又让他们再次重逢，然重逢了却又不厚待他们，让他们不能依靠，彼此折磨着对方，终不能越雷池一步，只能这样远远地、沉默地看着对方，一心想着念着对方……

"你既然醒了，那我就先回去了，江岩他还在医院里等着我……"童语艰难地找着理由，她告诫自己不能留在这里。

"不要走，留下来陪我好吗？"欧文瑾倾身向前攥住童语的手。

"再不走，医院就要锁门了。"童语这话仿佛是说给自己听的，硬生生地抽回自己的手。

欧文瑾本就憔悴的脸溢满悲伤，"我不相信你心里就只有他一个，你就这么放心把我一个人扔在这里？难道我在你心里真的就这么轻贱吗？不值得你为我留下来，哪怕是我在求你，你也要狠心地离开吗？"

童语坐在那里久久无语，欧文瑾控诉的话字字如刀，在锋利地切割着她的心，让她留不得，也走不得……

"我保证不碰你，我只想拥着你入眠，像在大学时一样。只有抱着你，我才能睡得安稳踏实……"欧文瑾的话像催眠一样在蛊惑着童语本就柔软的心。

突兀的铃音惊扰了伤感抒情中的男女，童语慌忙地从口袋里摸出手机，是江岩，竟然是江岩，童语紧张地站了起来。

"小语，你在哪里？怎么还没有过来？"江岩轻声地询问，殊不知他的话正鞭抽着童语自责的心。

童语抬眸看向对面的欧文瑾，他望过来的目光深沉而殷切，带着海一般的深情，似要将她层层淹没……

童语闭上眼眸，"江岩，我还在公司，今夜可能过不去了。"

"没关系，你先忙，累了就不要赶过来了，回家好好休息。"江岩温柔地嘱咐着。

"好，那你先睡吧，我明天再过去陪你。"一滴泪从童语紧闭的眼中滴落下来。江岩的电话已挂断，童语却站在那里不能自已，她居然……居然在撒谎，她不相信自己竟也能做出这般荒唐的事情来。

欧文瑾把哭泣的童语拥入怀里，修长的手指心疼地轻拭着她脸上的泪水，

"都是我不好,让你这样自责痛苦,可是我只想任性这一晚……"

童语还能说什么?她的心已倾向欧文瑾。是的,她狠不下心丢下他一个人,她更狠不下心再去伤害欧文瑾那颗脆弱敏感的心。就这一夜,童语在心里告诉自己,她留在这里只是为了照顾生病的文瑾。

欧文瑾的手臂越收越紧,他也在对自己说,只要她不走,他就是这样地抱着她,他也甘之如饴……

郭政明执着酒杯站在落地窗前,今夜自从他回来就颇为沉默。何琳从浴室里出来,扫了眼依旧站在窗前的男人,她的眉心蹙了下。她不觉得窗外有什么好看的,一片漆黑,什么也看不到,在厚重的玻璃幕墙里只反射出郭政明自己的身影,高大魁梧却格外地孤寂落寞。

"丫头,你过来。"郭政明低沉的嗓音平静和缓。

何琳轻缓地走过去,这次高大的身影不再孤寂,身边多了一个娇小的女人。

郭政明很满意玻璃里那双登对的身影,剑眉舒展溺了一抹温柔,"丫头,我们在一起几年了?"

何琳深吸了一口气,这一刻的气氛诡异地和谐,然,这不同寻常的和谐却让她更心惊。何琳回答得小心翼翼,"三年有余了。"

果然郭政明的语调逆转,"那你还有什么想得到的,我没有满足你的吗?"

何琳沉默了,她最想得到的是自由,可她能说得出口吗?

郭政明微抿了一口酒,"台里的工作倘若你不满意,你还想去哪里?我来为你安排,只要你说得出口,我就能满足你。"

何琳的大脑一时转不过弯儿来,她不知道郭政明的话从何说起。

"我……台里的工作很适合我,我没想过要离开。"

"很好。"郭政明转过身来深深地凝视着何琳,"丫头,我已经给过你机会了,是你自己放弃的。"

望着何琳愈变愈白的脸,郭政明的眼眸渐渐冰寒,一个信封递至何琳的眼前。

何琳迟疑地接过,她的手抑制不住地颤抖。里面只是几张照片,然,何琳只看了一眼,脸色就惨变。

"她怎么了?"何琳的声音透着惊恐。

"没怎么,只是这一个多月她都不能再上镜了。"

照片尽数散落在地毯上,何琳焦急地抓住郭政明的衣袖,"政明,她只是我的朋友,你不能这么对待她。"

"她做错了事,不该妄想从我身边带走你。这次只是警告,她被弄伤了脸,下一次,她就不会再这么幸运了。"

"不是她,她没有要带走我,是我自己要去的,这事与她无关……"何琳呜咽得浑身颤抖,晓静,她的好友居然受她牵连,看着照片中她那张受伤的脸,何琳的心已抽成一团。

"你终于说实话了。"郭政明长指钳住何琳的下巴,抬高她的脸,"原来这些天你的乖顺只是做给我看的?丫头,你背着我做这一切到底想干什么?你是想不辞而别吗?"

何琳战栗地倒退数步,郭政明那双锐如鹰隼的寒眸看得她头皮发麻,"我……我没有……"

郭政明迫人的戾气步步紧逼,"你没有?那是你男人想带你走了?"

"不是的,苏逸他没有……"何琳用力地摇着头,她已吓得腿脚发软,这一刻的她已惊惧到极点。

砰地一声,水晶杯碎裂在玻璃幕墙上,未饮尽的红酒碎成一大捧的血花,狰狞地四处漫溢……

"啊……"何琳娇小的身子撞击在墙壁上,细嫩的脖颈已被黝黑的大手死死地扼住。

"你明明知道我离不开你,你为什么还要这么做?"

何琳睁大了眼睛,她的呼吸被窒,费力地抓扯着郭政明的手指,然,一切都是徒劳,郭政明的五指愈收愈紧,似要捏断她的脖颈。

何琳痛苦地闭上眼睛,这最后的时刻她还是想到了苏逸。她的眼泪倾涌而出,她舍不得他,真的舍不得他……

郭政明到底是对何琳狠不下心,终是放了手。他的目光狠戾,一拳砸在何琳的耳旁,"该死的,你以为我动不了你是吗?"

第十四章 暮翠朝红

## 第十五章　风情月意

重新获得空气的何琳贪婪地喘息着，她无力地沿着墙壁瘫坐在地上，她不相信自己还能侥幸存活。她并不怕死，只是她害怕苏逸会陪她一起死。倘若这个男人都能狠心地杀了她，那苏逸岂不要被他生吞活埋了？

"我明天会约你的男人过来谈谈，我倒要看看他敢不敢从我身边带走你。"郭政明的声音如恶魔般地在何琳头顶响起。

艰难喘息的何琳如遭雷殛，她顾不上喉咙的疼痛死死地抱住郭政明的腿，"你不能找他，我求求你，他什么都不知道，我根本没打算带他走。"

郭政明长臂捞起何琳瘫软的身子，把她禁锢在自己的臂腕里，"你没打算带他走？那你告诉我，你去B市做什么？难道照片里的男人和你有什么关系吗？"

何琳的视线一片模糊，她几乎要被郭政明逼疯了，"我怎么会和他有关系，他只是晓静的台长。"

"丫头，你是真傻还是在装傻，一个在B市手眼通天的台长，放着大把的顶尖人才不用，非要力挺一个来至偏远北方的你？这样蹩脚的理由有人会信吗？"

何琳的水眸中滑过迷茫，她当然没有深究过这件事情的缘由，一心只想逃亡的她怎会再去耗费心思地想那些事情。

"用不用我来告诉你这一切到底是为什么？因为他看上了你，他要把你变成他最新的情人。"

怎么可能？何琳浑身战栗，郭政明的话让她直坠入冰底，让她冷得牙齿都在打颤。

郭政明的拇指摩挲着何琳抽搐的眼尾，"这个照片里的女人也是他的情人之一，她之所以如此殷勤地帮助你，是因为她要把你献给这个男人。这就是你的朋友，她要用你的身体去换取她想要争取的最大利益……"

· 170 ·

何琳的大脑轰的一下懵了,眸光愈发空寂缥缈,她被炸晕的头已不能再正常地运转。她睁大眼睛呆怔地看着郭政明,费力地消化着他的意思。她情愿她听错了,这一切都不是真的,她的朋友怎么会出卖她……

郭政明如冰的寒眸没有放过何琳脸上的任何表情,这一刻他也相信了她的说辞,那就是她真的与那个花名在外的台长毫无关系。

蓦地,郭政明的心莫名地恼怒,"蠢货,你以为你逃离了我,你就能过上正常的生活吗?到了那里你依然是个情妇,你以为别的男人能像我这样地喜欢你吗?他们只不过尝尝鲜罢了,等他厌倦了你,那个电视台里将不会再有你的容身之地。"

恼怒的男人指尖的薄趼重重地抹去何琳脸上失控的泪水,"丫头,你在我面前总是摆出一副委曲的面孔,可是这些年来如若不是有我为你扫清阻碍,你以为你能坐在今天的这个位置上吗?你觉得你和我在一起很痛苦很无奈,可是如若没有我庇佑你,你会成为许多男人争相掠夺的对象,就因为有我郭政明的存在,你才会如此安然地保全自己。现在你翅膀硬了,你想飞出我的掌控,只是你太天真了。因为你无论飞到哪里,都改变不了你情妇的命运,至少在我郭政明的心里你是我最爱的女人,到了别的男人手里,你只能沦为玩物……"

郭政明赤裸裸的讥讽成功地瓦解了何琳的心理防线,何琳彻底颓败了,她伸出手用力捂住双耳,拼命地摇着头,"不要再说了,我求求你不要再说了……"

可怜的何琳颤抖的身子摇摇欲坠,她的世界已然坍塌了,那些以往绚丽的颜色顷刻间被墨染成黑白,这里没有光明,没有希望,更不会出现企盼的奇迹,有的只是黑暗,吞噬一切的黑暗……

郭政明满意自己看到的结果。何琳已无力挣扎,木然地萎靡在墙上,灵魂仿佛被噬空。什么是真相?眼前的人就是真相,无论她怎么折腾,怎么努力都逃脱不了这个男人的掌控。此时的她已无力再冲出黑暗,她早已深陷黑暗的旋涡,只能顺着它沉下去,一直沉下去……

伤感的冬夜,郭政明把何琳放在了蓝色的大床上,他的脸上带着意味不明的笑。郭政明把她拽到身下,在耳旁轻声低喃:"你现在就对我说,你爱我,你需要我抱紧你。"

第十五章 风情月意

· 171 ·

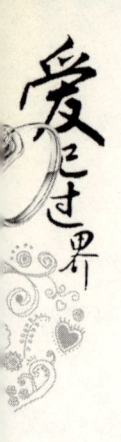

何琳无助地摇着头，这些违心的话她根本说不出口，也不能说出口……

"不说是吗？"郭政明邪恶的声音在她耳边轻绕，"没关系，丫头你自己选择……"郭政明气定神闲地躺了下来，爱抚着何琳凌乱的头发，就像抚摸着一只猫一样地轻柔……

"你说我怎么对付苏逸会比较好呢？你现在后悔还来得及……"郭政明的嗓音慵懒至极，长指却已扼住何琳的喉咙。

何琳猛然推开郭政明的手，压抑着哭泣说："政明，我爱你，你抱紧我，我需要你……"

郭政明把羸弱的何琳拽入怀里，嗓音低沉，"你再说一遍，你的声音太轻，我没有听到。"

何琳痛苦地闭上双眸，崩落的眼泪直没入她的鬓角。她提高了音量虚弱地重复着，"政明，我爱你，你抱紧我，我需要你……"

郭政明把听话的何琳反压在身下，轻拍她流泪的脸，"丫头，我喜欢你，来吧让我现在就满足你……"

何琳艰难地承受着，无助的身子晃动得如风中的落叶，无依无靠，只能任由自己在黑暗中旋转，飘落，凋零……

无休止的折磨终于停息了，郭政明轻抚何琳累得虚脱的身子，"丫头去吧，把洗澡水给我放好，我累了，我们一起舒服地泡个澡。"

何琳步履飘浮，像逃似的进了洗漱间，紧紧地关上了门。何琳绝望地跪倒在地上，双臂死死地抱住自己，压抑地哭泣……

郭政明听着从洗漱间传出来的阵阵哭声，他笑了，拿起窗台上的手机，此时的他还有更有意义的事情去做。他把手机放至耳边，聆听着里面传来的录音，嗯，效果很好，呻吟的何琳，喘息的何琳，大声说爱他的何琳，却唯独漏掉了隐隐哭泣的何琳。

郭政明的嘴角不屑地掀起，丫头，你不是很想和他一起远走高飞吗？我偏不让你如意。现在的你就算是跪在他面前，他都不会肯再带你走。不过他不要你这没关系，你有我就足够了……

郭政明没有迟疑，这个手机是他特意为今晚准备的，录音效果堪称一流。男人黝黑的长指摁下发送键，这段销魂的录音正带着某人殷切的期盼发射到另一个男人的手机上,一个正沉浸在痛苦中不能自拔的男人……

苏逸安静地听着,他真的好安静,安静得他自己都错认为这里面淫荡的女人不是他的妻子何琳,而是一个和他毫不相干的女人……只是苏逸知道他的心已然被人刮了一个无法愈合的血洞,而他并不想缝合它,他只想把它撕裂得更彻底,他要让它的血流得更快,最好顷刻间要了他的命,让他不再有思维,不再有疼痛,不再有想捏死她的冲动……

在冰雪的映衬下,夜色显得愈发无力,黯淡的星光透过落地玻璃窗洒进童语的卧房。躺在床上的童语辗转反侧不能入眠,纵使她拒绝了欧文瑾的要求,没有陪他同床共枕,但她心却依然凌乱。现在的状况已超出她的预期,以至于她莫名地生出恐慌来。如果说她先前的自信来自于自己超乎常人的自控力,那现在她自己都脱离掌控了,她又如何去把握未来的尺度呢?

多日来的奔波劳累已经让童语的身体严重透支,再加上此时超负荷的心理压力让她更是濒临崩溃。她烦躁地起身来到厨房硬灌了两杯冰水,被冰过的身和心似乎有所平静,她才返回二楼的卧房。在路过欧文瑾的房间时她止住脚步,她有些不放心,担心他滚烫的体温会卷土重来。她轻轻推开门,缓步来到床边,伸手覆在熟睡人的额头上。这一试不要紧,童语刚平静的心重新揪起波澜,欧文瑾的额头又开始高温了。

童语随手拧开床头灯,果然欧文瑾的脸色一片潮红。她轻声唤着他的名字,但病中的男人毫无反应。童语急了,她跑下楼取来了冰袋和毛巾,把包裹冰袋的毛巾敷在欧文瑾的额头,可好像效果并不显著,最后童语也管不了那么多,拿来了蓝涛家酒柜里的白酒,利落地除去欧文瑾的睡衣,沾满酒液的双手迅速地在男人的身上揉搓着……

女人柔软的小手带着惬意的凉爽抚摸着男人的前心和后背,连续挥发的白酒迅速带走男人身上灼热的温度,渐渐地欧文瑾脸上的潮红消退了……

童语抚弄的手也逐渐缓慢,此时的她已筋疲力尽,白净的额头沁满汗水,带着白酒的手心在反复揉搓着欧文瑾的前胸,只是这力道由最初的搓抹变为无力地揉摸……

突然童语迟缓的手指不动了,猛然回眸,果然沉睡的人已苏醒,此时的欧

第十五章 风情月意

文瑾正睁着一双暗沉的大眼睛如痴如醉地看着她。

童语尴尬地移开视线,她后知后觉地发现他们现在的情形已暧昧到了极致。在蓝涛家那张超大的圆床上,童语正趴伏在赤裸的欧文瑾身上,她的衣衫凌乱不整,绾好的发髻早已松散下来,过长的发梢正缠绕着欧文瑾颇为精壮的胸肌。

哦……这样的情景任谁看了都不会相信她是在给他降温……

"那个……我去给你倒杯水。"童语小心翼翼地爬离欧文瑾的身子,往床边退去。

欧文瑾却先她一步攥住她的脚踝,把她给拽了回来。他幽深的瞳眸紧视着娇羞的童语,滚烫的手指暧昧地揉捏着女人弧线优美的足弓,一股异样的酥麻从脚心迅速向童语的小腹舒缓漫溢……

童语的心顿时无处着落,她欲抽出自己的脚,可欧文瑾强劲的手力却不允许她后退半分。

欧文瑾把玩着手中小巧玲珑的玉足,少顷他俯下头郑重地在雪白的足背上印上一吻……

这一记吻足已惊呆了童语。在她的认知里,这绝对是疯狂的举动,她的呼吸急促,浑身竟因为这一吻变得异常敏感……

欧文瑾削薄的唇带着灼人的热度,顺着玉足,脚踝,小腿,一路向上留下一串滚烫的碎吻,童语宽大的睡裤已被他撩至膝盖之上……

陌生的情欲让童语大乱方寸,"不要啊……"她骇然尖叫,踢落欧文瑾的手,向后紧退。但显然她忘记了自己就在床边,她的手摁空,身子猛然向后跌去。

欧文瑾长臂一伸抓住她的腿把她给拽了回来,但童语的头部却仰悬在床外,一头乌亮的长发,甩过性感的弧线倾泄在白色的地毯上。

此时的童语真是懊悔不已,特殊的姿势让她使不出丝毫的力气抵抗,可显然欧文瑾也发现了这种优势,他并没有拉回她的头,而是掀开她已上蹿的衣襟。

"文瑾,你答应过我今夜不碰我的。"童语开始乞求,希望他能网开一面。

然,情欲高涨的男人显然已忘记自己的承诺,他满心满眼的都是身下压着的童语。这是他想用一生一世去呵护的女人,现在她就在自己的身下,等待着他的膜拜……

童语的身体遏制不住地颤抖，这不为她知的情欲让她感到急剧的恐慌，她真怕这翻江倒海的欲火会烧尽她全部的理智。

"文瑾……我求求你放开我……"童语娇喘呻吟的哀求听在意乱情迷的男人耳里倒增添了欲迎还拒的味道。

欧文瑾薄唇轻吻童语稚嫩的耳根，喑哑的嗓音蛊惑着她本已沦陷的心，"我要你……"他要把这些年所积压的情感在今夜好好回报在这个女人身上。

## 第十六章　明镜止水

　　何琳回到家中已接近午夜，她蹑手蹑脚地开了门，客厅里一片漆黑。她借着月光适应着客厅内的黑暗，她并没有去开灯，而是凭着感觉向浴室走去。她要先洗去身上郭政明的味道，她不能让苏逸察觉出任何的蛛丝马迹。

　　何琳刚走两步，客厅内的水晶灯就大亮起来，何琳的心差点撞出胸膛。她回眸望向沙发，苏逸竟然没有睡，此时的他正安坐在沙发上，手里紧握着客厅顶灯的遥控器。他在看着她，那凝重的目光试要穿透她的血肉看清她的心。

　　"你……你在等我？"何琳的声音竟然在发抖。

　　"是，我在等你。"苏逸把遥控器轻放在茶几上。

　　何琳一怔，改变方向向苏逸走去。何琳来到近前才发现问题的严重性，在苏逸面前的烟灰缸里已积满了烟蒂。苏逸是个有节制的人，烟这种东西他一天吸的支数绝对不超过三根。何琳的心抽紧，蹲下身子，小心翼翼地握住苏逸的手。这一握她的心又跟着痛起来，苏逸的手竟然冰冷得让人心疼。

　　"发生了什么事？是不是爸妈谁生病了？"何琳的心悬了起来。

　　苏逸轻缓地摇着头，否认了何琳的猜想。

　　何琳灵动的大眼睛眨了眨，她在研究着苏逸今夜为何这般的不寻常。"那你为什么不开心？"

　　苏逸紧视着何琳仰起的俏脸，这张美丽动人的脸上溢满了心疼和担忧。这让苏逸忽然有种错觉，一定是他搞错了，他善良体贴的妻子怎么会是那种人。

　　然，苏逸欺骗不了自己，他的心阵阵绞痛，他的何琳不但是还是做得最彻底的情妇。心思慎密的苏逸已成功地判断出何琳与郭政明在一起的时间，那就是三年前何琳破天荒地被提拔为主播开始。就是从那以后，他的妻子改变了想法，她放弃了去天津和他团聚的计划，也就是从那以后她的事业一帆风顺，顺得让苏逸都不得不感叹何琳的运气之好，大小奖项全部归于囊中，并迅速成为同城身价最高的女主播。

"那你告诉我，我为什么会不开心？"苏逸轻声地问着，目光依旧紧视着这张让他眷恋的脸。

何琳糊涂了，她虽然心虚，但她大脑也转了一圈，她自认为她没露过什么破绽，那苏逸如此这般又是为什么呢？

"是不是我回来得晚了？"何琳终于说到苏逸的正题上。

"那你告诉我，你为什么回来晚了？"

"我……"何琳顿时语塞，她在思考着用什么理由来搪塞苏逸的问题呢？

"你没有在电视台，也没有去朋友家，更没有不得不参加的餐会，琳琳你告诉我，你去了哪里？"

何琳呆住了，苏逸已把她要找的借口全部否定掉，这让她无话可说了。

苏逸不忍心再看何琳的表情，他痛苦地闭上双眸，"你去了水苑华庭……去了郭政明那里……你们……你们……"

苏逸的眼尾微抽隐现湿润，他竟然无法再继续说下去，那些龌龊的词汇他竟然不忍心用在何琳的身上。

何琳的身子一震。今夜连番的打击已让她无力再承受，她僵硬地杵在那里，如若不是眼睛里不断涌出的泪水，别人一定会把她当做是雕塑。

阴冷凝滞的客厅，静谧得落针可闻……

苏逸闭着眼眸克制了下自己暴走的情绪，他缓缓拿起手机，颤抖的指尖摁下细小的键盘……

里面放的声音足以毁灭何琳的所有心志。那不是别人的声音，那是她自己的声音，是她急促的喘息声，是她让人脸红心跳的呻吟声，是她肆意抽搐尖叫的声音，她说，政明，我爱你，抱紧我……

何琳终于动了，她不能让苏逸再听下去……她抢过手机疯狂地摁着，她语无伦次地解释着，苏逸这不是真的，这是他故意的，这些都不是真的，你要相信我，当时的情况根本不是这样的……

苏逸的泪涌了出来，他打断了她的辩解，"为什么？为什么会是你？"苏逸的声音颤抖，难以抑制的钝痛正啃咬着他的心。

第十六章　明镜止水

何琳慌张地摸着自己的脸，又无助地抓扯着头发。她颤抖地哭泣着，"苏逸我不想这样的，真的不想，可是我没办法，他太可怕，我摆脱不了他，他不是人，他简直就是魔鬼……"

苏逸望着全力否定的何琳，他笑了，笑得很凄凉，"琳琳你用一个晚上的谎言去否定你们在一起三年的事实，你让我怎么相信你。我也不想承认那里面不知羞耻的女人是我的妻子，可是我欺骗不了我自己，那个求别人抱她要她的女人就是你琳琳……"

何琳呆若木鸡，苏逸的话字字如刀都在剐割着她已然碎裂的心，是的，他说得没错，她就是他口中那个不知羞耻的女人……

苏逸失望地站起身来，他不知道他今后还能再去相信谁，他最爱的女人已然给他上了最残忍的一课。口口声声说爱你的人都能欺骗你，你自认为最美满的婚姻到头来却是如此地不堪一击。十六年，你与她十六年的情谊都抵不过浮华的荣耀来得重要，让她轻易地就背叛了你们曾经拥有的一切……

"这房子，这里的一切我都会留给你，今夜我就会搬离这里。周一上午九点我在民政局等你，我们把手续办了吧。"苏逸说到这里又顿了下，"这样的丑事还是不要让双方的老人知道的好，我们离婚的原因我会去跟爸妈解释，你也好自为之吧。"

何琳悲痛欲绝，到了最后一刻苏逸还在为她着想，她到底做了什么孽？让她去伤害这样的人。何琳摇着头，失魂落魄地抱住苏逸，"苏逸我错了，我知道我错了，你原谅我这一次好不好？我知道你恨我，我不配做你的妻子，可是我爱你，我爱你是真的。我不能没有你，我真的不能没有你……"

苏逸望着泪眼婆娑的女人，他的神经都跟着撕痛，原谅？她做出这样的事，她竟然还渴求他的原谅？她到底把他当什么？苏逸的手紧攥成拳，额上青筋直蹦，但他终是不忍心挥向何琳的脸。半晌苏逸的手指舒展，摘落左腕上的表丢弃在茶几上。清脆的撞击声震得何琳浑身战栗。苏逸不再看哀求的女人，他生硬地抽出自己的腿，转身离开客厅。

何琳顿时停止呼吸，她呆滞地看着茶几上的手表，她不敢相信她所看到的，她的丈夫已然把结婚信物还给了她。何琳的牙齿紧咬住手指，那份疼痛来得这般真切，让她不得不承认她的丈夫是真的要跟她离婚了。

苏逸在卧室里有条不紊地收拾着行礼，他把他的衣服一件一件地从衣柜里拿出来，再平整地放进行李箱，只是他的手指抑制不住地抖得厉害，让他铺不平衣物。他烦躁地扣上箱盖，却又发现居然扣不严。他拎起皮箱猛然摔在衣柜上，这次倒如了他的愿，所有的衣服都散落出来，凌乱得亦如他此刻的心。苏逸费力地伸出十指，紧扣住自己欲炸裂的头，眼泪一颗一颗地砸落下来……

夜很深，深得让人看不清它的尽头是地狱还是天堂……

卧室里的苏逸和客厅里的何琳都沉浸在悲痛中不能自拔，他们曾经有多相爱，此时就有多怨恨。苏逸恨的是何琳，恨她为何这般堕落，为了无休止的欲望轻易地出卖了自己的灵魂，生生玷污了他们的婚姻。何琳恨的是郭政明，是他毁了她的人生，他亲手把她拽入地狱，让她毁了自己，也毁了苏逸，让她最终失去了她最爱的人。

寂静的午夜蓦然响起玻璃的碎裂声，伤心欲绝的苏逸猛然抬头，惊惧瞬间划入他的眼帘。他踉跄地爬起来夺门而出，然，他还是晚了，神情绝望的何琳已然用玻璃划破了自己的手腕。她很用力，她的目光癫狂，唇边却逸着诡异的笑。她全然不顾抓玻璃的右手被刺伤流血，她用力地划着左腕，一刀一刀地，决绝而疯狂。那白皙的手腕顿时血肉模糊，妖艳的鲜血正源源不断地涌溢出来，她左腕上那块代表着他们爱情的白色手表已彻底被染红……

……苏逸快帮我收拾书包，一会儿赶不上车了……

……苏逸你必须送我回家，不然我告诉你妈你欺负我……

……苏逸你要帮我挡酒哦，否则你就背着我回家吧……

……苏逸你为什么现在才告诉我你喜欢我，你知不知道我喜欢你很久了……

……苏逸我不喜欢钻戒，我喜欢手表，嗯，我们就要像表盘里的时针和分针那样，相依相伴，一辈子都不分离……

晨光细细密密地洒落在半裸的胴体上，童语睡眼蒙眬，惺忪地眨眼才看清楚近处的面孔。昨夜还与病魔奋战的男人，此时却精神抖擞、倍显清爽地斜躺在那里。

往日那冰冷坚毅的脸此时却柔媚得如阳春三月，眸光更是溢满深情地看

第十六章　明镜止水

着她。

昨夜疯狂的记忆瞬间涌进童语的大脑,她脸红地向旁侧蹭了蹭,自己居然还枕在他的胳膊上。

可压在童语身上的腿却不允许她逃避,欧文瑾的身子紧贴着童语也往旁侧挪了挪,"为什么不敢看我,我可是看了你一个早上。"

"你的病好些了没有?"童语终于能正常发出声音。

欧文瑾攥住童语的手,把它紧贴在自己清爽的额头上,"你摸摸看,是不是好了,我这相思病已被你用身体彻底给治好了。"

果然这男人的额头正常得不能再正常了。童语抽回手,推开压在自己身上的大腿,"好了,不要再赖床了,我要去准备早饭了。只给你二十分钟时间洗漱,下来晚了,什么都没得吃。"

童语转身出了卧室,只留下欧文瑾抱着被子躺在那里傻笑……

等欧文瑾冲了个澡,换了套休闲服走下楼时,童语已把早饭摆上了餐桌。其实很简单,她把昨晚做的蔬菜粥又热了下,额外煎了两个荷包蛋外加两杯鲜牛奶。

看得出,童语早已冲过了澡,换了身浅紫的家居服,长发被她用发夹松松地绾住,浑身散发着恬静淡雅的委婉气息。

欧文瑾莫名地心动,安坐在童语的对面。童语为他盛了碗粥,又把一盘卖相很好的煎蛋推至他面前,"快吃吧,吃完了你最好跟我去医院再检查一下。"

"用不着那么麻烦,我已经好了。"欧文瑾很不在意地喝着粥。

童语认真地端量着他的脸色,看来他的病是好多了。其实昨天童语就该送他去医院的,可是童语从小照顾病痛的母亲,久病成医,对于昂贵的医药费她打小自己的头痛脑热都是吃药扛顶过去的,因此她很少去医院。她用自己的经验判断欧文瑾只不过是扁桃体发炎,所以她就给他吃了消炎药,并没有带他去医院。

"那好,一会儿你要按时吃药,不然会复发的。"童语不放心地叮嘱着对面的男人。

"你一会儿就要走吗?"欧文瑾听出了童语的弦外之音。

童语低下头,筷子戳着盘子里的煎蛋,"我昨天答应江岩今天去陪他的。"

欧文瑾的心勒得生疼，如果说他先前能容忍她与江岩在一起，那是因为她是江岩的妻子，可是经过昨夜，她已经彻底成了他的女人，他怎能忍受她再回到江岩的身边？

"小语，吃完饭我们一起去医院，我要和江岩好好地谈谈，只要他肯放了你，无论他提出什么条件我都会满足他。"

童语的手一抖，筷子掉进盘子里发出清脆的响声，"你千万不要去，我了解江岩，他不会答应的。"

"那你呢？你的想法呢？难道你还想回到江岩的身边吗？"欧文瑾目光紧视着童语，他要了解她真正的想法。

"我……"童语语塞了，回归现实的她开始真正考虑自己的现状该怎么办？

"……"餐厅里静得可怕，他们仿若都能洞悉彼此的心跳声。

童语的大脑在天人交战，她的丈夫还在医院里养病，她却要和他说离婚吗？不，她说不出口。上周江岩的父母还来过电话，嘱咐他们元旦一定回去，他们二老很想念他们。童语一想到她那两位和蔼可亲的公公和婆婆，心就更痛了，她怎么能去伤那二老的心呢？

欧文瑾静默地望着低头不语的童语，半晌，他才企盼地开口："小语，我希望你能回到我身边，不要再顾虑重重。我们已经走了很多的弯路，我们用了五年的时间才又走到一起，这次我们还要等多久？"

童语缓缓抬眸，艰涩地说着："文瑾，你家里人不会接受我的，我们之间存在太多无法解决的问题，这不仅仅是门第之见的问题，而是我对于他们来说就是一个异类，一个根本不允许存在的异类，我……"

"这些都不是你该考虑的，我当初能为了你离开北京的家，现在也可以为了你继续留在大连，我们就在那里安家，所以你根本不需要考虑融入他们，你只需要名正言顺地嫁给我，做我欧文瑾的妻子。"欧文瑾打断了童语的话，他要让她知晓他的决心。

名正言顺？这简单的四个字做到了何其难，童语的眼睛开始湿润。江岩，她的丈夫怎肯放她走？欧母，这个时常出现在她噩梦中的女人又怎能放过她？当初她声色俱厉的质问和威胁还历历在目，现在她又会拿何种恶毒的语言来诅咒自己？

第十六章 明镜止水

童语的泪滑落下来，她与欧文瑾的未来不会是风和日丽的艳阳天，等待他们的一定会是狂风暴雨的洗礼……而这些她是否还能承受？

欧文瑾的心蓦然收紧，自己心爱的女人在他面前落泪，他的心怎么会好受。他站起身来过去把童语揽进怀里，"别哭……是我不好，不该这样逼你。"欧文瑾暖暖软软的薄唇满含温柔地吮尽童语脸上的泪水，"小语我不逼你，我给你时间，你不需要现在回答我。"

方才童语痛楚挣扎的表情欧文瑾已尽收眼底，不用她说出来，他已明了她的答案，因此他不敢再让她说出来，他怕那话一但说出来，就无法再收回。

童语的脑子纷乱如麻，思绪纠结缠绕得让她失去了语言组织能力，混乱地低喃着："他父母对我很好……对不起……我不能那么做，他们会伤心的……"

一场寂寞凭谁诉，算前言，不轻负，却总被轻负……

欧文瑾站在窗边，目送童语的车子离去，方才她的话还萦绕在耳边，他的左肋依然疼痛。

欧文瑾万万没有想到，失去童语的江岩却能重新收复失地，靠的竟是他友好慈善的父母。说到父母，他的心不得不烦躁，他的确不能让自己的父母像江岩父母一样去用最平和的心态，最温暖的爱关怀小语，善待小语，可难道他对她始终如一的爱还不能够弥补这一切缺憾吗？

童语坐在江岩的床边，为他切着橙子，显然她的心思不在这里，锋利的刀尖已然划破了她的手。

江岩被不断溢出的血吓着了，他拉过童语的手指放进自己的嘴里，小心地吮吸着。

嘶……童语倒吸口凉气，挤出微笑，"没事的，一会儿就好了。"

江岩可不敢大意，从抽屉里取出纱布，仔细地为童语包扎着。

"医院的病菌多，别感染了。"

童语望着江岩白净的脸，她的心在揪痛，她为她昨夜的放荡形骸感到羞愧。怎么办？她能当做一切都不曾发生过吗？她这样欺骗江岩能到几时？她是不是该坦诚地告诉他一切？

"江岩，其实我昨夜……"童语艰难地措着词，刚欲说下去，却被手机铃音给打断。她看了看来电，是冉婷打来的，她暗自叹气，看来老天都不让她说实话。

原来冉婷来电话是向童语汇报工作，由于售后部的客户们平日里都工作繁忙，所以凯元店把冬季汽车保养护理知识讲座安排在了周末。其实上周就已经开展过了，客户们反馈的意见很好，这周应邀更多客户的要求又增加一期知识讲座，时间就是今天。

冉婷看到童语没来，她怕童语忘了，故而打电话来提醒童语是否过来和客户们见见面，以便以后更好地开展工作。

童语很欣慰自己能有冉婷这样的得力助手，她差点忘记了正事儿。童语把江岩安顿好便起身离开住院处。由于她赶时间，她准备先下到三楼从住院处直接穿插到门诊楼，因为她的车子就停在门诊楼这边。

然，童语快走的身子又退了回来，她慢慢走近一个坐在病房外面椅子上的男人，因为这人不是别人，竟然是苏逸。

"苏经理？"童语不确定地唤着苏逸，在她的印象里苏逸从不曾这样委靡不振过。

正在抚额小憩的苏逸抬起头，看到是童语，他的脸多少有些尴尬，"你怎么在这里？"

童语纤指向上指了指，"你忘记了，我丈夫就在这家医院住院。"

苏逸笑了，是啊，他的脑子是浑了，他还曾来探望过江岩。苏逸刚要说话，突然病房里传来凌乱的嘈杂声，苏逸的脸色大变，他已顾不上童语，起身冲进了病房。

童语有些诧异，她在考虑自己是否应该进去帮助苏逸，这时病房里走出来一位病人家属，看到童语正往里面看，便好事儿地解释，"是昨儿半夜住进来的病人，闹得很，听说是自杀未遂。"

"什么？"童语怔然了。这位上了年纪的大娘似乎很喜欢八卦，她又贴近童语的脸小声地嘀咕，我女儿偏说她是电视上的主持人，我怎么看都不像，可能是精神出了问题。

童语呆怔当场，她眼前滑过何琳那张明媚动人的脸，怎么可能？那么漂亮

第十六章·明镜止水

的女人，已经站在云端上的人为什么要自杀呢？

苏逸终于安抚住激动的何琳，此时的何琳眼神已不复清明，显然她的精神已然出了问题。苏逸深深地自责，是他活活地逼疯了她，他真该死。

一只小手轻轻地触碰着苏逸悲伤的脸，何琳心疼地摸着苏逸脸上多出来的抓痕，"老公，是谁弄伤了你，都流血了。"

苏逸再也抑制不住，他把何琳紧紧地抱进怀里，颤抖的唇轻触着何琳的额头，"琳琳，都是我不好，你快点好起来，我不要看到你这样。"

苏逸怀里的女人动了动，挣脱开他的怀抱。她疑惑地抬起自己的手腕，可是上面却看不到手表，她慌了死劲地扒着上面缠绕的纱布，"老公，你快帮我打开它，我要看看几点了，我还要赶去演播室。"

苏逸钳制住何琳激动的右手，她缠满纱布的双手已然沁出鲜血，"琳琳乖，今天你休息，不用播报新闻。"

"怎么会？怎么可能？"何琳有些生气了，她转过身子瑟缩地蜷躺在墙角自言自语，"是不是他们不用我了，他们一定是要换人了……"何琳不再理苏逸，她躺在那里时而皱眉，时而叹气，最后竟睡了过去。

苏逸耳边传来窃窃私语，他知道他们都在议论着他的妻子何琳。这样的公众人物竟然精神出了问题，这将是多大的新闻。苏逸颓然地坐了下来，这一刻他才感到自己的无能，他想要一间安静的高档病房都没能如愿。这个季节医患多得连走廊里都住满了病人，更何况本就稀少的高档病房。

苏逸趁着何琳睡觉的时候，出去到医院附近买了些洗漱用品和水果，等他匆匆赶回病房时却不见了何琳。他望着空空如也的病床，大脑嗡地一下，何琳竟然失踪了？

旁侧病床的人不忍心看到苏逸焦急，便好心地提醒他，"不要着急，你媳妇被转去后楼了。"

"后楼？"苏逸有些怀疑自己所听到的。

"就是刚才你出去时，院长亲自过来吩咐人把她推走的，听小护士说是送去了后楼最好的病房了。"

苏逸的手紧攥成拳，努力平息着胸腔内蹿起的怒火。他把手里的东西都扔在了空床上，转身走出了病房，他走得很急，以至于撞了人都不自知。他的脑海里只有一个信念，就是要从那个人的手里带回他的何琳。

苏逸步上楼梯，他环视着四周的环境。这个后楼地处幽静，装修别致，住在这里的也都是老领导老干部。每个病房都是宽敞的套间，带有独立的浴室，冰箱、电视、洗衣机等电器一应俱全，普通老百姓就是想多花钱住在这里都很难。

苏逸来到四楼的最里面，他站在豪华病房外，这里的确是最好的病房。苏逸的眸光无比讥讽地看着上面的病房号，居然还是四个8。他伸手推开房门走了进去，里面站着一个魁梧高大的男人正在接听电话。

郭政明听到门响，慢慢转过身来。两个男人四目相撞，寒芒直射彼此，一时间波涛暗涌，气氛陡然凝滞……

郭政明倒底是年长苏逸十余岁，他见过苏逸的照片，因而他认出了这个来者不善的男人正是何琳的丈夫苏逸。

郭政明丰厚的嘴唇难得地现出笑容，他扣上电话安然地坐了下来，"苏先生，有什么事情坐下来谈吧。"

苏逸没有笑，因为他根本笑不出来。这个伟岸的男人昨夜还在和他的妻子翻云覆雨，今天又嚣张地再次抢走他的琳琳，这样的耻辱任谁都无法装作释然。苏逸冰冷的目光掠过郭政明的脸扫向紧闭房门的里间，他的琳琳应该就在里面。苏逸走过去刚要推开阻挡的门，身后就响起某人肃然不屑的声音。

"丫头她刚睡，你不便打扰她。"

苏逸血气上涌，他转过身来直视着宽大沙发上的男人，"难道你的勤政爱民就体现在过分寄予别人的妻子，干扰别人的家庭生活，甚至这样明晃晃地抢人吗？"

郭政明蹙了下眉宇，对苏逸的措辞有些反感，但他的语气还是很平缓，"你认为在里间躺着的女人是你的妻子，但实际上你只给了她一个名分，而丈夫该做的事都是我来完成的。这几年你们在一起的时间屈指可数，而我陪她同眠共枕的日子数都数不过来……"

"够了，我不想听这些。"郭政明刺耳的话终是刺痛了苏逸的神经，他走近沙发，"你说这些是想炫耀什么？你陪她？什么时候市民的妻子都需要您来陪

第十六章 明镜止水

了，您还真是鞠躬尽瘁。"

"为什么不敢听我说下去，苏先生，你又在害怕什么？"郭政明状似无意地环视了下房间，脸上逸出嘲弄，"说来真讽刺，这间病房丫头并不陌生，她每次生病时我都会把她送来这里。而你呢？苏先生，你又在哪里？丫头喜欢旅游，你忙于工作忽略她，没关系，我来陪她。丫头喜欢大海，你却连海边都没带她去过，这也没关系，我把海边的别墅买来送给她，我要让她看个够。你现在看她风光，她当初在台里就是一个任人欺压的'勤杂工'，可这并不重要，阻碍她的人和事我都会让他们消失，我要让她坐稳第一女主播的位置。丫头争强好胜，喜欢耀眼的光环，我就把所有的光环都送给她，对于她我从不吝啬把最好的东西都送给她，只要她觉得开心。"

说着郭政明的语气逆转，眼神都凌厉起来，"而你呢？苏先生，你又为她做过什么？你只会逼得她自杀。你现在应该庆幸她没死，否则你不会安然地站在我面前。"

苏逸多年来的好修养在这一刻全部报废，他气得胸口几欲炸裂，他从未见过如此理直气壮的狂妄之徒，他居然把自己的种种恶行都美化为不可或缺的善行，颠倒是非黑白，本末倒置，在他的眼里一切的伦理道德常纲统统都是废品……

苏逸缓缓俯下身子，双手抵在实木茶几上，森然冰冷的寒芒逼近嚣张男人的脸，"既然你这么体贴入微，这么想让琳琳开心，又为什么发给我那段不堪入耳的录音，你不觉得与你的言行背道而驰吗？"

郭政明的眸子不期然地顿滞，苏逸唇角卷起不屑，"你这样做的目的是想借我的手把琳琳彻底推向你身边吧？你如此笃定她喜欢你，离不开你，又为何要借我的手？那是因为琳琳她根本不爱你，她不想和你在一起。她昨夜曾清楚地告诉我，她怕你，她摆脱不了你，她说你是魔鬼。当时我的确不相信她的话，但现在我信了。你说得对，我很庆幸她没死，不然我还不能明了她的心。"

说着苏逸直起身子，语气又凝重了几分，"既然你都承认给她名分的人是我，那我这个合法的丈夫现在就警告你，不要再费尽心思地来关爱我的妻子，你给予她的这些我们统统都不需要。我们需要的是你的尊重，对婚姻的尊重，对法律的尊重……"

郭政明的脸色寒若玄冰，眼眸深邃得让人看不出他真正的想法。他的身子后移，颇为平静地靠在沙发上。原本他对这个连高档病房都安排不了的苏逸很蔑视，但现在他改变想法了，既然这位脊梁硬挺的男人敢警告他，那他倒要看看他的骨气到底有多硬？

郭政明舒展了下被正装紧锢的宽肩，黝黑的长指打开西服的纽扣，"苏先生，就因为我尊重你，你才会有机会站在这里与我说话。既然你方才表明了你的态度，那我现在也表明下我的态度。我从未想过要放弃丫头，她是我郭政明的女人，以前是，以后也会是。至于你？"

郭政明眼里的温度尽失，"我可以给你两条路选择，第一，离婚，你离开同城，带着我给你的钱；第二，这里不会再让你踏进一步，丫头我会派人把她送到海城疗养，以后你都不会再有机会见到她。"

苏逸的腿不可抑制地晃动两步，胸间淤积的血液炽热地翻腾，他极力压抑着嘴里的腥甜，"凭什么我要听你的安排，你真以为你能一手遮天吗？我奉劝你适可而止，倒行逆施只会让你日暮途穷。"

"日暮途穷？"郭政明饶有兴味地咀嚼着这四个字，"年轻人我希望你能平心静气地用思维对话，意气用事对你没有任何好处。"

在苏逸的世界观里，他从未曾想过，有那么一天他会遭遇到如此荒谬让人愤懑的事情，他的妻子居然这样被人正大光明地给抢了，而对方还劝他忍气吞声？

郭政明目及苏逸的沉默，错以为他意识到自己的弱势而妥协了，故而他缓和了语气，"苏先生是个聪明人，智者从于势，愚者应以锐。苏先生你应该做智者。"

听到郭政明的话，极力平稳怒火的苏逸倒是恢复了往日的沉静，他笑了，"那我现在就告诉你，我就是你口中的愚者，你给的两条路我都不会选择，我要的是我的何琳，并且现在我就要带走她。"

郭政明迫人的戾气再次射向苏逸，他凛冽的目光愈发冰寒。在他扭曲的思维里，他不觉得面前的这个男人有什么资格和他来抢何琳。

苏逸也同样地回视着郭政明，儒雅俊逸的面孔凝起寒霜。如果让他把妻子拱手相送，那还不如现在就杀了他，那份耻辱他承受不起……

病房内气氛再次凝重，两个冰冷的男人怒视着对方，形式剑拔弩张，一触即发……

吱嘎……套间里面的房门被人打开，穿着宽大病服的何琳小心翼翼地探出了头。显然她对陌生的环境有些害怕，她不安地看了看沙发上的郭政明，眸子里滑过迷茫。她的视线又移到苏逸的身上，这次她乐了，她讨好地跑了过去，撞入苏逸的怀里紧紧地抱住他，"老公，你去哪里了？我还以为你不要我了。"

苏逸的心再次疼痛，他轻柔地环抱住何琳，"琳琳不要怕，我怎么会不要你。"

何琳舒服地蹭了蹭苏逸的怀，小声地嘀咕："那个人是谁啊？看上去好凶哦，他是不是在欺负你呀？"

苏逸的视线再次投向郭政明，感到很讽刺。

"老公我饿了，你听我肚子都咕咕叫了……"何琳的大眼睛无辜地仰望着苏逸，表情甚为可怜，显然在她的眼里郭政明还不如一顿饭来得有吸引力。

苏逸的心蓦然柔软，他抚了抚何琳的头，"好，我一会儿就去给你买。"

"不要，我要你带着我一块儿去，你不许再把我一个人扔在这里。"何琳撒娇地晃着苏逸的胳膊，孩童般的眼眸里满是委曲，方才被人强行推来这里，她已经吓坏了。

郭政明的心莫名地抽痛，他的丫头竟然把他忘记得干干净净，还有什么会比这更残忍的？一个根本不认识你的人，你还如何奢望得到她的爱或恨呢？

郭政明犀利的目光反复在相拥的两人身上掠过，这样撒娇的何琳，他从不曾看过，丫头面对他时，永远是倔犟的，是戒备的，更是胆怯的。这让郭政明不得不承认把丫头留在这个男人的身边对她的治疗是最有帮助的。

何琳的自杀是郭政明始料不及的，他当然不知道苏逸跟踪到水苑华庭知道真相在先，他以为是他发的那段录音促使苏逸洞晓一切，导致何琳自杀，因此他面对精神失常的何琳时，他的心是愧疚的。

郭政明站起身来，他不再停留，径直向门口走去。

"好好地照顾丫头……"这是郭政明临出门前唯一说的话。

苏逸怀里的小人瑟缩了一下，揪紧苏逸的衣襟，"老公我不要待在这里，这里的人都太可怕了，我们快些回家吧？"

苏逸喟叹一声，失而复得地抱紧怀里的何琳，"琳琳不要怕，我们现在就回家。"

这一天，苏逸到底是把何琳接回了家，因为他担心今天何琳失踪的事会再次发生。回到家后，苏逸体现了他最大的耐心，喂何琳吃了饭，又给她梳洗干净，再把她给哄睡了。

夜里，苏逸一个人坐在客厅里，冰冷孤寂层层包围着他，他疲惫的大脑开始沉思，第一次这个工作至上的男人想到了辞职。以何琳现在的状况，他必须留在家里照顾她，他不确定何琳的病什么时候会治愈，就目前她的精神状况来看还真是不容乐观。

但显然老天是眷顾苏逸的，中天公司的王董事长知道苏逸的爱人生病后，给苏逸开出了最大的便利，因为马上就是元旦，之后就是春节，因此特批苏逸除了有公事其他时间都可以留在家里照顾何琳。

就这样崭新的一年带着大家的期盼如约而至。

元旦，童语在家里忙活做了一桌子的菜，她和江岩没有回省城看公公婆婆，江岩的胳膊还没有好，这样打着石膏回去，老人家一定会担心。再就是二号童语单位年终会餐，这样的活动她不能不参加，所以他们决定还是等到二月份的春节一起再回去。

江岩在沙发上看着电视，他在看同城电视台回放昨夜的元旦晚会。

主持人的面孔有些陌生，这让江岩想起去年的元旦晚会是何琳主持的，故而他问童语，"你们苏经理的爱人怎么样了，病还没有好吗？"

童语前天刚去看过何琳，她的眼前滑过何琳孩童般的目光，遗憾地叹气道："没有好，不过精神状态还不错，听苏经理说她就喜欢看同城新闻。"

江岩对苏逸的印象不错，所以也很替何琳惋惜，在外人看来，这好好的人怎么会突然神志不清了。

"小语，过些天你抽空去帮着照看一下苏经理的爱人吧，快过年了，他应该需要时间出去办些年货。"

其实童语也有此想法，"嗯，过几天我就抽空过去。"

童语把餐桌布置好，叫江岩过来吃饭。江岩随手关了电视，刚要起身茶几上的手机却响了，江岩的面色不太好看，但他还是把手机递给了童语。

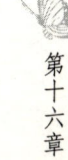

第十六章 明镜止水

童语扫了眼来电，竟然是文瑾，她想了想没有接把手机暂时关机扔在了沙发上。自从上次两个人分别后，童语便不再接欧文瑾的电话，因为她害怕，她怕自己接了，她那好不容易克制的心会再次脱缰。如果说先前两个人不曾发生过肌肤之亲，童语还可以说服自己她与他是知己，是好朋友，可是现在他们已然跃过雷池，那她与他的任何接触都是明晃晃的背叛。

童语没接欧文瑾的电话，这让江岩很欣慰。这个元旦他过得很舒心，新年伊始这个良好的开端让他对他和童语的未来充满了希望。

晚上江岩亲密地把童语揽在身下，自从北京事件后，他就没再有机会碰过童语。江岩似乎也想有个良好的开端，所以他并不急切，而是在极尽温柔地爱抚着她。

童语对江岩的触摸是抵触的，因为她竟然想到了文瑾，连带着她的心都撕拉地疼痛起来。但她知道身上的这个男人是她的丈夫，她不能拒绝，所以童语轻合上了眼睛，她想集中精力去感受江岩带给她的欢爱。然，一切都是徒劳，文瑾的影像牢牢地占据着她的心，那张俊美邪气的脸鲜活地镌刻在她的脑子里，让她的眼尾都渐渐湿润起来……

## 第十七章　情何以堪

　　夜里窗外还闪耀着烟花,绚烂的烟花争先恐后地在夜空中绽放。童语强迫自己收回视线,她的心有些空落地难受,因为此情此景让她不可避免地想起生日时文瑾为她放的漫天礼花。当时他拥着她,他的怀抱很温暖,温暖得让她舍不得推开。

　　童语扫了眼旁侧的江岩,他睡得颇沉,还轻快地打着小呼噜。童语悄然地起身走出卧室,她还是被吸引来到阳台。她微仰着头,双眸中似有水润的莹光闪动,耀眼的花火,明灭之间流逝的碎光滑过童语悲伤的脸。她紧攥着手机,告诫自己这些天来不接文瑾的电话是对的,她现在更不能打给他,一旦拨出去,后果将不堪设想。

　　童语触碰着细小的数字键,指尖颤抖终于放弃……

　　就让这一切都结束吧,不再见,不再想,亦不再念……

　　扰人的花火终于熄灭,阳台外面回归寂静,童语缓缓转过身子。蓦然,她指尖紧握的手机震动起来,童语本就紧绷的神经促使她受了惊吓,她的手一抖手机掉在了地上。

　　昏黑的凉台,唯有地面上的手机荧屏在一闪一闪地震个不停。童语稳住的心绪再次奏起狂澜,她小心地蹲下身子盯着上面的数字,还好不是文瑾的。童语松了口气,捡起了手机。

　　电话是蓝涛打来的,他的声音听上去很疲惫。

　　他说:"童语啊,我真不想给你打电话,只是我实在受不了那小子太闹人,你看怎么办?是你过来一趟还是我把他送到你家去?"

　　蓝涛这话说得颇为霸道,他根本没给童语拒绝的权力,但童语却已听不出蓝涛的威胁,文瑾竟然在同城?这让童语好不容易控制的心骤然泛滥成灾,她

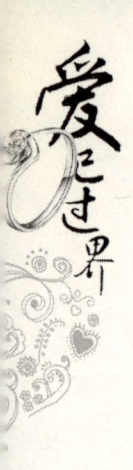

的泪倾涌而出，原来文瑾白天的电话只是想告诉她，他来同城看她了。

见童语半天没吱声，蓝涛有些失望，他的语气不免带了些许讥讽，"童语，先前我很难理解文瑾会为了个女人不回北京，现在我倒是明白了。你真有本事，能把好好的一个人逼成疯子，他为你做了这么多，你就从来不为他想想吗？看他这么痛苦地折磨自己，我倒真希望他从来不曾认识过你，至少他还能像个正常人一样活着……"

童语的嘴唇都在颤抖，她极力压抑着自己的哭声，"对不起，真的对不起……"

蓝涛听到童语哭了，心也不好受，"你不需要和我说对不起，你还是自己去跟他说吧。现在我的车就停在你家楼下，你自己看着办吧，我想你不下来一趟，他是不会肯离开这里的。"

童语惊异地捂住嘴，靠近窗户不可置信地看着楼下那辆多出来的车子，在白雪积压的路面上正显眼地停着一辆黑色车子。

童语彻底石化，她站在那里犹如雕像，僵硬得目光都凝滞起来。下面的那辆车子，她爱的那个人就坐在里面，现在的他很痛苦，急需她的安慰。童语真的很想去抚平欧文瑾的伤痛，但她知道她不能去，去了，她的生活必将会天翻地覆，不复平静……

蓝涛的车子静静地停在那里，五分钟过去了，十分钟过去了，二十分钟过去了……车子和车子里的人还是固执地守在那里，不肯离去。

童语浑身冷得彻底，自内而外地，一点一寸地把她冰冻到底。她知道此刻的文瑾一定在恨她，恨她的怯弱不争，恨她的冷酷无情，更恨她的绝情断义。撕心裂肺的疼痛绞得童语浑身战栗，她死死地揪着胸口，精神即将崩溃。她这样残忍地折磨她的爱人，她又怎么会好受，她的心会比他的痛上千倍万倍……

终于童语有了动作，她快步向门口走去，甚至忘记了套上大衣，她就这样穿着睡衣往外走……

"小语，你去哪里？"卧室的门早已被打开，站在那里已久的江岩唤住了疯魔的童语。

童语行进的身子僵在那里，进退不得，她充血的大脑也渐渐清醒。她当着她丈夫的面，她该说她去哪里？

一个温暖的怀抱把冰冷的女人揽进怀里，江岩已不知何时来到童语的身后，把沉默的她紧拥入怀……

"方才醒来看不到你，我真的很害怕，还好你在这里没有走。"江岩的话语出奇地温柔，带着一点感伤就这样揉进童语的心里。

童语僵硬的身子渐渐回软，极力压抑着自己的伤痛，迅速掩埋自己的情绪。这一刻童语发自内心地愧对江岩，她究竟在做什么？竟然企图在自己丈夫的眼皮底下去跟别的男人私会。

江岩轻柔地转过童语的身子，"你穿得这么少，站在这里会着凉的。时间不早了，我们还是去睡觉吧。"

童语知道这是江岩在给她台阶下，她也不好再说什么，轻缓地点头任由江岩牵着她的手回到卧室。

临进门时江岩扫了眼阳台的方向，他暗自松了口气，并随手推严了卧室的门。

一切归于平静，蓝涛失望地斜瞅着痛苦的欧文瑾。看着他酒醉颓废的憔悴样儿，蓝涛真恨不得痛揍他一顿，他要打醒他，不要再为了这个女人继续荒唐下去。

"我说你没搞错吧，大晚上的非要到这里来见她，结果呢？人家根本没把你放在心上，她已经和她老公睡觉去了。"蓝涛故意刺激着欧文瑾。他要让他一次痛个够，省得以后再反复犯这种低级的错误。

欧文瑾一动也不动，他的眸光还是注视着四楼的阳台。他仿佛被定格了一般，唯有他自己知道，他的心好冷，冷得他都怀疑他的心是否还能回温？

这些日子这个女人的绝情已让他痛苦得不能自已，她拒接他的电话，断了和他的一切往来，甚至他打到她公司的座机都被她给无情地挂断。

欧文瑾彻底颓败了，他已不是从前那个运筹帷幄的欧文瑾，只是一个被爱人抛弃的可怜孩子。他日日夜夜的思念已彻底烧毁了他的理智，他锥心蚀骨的痛苦已摧垮了他的矜持和骄傲，他认输了，他什么都不要，他只要她，他的童语。

然而他来了，她却依然冰冷绝情，就这样地把他推至千里之外。

"能不能不这样儿，不就是一个女人吗？我真没看出她有什么好的，没胸没

屁股的,又不会讨好男人,你说你愁成这样儿值吗?她找你只是需求刺激罢了,反正大家都是玩啊,无所谓了,可你这傻小子为什么要上心啊……"

欧文瑾猛然揪住蓝涛的衣领,目眦欲裂,"你丫的给我闭嘴,你无权说小语,她根本不是你嘴里说的那种人。"

"哟,终于知道发火了,可是文瑾你跟我发火有用吗?你应该去跟那个折磨你的女人发火,她这样算什么?把你当成替代品吗?和老公吵架了,便和你在一起,两口子好了就把你踹到一边去,一通电话都不接?"

蓝涛才不介意欧文瑾的态度呢,今夜的他已经憋了一肚子的火,他都不知道他的火该冲谁发去。他舍弃温柔乡来陪他,结果呢?他不但不开心,还借酒消愁地折磨人,好好的元旦就让这小子给毁了。现在好了,大过节的哥俩儿一起在人家楼下傻坐着,可人家根本没把他们当回事儿,他能不郁闷吗?

欧文瑾缓缓松开钳制蓝涛的手,颓然地倒在靠背上。是啊,他跟蓝涛发什么火,是他自己犯贱,大过节的不回北京来同城陪小语,结果呢?

"调头回去吧。"欧文瑾合上眼眸,似乎疲惫得不愿再醒来。

蓝涛叹息,发动车子,这样委靡不振的欧文瑾他还是第一次看到,斗志昂扬的他何曾这样溃败过,看来这有些女人还真是碰不得,碰了就要拿一辈子去还情债。

去年年底中天公司被同城市机动车服务管理局评为全市优秀汽车维修企业。

中天公司王董事长自是欢喜,如果在金钱和名利上选择的话,王董事长绝对会选择后者。因为他在同城涉足的行业本不止汽车这一块,今年他还想再进军房地产业,因此他需要众多的光环为他保驾护航。

王董事长一高兴,自然就衍生犒劳员工的想法,所以就有了元旦二号晚上的公司餐会。这对于全体中天的员工来说绝对是意想不到的福利,毕竟他们的老板是有名的"勤俭节约"。

餐会大手笔地由开发区一家星级酒店包办,中途还设有抽奖娱乐等活动。当然苏逸没有参加,他放不下何琳,他怕自己一个疏忽,他的何琳就会再次莫名其妙地消失。

童语倒是参加了,她看着热闹的场面也很欣慰,毕竟大伙都累了大半年了,难得有机会这样欢聚在一起。

苏逸没来，凯元店的员工自是不会放过童语，大家都跑来敬酒。北方人的热情，童语是明了的，这酒她不喝不行。虽然她只是象征性地喝一口，但几轮下来也抿进了不少的白酒。

白酒这东西，好处是喝多了不胀肚，坏处就是更容易醉人。餐会还没有结束，就有人扛不住了。李副总的现状就颇为不妙，乔菲立即派人去总台要了几个房间，便于酒醉的领导休息。

乔菲扶着李副总从宴会厅里出来时，看到了在外面沙发上小憩的童语，便马上叫起童语，让她帮她一起扶李副总上楼。

童语碍于面子不好拒绝，可是就在三个人等电梯时，乔菲的手机却响了。她撒娇地应了几句，便冲童语说，她有事，王董叫她回去。她状似歉意地让童语一个人送李副总上楼。

童语本身就喝得难受，她为了逃酒都跑到外面来躲着，可这乔秘书却给她安排了这么个棘手的活。

童语当然不能一个人去，她说，乔秘书你等我一下，我派售后的小刘把李副总送上楼。童语这考量是对的，毕竟她是女人，让男员工送酒醉的男领导上楼比较合适。

可显然乔菲是故意的，她居然把童语和李副总一起推进了正好开启的电梯里，她说你这人怎么这么啰唆，把他送上去你就可以下来了。

当的一声，电梯门合上了。童语被推得差点摔着，倒是酒醉的李副总揽住了她。李副总人本就长得膀大腰圆，此时他完全把童语的小身板包裹在自己的怀里。童语直感后脊都生起鸡皮疙瘩，她小心翼翼地拿开李副总的大手，远远地躲到一边去。可是这电梯本就狭小，旁侧的男人酒气熏天的，童语还是感到万分的尴尬。

童语焦急地打着电话找人帮忙，但也许是宴会厅太吵闹，她的员工居然没人接电话。

电梯很快到了八楼，李副总迈着凌乱的步伐率先走出电梯，童语本不想出去送他，但她后知后觉地发现房卡正握在自己手里。正是方才乔菲硬塞进她手里的，她又不得不追了出去。

第十七章　情何以堪

童语追到 806 房间门口时，头脑昏沉的李副总已然走过了头。童语急忙叫回了他，为他开了门点了灯，可谁知身后的李副总进来后直接锁上了门。

清脆的落锁声，惊得童语神经都绷紧起来，她后背紧贴着墙和靠近的李副总拉开些距离，"李副总你先休息啊，我还有事先下去了。"

说着童语就去拧动门锁，李副总炙热的大手随后就覆在童语开门的手上，他暧昧地揉捏着触感柔软的小手，熏人的热唇直逼童语的后颈，"急什么，小童过来陪我坐坐。"

童语的身子瞬间僵硬，她最担心的事还是发生了。童语恶心地抽回自己的手，勉强维持镇定没有回头，只是声音微冷，"请放开你的手，我要出去。"

李副总当然不会放开她的手，此时他湿热的唇已然吻上童语裸露的脖颈。

童语低头躲过李副总的碰触，极力压抑着自己的不快，"李副总请你自重。"

"自重？"李副总闻言轻笑，"你少在我面前装清纯，你那点破事儿谁不知道，前些天郑总请我喝酒时还提到了你，他说你床上功夫了得啊，他对你现在还念念不忘呢。"李副总的鼻息嗅着童语身上的幽香，这女人身上的味道还真好闻。

嗡的一声，童语的大脑气得充血，郑重的变态是童语早就领教过的，所以她为了不被进一步地骚扰，才辞职来到中天公司上班。

可是现在郑重居然造谣生事恶语中伤她。

"小童，你都是结了婚的人了，还这么绷着身子有意思吗？这人生啊就得及时行乐……"

李副总还以为童语的沉默是心虚理亏了，他笑呵呵地拽扯着童语欲把她往床上弄。

这话无疑是在火上浇油，童语怒了，血气上涌的她回身反手就甩了李副总一耳光，"你和那姓郑的一样下流，强迫女人很得意吗？结了婚怎么了？结了婚就该被你们这些禽兽不如的人糟蹋吗？"

李副总也怒了，他的脸早就挂不住了，这人尽可夫的女人怎么到了他这儿倒变成贞节烈女了？这分明是没把他放在眼里。李副总黑红的脸扭曲得狰狞，粗鲁地抓过童语，狠力把她摔到床上去，"你胆子大了是吧？敢打我！好，这巴掌我就在床上跟你算。"

童语本就喝多了酒，这一刻决堤的愤怒彻底让她失控，她与扑上来的李副总厮打在一起。她的指尖抓破了李副总的脸，她的牙齿咬破了李副总的手，她甚至直接脱下鞋子使出全身力气狠砸李副总的头。这些色欲熏心的男人，是不是都瞧准了她的弱小可欺，都想来欺辱她。

疯狂的童语一时间脱出了李副总的掌控，倒占了少许的上风。李副总的脸上挂了彩，身上被童语打得很惨，但童语的状况也没好到哪儿去，眼镜打飞了，头发打散了，打李副总用的鞋子也不知道飞到哪儿去了。

童语毕竟是女人，她过长的头发反而给她带来了麻烦，李副总很快就掌控了全局，他五指猛扯住童语凌乱的长发，把她硬生生地摔在床头上。童语的头重重地磕在床板上，顿时眼冒金星，痛得眼泪溅了出来。李副总大手一撕，童语的套装连带里面的衬衫都被撕裂。

童语用脚踢开身上的李副总，紧拉着衣襟，狠狠地瞪着丧心病狂的男人，"你再敢上来，我一定控告你。"

李副总摸了摸被童语踢坏的嘴角，这一刻他终于知道为什么那些男人都喜欢面前的女人了，这女人的漂亮出乎他意料，头发和衣衫的凌乱并没有让她变得狼狈，反而让她看上去愈发地狂野性感，一双水润的大眼睛正愤恨地瞪着他，倒让他有了想征服她的欲望。

"控告我？好啊，是你热络地要送我上楼的，又另有企图地进了我的房间，你说法官是相信我强暴你，还是相信你是主动投怀送抱呢？"

童语的手摸上旁侧的台灯，如果李副总再敢扑上来她一定狠砸他。童语的身子也在抑制不住地颤抖，说不害怕是假的，她在计算着她能逃出这房间的可能性有多大……

李副总显然明白了童语的意图，他才不会傻到再去跟她厮打。酒胆壮色心，李副总伸手扯落自己腰上的皮带，缓缓走向童语。童语以为他是过来绑她的，没想到走到近处的男人却突然伸手向童语的脸上抽去，童语直觉地用双手去遮挡，金属的锁扣抽得童语手骨都似被击裂，痛得她额头都渗出冷汗。第二鞭紧跟着抽下来，童语抱住了自己的头狼狈地滚下了床，额头砰地一下磕在床头柜上。第三鞭打得更重，实诚地抽在童语的肩背上，童语痛得弓起后背，心都跟着抽搐起来……

第十七章　情何以堪

抽红了眼的李副总似乎不解恨,又狠狠地补上一脚,尖硬的皮鞋痛击童语的小腹,这一脚直接把童语送入昏迷……

李副总要的就是这个结果,这女人居然敢打他,她真是不知天高地厚。李副总把痛得七荤八素的童语从地上拎了起来,轻松地用皮带捆住了她的双手,用毛巾堵住了她的嘴……

李副总得意地看着床上任他宰割的女人,恬不知耻地脱下身上的衣服,重重地压在童语的身上……

昏迷的童语被身上的重物压得喘不上气来,她慢慢转醒,摇着头躲避脸上那张啃咬的嘴,拼力地蹬着腿,躲避李副总脱她衣服的手。可是身上的男人没有撼动一丝一毫,童语彻底绝望了,难道今天她真的要被这个男人给毁了……

砰的一声,房门被人撞开,童语的身上一轻,李副总直接被来人摔在地上。童语的惨状惊得欧文瑾心魂离窍,他脱下大衣盖住童语凌乱的身子,转身直接拎起欲跑的李副总就是一顿痛揍。李副总被疯狂的欧文瑾打得满地直滚,闷声求饶。

后面跟着进来的苏逸也吓坏了,小心翼翼地为童语松着捆绑,拿掉她嘴里的毛巾,为她整理着被扯坏的衣服。童语可怜无助的模样竟让他想起了他的何琳,多危险,他们要是再晚来一步,童语就会成为下一个何琳。

原来童语在电梯里打的电话都没人接,她走出电梯时竟鬼使神差地拨了文瑾的手机,但当时没人接,一直都在接听状态,在蓝涛家的欧文瑾听到手机铃音接起来时,里面正传来童语喊李副总的声音,她说李副总806房间在这里,你走过头了。紧接着声音比较杂乱,再次平静下来便是童语与李副总的对话,很快里面便传来厮打的声音,再最后不知道是谁踩了手机,信号中断了。欧文瑾是惊得魂飞魄散,他当然明白发生了什么事情,马上给苏逸去了电话,问清了原来今晚中天公司在开发区的酒店包了餐会,只是苏逸没有去。

欧文瑾边出门边给苏逸简略地说了事情,苏逸也害怕起来,他拜托了邻居家的女主人过来帮他照看一会儿何琳,便急匆匆地赶来这里救童语。

他们俩先后赶到酒店,直奔806房间,冲在前面的欧文瑾撞开了门,救了正被李副总侵犯的童语。

"不要再打了,文瑾,你先带我离开这里好不好。"童语虚弱地抱住暴怒的欧文瑾，这样打下去非得出人命。

童语的哀求成功地阻止了欧文瑾失控的怒火，他回身紧张地查看着怀里的女人，旋即又把童语紧拥入怀。他的嘴唇颤抖地亲吻着童语的额头，谢天谢地，好在他来得及时，否则后果不堪设想。

苏逸心里也感同身受，有谁希望自己的女人出事？他天天面对病中的何琳，他倒真的希望疯掉的是他而不是何琳。

欧文瑾用大衣紧裹住童语把她抱了起来，细心的苏逸把散落在地上的童语的东西一一拾起，他们一起回到了蓝涛的家。

回到家后的童语身子一直在抖个不停，她被打伤的手连杯子都拿不住。欧文瑾心疼得不能自已，他也在后怕，如果今天不是他恰巧在同城，如果蓝涛的家不是恰巧在酒店的附近，那童语岂不要被……

童语抱膝蜷坐在沙发上，断断续续地说了事情的经过，听得苏逸这个心惊啊，他没有想到公司的乔秘书竟然一手促成这桩灭绝人性的强暴事件。

欧文瑾听完更心痛，这个傻女人什么时候才能收起她的滥好心，这么粗劣的伎俩她都看不出来吗，还愚蠢地亲自送上门被人轻薄。

童语最后请求苏逸一定要为她保密，她不想再把自己推到中天公司的风口浪尖上，她说经过这次的事情李副总一定不敢再来招惹她，她以后也会小心地避开他。

已经很晚了，苏逸确认童语没事便起身告辞，毕竟家里还有一个让他更担心的女人。欧文瑾亲自送苏逸出门，对苏逸再次表示感谢，其实苏逸与欧文瑾一直彼此惺惺相惜，两个都颇有才华的男人很有默契，这也为他们以后深厚的友谊打下了坚定的基础。

欧文瑾再次回到客厅，他没有啰唆直接打横抱起沙发上的童语上了二楼，童语有些迟疑，她说我不能留在这里，江岩他会着急的。

欧文瑾自动过滤童语的所有废话，人都伤成这样了，还有闲心顾忌别人的事儿。欧文瑾边上楼边霸道地说，你就乖乖地给我躺着，这是你昨晚欠我的，让我在你家楼下冻了大半夜，现在你得还回来。

这话好使，童语挣扎的心立马被愧疚所填满，昨天晚上何止是欧文瑾啊，她被江岩拽回床上后也没有睡好，她一直都在惦记着楼下的欧文瑾。

　　在卧室里那张曾经盛满他们欢爱的大床上，欧文瑾心情复杂地把童语搂在怀里。这一刻童语没有再推开他，现在是她最脆弱的时候，她最想要的就是欧文瑾的怀抱。

　　欧文瑾一直在恳求着童语，他说小语你不能再待在这里，我求你还是跟我回大连吧？

　　童语沉默不语，她这样的人就是活得太累，她顾忌的事情太多，总是在为别人考虑，以至于忽略了最应该重视的自己。

　　欧文瑾又说，我的要求并不高，我只是想和你像天下所有夫妻一样，过上最平常的夫妻生活，难道你连这点都不能满足我吗？我知道你忌讳我的父母，可是能陪伴我一辈子的人是你，这点我很清楚，所以我们结婚后就长住大连，不回北京。人这一辈子还能有多久的时间用来等待，小语你忍心让我这样无休止地等待下去吗……

　　童语不再沉默了，她把头埋进欧文瑾的怀里，泪水濡湿了欧文瑾的胸膛，她说她都明白，只是她不知道该怎么处理和江岩的问题，她不忍心去伤害江岩，毕竟现在做错事的是她，而不是江岩……

　　那一晚童语没有回家，欧文瑾连睡觉都不肯放开她，他把童语紧拥在怀里，很怕她消失似的。这个时候任何的激情都是多余的，他知道童语最需要的就是他安静地、坚定地抱着她。

　　早晨，迤逦的阳光轻轻洒落白色窗格，轻柔地撩拨着童语的眼帘，童语缓缓睁开眼睛，久别的宁静与温馨让她微凉的心注入新的暖流。此时她正穿着欧文瑾的衬衣，一个人蜷躺在床上，她扫视了下旁侧空荡的床，心里微感失落。她不得不承认她真的很眷恋昨夜那个男人的怀抱，而且此刻她就想再看到那个怀抱的主人。

　　童语下了床来到一楼，在厨房里找到了忙碌的欧文瑾，挺拔帅气的男人正在有条不紊地准备着早餐。

　　欧文瑾微卷的头发还有些湿漉，显然是刚冲过澡，衬衣的袖子被他卷至肘上，刚劲的手臂正轻缓起伏地翻弄着煎锅里的培根。童语的心莫名地充盈，鼻子酸涩，她情不自禁地走过去伸手环住欧文瑾的腰。

欧文瑾的身子有瞬间的僵滞，顷刻间就被狂喜所取替，童语的感情一直都是内敛淡漠的，这样主动拥抱欧文瑾还是头一次。

童语感受到怀里男人的绷紧，她深吸口气，努力地给自己打着气，"文瑾，我不会再让你等我了，我要和你在一起，不管将来等待我们的是什么，我都要和你在一起。"

欧文瑾的呼吸都紧促起来，他紧闭了眼眸，眼泪夺眶而出。他有些不敢相信自己所听到的，他不是在做梦吧，他的小语竟要和他在一起。

欧文瑾猛然转过身子抱住柔软的女人，"小语你再说一遍，我好像出现幻听，你告诉我，我没有听错，你是要和我在一起？"

童语闻言轻笑，小脸羞得泛红，"你没听错，我是要和你在一起，我还要……还要做你的妻子，和你永远在一起。"

欧文瑾激动地捧起童语的脸，颤抖的薄唇噙住女人含笑的唇，他忘我地亲吻着。看到男人眼里不断溢出的泪，童语心痛难忍，勇敢地轻踮脚尖，试着主动去回吻这个伤感的男人。她学着欧文瑾的样子双唇反含住他的薄唇，怜惜地吮吻，灵巧的粉舌不再迟疑，滑进欧文瑾的唇，缠绕住他温热的舌一起辗转缱绻追逐爱吻着。

两个人正摩擦走火时，童语却急切地推拒开欧文瑾，"等等文瑾，煳了，你煎的培根煳了。"

欧文瑾轻舔童语的耳蜗，低磁的嗓音饱含魅惑，"让它煳吧，我们继续……"

童语嗔怪地推开他，"太危险了，你先去把火关了。"

欧文瑾这才掀起眼帘，暗沉的眸子滑过懊恼，不情不愿地离开童语。欧文瑾紧走了几步关闭了煤气，等他再回过头来，哪还有童语的身影，她早已跑出了厨房，远远地还传来她得逞的笑声。

欧文瑾岂能让童语逃过，他轻松地捉住娇笑奔跑的女人，把她摁在沙发上……

童语急了，握住那只作乱的大手，"文瑾我们不能这么做，这样我和江岩离婚会离得不安心。至少在我离婚前我不能再犯错，我求你，我们不越过这个界线好吗？"

欧文瑾摄魂的眸子紧勾住身下的女人，她的目光坚定，坚定得让他不忍心

第十七章　情何以堪

再继续下去。他眸中的花火尽数熄灭,颓然地倒在沙发上,他还能说什么?他的女人好不容易才下了和他在一起的决心,他不能吓着她。

欧文瑾把童语搂进怀里,下巴轻磨她的额发,"这次就饶过你,下次绝不放过你。"

童语挣脱开欧文瑾的怀抱下了地,"那你就一个人坐在这里慢慢地息火吧,我做早餐去。"

欧文瑾的眸光一直追逐着童语,直至她身影消失才扬起唇角。此时的他寸寸柔肠都被溢满甘甜的蜜汁,前些天他还被坠入谷底乌云盖顶,今天就守得云开见月明,早知道有今天的意外惊喜,他就不订今天下午一点的飞机走了,他要多陪陪这个可爱的小女人。

明天两个人都要上班,欧文瑾不想走也得走,但他还是有些不放心。他反复劝着童语,他认为男人之间的事情应该由男人来解决,他不想童语为难。他主张由他去找江岩解决他们三个人之间的问题,他会想办法让江岩同意离婚。

然,童语却理智地拒绝了,她说文瑾如果你去找江岩,他反而会与你制气。我了解他,他会执拗地死扛着不离婚的,我和他之间的事还是由我们自己解决吧,请给我时间,下面的事我自己来做。

欧文瑾临出门时还不舍地顶着童语的额头,鼻尖擦过她的鼻尖,"为什么我会如此不安呢?我真怕下次来同城时你又改变了主意,小语你根本经不住江岩的软磨硬泡,你的心总是为他柔软。"

"不会的,请你相信我,这一次我是真的想通了。"童语笃定地说着,轻柔地碰触了下欧文瑾的薄唇,印上一吻。

是的,童语是真的想通了,她昨夜在欧文瑾的怀里并没有睡着,她在反思这些年来自己所经历的事情,一番痛苦的思索,童语才感悟到自己错得有多离谱。

李副总的暴行虽然让童语受到伤害,但也让童语彻底醒悟,有些事她不该逃避,一味地逃避不但没有解决她的任何问题,反而让她的生活更加混乱,让她的处境愈发不堪。

对于郑重的性骚扰,她抱有的态度是一忍再忍,忍不了就躲得远远的,结果换来的是李副总的暴力强奸。

对于乔菲、尚玲这些居心叵测的人，她也是谨小慎微地回避着，不想与她们针锋相对，尽量不去招惹她们，结果换来的却是她们肆无忌惮的伤害。

至于江岩，童语的心情是复杂的，但此刻她知道她并不爱他，如果一直这样违心的承受下去，那对江岩是不是也是一种侮辱和伤害？

经过一夜的痛定思痛，再次苏醒的童语似乎觉得自己轻松了许多，她跑到厨房去找欧文瑾时，也还在胆怯犹豫，可当她看到她爱的男人正为她悉心准备早餐时，她的心瞬间被揉碎。她觉得她的决定是正确的，为了这个男人，就算是她再去承受更肆虐的风暴也是值得的。

欧文瑾带着诸多不舍飞走了，童语也回到了她和江岩的家。本以为江岩会生气地等在家里，质问她为什么彻夜不归？她也酝酿好由此与江岩肯谈一番，劝说他同意离婚。

然，等待童语的只是一间空房子，她准备好的话无处可说，生生地憋回肚子里。

童语失落地坐在卧室的床上，准备换衣服时才发现床头柜上压着的字条。这一看，童语的脸色变得凝重起来，原来江岩的父亲昨天半夜突发脑溢血住院了，江岩一再联系她都未果，所以江岩不得不一个人先走，连夜打车赶去了省城。他嘱咐童语回来后立即与他联系，他要童语也马上开着他的车赶去省城。

轻便的字条从童语指尖滑落，童语睃睁地呆坐了半晌，才开始焦急地收拾东西，带了些她和江岩换洗的衣物才匆匆开着车赶去省城。

同城与省城哈市需要四个多小时的路程，童语赶到哈市时已是傍晚。路上她已与江岩通了电话，江岩一心系着父亲的安危也无心过问她为什么现在才赶来，他只是简短地告诉童语去医院的路怎么走，便挂断电话。童语直接把车开到江父救治的医院，气喘吁吁地跑到病房时，江岩正一个人傻坐在那里。

童语轻唤着呆傻的江岩。江岩猛然抬眸望着走近他的童语，他有瞬间的崩溃，一把抱住童语，"小语怎么办？爸爸他会不会这样一直昏迷下去不醒来？"

童语轻拍着江岩的背，软声安抚着他，"不会的，不会的，爸爸他不会有事的。"

原来江父经过医院抢救后，暂时脱离了生命危险，但是直到现在还昏迷不醒，这样的状况并不乐观。

第十七章 情何以堪

　　江岩本身还是个病人，活动不便，江母被江父的病打击得不成样子，人也苍老憔悴了许多。童语里里外外要照顾三个人，因此辛苦的童语这几天颇为劳累，人也消瘦了不少。好在几天后，江父终于苏醒了，只是右侧肢体已瘫痪，人也有些神志不清。

　　童语忘不了江父苏醒时，放声痛哭的江岩，那一刻童语心情也沉痛不已，默默地陪着江岩一起落泪。一周后童语独自一人返回同城上班，江岩留在了省城陪伴父母。江岩为父亲请来了特护，所以也不需要童语继续留在哈市，凯元店的工作又堆积如山，童语只得回来上班。

　　回到同城的当晚，童语给欧文瑾去了电话，详细地说了她现在的情况。

　　欧文瑾很担心，不确定地问着："小语你是不是又后悔了。"

　　童语沉默了几秒，"文瑾我没有后悔，只是现在提离婚真的不合适，现在江岩的家人都很痛苦，我怎么能再去提这件事，现在马上就要过年了，我不能让他们全家人都过不好年。等年后江岩父亲的病情稳定了，我会和江岩提离婚的。不过文瑾，通过这事儿我还是想劝你多回家陪陪父母吧，他们的岁数都大了，身体又一年不如一年，你应该抽出时间多陪陪他们，不要等他们生病不在了你再空留遗憾。"

　　欧文瑾说不出自己是什么滋味，他很欣慰他的小语这么善解人意。他的嗓音又柔了几分，"今年过年我会回家陪他们，顺便和他们谈下我们的事情。不过小语不管将来发生了什么事，你都不要再动摇，你要清楚地知道我欧文瑾不能没有你，你就是我唯一的希望。"

　　童语的眼泪崩落下来，双唇颤动得不能言语，"文瑾我不会动摇了，我也不能没有你……"

# 第十八章 一叶知秋

　　这周苏逸又带着何琳去医院做了一次复查,结果医生很遗憾地告之苏逸,何琳的病情毫无进展。最后医生建议苏逸可以尝试让何琳看一些过去的照片和书信,或是给她听过去常听的音乐来充分刺激她模糊的记忆,说不定能收到意外的效果。

　　苏逸有些失望,他真的害怕他的妻子会这样一直病下去,如若那样他对不起的就不只是何琳一人,而是双方的父母。他没有照顾好何琳竟让她精神失常,他该如何向他们的父母交代呢?

　　回到家后,苏逸为何琳做了她最爱吃的鱼,看着何琳猴急地吃着,他不得不更细心地为她挑光鱼刺。何琳回报苏逸的是更讨好的甜笑,她那对明媚跳动的酒窝差点眩了苏逸的心。苏逸不受控制地吻了何琳,何琳一动也不动,乖得像个听老师话的学生。她的长睫毛忽闪忽闪的,大眼睛直视着苏逸,好似很喜欢苏逸的亲吻。

　　末了,苏逸神情复杂地松开何琳,摩挲着被他吻肿的红唇,"琳琳,我第一次吻你的时候,你也是这样乖,眼睛都不知道闭上,就这样看着我。"

　　何琳懊恼地皱着眉心,随即又讨好地闭上眼睛,"那老公我现在闭上好不好?"

　　苏逸内心揪痛,怜惜地把何琳抱进怀里一时黯然无语。

　　何琳似乎感受到了苏逸的悲伤,不安地蹭着苏逸的怀,"老公不要不高兴嘛,下次你给我做鱼吃时,我还让你亲亲好不好?"

　　苏逸抚额,他的妻子自从自杀后,心性就纯真得仿若孩童。他无可言状地感到悲哀,他该如何做才能让她尽快地好起来呢?

　　何琳的伤口已无大碍,晚上苏逸便把她放在浴缸里给她舒舒服服地洗了个

澡,给她掖好被子才离开卧室去了书房。由于长年的两地分居生活,苏逸对家里的东西并不是很熟悉,他回到同城后由于工作繁忙,家里的整理清洁工作也多数是由何琳来完成的。

苏逸在书房里上下翻找着,什么旧时的照片和书信都被他翻了出来。但他要找的不只是这些,在他记忆里何琳有写日记的习惯,如若让她看看她自己记录的生活琐事会不会更有成效呢?

苏逸找遍了书柜都没有找到他想要找的日记,最后他又再次取下柜子最上面放着的铁盒,显然这个铁盒很常用,否则它的上面不会只沾染了少许的灰尘。苏逸把它放在桌上,他在想开启盒子的密码会是什么?他试了几个都不对,既不是他的生日也不是何琳的生日,忽然他的手指一动,他拨了几个数字,盒子的锁啪地一声开了。苏逸的内心酸楚,何琳用的竟然是他们的结婚纪念日。

银色的盒子里整整齐齐地摞了五本日记,看得出何琳并不是天天都写日记,有时候的日期很密集,有时候居然一周才写一页。

苏逸的唇角微扬,他的妻子还是这样随心所欲。修长的手指抽出最下面的一本,苏逸认真地翻阅着,蓦然他翻动的手指僵住了,他专注的眼眸蒙上了一层水雾……

原来苏逸看的这本竟是何琳用泪水记载的她和郭政明交往的始末。那上面明显的水渍,让人很容易辨认出那是何琳边写边落下的泪。

何琳曾是个心高气傲的女人,她刚到电视台时并不屈服于某些领导的潜规则,在她看来只要她有能力,早晚有一天会在电视台出人头地。她知道现在台里重点培养的头牌栏目的两个主持人都是有特殊人的关照,背景不简单。

何琳认识郭政明源于一次采访任务,那次采访在何琳看来是再普通不过了,她都没放在心上,但郭政明却上心了。本来何琳的漂亮并不是千里挑一,冠压群芳的,但她贵在脸蛋和气质都很出尘。如果一个女人身上同时具备了女人和女孩儿的双重魅力,那她就是最特别的了。从那以后,凡是市政的随访工作都会出现何琳的面孔。

何琳当然没有感受到被某人的特殊关照,但她却忽然发现她被台里重视起来了,连一向视她为空气的李台长跟她说话都变得客客气气的。紧接着台里新成立了一档新闻性栏目,让众人大跌眼镜的是默默无闻的何琳竟被提为主持人兼制片人。这让何琳的风光一时盖过所有人，成为电视台里最具潜质的新人。

电视台里一时间风声四起，大家都在说李台长是何琳的入幕之宾，所以才让小透明的何琳一跃成为一线主持人。让大家更妒忌的是，何琳并没有让他们看到笑话，她发挥了她的卓越才能，专业水平精湛的何琳不但成功挑起大梁，而且她主持的节目收视率一度占据了全台的第一。这让李台长尤为高兴，没想到他的顺水人情竟给台里带来意外的收获。

李台长带着何琳开始频频出入某些重要场合。以何琳的角度，年轻好盛的她并不懂得低调行事，除去先前在台里被埋没，她在上学期间就一直是学校的焦点人物。她的美丽和她的智慧都是那般张扬地呈现在大家面前，因此何琳对这种被过分关注的生活还颇为享受。

这时郭政明便进入何琳的生活，有老领导的关怀。何琳是欣慰的，她尚还单纯的小脑袋怎么会想到老领导寄予的不是她的才华而是她的身体。

在一次聚餐酒会上，李台长带着何琳礼节性地敬了一圈的酒。何琳的酒量不好，这是众所周知的，但何琳出于回报李台长的提携之恩，硬是挺了下来。但她显然忘记了，苏逸只有一个，像苏逸那般能绅士地把酒醉的女人送回家的简直就是稀有人类。

这一次李台长没有把她送回家，而是把她直接送上了郭政明的床。

后来郭政明对何琳也着了迷，他改变了他的初衷，他需要的不是她短时间的陪伴，而要让她成为他的专属情妇。

试问单纯的何琳怎么会是老谋深算的郭政明的对手？在郭政明软硬兼施的双重胁迫下，反抗的何琳终于放弃挣扎，她向命运妥协了。木已成舟的事实本就让她心灰意冷，事业的光环是她唯一能寄予的希望。

从此何琳坐稳了电视台首席女主播的位置，巴结郭政明的人也会变着法地转去讨好何琳。何琳知道郭政明的女人很多，她只是其中的一个，但她不知道的是被郭政明公开承认的情妇只有她一个。

何琳的日记让苏逸很震惊，他没有想到事情的起因竟和他预想的相差甚远。他的妻子并不是自愿的，她竟然曾遭遇过强奸，一步步踏进别人设计好的陷阱，直到无力挣扎被彻底淹没。

何琳在日记里事无巨细地诉说了她的痛苦和她的恐惧，她摆脱不了郭政明

第十八章 一叶知秋

的控制,她的结尾语曾这样写道:我知道这是一条不归路,但没有想到它的报应竟来得这般早,我失去了做母亲的资格。我是不是还会失去做妻子的权力,我的爱人是不是也终会离我远去?如若那般,我活着就真的是行尸走肉,没有任何生的意义……

苏逸一页一页地看下去,他的泪再次濡湿了纸张。在这些零散的记载中他终于知道了,妻子的身上为什么会青紫一片,知道了妻子对那个人的恐惧到了何种地步,何琳最后的妥协居然是为了保护他。

苏逸愤怒了,光洁的额头隐现的青筋条条绽出,事情的真相竟然比他预想的还要震惊可怕。

所有的日记都已看完,苏逸僵坐在那里,逶迤蔓延的疼痛,已侵入到他的四肢百骸,作为一个男人不能保全自己的妻子不受侵害,而让她沉陷深渊不能自拔,这对一个男人来说是多么的讽刺。有那么一瞬,苏逸想要一告到底,他要讨个说法,他要用法律去制裁那个无所不能的人。但这个不成熟的想法很快被他否决了,因为他漏掉了何琳。如若那样,何琳和郭政明的事就会昭告天下,那么以何琳要强的个性,反而会生出轻生的念头来。他不能把自己的妻子再次逼向死亡。

大脑一片混乱的苏逸再次来到卧室,他心疼地把熟睡的何琳抱进怀里,他的脸紧贴在何琳的额头上,泪溢了出来,悲凉失控的泪水顺着何琳的脸向下漫溢。

"琳琳,你怎么这么傻,你为什么不早告诉我这一切,为什么要让自己陷得这么深……三年?这么久的时间你是怎么熬过来的……琳琳,我的心好痛,真的好痛!我没有保护好你,让你遭受这样的侵犯,我是不是很没用……琳琳,我该怎么办?你告诉我,我该怎么办……"痛彻心扉的男人抱紧怀里的女人,哽咽地痛哭……

昏黑的卧房内,苏逸怀里的女人睡容安静,没有被他的哭诉所惊扰,只是等到苏逸出去后,她才缓缓睁开眼眸,长睫蠕动,一滴泪迅速在眼尾凝聚,滑过悲伤的痕迹终是湮灭在无尽的夜色里……

中天公司近期的热门人物依然是童语,原因是这位老气横秋的女人脱胎换骨了，她不再戴那副难看的黑框眼镜，她的头发也终于换了亮丽的发型，甚至她略显苍白的嘴唇也轻扫上浅红的唇彩。这让大家都领略到了童语鲜为人知的一面，那就是他们的童经理居然是位难得一见的美人。

童语第一次以这样的装束上班时，所有人见到她都是一副惊讶状。

冉婷讶然地指着童语的眼睛，"童经理你的眼镜呢？"

"换隐形的了。"童语淡然一笑转身进了自己办公室。

冉婷摸了摸自己的眼镜，她是不是也该考虑下换个隐形的，为什么她觉得不带眼镜的童经理是这般漂亮呢？

"冉姐，你就是摘掉眼镜变化也不大。"刘涛很诚实地提醒着手摸眼镜的冉婷。

"谁说我要摘眼镜？"被撞破心思的冉婷狠瞪了刘涛一眼，"带隐形的容易得沙眼知道不？"

哈哈……旁侧捡笑的人还真不少。

"你们在干什么？公司花钱请你们来就是让你们在这里打情骂俏的吗？"

所有人都不悦地看向尚玲，这好好的话从她嘴里说出来怎么就这般难听刺耳呢？

"你……"刘涛气得欲要还嘴。

冉婷拐了下他，"刘涛，童经理不是让你把客户资料给她送去吗？还不快去。"

在售后部的区域，尚玲并不受欢迎，此时大家都坐回各自的岗位，皆把她当空气。

尚玲也不介意，她是来找童语的，这些虾兵蟹将她自当没放在眼里。

童语正在嘱咐刘涛关于客户分类制表的事情，听到门响她抬眸看了一眼，伸手指了下旁侧的沙发，"尚经理，请稍等一下。"

随即她继续与刘涛说明着表格需要改进的地方。等刘涛出去后，童语才倚靠在班椅上，面无表情地看着早已失去耐心的尚玲。

"尚经理有什么事吗？"

"李副总住院了。"尚玲倒不喜欢拐弯抹角。

"我知道。"童语从省城回来就耳闻李副总住院了，应该确切地说是被欧文

瑾打住院的,肋骨都被踢断了。

"你知道?看来童经理对这事儿很不在意啊?你勾结外人殴打李副总,这事公司会做出处理的。"

童语放下手中的笔,略微思索了下,旋即点头,"我也希望这事儿公司能严肃处理,需要的话,李副总可以报案。"

尚玲漂亮的眉眼都在蹿火,平日里真是没看出来,这女人够嚣张的,那么多的男人还不够她勾搭,现在都跑到她这里来抢人。

李副总已离婚多年,先前的老婆就是因为受不了他的花心而与他离婚的,可是清高骄傲的尚玲怎么会看上李副总呢?李副总开始追尚玲时,尚玲还是中天公司的一名普通职员,李副总也算是尚玲的半个师傅,一手把尚玲调教成销售部的精英,当然也顺便把她调教成死心塌地的情妇。

但尚玲从来没把自己划分为情妇这一类,现在男离婚,女未嫁的,她一直都把自己当做是李副总老婆的接班人。

李副总平日里对尚玲是宠爱纵容的,因此尚玲对李副总的感情还颇深。可是现在她的男人居然被打得住院了,你说她这口气能咽下吗?

最要命的是,这次的强暴事件从李副总本人嘴里说出来,恰恰变成了童语欲勾引他未遂,结果被情人欧文瑾撞到,李副总无缘无故地挨了顿打。

尚玲平日里和乔菲走得颇近,所以尚玲自然会去找乔菲对质,而乔菲这个妙人的回答就是,本来是她要送李副总上楼的,可是童语非要抢着送,她也没想到会发生这样的事情。

"你不要太得意,我不会放过你的。"尚玲已来到童语的办公桌前。

童语猛然倾身抓住尚玲握杯的手,眼眸也渐冷,"尚经理,这里是公司不是你家,你要泼也要看地方。"

尚玲慢慢松开握杯的手,本想用这杯热茶泼她的脸,没想到这女人反应比她还快。

"童经理也知道这里是公司吗?你这样肆无忌惮地勾三搭四,我还以为你把这里当做你的游乐场了。"

尚玲越说越下道,童语不得不尝试引导尚玲换种角度看问题。她诚恳地问道:"尚经理,你真的了解李副总吗?"

尚玲的红唇掀起讥讽，"童经理，你老公了解你的风流韵事吗？"

童语坐回班椅，直感沟通无力唯有放弃。她叹了口气，"尚经理我送给你八个字，耳听为虚，眼见为实。有些人我不想去评论他，但我希望他不会再伤害到你。"

尚玲的美眸微眯，冷哼一声，打开通勤包从里面取出一个物件扔在童语面前，"童经理这算不算眼见为实呢？下次你找男人时记得把自己的东西清理干净再走。"

尚玲依旧保持着她高傲的姿态离开童语的办公室。童语望着桌面上的紫檀木簪，她的头有瞬间的疼痛，那一晚不堪的记忆倾扎进她的大脑，让她的心都跟着揪痛起来……

李副总被打伤的事情并没有声张，毕竟这不是什么光彩的事儿，因此没有在中天公司掀起波澜。

但事情远远没有结束，一周后售后部就出现大事件，"飞单"事故。本来这汽车4S店最禁忌的飞单事件惯常都发生在销售部，个别销售顾问为了赚取高额回扣，会把客户游说到别家竞争对手店买车，可这次却偏偏让所有人都大跌眼镜，竟发生在售后部。

一位老客户的车坏了，打电话找熟悉的技术人员询问维修价格，结果这位员工不知怎么劝说的，居然把人介绍到另一家普通维修店修理，当然产生的维修费用少了很多，他自己也吃了回扣。但问题却出现了，修过的车子反复出现故障，所以这位客户一气之下投诉到了中天公司。

售后部人员绝大多数都是技术出身，依靠的是双手的技术吃饭，因此一般的售后员工不善言辞，疏于交际。但就恰恰是在童语认为最放心的环节部门出事了，这不能不让她揪心。

其实童语也觉得事出蹊跷，但这次是售后部的客户直接投诉到总公司，人证物证均在，所以售后部这次自开业以来最大的一次飞单事故就这样被坐实了。飞单事件的影响是恶劣的，后果更是严重的，几日来连苏逸都天天赶来坐阵处理事故纠纷。童语作为直管经理，她的责任是不可推卸的。

童语疲惫地倚在沙发上，纤指反复揉捏着跳痛的额头。这几日她没有休息好，被飞单事件搅得寝食难安，这位客户不依不饶，非要给他个满意的说法，

否则他要把此事捅给各大媒体。可想而知童语需要承受的压力有多大。

办公室的门被人轻缓地叩响，随即有人推门走了进来。童语抬眸望着进来的苏逸，她的心又愧疚几分。就因为她工作中的失职，也连累了苏逸，这个本该在家里照顾妻子的男人不得不把何琳一个人扔在家里，想来他工作得比她还要不安心吧。

"对不起苏经理，我……"

苏逸抬手制止住童语的道歉，在童语的身旁坐了下来，"童经理你的弦绷得过紧了，放松些，不要自乱了阵脚。"

童语强打起精神，唇边逸出苦笑，"我的员工都被人收买了，这种防不胜防的事情怎能不让我揪心。"

"童经理，售后部人员本就众多，你管辖的人员就占了整个凯元店的百分之六十还要多，所以你想很好地去兼顾每一位员工的想法，这不太现实。既然事情发生了，我们也不要坐在这里折磨自己。你要思考的是如何做好事后补救，加大售后部整顿纪律的力度，让每一位员工深知他们所要承担的责任……"

苏逸的嗓音清朗舒缓，显然这次事件并没有影响到他的心情，也或许这种事情苏逸处理得多了，反而不去刻意地在意它。但苏逸的话语对童语却有治愈作用，在他的一番劝导下，童语的心情大为好转。

"我看你今天没开车来，现在已经很晚了，我送你回家吧。"苏逸笑望着童语。他岂能不知道她的委曲，但这种事却真的不能一查到底，一个是销售部经理，一个是售后部经理，倾查下来的后果，就不单单是一件管理疏忽的事故，而是牵系整个中天公司名誉的丑闻。

童语也没有推托，现在早已过了下班时间，同城冬季黑得较早，这个时间外面也很难叫到出租车。

苏逸载着童语离开中天公司，他的视线扫了眼旁侧表情颇为凝重的童语，眸中滑过苦涩，这个认真的女人还是不能释怀。

"周一开始，我们会针对全体员工开展第一季度制度考核，在飞单这一项，我们要重新制订惩罚制度，加大影响……"

苏逸说得波澜不惊，但童语却听得心惊，如若按苏经理这般惩戒，那么因飞单违规被开除的员工将在本市同行业内没有任何立足之地，除非他转行。

"会不会太重了……"童语到底是心软。

"我们的目的不是惩戒,是杜绝再有此类事情发生。"苏逸的唇角含笑,眸光却很冷。被金钱利诱的人会有很多,但肯拿自己前途去搏的人应该是少之又少。

正说话间,苏逸的手机响起,苏逸听了对方的话,笑了,"好,我现在就去接她。"

苏逸挂断电话转眸看向童语,"童经理,不介意我先去接个人吧。"

"没关系,我不赶时间。"童语当然不介意,她回家也是一个人,江岩会在省城待到年后才回来。

苏逸在最近的十字路口右转向通江街开去,路程并不远,车子很快停在一家风格异域的日本料理店外。苏逸一个人下车走了进去。

童语坐在车里,有些无聊地打量着这家店的门面装修。很有小日本特色的料理店,里面灯光温暖,通过格子窗能看到大厅一角的旋转寿司台,右侧是独立的包间。童语都能想得出里面一定是日式的榻榻米,嗯,倚着靠垫坐在里面一定很舒服。

童语正想着,店门被人推开了,走出两男一女。女的显然喝高了,她挂在其中一个男人的身上,开心地比画着什么,男人抱扶着她不住地含笑应允。

童语的身子瞬间僵滞,心口像被铁锤重击,窒闷得喘息困难。她的脸色已难看到极点,因为这个男人不是别人,正是欧文瑾。

苏逸从欧文瑾手里接过酒醉的尚玲,他又指了下自己的车子和欧文瑾耳语了几句。

欧文瑾显然很意外,旋即快步向车子走来。

这一刻童语真的想凭空消失,她的脑子里晃动的全是文瑾强劲的手臂抱着尚玲的暧昧情景。

欧文瑾很快打开车门,欣喜地望着童语,"我正要打电话给你,没想到你就来了。下来吧,坐我的车我们一起走。"

童语的眼神很冷,连带着声音都冰冷起来,"是我打搅了你的好事,文瑾你不用顾忌我的存在,你和尚经理继续。"

欧文瑾狭长的眼眸滑过不解,有些疑惑童语的恼怒从何而来,转瞬他就明

第十八章 一叶知秋

了地逸出笑声。他一把将童语从苏逸的车里拽了出来,把倔犟的小女人禁锢在怀里,削薄的唇贴在她极力躲避的耳旁,"小语,你在吃醋吗?"

童语紧闭着双唇拒绝回答欧文瑾的问题,欧文瑾无奈只好强行抱起童语把她塞进自己的车里。

苏逸临上车前还颇为同情地看了眼欧文瑾,欧文瑾只能回以苦笑。

沉闷的车里响起舒缓的音乐,欧文瑾边开车边用余光斜睨着童语。他的小女人还真是个小醋坛子,这都过去十多分钟了,她还在那儿生闷气。

"小语,我请尚经理来只是想解决一些问题。"

"怎么解决的?牺牲色相吗?"童语都没有觉察到自己的语气有多酸。

欧文瑾唇边忍着笑,"哦,那一会儿你检查一下不就知道了。"

童语扭过脸望向窗外,不再理欧文瑾。

欧文瑾腾出一只手攥住旁侧别扭女人的手。

"好了小语,为什么不相信我?你到底在担心些什么?"没有人回答欧文瑾的话,他只好自顾说下去。

"小语你不能因一时制气,让自己陷于困境。这种事情我不可能让你去和李副总谈,所以只能由我来约尚经理谈。"

"嗯,谈得不错,看得出尚经理喝得很尽兴。"童语终于开腔答理自言自语的欧文瑾。

欧文瑾眼里的笑意加深,他发现吃醋时的小语很让他开怀。他伸手捏了捏童语细嫩的脸颊,"她当然尽兴了,我给她想要得到的利益,满足她的虚荣心,这样你也能好好地睡个安稳觉了,那个客户也不会再闹了。"

原来欧文瑾每个月都会对自己管辖的汽车4S店进行打分评判,这个评判会直接影响销售部车辆的返利,虽然管理奖并不高,但销售车辆多时也是一笔不小的数目。并且尚玲面对欧文瑾时,她是欣喜的,毕竟这个男人曾是她倾慕的对象,因此她怎么会在欧文瑾面前显露出刁钻刻薄的一面。今晚他们谈得很顺利,欧文瑾也暗示尚玲适可而止,他说打人他只需付医药费就可以了,但强奸未遂的罪名李副总是否能承担得起?有些事他不想尚玲难做,如果售后部飞单事件他想一查到底,并不是难事,但如若到了那种地步,尚经理你也是很难看的。

人有时候就是这么奇怪,这话如若从童语嘴里说出来,尚玲一定会嗤之以鼻，但从欧文瑾含笑的薄唇里说出来，那效果就大不一样了。尚玲恍惚间都在怀疑李副总的话是否可信，毕竟如若换作是她，她怎么会舍弃面前这位赏心悦目的男人而转去投奔李副总的怀抱。欧文瑾旁敲侧击的话听在尚玲耳里也颇为受用，她可以理解为这个男人是在关心她，不想让彼此到最后站在对立面上。

欧文瑾从不吝啬在女人面前表现出他风趣优雅的一面，所以这顿饭吃得颇为尽兴，尽兴得尚玲都喝高了。尚玲眼中掩饰不住的爱慕，欧文瑾岂会不知，他方知自己不适合送这个酒醉的女人回家，故而他请苏逸帮忙送尚玲回家。

只是他没想到童语竟会在苏逸的车上，本来他不想让童语知道他帮她解决问题，但现在他也只能如实相告。

两个人一起回到蓝涛的家，童语看到门厅处立着文瑾的旅行箱，她也明了他是下午就赶过来了。童语的心渐渐柔软，换了鞋子，轻声问着，"肚子饱了没有，我去给你做晚饭。"

欧文瑾刚脱下大衣，听到童语的话，不禁情动伸手抱住童语，把头埋进她的颈窝，"没饱，你也知道我吃不惯小日本的东西。"

童语狠踩了某人的脚，"我看你是故意的吧，找了个能躺又能卧的地方，连饭都顾不上吃。"

欧文瑾才没那工夫和童语贫嘴呢，他还有更重要的事要做，修长的手指利落地脱着童语的衣服，大衣脱落长指又继续解着里面的羊绒开衫。

"喂？你干什么？别碰我。"童语也意识到欧文瑾来真格的了，赶紧慌忙推拒他。

"我在给你演练我方才是怎么牺牲色相的……"欧文瑾已攀住童语的后颈，噙住了她的唇。

"呜呜……你吻她了？"童语惊怒。

"你投入些……"欧文瑾加深了这个吻，这女人脑袋里在想些什么？

"不要了，我相信你了，你不用演练了……"被吻得娇喘连连的童语终于告饶，用力挣脱着欧文瑾的怀抱。

"你说停就停，我多没原则啊……"欧文瑾顺势把挣脱的女人压倒在沙发上……

"你答应过我，我们不过界的。"童语可怜兮兮地揪紧自己被扯开的衣襟，

"文瑾不要……我很难受……"童语紧抓住某人愈向下作乱的手。

可文瑾丝毫没有停止的意思,于是童语心一横抓过某人的手放在唇边用力一咬。

欧文瑾几乎是跳着滚落到地上的,他故意向童语投来哀怨的目光,"喂,你这狠婆娘,你要谋杀亲夫吗?"

童语忍住笑,坐了起来整理着衣服,"知道疼了?看你下次还敢不敢乱来?"

这次欧文瑾倒是正经了,端坐在地毯上很认真地看着沙发上的女人,"小语,如果你这婚一年半载的都离不了,是不是我就得这样一直禁欲下去啊?这很不人道耶。"

"这的确是个问题,但却是你自己的问题,不是我的问题。"童语已整理好衣服站了起来,向厨房走去。她才不会再心软了,原来欺负这个男人的感觉还是满爽的。

第二天是周末,欧文瑾邀请了苏逸夫妻共进晚餐。了解到何琳喜欢吃海鲜,他和童语特意挑选了本市生意最红火的海鲜酒楼,并预订了位置较清幽的包房。

苏逸带着何琳欣然赴约。这阵子何琳的病情稳定了许多,这些天来她自己一个人在家也没有出现什么状况,所以苏逸也想带何琳出来透透气。

苏逸知道自己的琳琳爱漂亮,他又给何琳精心打扮了一翻,但他却忘记了给妻子带上宽大的墨镜。

苏逸牵着妻子的手走进热闹非凡的海鲜酒楼时,何琳明显地表现出怯弱,她躲在丈夫的身后,死攥着他的手。

苏逸把妻子揽在身前,轻声安抚着她,"不要怕,我们去楼上,那里安静。"

何琳点头,低着头跟着苏逸来到三楼。

见到欧文瑾和童语,何琳虽然不言语,但她却露出可爱的甜笑。欧文瑾不禁感慨,时逢几个月而已,这位苏太太就已变得让人陌生。

上次的何琳就像耀眼的明星,漂亮得让人眩目,穿戴时尚考究,举手投足更是成熟干练,她的精明和张扬无不显露在她的一颦一笑中。

而此时的何琳竟更像个涉世未深的学生。原来苏逸个人喜好休闲风格的服饰,故而他给何琳里面穿了套肉粉色的休闲服,又很怕她冷似的在外面套了件带有卡通图案的羽绒服。何琳昔日俏丽的短发已长长,卷曲的头发俏皮地贴在她的脸蛋上,再加上何琳甜美的笑靥,这样一来,就连童语都直觉站在他们面前的何琳不是女主播,倒像个洋娃娃。

苏逸几乎没怎么吃,一直在为何琳细心地剥着螃蟹和各种海鲜。何琳很安静,在其他三个人闲聊时,她只是在埋头吃饭。

何琳吃饱后,自己也拿了个螃蟹在一旁边剥边玩。

欧文瑾在与苏逸说着公司新款车上市推广的事情,童语则不时地与何琳聊些简单的话题。等苏逸与欧文瑾的交谈告一段落,低头吃菜时才发现自己瓷盘里竟放满已剥好的蟹肉。他的表情有些微滞,因为这些蟹肉剥得很漂亮,完整干净得让人很难想象这是出自一位病人的手。

苏逸拉过何琳的小手,神情复杂地为她擦拭着上面的汁液,"琳琳,你吃饱了吗?要不再来个蟹黄蒸包?"

何琳大眼睛眨了眨,"老公我饱了,什么都吃不下了,可是我想去洗手间。"

苏逸对何琳的日常生活是亲力亲为的,但在酒店这种公共场所,他却不能陪何琳去洗手间。这事自然由童语代劳。童语轻握着何琳的手出了包房,两个人一路来到洗手间,本来一切都安好,可就在她们出来后却遇上了麻烦。往回走的童语忽感闪光灯闪烁,她这才发现有几个记者样子的人在追着何琳拍照。童语惶然,急忙把何琳揽到身后。

"请让开,你们再拍下去我就喊保安了。"童语伸手挡着往前靠近的记者。

在海鲜酒楼逮到失踪多日的何主播,这千载难逢的机会记者们岂能轻易放过?他们蜂拥而至,把童语推到一边,挤向前冲何琳抢着发问,"何主播,外界传闻你患有精神病,这是真的吗?"

"何主播,有人说你为情自杀,你能说说你自杀的真正原因吗?"

"何主播,你的位置已经被秦主播所顶替,请问这里面有什么内幕吗?"

"何主播,据可靠消息,你回到电台后会被安排在幕后工作,这事你知情吗?"

何琳的大眼睛溢满了惊恐,不停地后退,无助地摇头,胀痛的大脑嗡地一声,又开始混乱。她捂住自己的耳朵,拼命地摇着头。她不要听这些,她已经一无所有了,她不要连最后的那点可怜的自尊都被这些人撕裂。

失控的场面愈发混乱,童语挡住前面咄咄逼人的记者,却挡不住后面围观

第十八章 一叶知秋

的群众，过往的吃客都已认出这个躲在墙边瑟瑟发抖的女人竟真的是失踪多日的女主播何琳。各种不堪的话语和猜测纷纷向何琳聚拢，更有好事者欲上前去拉何琳缠绕纱布的手腕想一探究竟。

童语迅速拨了苏逸的手机，她真的怕何琳会受到伤害，这种突发的状况连她这个正常人都吃不消，更何况何琳是个病人。

突然童语的身后传来骇然的尖叫，童语猛然回眸，可怜的何琳已然崩溃，她双手死死抓扯着头发，跪倒在地上止不住地尖叫……

跑过来的苏逸直感呼吸停滞，他用力推开围观的人群，蹲下身子小心翼翼地扶住激动的女人，"琳琳，不要怕，我是苏逸，你睁开眼睛看看我，我真的是苏逸……"

惨烈的喊叫终于停息，何琳睁开紧闭的眼睛，她直直地看着苏逸，涣散的眸光渐渐凝聚。苏逸心里阵阵钝痛，他把受到惊吓的何琳紧拥入怀，大手轻抚着她的头发，"琳琳，不要怕，我就在你身边，我不会再让人伤害你，我会一直陪着你……"

何琳终于痛哭出声，死死地抱住苏逸，柔弱的身子不住地战栗。

欧文瑾已找来酒店的经理和保安，私自闯入的记者已被全部轰出酒店，围观的食客也被服务员驱散。

苏逸脱下大衣罩在妻子的头上为她盖住脸，他抱着何琳向欧文瑾投来歉意的目光，他要带何琳先离开这里。欧文瑾和童语一路把他们夫妻护送出酒店，果然无良的记者们竟然还候在酒楼处。在欧文瑾和童语的拦阻下，苏逸抱着妻子顺利地上了车。望着苏逸的车子离开，童语紧绷的神经才松懈下来。她费力地喘着气，她一直都认为自己的感情之路走得波折痛苦，没想到苏逸和何琳所承受的痛苦和压力竟重过她百倍千倍。

欧文瑾心疼地把童语揽进怀里，语气轻柔，"小语，你哭了。"

童语伸手抚着脸，原来她早已泪流满面……

## 第十九章　覆水难收

郭政明黝黑的长指捏着报纸，剑眉拧成深刻的"川"字，少顷报纸就被他狠甩在桌上。刘秘书看到他脸色愠怒，愈发地战战兢兢。

"这是怎么回事？"

刘秘书小心地回答："我看到时也很惊讶，但报纸已发行，收回已经来不及了。"

"联系这几家报社的社长，让他们就此事给我个合理的解释。"

刘秘书赶紧连声应允，他刚要转身离去，又被郭政明叫住，"她的病情怎么样了？院方的主治医师怎么说？"

刘秘书的心又一惊，他还是如实回答："毫无起色。"

郭政明的左肋狠抽了一下，他舒展眉宇，缓和了语气，"通知院长去请省里的专家过来会诊吧，再讨论制订出最有效的治疗方案。"

"是。"刘秘书总算退了出去。

郭政明重新从桌子上拾起报纸，这段时间他去南方考察并没有在本市，谁曾想他刚回来就看到报纸上报道何琳的新闻。

照片中的何琳显然是受了惊吓，她撕扯着头发，蜷缩在墙边的样子甚是无助可怜。郭政明五指聚拢将报纸攥成一团，他不能让这个女人再这么病下去，他不允许她把他忘记得干干净净。这么多年来，他未曾在哪个女人身上花费如此多的心思，可到头来却换来她彻底的失忆，这样的结果他不能接受。这次去南方，他已中意了一处依山傍水的别墅，他准备买下来，他的丫头一定会喜欢那里，将来他退下来后就带她一起去那里居住。

在公司忙碌的苏逸突然接到医院的电话，通知他这周有省里的专家来医院坐诊，机会难逢，建议他亲自带何琳过来医院会诊。

苏逸听到后自是欣喜,他连忙与院方定下了会诊时间。苏逸撂下电话后扫了眼腕表,正是午休时间,他想了想应该回家看看何琳,也不知道她一个人在家吃午饭了没有。

苏逸开车回家,又在路上为何琳买了她爱吃的糖炒栗子。他打开家门轻唤着何琳的名字,却无人回应他。苏逸的心咯噔一下,焦急地找了一圈,他的心已揪成一团——何琳竟然真的不见了。

苏逸急忙开门要出去寻找,却不想门外的何琳正用钥匙开着门。看到苏逸,何琳粲然一笑,"老公你怎么回来了?"

"我不放心你,回来看看。"苏逸把何琳拉进屋里,关好了门。

"老公你看这是什么?"何琳举高自己的手。何琳的手里拎着一个装有水的塑料袋,里面竟还有十多条漂亮的小金鱼。

苏逸轻嘘口气,语气里尽是责备,"琳琳,为什么自己一个人出去?你知不知道这样很危险?"

何琳嘟着小嘴,头慢慢低下,"我好闷啊,就去小区的公园走了走,看到有人卖金鱼,我就买了几条,然后就回来了。"

苏逸伸手轻抚何琳委曲的脸,"琳琳我不是怪你,我是怕你走丢了,或是再遇到那些记者。我不想再失去你,你明白吗?"

何琳感受到了苏逸的担忧,她的大眼睛里迅速积满泪水。

苏逸最舍不得自己的妻子哭,他赶紧接过塑料袋,拉着何琳的手来到鱼缸前。

"来,我帮你把小金鱼放进鱼缸里。"苏逸松手,袋子里的金鱼被尽数倒进鱼缸。

何琳的注意力被成功地转移了,她的水眸注视着小金鱼,"它们会不会被大鱼吃了呀?"

"如果大鱼把它们都吃了,我们就把大鱼煮了吃了。"

"那我岂不是一条鱼也没有了?"何琳还没有傻到底。

苏逸笑着把妻子揽进怀里,"那你就乖乖地待在家里把它们都看好了,不要让大鱼有机会去吃小鱼。"

果然何琳认同地点头,她的目光一直追随着畅游的小鱼,认真的表情让苏逸笑弯了眉眼。

苏逸临走时才想起他回来的目的，"琳琳，明天上午我要带你去趟医院，院里现在正有省里的专家坐诊，所以我们不能错过这次机会。"

何琳的身子瑟缩了一下，她抓扯住苏逸的衣袖，"我们不要去了好不好？老公我没有病，我不要再去做检查。"

苏逸暗自叹息，有病的人都说自己没病，他也知道他的琳琳是害怕去医院，可是他却不能纵容她，他希望她能早日康复。

翌日上午，何琳万般不愿意，苏逸还是带她去了医院。那位省里的专家倒是很尽心，他单独为何琳会诊了很久。末了他神情复杂地让苏逸带何琳先回去，他说他要与何琳的主治医师探讨下何琳的病症再给他答复。

这样的结果让苏逸有些意外，是不是何琳的病又加重了，是什么样的病才让这位省里的专家不好下结论呢？

苏逸把何琳送回了家，嘱咐她不许再一个人出去，何琳听话地连连点头，苏逸才安心返回公司。然而等苏逸晚上再回家时，却发现何琳又失踪了，这次苏逸没有再找到何琳，他找遍了附近所有的场所都没有何琳的踪影。

苏逸颓然地趴俯在方向盘上，他的大脑混乱得一塌糊涂，完全理不清头绪。他想不出琳琳会去了哪里？难道……苏逸猛然抬头，他的眸子里不期然地滑过惊慌……

何琳慢慢转醒，她转动着生涩的眼球，打量着这个陌生的环境。其实这里她一点也不陌生，这就是水苑华庭。

"你醒了？"突兀的男音空幽地响起。

何琳的身子颤然僵滞，她没有望过去，目光依旧呆滞地望着屋顶。

窗边站着的男人踱步来到何琳的近前坐了下来，他深深地看着呆滞的何琳。然，床上躺着的女人并没有因为他的走近而转移视线。

郭政明黝黑的长指钳住何琳的下颌，强迫她转向自己。

"丫头，你看着我的眼睛，你诚实地告诉我，你是否真的忘记了我是谁。"

何琳认真地看着他，只是她的目光澄净而明亮，里面没有一丝情绪，也没有任何的杂念。

郭政明的心猝然揪痛，他狠狠噙住了何琳的唇，大手更是蹿进何琳的衣衫

第十九章 覆水难收

里，覆在她的左肋。他在感受着她的心跳，他要证明医生的猜测是真的。

然，何琳却毫无反应，她任由郭政明蹂躏她的唇瓣，任由他的大手揉捏，她不反抗也不推拒，甚至连眼睛都没有眨一下。

郭政明有些受伤，丫头的心跳没有因为他的触摸而变换任何频率。她就像一个没有知觉的布娃娃，任由你揉捏，她都感受不到丝毫的欢愉和疼痛，她的大眼睛一直无辜地望着你，平静而无波。

难道真的是医生诊断错了？郭政明颓然地放开何琳，缓缓躺在何琳的身边，把她紧拥入怀，"丫头，你怎么能够这样残忍地忘记我，你知不知道我很想你……"

郭政明说着他一直想对何琳说的话，何琳安静地躺在他的怀里静静地听着，半晌才轻合上眼眸，呼吸均匀地睡着了。

傍晚时分，何琳从噩梦中惊醒，她从床上惊坐起来，费力地喘息着，全身冷汗涔涔。浅睡的郭政明也被惊得坐了起来。何琳踉跄地下床，险些跌倒，郭政明扶住她，"丫头，你要去哪里？"

"我要回家，我的鱼都被水淹死了，我要去救它们……"

郭政明的眉头重重地拧起，鱼还能被水淹死？他神情复杂地看着惊慌失措的何琳，他不得不再次承认这个女人的脑筋的确出了问题。

内线电话响起，郭政明接了起来。他听着刘秘书的汇报，他在思虑他的决定，半晌，他叹息出声，"你把何琳带出去交给他吧。"

刘秘书过来示意何琳跟他走，何琳也没意见，她乖顺地跟在刘秘书后面就要出门。

"等等……"身后的郭政明突然唤住欲出门的何琳。

何琳没有回头，她的睫毛颤了下。

郭政明来到何琳的身前，把一个锦盒放进她的手里，"这是我给你买的礼物，你一定会喜欢的。"

何琳攥着锦盒，她抬眸看了郭政明一眼，不再停留走出了房间。

苏逸焦急地等在水苑华庭的门口，远远看到何琳向他走来的身影，他顿住脚步。相比较苏逸的急切，何琳几乎是没有反应。刘秘书饱含歉意地冲苏逸颔首，"对不起苏先生，我们接何主播过来这里只是想调查些事情，现在事情弄清楚了，她可以同你回去了。"

苏逸强忍着怒火,你们想调查就把人从家里强行带走,这是什么理由?

"那下次麻烦刘秘书,有事情需要调查时,提前跟我打声招呼,而且……"苏逸扫了眼远处的豪宅,"在这里办公还真是不能让人信服。你转告郭政明,今后有什么事让他直接来找我,不要再去打扰我的妻子。"

刘秘书再次深表歉意地颔首,苏逸轻揽何琳上了车,车子平稳地驶离水苑华庭。

车内一时间静寂无声,车子远离水苑华庭后,异常安静的何琳才突然抱住开车的苏逸,她浑身颤抖泪如雨下。苏逸吓得紧急刹车,他此刻的心情也颇为复杂。他伸手回拥住何琳,"琳琳,他有没有……再伤害你?"

何琳哭着摇头,"没有,他没有伤害我,他只是给了我这个。"何琳把手中的锦盒递给苏逸,苏逸伸手打开包装,里面竟是一块刻有"PATEK PHILIPPE"标志的手表。苏逸的眉宇微抽,他依稀记得这款百达翡丽表的宣传语:谁会陪你过二十四小时……

苏逸的手指微颤,果然在盒子底部压有一张字条,上面刚劲有力地写着:不能二十四小时陪你,但要你二十四小时感受我的存在。


"一夜连双岁,五更分二天",二月份中旬正逢中国传统节日春节,在辞旧迎新的除夕夜,家家都是亲人团聚,热闹非凡。屋外鞭炮声不断,童语看了眼窗外,文瑾此刻在做什么?他不会也在帮着母亲包饺子吧?

"小语,累了吧,剩这点我一个人包就行了,你去歇息一下吧。"江母和蔼地望着自己的儿媳妇。这孩子从昨天到这儿就没闲着,家里照看江父的保姆请假回家过春节了,这里里外外、洗洗涮涮的都是她一个人在忙着。

"妈,我不累,就快包完了。"童语利落地把最后一块面取出来,放在面板上和着面揉搨着。

"谁来的电话,小岩怎么接了这么久?小语你去给他披件衣服吧,凉台太冷,别感冒了。"江母把童语手里的面接了过来。

童语应允去水池冲了下手,取了件棉服来到凉台。

"你不用再说了,这件事没有商量的余地……"江岩的神情颇为急躁,语气更是冰冷。他忽感后背一暖,肩上多了件衣服。

第十九章 覆水难收

他转头冲童语笑了下,"好了,我不想再多说下去,你自己考虑清楚。"江岩不再听对方的辩解,摁断电话关了机。

童语疑惑地扫了眼手机,"谁的电话让你这么生气。"

"没谁,一个客户,开的条件越来越离谱。"江岩揽着童语的肩回到客厅。江父的身体熬不了夜,早就睡着了。江岩家的习惯也都是早睡早起,所以他们没有等到半夜十二点,临近十一点就把年夜饺子给煮了,江岩放了鞭炮,三人坐在一起吃了饺子算是把除夕夜给过完了。

夜里劳累一天的童语睡得很沉,江岩却怎么也睡不着,他有些心烦意乱,那个该死的电话把他的好心情给搅得一塌糊涂。他侧脸看了看熟睡的童语,美丽的脸庞让他有些情动,他贴了过去轻吻了一下。这一吻不要紧,连带着他的身体都紧绷起来,他的呼吸有些急促,十指开始轻车熟路地脱着童语的睡衣。

睡梦中的童语蓦然惊醒,只几秒种她就意识到发生了什么事。她猛然抽离,逃开江岩的骚扰。而江岩却倾身压了过来,童语望着被欲火浸染的江岩,指了指隔壁。江岩父母家住的是老楼房,根本就不隔音。

"没事,他们都已经睡了。"江岩把躲在床边的童语给拽了回来,禁锢在自己的身下。

童语不敢喊叫,她开始用力推拒。江岩却比她还固执,今夜的他必需要完成他要做的事,也许这样事情还有补救的机会。

童语慌乱地推挡却不曾想碰到江岩受伤的左臂。江岩有些恼怒,紧盯着身下的童语,"你这是干什么?你非得把正常的夫妻生活搞得都跟强奸似的,这有意思吗?"

"我累了一天了,现在很难受,就想好好地睡一觉。"童语也回瞪着江岩,为什么他就不能体谅她的辛苦,大半夜的还要如此地折腾?

江岩有些讶然童语的目光,他忽然觉得童语哪里有些不一样了,对,她的态度,她抗拒的态度。

江岩蹙起眉宇,他俯下头覆在童语的耳旁,"我看你是拿累当借口吧?说说你真正的原因。"

童语脸向左一偏,躲开江岩的亲吻,"是你自己多想了,我明天还得早起照顾咱爸呢。你就消停些吧。"

江岩阴紧盯着童语,他的脸色已相当难看。这个女人现在已不光是拒绝他的性爱了,连亲吻都如此抗拒。江岩觉得自己的自尊被践踏了,猛然推开身下的童语,躺到一旁。

单纯的童语还以为没事了,身后却猛然吃劲,她已被人强行摁趴在床上。童语"啊"的一声,江岩已伸手捂住她的嘴。

童语气得眼泪崩落下来,身上的男人重重地压在她的背上,让她反抗得愈发力不从心。她用力掰着江岩捂嘴的手指,可是这手指像是铆足了劲,捏得她下巴生疼。气极的童语用力一咬,江岩闷痛一声,手指只抖了下,却更加坚固地捂摁住她的唇。

童语的视线一片模糊,这样的状况让她感到莫名地屈辱,也许只有文瑾那个傻瓜才会听她的,不强迫她。

这次的折磨尤为漫长,漫长得童语都不知晓何时结束了这场噩梦。

江岩覆在童语的背上,依旧不起来,他温热的唇亲吻着童语的耳垂,开始哄伤心的女人,"我并不想强迫你,我只是想要一个我们的孩子,一个属于我们自己的孩子。"

童语缓缓睁开双眸,到了最后她已经由最初的反抗变成冷漠的对待,而此时江岩的话却在强烈刺激着她的神经,她的心都在狠抽,如果她真的怀孕了,她还能去争取离婚和文瑾在一起吗?

餍足的江岩倒是来了困意,沉沉地睡了过去。

而这次却换作童语失眠了。漫漫长夜,童语的思绪从未像此时这么清晰过。她恨的不是江岩而是她自己,为什么她要让自己自取其辱?她的努力没有让她摆脱困境,却反而愈发不堪。她的双眸再次湿润,文瑾我们真的能在一起吗……

接下来几天,童语是倍受煎熬,白天在公公婆婆面前强颜欢笑,晚上为了逃避江岩,她宁可一个人坐在客厅里看电视至深夜。好不容易挨到初四,她以自己初五值班为由提前动身返回同城,可没想到江岩一听说她要回去,便跟她一起回来了。

两个人一路上都是零交流,进了家门后,江岩就开始发脾气。他说小语你是什么意思啊?你气也气过了,还有完没完?我就不明白了,我是你丈夫吗?

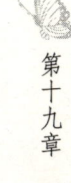

第十九章 覆水难收

你用得着为这种事计较个没完没了?

童语默然,没有理江岩。这些天她都严重缺乏睡眠,故而她的头正胀痛得不能自已。

童语的态度愈加刺激江岩,江岩气得身子都有些哆嗦,"我看你是成心做给我父母看的,你很怕别人不知道我们夫妻感情有问题是吧?你知道我妈临走时跟我说什么吗?她说是不是她有什么地方做得不对,惹你不高兴了,才让你不喜欢待在那里……"

童语本来是委靡在沙发上,被江岩这么一闹,她忍着头痛站了起来,"对不起,我不知道妈会多心,只是江岩,你能不能让我清静一会儿。"

"你去哪里?"江岩看着童语竟然向大门方向走去,他紧走几步拉住童语的胳膊,把她给拽了回来。

童语的身子被江岩甩得险些摔倒,她无奈地看着江岩,"我只是想出去透透气。我们为什么不能冷静一下,非要吵得邻里不安?"

"需要冷静的是你不是我吧?我知道你被某人影响得心猿意马,魂不守舍。但在家里你最好给我安分一些,毕竟我才是你的丈夫。"

童语的身子一晃,扶住沙发,原来江岩一直都知道她的心思。

两个人正相持不下间,门铃却不合事宜地响起来。

江岩被门铃搅得有些烦,气呼呼地去开了门,结果呆怔当场。

以童语的位置,她只看到江岩堵在门口,却没有看到门外站着什么人。

她隐约听到江岩在说:"你来干什么?我对你说的话还不够清楚吗?"

一个有些熟悉的声音在小声辩解着,"你不认为应该给我个说法吗?这样呼之则来,挥之则去的日子我过够了。"

童语的脚步微滞,她还是走了过去,也看到了门口要进来的人。

尹静固执地站在门口,她和江岩正用眼神较着劲,谁也不肯退让一步。

"你有什么事吗?"童语已来到江岩的身后。

"你在正好,我有事情要和你谈。"尹静这话是冲着童语说的。

"尹静,你现在马上给我离开这里。"江岩的声音徒然拔高。

尹静明显地瑟缩了一下,但她很快就平静下来,冲着童语勉强一笑,"我不进去,你让我怎么和你谈。"

童语的表情有些凝重，她直觉他们之间一定发生了什么，才会让尹静大过年的不管不顾地来家里闹事儿。

"让她进来吧，这样站在门口吵闹，让邻居看了反而不好。"

江岩的呼吸加重，他的目光变得狠戾，"尹静，你会后悔你今天来这里闹。"

尹静没有再看江岩，绕过他走了进来。今天她敢来已经抱了孤注一掷的决心。

童语的心已揪在一起，她莫名地感到发冷，"你们到底有什么事瞒着我，为什么不能让我知道？"

"我怀孕了，孩子是江岩的。"尹静开口便是惊人之语。

童语倒退两步，不敢相信地看着尹静。

"怎么可能？"童语喃喃自语。

"怎么不可能？江岩他自己清楚。"尹静这几日已被江岩的态度给冻伤了，她今天来就是想讨个说法。

"什么时候的事情？"童语直视着尹静的眼睛，她想看清楚这个女人是不是在撒谎。

尹静笑了，笑得很妩媚，"周六在医院，那天你加班没去陪他。"

童语的心重重一拧，她唯一没去的一次是和文瑾在一起，原来那一晚江岩是跟尹静在一起。

这个答案让童语很崩溃，天下可能再也找不出像他们这样荒唐的夫妻，荒唐得连她自己都觉得不可思议。

尹静还在说着什么，但童语已一句也听不进去，她面如死灰地往回走，异常安静地进了卧室，随手推上了门。童语强倚在门上，勉强支撑着摇摇欲坠的身子，半响，她顺着木门滑落在地上，眼泪倾涌而出……

方才那一刻她竟没有勇气去指责江岩，因为她并没有比他高尚多少，他在医院与尹静偷欢，而自己呢？

江岩把尹静赶走后就在敲门，他一直在道歉请求童语的原谅。童语终于打开了门，低垂泪眸，语气却是前所未有的坚定。

"江岩，我们离婚吧。"

童语的话听在江岩的耳里，犹如春雷轰鸣着江岩本已崩溃的心。他摇着头，

第十九章 覆水难收

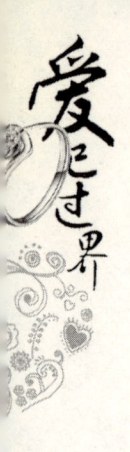

抓住童语的肩,"我不离婚。我为什么要离婚,就因为那个我根本不想要的孩子吗?"

童语忍住夺眶的泪,"江岩你还没有意识到自己的错误吗?那个孩子是无辜的。你知不知道你很残忍,你为了扼杀这个生命,竟企图用另一个孩子去阻止这个孩子的出生,你怎么能够这样做?"

江岩的眼睛湿润了,他把童语紧拥入怀,"小语我知道我错了,可你相信我,我只想要你的孩子。你不要生气,我答应你,我再也不会和尹静来往了,我们不要离婚好不好?"

童语的泪还是涌了出来,她气得心都在哆嗦。她用力推开江岩,"你认为我还能够原谅你吗?江岩你可以欺骗你自己,你可以找千万个理由来为自己解脱,可是我做不到,这样荒唐的闹剧还要延续到几时?你对我什么时候有过真心?你彻头彻尾的都是欺骗,你不要再跟我说你的保证,我不想再听了,我只想离婚……"

江岩听着童语的控诉,悲伤的脸已变得惨白,他终于被激怒了,"欺骗?你居然和我谈欺骗?"江岩阴冷地把童语推搡在墙上,冰凉的手指顺着她的脸向下抚摸,他的手重摁在她的胸口,"那你告诉我,你的真心又在哪里?你这里有没有真的爱过我?"

江岩看着童语语塞的表情,他笑了,他的大手瘆人地覆在她紧绷的小腹,"你没有欺骗吗?那你现在就告诉我,你们在一起偷欢了几回?"

童语被江岩的话逼得呼吸窒闷,她强迫自己去对视这双嗜血的眼眸。眼前的江岩很阴森,竟让她感到莫名的害怕。

"是,我和文瑾是在一起过,我承认我爱他,可就因为我们都彼此背叛,这段错误的婚姻才更应该尽早地结束……"

"哈哈……"江岩不可抑制地狂笑起来,他的眼泪崩落下来,"这就是我的好妻子,她在我面前表现得像个贞节烈妇,她都不屑我的亲吻,转头却去偷欢,这还真是最讽刺的笑话。"

讥笑的江岩暮然语气逆转,"既然这样,小语你还和我谈什么离婚?这婚我不能离。想让我给欧文瑾倒地方?你想都别想,这辈子你都不会再有机会和他在一起。"

童语的身子微晃，气得头都在眩晕。她勉强用手推开蛮不讲理的江岩，步伐凌乱地回到卧室收拾衣服。她不能再待在这里，这一次她必须表明她的决心……

跟在后面的江岩粗辱地从童语手里拽出衣服，狠甩在地上，"你要干什么？你想去哪里？"

童语不理他，捡起地上的衣服塞进皮包，继续整理着衣物。

暴怒的江岩猛然抓过皮包，狠狠地摔在地上。他狂躁地踢踩着地上的衣服，"我告诉你小语，你现在哪儿都不能去，你只能待在这里。如果你敢走，我就去你公司要人；如果你辞职，我就去欧家要人……"

啪的一声，忍无可忍的童语终于不再沉默，她扬手狠甩了江岩一嘴巴，"你真无耻，你还想做什么？江岩，你不要欺人太甚。"

童语从未打过江岩，故而江岩一时间被打得朘睁当场，少顷，这个濒临暴走的男人脸色青白交加，他双目欲眦，"我无耻？好，我就让你知道什么才是真正的无耻！"

童语也惊怔于自己的举动，她茫然地看着自己的手，不可置信自己真的掌掴了江岩。反应迟钝的童语忽听门锁落下的咔嚓声，她蓦然转身，江岩早已把她反锁在卧室里。

童语慌了，急忙去拽动门锁，可一切都是徒劳，她根本打不开。她开始敲打房门，呼喊着让江岩为她开门，然，没有人理她，她的嗓子喊得生疼，手打得酸麻，都没有人来为她开门。

无计可施的童语又想到什么，她慌忙地去找手机。她翻尽了所有能找的地方，都没有看到她要找的手机。她颓然地垂下双臂，因为她悲哀地发现，她的手机竟然遗落在客厅的皮包里。

万念俱灰的童语，身子晃动数下，终于昏厥在地上……

多日来的精神折磨已让她患病，此时的童语已承受不住病痛的煎熬，她彻底陷入昏迷……

天色渐沉，昏暗的天空竟飘起凄迷纷乱的雪花，狂风肆虐地敲打着窗扇，惊得床上的人黯然转醒……

童语睁开胀痛的眼睛，也看到了床前端坐的人。她不免悲从中来，因为这

第十九章 覆水难收

个人正是她最不想看到的江岩。

"你醒了？小语你发烧了，来吃片药。"伴随着江岩温柔的话语，一只小勺伸进童语嘴里。童语直感药片塞了一嘴，杯子已探至唇边，措手不及被硬灌了小半杯水。童语呛得厉害，水溢得到处都是。她难受地咳嗽着，欲伸手去擦脸上的水，却惊异地发现她的手动弹不得。她举起双手，看着上面缠绕的胶带，童语有瞬间的崩溃，"你想要干什么？你为什么要绑着我，你快放开我。"

"我会放开你的，但不是现在……"江岩的声音平静，平静得让人错觉这样疯狂的行径并不是出自他的手。

童语遍体生寒，冷汗渗了出来，她混沌的大脑蓦然清醒了几分，"你方才给我吃了什么？"

江岩爱怜地抚摸着童语的脸，"你为什么要这么聪明？其实告诉你也无妨，是促进你怀孕的药，不过你放心，我会疼你和孩子的……"

童语的脸顿失了血色，她呼吸愈发沉重。她艰难地坐了起来，这个男人已经疯了，她不要和他在一起，她要尽快离开这里。然，童语刚要下床，伸出去的腿又缩了回来，随即她的眼泪倾涌而出，因为她居然悲惨地发现她身上的衣服全都不见了。

嗡的一下，童语的大脑被炸裂得一片茫白。

"为什么？"童语泪眼凄迷地望着江岩。

江岩平静的表情终于松动，怅然若失道："小时候我曾有一把心爱的冲锋枪，可是父亲却强行让我把它送给来家里做客的小朋友，你知道我是怎么做的吗？"

江岩的唇抿起笑意，"我把它掰成了两半，既然得不到我就要毁了它。而你？"

江岩的手轻柔地为童语擦拭着眼泪，"你是我最心爱的女人，我怎么会舍得毁了你？所以我要留住你，让你离不开我……"

童语的心已被捏紧到极限，她再也承受不住这样可怕的状况，訇然瘫倒在床上……

江岩微凉的唇已触上童语的肌肤，他爱怜地亲吻着赤裸的身体，森冷的手指抚上童语的大腿寸寸上移……

"不要……"童语彻底崩溃，她绝望地哭泣。

"江岩就算我怀了你的孩子，我也不会要，我会毫不犹豫地打掉他。"

"好啊，那就等你怀了孩子再说，我倒要看看你是否能忍心打掉他……"

男人泄愤的冲撞和疯狂的掠夺已让童语的身子痛至极致，她的哭泣愈发低弱无力，透迤蔓延的疼痛正不断地凝聚在她的心口。痛彻心髓的童语气血上涌，双目一黑，彻底陷入黑暗……

昏迷中的童语疼痛的身子似飘飞在荒凉的天际，漫无边际的黑暗让她看不清方向，浓重的叹息声，声声都在痛绞着她的心。童语心惊胆寒地找寻叹息的人，半晌她才泪如雨下，趔趄地扑倒在黑暗中，"妈妈，是你吗？"这再熟悉不过的叹息，亦如记忆中的哀怨。这就是妈妈的声音。

没有人回答哭泣的女人，哀叹声刹那间消失，童语的身边却现出光亮。她忍不住望了过去，猝然浑身寒战，在她的身边正躺着一个冰冷的婴孩，他正睁着一双怒目瞪视着她，腥红的血水正汩汩地从他的双目中止不住地渗出……

"啊……"童语抱住头放声尖叫……

黑夜中，一个女人浑身战栗汗涔涔地蜷缩在那里，她费力地喘息着，望着一室的黑暗，已分不清是梦境还是现实。她几欲挣扎终是滚落到地上，用力地扭动着被捆绑的手腕，脑中盘旋不去的景象惊悚地缠绕着她。她颤抖着双手，仿若指尖上还滞留着冰冷的血液，瘆人黏稠的血红正极速漫溢上她的身……

房间的灯蓦然大亮，江岩目光复杂地看着地上的童语。他走到近前欲扶起她，童语却骇然地躲开他的碰触，她赤裸的身子在瑟瑟发着抖。江岩的指尖还是触摸上她的身，滚烫的温度让他蹙起眉宇，他在考虑是否送她去医院。

然，男人自私的占有欲还是替代了良知，他没有送高烧的童语去医院，只是把再次昏迷的她抱到了床上。他试图给她喂进退烧药，然，牙齿打颤的童语已喂不进去任何东西，她的思维已混乱，神志不清的她梦呓连连……

第十九章　覆水难收

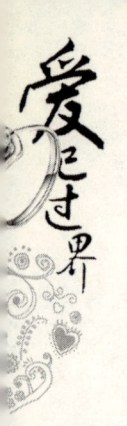

## 第二十章　尘缘如梦

温热舒缓的水流缓缓漫过女人光洁如白瓷一般的肌肤，江岩骨节均匀的手指暧昧地抚摸着。水中的童语紧闭着双眸，秀美的小脸散发着诱人的光泽，湿漉的长发服帖地覆在胸前，遮挡住迤逦的丰盈。

雾气弥漫中，女人的娇态自有媚楚的风情。

江岩的眼中现出几许温情，霎时飞扬了思绪……

那一年，江岩帮助童语安葬了童母后，也终于向自己深爱的女人开口求婚。

童语低着头，双手紧绞在一起，她柔弱的身子似在颤抖，没有答应或是拒绝，只是心情矛盾地沉默不语。

"小语，你是怕我对你不好吗？"江岩执起童语微凉的手，紧包在自己温热的大手里，"小语我保证，我会一辈子疼你爱你。"

"江岩，我……我已经不是处女了。"童语迟缓地抬起头，费了好大心力才说出这几个字。

江岩只是稍作停顿就伸手把紧张的童语拥进怀里，"小语这不重要，你看，我也早已不是处男了，你说我们是不是扯平了。"

童语直感温热的液体冲出眼眶，"不是的，我和你不一样，我是因为……"

江岩的唇已堵住童语要说的话，"过去的就让它过去吧，既然你不想去回忆，又为何要说出来？我不需要知道，我在意的是我们的将来……"

童语的泪愈涌愈多，轻缓地闭上双睫，接受了这个男人的吻。她告诉自己从这一刻起她要忘记文瑾去接纳眼前这个情深义重的男人。也许母亲的话是对的，江岩才是最适合她的人……

江岩的黑瞳紧锁住仰躺在浴缸里的童语，他似乎已不能再承受这样的回忆，他的眼尾微抽，眼泪迸溅下来……白皙修长的手指轻触上女人淡粉的唇瓣，"为什么你要离开我?他就真的那么重要吗?重要得你要抛弃我们多年的夫妻情谊,去飞蛾扑火地与他在一起……"

江岩的双眸已不复平静,怨毒的目光直射向童语,方才还缱绻情浓的眼底已布满阴霾,他蓦然俯下头,狠狠噙住熟睡人的唇……

微温的水流带走了童语高烧的体温,这个浸泡在水中的女人终于退烧了,她睫毛颤动,秀眉轻蹙,缓缓睁开眼睛。

江岩的灼吻因童语的苏醒而停了下来,近在咫尺的眼眸彼此相望着。

"你终于醒了。"江岩目光微闪,又继续含住童语的唇。

童语望着索吻的江岩,哀伤从四面八方聚拢而来。她的双眸湿润,她想躲开他的碰触,可全身却似散了架似的,使不上丝毫力气。她唯有用贝齿撕咬,以示她的抗议。

江岩的唇只抖了下,稍作停顿,便加重了这个吻。腥甜的血珠从他们厮磨的双唇间流溢出来,顺着童语的下巴颗颗滴落在清澈的水中,砸出朵朵妖异的血花……

童语肺部本就稀薄的空气因这一吻变得愈发呼吸困难,她的双眸又开始泛黑,她用被捆绑的双手微弱地推拒着身上的江岩……

江岩终于抬眸结束了这个折磨人的长吻,他痴迷地望着身下的女人。她原本浅淡的双唇被鲜血染成惑人的嫣红,红唇微张,双眸烟惑迷离……

"小语,你好美,你是我的……"江岩喑哑的嗓音低喃,长指不舍地摩挲着童语的脸颊。

童语的泪不知不觉地落了下来,定定地迎视着江岩,"求你,放过我……"她在乞求这个几欲癫狂的男人,她的第六感告诉她,如若这样下去,她势必不能活着走出亦如炼狱的家。

江岩被蛊惑的心狠抽了一下,抚摸童语的手指蓦然僵冷,白皙文雅的脸庞顷刻间寒峭冷冽。

江岩用力抓过童语猛烈地摇晃着,"你还是要离开我?为什么?为什么你非要这么狠心?"

童语被晃动得头晕目眩,长发凌乱地飞舞着,"我……很难受……你放手……"女人有气无力的嚅嗫成功地阻止了江岩的暴行,他只轻轻一带,虚弱

第二十章 尘缘如梦

的童语便趴俯在他身上。

童语的泪颗颗滴落在江岩的肩上,也滴落进他微妙复杂的心里。江岩抬起童语流泪的脸,轻柔地吻尽上面的泪水,"小语不要离婚好不好,我们离开这里,我带你去我们小时候生活的小镇,这一次我不会再让他找到我们。"

童语哽咽地抽泣,无力地摇着头。她好不容易才和文瑾走在一起,怎能再次离开他?她不要跟江岩走,她只想留在文瑾的身边。

江岩盯着怀里不住摇头的女人,他的脸色几尽铁青,她还是要离开他,她的眼中都不带有一丝丝犹豫,那份决绝的坚定彻底刺伤了江岩的心。江岩窒闷的胸膛骤然蹿起燎原的恨意,强势的五指狼戾地分开童语的腿。童语的身子恐惧地激颤着,昨夜的记忆还历历在目,难道新的酷刑又要开始了?

彻底癫狂的江岩面对病重的童语,已没有丝毫的怜惜,有的唯有势在必得的决心。他的利器尖锐地钝刺着童语的花心,每次他的强势贯穿都势必抽起她蚀骨的疼痛。

童语的思维被抽筋剥骨的疼痛击得再次飘飞,她的眼里已流不出泪水。曾经她与他的家园也盛开过幸福的花,那是她唯一眷恋的记忆,然,此时这仅有的唯一也被他撕毁得分崩离析,幸福的花已尽数撕裂凋残,碎裂的枯瓣刮得童语痛彻心扉,生生地带出莫名的恨来。

童语死咬住江岩的肩头,她的牙齿没入他的血肉,浸满殷红的血丝,"江岩,你听着,我从未爱过你,我死都不会和你在一起……"

江岩的身子僵了下,脸凝聚寒冰,须臾,他笑了。他覆在冰冷的女人耳旁,"我知道现在是你的危险期,我们再努力些,那个孩子就快来了……"

童语被江岩恶毒的话击得再次战栗,有什么东西应声断裂。童语顿觉气血逆流,她的唇角渗出斑斑血迹,勉强支撑的身子猛然后倾,瞬间跌入无边无际的黑暗……

春节后,上班族又开始步入朝九晚五的生活,苏逸接过冉婷递过来的文件,随意问了句,"还是没有联系到童经理吗?"

"是,她的手机依旧关机。"冉婷也很无奈,由于联系不上自己的直管经理,所以大事小情的就都得来麻烦苏经理过目。

苏逸等冉婷出去后，他又拿起公司的电话拨了童语的手机，果然还是关机，他又拨了她家的座机，依然无人接听。

从某种程度说，公司是不允许经理级的人员随意关机的。苏逸曾要求他的下属要二十四小时待机，虽说童语的丈夫提前为她请了病假，但由于售后部有些事必须经童语的手，所以她的手机处于关机状态才有些不正常。以苏逸对童语的了解，他当然不会相信童语是有意而为之，所以他决定抽空去看望下这位生病的下属。

苏逸调出童语的档案，抄下了她的家庭住址，又买了些营养品，趁着午休时间来到童语家。

他摁了很久的门铃，却半天不见人来开门。他想了想又敲开了隔壁邻居家的房门。

这童语家隔壁住着一对退休的老两口，开门的是位六十多岁的大娘。苏逸客气地拜托她把东西转交给童语，还让她看到童语后让童语给公司去个电话。

大娘对苏逸这张标准好男人的脸很有好感，随口唠叨着，"隔壁那小两口前些天吵架了，这些天我都没再看见那女的出过门。今天早上倒是看见她爱人上班去了，只是……"

苏逸注意到大娘的欲言又止，他马上扬起老少皆宜的笑容，大娘立即把苏逸划为可信任的人。"只是男的不在家时，我总能听到卧室那面有人敲墙。虽然声音不大，但我也能断定出是他家。"

苏逸的表情凝重了，一个人要是没事敲墙，只能有两种可能，一种是精神病人无意识的行为，一种便是正常人有意识的行为，当然童语一定是属于后者。

在苏逸的要求下，大娘把苏逸领到两家卧室相隔的墙壁前，苏逸向大娘借了个玻璃杯，倒扣在墙上仔细聆听着。这一听不要紧，他的脸色都变了，他竟然听到里面隐隐约约传来女人的哭泣声。

苏逸用杯底轻叩墙体，反复高声提醒着隔壁哭泣的女人，"童经理，我是苏逸，你是否需要我的帮助？"

隔壁蓦然寂静，苏逸的心一紧，他又清晰地重复了一遍，这时便传来东西落地的噼啪声。苏逸把耳朵贴在杯底再次聆听着，哭泣声断续地响起，只是很微弱。过了一会儿，苏逸的唇角上扬，因为隔壁的人已给了他明确的信息，她

第二十章 尘缘如梦

在虚弱地敲墙,尽管声响不大,但这足够了。

苏逸立即向邻居家的大娘大爷说了事情的严重性,他说如若按大娘说的吵架的时间推算,他们的女邻居至少已被软禁了六七天,这么久的时间她的状况一定很凶险,弄不好会搞出人命的。淳朴老实的老两口当然害怕,他们配合着苏逸的安排,大爷去派出所报案,大妈为苏逸找来了结实的绳子。

苏逸仔细研究了两家的位置,唯一能进入童语家的只有卧室相临的窗台。这个居民楼卧室的窗户几乎家家都有一个放置花盆杂物的小露台,只是正逢冬季,上面覆满了积雪。

苏逸脱了鞋子和外衣,小心翼翼地攀上了狭小的露台。他克制着视觉上的眩晕,用眼睛丈量了下距离,约一米的距离。他深吸了口气平静下自己的心跳,吃力地攀了过去。还好,童语家的窗户竟然没有锁死,苏逸推开窗子爬了进去。他解开系在腰间的绳结,伸手掀开遮盖视线的窗帘,这位刚落下心的男人顿时停住呼吸。

一个昏迷的女人正委靡在墙边,双手被缚,长发凌乱不堪,脸上尽是病态的潮红,赤裸的身上布满了大大小小的瘀紫,腿际竟还淌有血迹。

苏逸的眼眸湿润,快步走到床前抽起被巾盖在童语的身上,把昏迷的她抱到床上。少顷,苏逸转过身去,紧闭双眸平稳了下心绪。童语的惨状已远远超出了他的预想,苏逸不再迟疑,迅速拨了两个电话,一个是急救中心,一个是远在大连的欧文瑾。

欧文瑾立即就飞了过来,他赶到医院时,童语已从手术室里推出来了。她的病况非常凶险,肺部大面积感染,呼吸衰歇,因为滥用药物,体内出现腹水,甚至阴道右侧穹隆有斜形裂伤,下体流血不止……

欧文瑾守在童语的病床前,他的心都在颤抖。都是他的错,是他低估了江岩,他从没想过江岩也有这样惨无人性的一面。他本应早就过来同城这边看小语,只是这个新年他也过得水深火热,他与童语的事在家里掀起轩然大波,反应激烈的欧母直接晕了过去,也因此他在北京多耽搁了些时日。返回大连后他苦于联系不上童语,正当他寝食难安时就接到苏逸的电话。

这个坚强的男人趴在童语的床前放声痛哭,他差一点就失去了小语,如果不是苏逸,他和小语将是阴阳相隔。医生说童语已严重脱水,右心衰歇,若再多耽误一天，她的病可能就要回天无力了。

冰雪消融，能融化封冻的坚冰，能温暖沉寂的心灵，白雪洗去了尘埃，初晴后的阳光绽破了灰暗的天空……

童语睁开她沉睡已久的眼眸，茫然地看着白色虚幻的世界，她在疑惑自己是不是已然到了天堂。

欧文瑾望着目光空洞缥缈的童语，手中的钢勺啪的一声掉在地上。他迟疑地伸出五指放在童语的眼前，童语干涩的眼球随着模糊的影像转动了下，旋即露出惊骇的表情。

欧文瑾倾身把柔弱无助的女人拥进怀里，"小语不要怕，我是文瑾。"

童语混沌不清的大脑被这声熟悉的呼唤给彻底震醒，她颤抖着手指紧紧抓住身前的男人，"文瑾，是你吗？真的是你吗？"

欧文瑾滚落的热泪颗颗滴在童语难以置信的脸上，他执起她怯弱的手抚上自己的脸，"是我，小语你摸摸看，是不是我的脸。"

童语摩挲着欧文瑾的脸，她的鼻息萦绕的都是熟悉的木质辛香。童语松开紧咬的唇，用力抱住欧文瑾，多日来压抑的委屈和恐慌终于在这一刻奔泄决堤，她不可抑制地放声悲泣。

欧文瑾寸寸柔肠顷刻间被揉断碾碎，多日来盘旋在心头的阴影霍然开朗。他在内心发誓，从这一刻起，他要将这个女人牢牢地锁在自己身边，任何事都不可能再分离他们，他与她的婚姻不需要任何人的祝福，他有她就足够了。

煦暖的阳光莫名地怜爱这对苦尽甘来的恋人，轻洒在他们相拥而泣的身上，一点一滴地化解他们的悲伤。

蓝涛推门进来时，看到的就是这样一幅景象，一个大男人抱着个小女人痛哭流涕。

蓝涛抬起尾指抹了下自己被溅湿的眼角，感慨自己都被这臭小子弄得多愁善感了。他放下手里的购物袋，他再次成了欧文瑾的勤务兵。

医生过来为童语做了检查，对于视力模糊，医生说是药物所致。江岩急于求成给童语吃了促进排卵的克罗米酚，然这种药对于童语这个正常人来说副作用却是严重的，童语的体质对这种药很排斥，故而出现多种不良症状。

欧文瑾喂食了童语少量的流质食物，等童语睡了，才抬头看向蓝涛，"他怎

第二十章 尘缘如梦

么样了?"

蓝涛轻叹了口气,"他已经被刑拘了,律师说如若我们把医生的诊断书交给警方,他至少会被判三年以下的有期徒刑。"

欧文瑾对于这个昔日的同窗好友,已经没了任何的同情,所以他决定听从律师的建议对江岩追究他的刑事责任。

蓝涛走后,欧文瑾守在童语的病床前,定定地望着她的睡容。他决定等童语的病情稳定后,他就让她辞职,他这次一定要带她一起离开。

然,欧文瑾的眉宇微抽,他居然发现睡梦中的小语在默默地流着泪。童语虽然紧闭着双眼,但她的眼睫却已被打湿,生生地溅出泪来。

欧文瑾眸光一滞,伸手握住童语的手,"小语,你没睡吗?"

童语睁开了满是泪水的眼眸,她的声音哽咽得颤抖,"文瑾,我们撤案吧,江岩他不能坐牢。"

欧文瑾顿感左肋钝痛,怔然地望着恳求他的泪人,"小语,你难道还对他抱有希望吗?"

童语的泪水湿了满颊,"他的父母受不了这样的打击,毕竟我们曾经是一家人,我不能看着他们家破人亡。"

欧文瑾的心转瞬间千回百转,须臾,他喟叹出声把童语揽进怀里,他轻抚着她的头,"小语你知不知道,他差点就害了你的命。如若你死了,家破人亡的将不是他,而是我。"

童语把脸深埋进欧文瑾的怀里,"文瑾,我与他离婚,我在心里是亏欠他父母的,这次就当我把欠他们的情一并还清吧。"

欧文瑾还能说什么?他深感无奈,他的女人这么善良,他又怎能强迫她去做"家破人亡"的"恶人"呢?

但欧文瑾毕竟不是童语,他不会没有原则地滥好心。他委托律师去见了江岩,经过一番深谈,权衡利弊的江岩终于同意离婚。

由于同城并不是童语和江岩的结婚注册地,欧文瑾又不想童语身子劳累折腾,便让律师走诉讼程序离婚。

三月,柳梢抽绿,春风萌动人心,积雪皑皑的同城彻底褪去了冬装,置换上生气勃勃的春装。在欧文瑾的精心照料下,童语的身子一天天康复,视力也渐渐恢复。

周末，苏逸带着何琳来看望童语。两个大男人在走廊里说着话，何琳乖顺地坐在童语的病床前，给童语剥芒果。

童语看着手指灵巧的何琳，不得不感叹她的聪慧，一个芒果在她的手里也能剥切出整齐漂亮的形状。

"我应该恭喜你，你终于和你心爱的人在一起了。"何琳弯唇，笑得很真诚。

童语很感动，她的心里泛起幸福的涟漪，"苏经理是个难得的好人，我很羡慕你们这样的感情，不曾分离，能相亲相爱地守在一起。"

何琳用牙签插了块芒果放进童语的嘴里，她的笑很凄美，"我很爱他，也想和他永远地守在一起，但爱人的方式有很多种，对于苏逸，我留在他身边才是害了他。"

童语下意识地握住了何琳的手，"你要离开他吗？千万不要。我看得出他很爱很爱你，他会受不了的。你坚持了这么久，为什么要放弃？"

何琳反握住童语的手，大眼睛灼灼地直视着童语，"你是不是一直都知道我在装病？"

童语被何琳看得窘迫，不好意思地错开目光，"对不起，我不是有意窥探你的心思，只是你看苏经理的眼神太过宠爱，就如我们第一次见面，那时你也是这么爱恋地看着他。一个人的眼睛就是她的心，心都如此清明，人又怎么会有病。"

何琳松开手，有些自嘲地垂下眼睫，"是啊，你都看破了，苏逸又怎么会不知晓？也许是他不想点破吧，他想让我安心地待在他身边，不想我尴尬地离开。"

童语的水眸一片模糊，她莫名地为何琳感到悲哀，是什么样的原因让这个小女人如此决绝地要离开她深爱的男人？

"能告诉我为什么吗？"童语涩声相问。

何琳抬起自己的手腕，上面的纱布已不见了，只余留了一道狰狞的疤痕。何琳抚摸的却不是伤疤，她的手指爱怜地摩挲着手腕上白色的手表，"因为我不想再连累他。同城的天就要变了，我不知道等待我的将是什么，但我不要苏逸再卷进来。"

第二十章 尘缘如梦

239

苏逸带着何琳离开了,童语的心却久久不能平静,何琳的话一直在她心里萦绕。

"如果有一天我不在他身边了,你们要帮我好好地照顾他……"

"小语在想什么?心神不宁的。"欧文瑾终于发现了童语的异常。

童语内心复杂而纠结,她怔怔地望着欧文瑾,何琳请求她守口如瓶,童语想了又想还是没有说出口。

欧文瑾显然会错了意,他轻缓地躺在童语身边把她拥进怀里,"是在为开庭的事担心吧?不要怕,有我陪着你,他不会把你怎么样的。"

"文瑾,我可能先不能陪你回大连了。"

"为什么?"欧文瑾惊得坐了起来,这个女人又在想什么?他可不想再提心吊胆地过日子。

童语伸手轻抚欧文瑾起伏过快的胸口,"我突然走会对苏经理的工作造成不便的,他还对我有恩,我更不能这样说走就走。所以我想先向公司提交辞职申请,等他们找到合适的人接替我,我再去大连找你。"

欧文瑾的浓眉纠起,虽说童语的说法有些道理,但他可不相信少了一个童语会给苏逸的工作造成什么混乱。

童语扬起笑靥,主动环住欧文瑾的脖子,粉唇轻触他的薄唇亲了下,"我住在蓝涛家里,又不乱跑,不会有事的。"

欧文瑾深深地看着讨好他的童语,须臾,他笑了,"你什么时候学会以色侍人了?"

童语脸微红,"下次不亲你便是了。"

"别呀,我是说亲一下不够,你能不能来个长些的,最好是法式舌吻,我就考虑一下你的建议。"

童语别扭地蹙眉,显然文瑾是在敲竹杠。

"你再磨蹭我就改变主意了。"欧文瑾佯装严肃地看着童语。

童语心一横,再次勾住欧文瑾的脖颈,给了他深深一个吻……

车子已拐进宣华街的路段,苏逸记得这条街上有家老影城,他与何琳婚前约会时经常去这家看电影。他转眸看了下旁侧稍显安静的何琳,从方向盘上腾出右手握住了她微凉的小手,"琳琳,是不是觉得闷,我带你去看电影吧?"

何琳回过神,掩饰地一笑,"好啊,那家影城早已重新装修,跟以前大不一样了。"她并不在意去哪里,只要是和苏逸在一起,她就会感到很欣慰。

两个人泊好车,乘电梯来到五楼的影城。苏逸询问何琳看哪一部,何琳指了指唯一的一部动画片。苏逸无语,宠溺地揉了揉妻子的头,"你还真是长不大。"

在2号放映厅里,除了孩子就是陪同来的家长,苏逸和何琳坐在里面显得格格不入。苏逸抽出湿巾为何琳细心地擦净了手,才把爆米花放到她手里,而他自己则给何琳拿着她爱喝的芒果汁。

电影开始放映了,这部动画片着实搞笑,小朋友们不时地发出阵阵的笑声。何琳也在笑,笑得更夸张,前仰后合的好似开心得不得了,连旁侧的小朋友都不时地向她投来注目礼。

苏逸倒没觉得动画片有多好笑,倒是被自己妻子的搞笑动作给惹笑了。他不免弯唇抚额,他的妻子还真是小孩子心性,多大了还这么喜欢看动画片。

半响,苏逸觉得不对劲了,动画片里早已切换到悲伤的离别情节,何琳居然还在笑。苏逸迟疑地伸出手,指尖触摸了下何琳的笑脸,一片冰凉的泪水。再好笑也不至于笑到流泪不止。苏逸顿觉胸口窒痛,心疼地把何琳揽进怀里,柔软的唇轻触她的耳垂。

"琳琳,不要刻意去想那些不开心的事情,对于我们来说什么都不重要,重要的是我和你还能这样守在一起。"

何琳哽咽,紧紧抱住苏逸。如果命运能让她重新来过,她不会再任性地留在同城,她一定会紧跟着他的脚步。她不需要耀眼的光环,只需要踩着苏逸的足迹,脚踏实地地去走好每一步。

他们没有观看完电影,就中途离场。两个人颇为沉默地回到家,苏逸给何琳放了洗澡水,让她好好泡个热水澡去去寒。

而他则在厨房里忙碌地为妻子做着虾肉小馄饨。他做好饭后也没见何琳出来,苏逸解下围裙,轻叩洗漱间的门,门却吱嘎地开了。苏逸走了进去,他望着静悄悄的浴缸,心有些抽紧。他伸手掀开浴帘,却不想迎面喷来温热的水花,苏逸躲闪不及,溅湿了一身一脸。

第二十章 尘缘如梦

"哈哈……"何琳清脆好听的笑声就这样撞入苏逸的心尖。

苏逸伸手抹了把脸上的水珠,把赤裸的何琳带入怀里。

何琳只怔了下,就顺势攀上苏逸的脖颈,炙热的吻滑过苏逸的喉结覆在他微启的唇上,不安分的小手利落地脱着苏逸身上已被打湿的睡衣。

苏逸被何琳突如其来的热情给彻底炸晕了,这场来势迅猛的欢爱已不是由他来主导,而是由妖孽的何琳。

苏逸脑际片片芒白星光璀璨。这样的何琳是他不曾看到过的,如此大胆的挑逗已让苏逸彻底癫狂……

"我爱你……"何琳震颤着落下泪来,她含住苏逸的唇忘我地亲吻着。何琳的热情彻底点燃了苏逸压抑已久的情欲,他们疯狂地抵死缠绵。窗外气温沁凉瑟人,窗内温度却在沸点上炙燃着……

苏逸累得先睡了,何琳爱怜地看着眼前的男人,她的指尖轻颤地临摹着他俊逸的面孔。她不舍,她真的好不舍,但她知道如若那一天到来,他面临的将是怎样的压力,他的亲人和朋友都会耻笑他看不起他。她不能让他遭受这样的耻辱,她必须离开他……

但何琳不曾料到,事情并没有按她的预想去发展。她努力设定了良好的开端,却无力掌控它的结局,这场即将袭来的狂风暴雨,在中途就已全盘失控,以至于她根本做不到全身而退。这个可怜的女人再次被卷进风暴的旋涡,命悬一线的她又该如何重归她爱人的怀抱……

# 第二十一章 烟花易冷

　　法院开庭受理诉讼离婚案当日，欧文瑾陪同童语到场，由于双方事先都已协商好同意离婚，所以全程都很顺利。江岩和童语之间既不存在子女抚养问题，更不存在财产分割问题。在欧文瑾的思维里，江岩能给予童语的他一律不想接受，他要让他的女人走得彻底，不再与这个男人有任何的瓜葛。

　　显然童语对江岩还心有余悸，全程她都没有与江岩有过眼神交流。法官提出疑问时，她都是转眸望向欧文瑾，而欧文瑾则回以她鼓励的微笑。

　　江岩复杂的目光紧紧跟随着童语，他很后悔自己重伤了小语，他也感激她念旧情不追究他，但他还是心有不甘。他很想与小语亲口说声对不起，可欧文瑾根本不给他机会，他把童语护得严严的，亦步亦趋。

　　从法院出来后，江岩终于鼓起勇气唤住前面的童语。

　　童语脚步微顿，却没有回头，她眼眸酸涩，握紧了欧文瑾的手。欧文瑾执起童语颤抖的手指抵在薄唇边轻吻，"小语，既然决定了就不要再回头。"

　　童语眼泪滚落下来，她没有回头，与欧文瑾十指紧扣相伴而去。

　　江岩一个人站在那里哽咽无语，这一刻他才不得不承认，他已经彻底失去了眼前的女人。也许儿时的梦想只是场绚丽的南柯一梦，梦醒了，他才发现这个女人从来就不曾属于过他。

　　四月一日愚人节，苏逸临上班前还有些心烦意乱，他反复嘱咐着何琳，今天报道有雨，不要再偷着跑出去，要乖乖地待在家里看电视。

　　何琳正吃着苏逸给她洗的樱桃，点头如捣蒜，"嗯嗯，我记住了，你快去上班吧。"

　　"小心我查岗。"苏逸走出去的身子又退了回来。

何琳立即给了他一个甜美的笑靥,伸出两指可爱地摆了摆以示遵命。

何琳一上午都在无聊地看电视,狗血超长的催泪大戏赚足了她的眼泪。她吸着鼻子换了个台,找了个情绪稳定的新闻性节目,证监会就"股市泡沫论"发表声明。何琳不哭了,开始思考是不是应该重新拾笔写篇专栏文章。

一道闪电骤然划响天空,炸裂了昏暗的天际。何琳转眸望着窗外突然变得昏沉的天空,阵阵春雷搅得她惴惴不安。

啪的一声,耳边忽然传来异响,何琳惊怔地回眸,电视机的屏幕已然黑屏。何琳的心提了起来,她悚然地望着被雷击坏的电视,莫名地开始心神不宁。

"铃……"刺耳的电话铃音惊醒了呆怔的何琳,她按住心口,扫了眼座机的来电,须臾,她轻轻吐口气,原来是苏逸。

苏逸也在这边看着外面昏暗的天空,"这么沉的天,我还在担心你是否跑了出去,听到你的声音我就放心了。"

"电视机被雷击坏了。"何琳着实感到可惜,这台电视还是她和苏逸结婚时买的,意义特殊。

"茶几下有我昨天新买的杂志,你先看会儿,我午休时间就赶回去陪你吃饭。"

听到苏逸要回来陪她,何琳笑逐颜开,放下电话后忧虑的心也霍然开朗。她翻看了会儿杂志,又跑去鱼缸前喂食小金鱼。她指尖碾着鱼食轻轻地撒落在水中,小鱼们挤在一起欢腾地追逐着鱼食。

房门响动传来急促的敲门声,何琳开心了,苏逸回来得还真快,她兴奋地跑去开门,"老公你回来了……"

何琳快乐的声音戛然而止,满眼的笑意瞬间都凝固在俏脸上。她望着站在门外的人,血色尽失,她的手一抖,整袋的鱼食都撒落在地板上……

苏逸中午并没有回家,公司突然临时有事耽搁了。晚上下班后他疲惫地打开家门,却没有看到那张预期的笑脸。苏逸开始还以为何琳在睡觉,可是他找遍了家里所有的房间都没有看到何琳的身影。苏逸慌乱了,大声地唤着何琳,却没有人回答他。

苏逸失魂落魄地站在玄关,何琳的家钥匙和手机都安好地放在客厅的茶几上，卧室里有些凌乱，少了些证件和衣物。苏逸缓缓蹲下身子，拾起地板上撒落的鱼食。他的目光蓦然一滞，在他近前的地板上，竟清晰地印着几个杂乱的鞋印，看来进入他家的还不只一人。苏逸颤抖的手指捡起何琳遗落的一只拖鞋，他的眼泪倾涌而出，他担心的事情还是发生了……

恼怒的苏逸立即驱车去了水苑华庭，然，拦截的门卫清晰地告诉他，郭政明从早上出去后，就没再回来过。苏逸又调转车头去了市政大楼，市政大楼的警卫更干脆，说郭政明下午已动身去了南方开会。

多方找寻都没有任何消息，使苏逸完全失去了冷静，焦躁得如热锅上的蚂蚁。这次何琳的失踪已让苏逸恐慌到极点，他浑浑噩噩地过了几天，他原本想郭政明出差回来后，他就会带回自己牵挂的何琳，可就在他寄予最后的希望时，同城却暴出惊天动地的新闻。

苏逸指尖颤抖得已捏不住手中的报纸，晴天霹雳的报道已直接把他送入地狱。这一刻，他知道他完了，他的世界已彻底坍塌了……

轻薄的报纸翩然飘落在苏逸的脚下，那上面印着刺目的标题：同城市巨贪郭政明携情妇何琳畏罪潜逃。

一时间，同城乌云密布，阴雨绵绵，同城官场更是风声鹤唳，人人自危。

作为何琳的丈夫，苏逸被纪检委请去协查。原来今年年初，省纪委就接到详细的检举材料开始调查郭政明涉嫌犯罪的事实，四月初省检察院决定对郭政明以涉嫌受贿立案侦查，可谁知郭政明却提前收到省里传过来的口风，借着去南方开会之由提前潜逃了。

各方面舆论纷纷痛斥郭政明受贿腐败后，大家又把矛头指向另一位涉案人何琳。媒体并没有放过她，各大报纸在极尽谴责后，又都对何琳深表惋惜。报道中称，何琳是同城电视新闻中心一级播音员、副监制，既播新闻又主持大型综艺节目，并多次获奖；承担过同城多次大型节目的主持工作。何琳的出逃让大家更认定，她参与了郭政明的受贿案。

童语看着报纸，直感脊梁都在冒冷汗。她虽然不清楚事情的始末，但她对何琳是信任的，她想她一定有什么不得已的原因才会跟郭政明一起走，只是以这样的方式离开无疑对苏逸是最沉重的痛击。

童语放下报纸起身走出办公室，外面却传来窃窃私语。

第二十一章　烟花易冷

"苏经理真可怜，这绿帽子戴得，全市人民都知道。"凯元店有男员工替他们的苏经理打抱不平。

"这你就不懂了，现在漂亮的女主播还有没被潜过的吗？这叫身不由己。"旁侧的女员工倒比男员工看得开。

童语也知道大家都在为苏逸担心，但这样的言论让苏逸听到，只会让他更痛心。童语轻咳一声，聚集在一起的员工都颇为紧张地看着她。

童语走过去抽起台上的报纸，"我培训你们的第一天就告诉过你们，要谨言慎行。如果你们是真的在关心苏经理，那以后不要在店里再讨论这件事情。"

大家都不好意思地低下头，童语转眸看向离她最近的服务台小贾，"苏经理今天过来了没有？"

小贾小心翼翼地指了指二楼，"方才看他上去了。"

童语点头，向楼梯走去。她的心情很沉重，莫名地想起前些天何琳对她说的话，没想到这么快就应验了。

童语轻叩了门，却没有人回应她。她推开门走了进去，苏逸正趴俯在桌子上浅睡，似乎很疲惫。童语站在门口久久无语，连她都不忍心去叫醒他。

但显然有人并不想让苏逸安宁，桌上的手机蓦然响起，苏逸几乎惊跳地坐起，他紧张地看着来电，失望不其然地滑入他的眼眸。他多希望何琳能给他打一通电话，也许全世界的人都会误解何琳，但他始终相信，他的琳琳是无辜的，她的处境很危险。他很想去救她，可是他却不知道去哪里找她。

苏逸接听了电话，然，他的眉头越听越拧。他终于听不下去打断了对方的话，"妈，你能不能不听别人乱说？琳琳是我的妻子，我了解她的为人。现在她的人都生死未卜，你们说这些是不是太不近人情了？"

电话那边的苏母还在极力劝说着什么，但苏逸已不想再听，"好啦，我自己的事我自己处理，先这样了，我还有事挂了。"

苏逸把手机扔在桌上，烦躁地揉搓着跳痛的头。同城的亲友都迫不及待地给远在南方的苏父苏母通风报信，而且从这些人嘴里说出的话不是添油加醋，就是唯恐天下不乱。弄得苏逸这阵子都被亲朋好友的电话轰炸得头痛欲裂。

今天母亲的再次来电更是绝，竟让苏逸登报声明与何琳离婚。

"有什么需要我帮助的吗？"担心的声音轻缓地响起。

苏逸掀起眼帘,这才看到站在门口的童语。苏逸有些尴尬,掩饰地笑了笑,"过来上班了,怎么样?辞职申请交了没有?其实你完全不用顾及我,你应该和文瑾一起走……"

童语的眼眸已经湿润,她打断了苏逸的话,"何琳她是不是有危险,或许她早就预感会有今天的事情发生。"

苏逸意外地看着走到桌前的童语,"你也相信她不是潜逃?"

童语表情凝重了,她突然想明白了某些困扰她的问题,但这个认知却没有让她把提着的心放下来,反而吓得她手都在抖,"一定是何琳揭发的郭政明,不然她不会前些天莫名其妙地跟我说,同城的天就要变了。这么高度机密的内部消息,她怎么会提前知晓?"

苏逸惊呆了,他的心就要蹦出胸膛。童语这个大胆的猜测,他居然从未想到过,他的妻子神不知鬼不觉地做了这样捅天的事,那是抱了与郭政明鱼死网破的决心。可是倘若这样的话,那郭政明如果知晓这些都是何琳做的,那何琳的处境岂不是更凶险?

在泰国的泰北小城,何琳又是一夜无眠。她推开窗户,向远处极目眺望,清迈的早晨真的很宁静,雾气迷漫中,大街上行人稀少,唯有赤足化斋的僧侣,偶尔也会看到一两个晨跑的西方游客。

郭政明与何琳来这里已经有几天了,如若不是在逃亡,何琳会认为这幽静清闲的小城就是世外桃源,只不过她很清醒,这里不是她的世外桃源,当年红极一时的邓丽君生前就极其喜爱这座小城,最后也是客死在清迈。何琳有时也会想她会不会也像邓丽君那般,客死在异国他乡……

何琳被郭政明强行带上路,一路上颠肺流离,起先何琳误认为郭政明只是让她陪他出差游玩,这样的事以前也时常发生。然,在西双版纳乘船欲去泰国时,何琳明白了,郭政明是要潜逃出境。没想到郭政明在省里也有耳目,竟让他提前获悉消息。也许身在官场的贪官们都练就了一身逃生的本领,连何琳都不得不佩服郭政明的未雨绸缪,他居然早已办妥了他们出境的所有事宜。只是他逃得越顺,何琳的心就越绝望。他与她寸步不离,她没有找到机会逃匿,他们在西双版纳时就有人接应,并一起把他们送往泰国。

第二十一章 烟花易冷

何琳单薄的身子蓦然一暖，晨风中的女人已然被身后的男人揽进怀里。

"丫头，你病刚好，怎么不多睡一会儿？"郭政明的下颌抵在何琳的头上，眼神却警惕地轻扫着窗外。

何琳不语，安静地坐在那里，目光依旧望着远方。刚到泰国时，她故意把自己弄病了，她想只要去了医院，她就有机会向别人求救。然，郭政明警惕性很高，只是托人买来了药物，而她也唯有任命地被禁足在这里。

郭政明叹息，伸手关好窗子，把木然的何琳抱到床上。有时他自己都反问自己，他跑路为什么要带着这个神志不清的女人？当时走时情况很紧急，但他临走前想到的却是要带走何琳。

郭政明的女儿早年去了澳洲留学，后来竟在那边生了场大病，郭妻紧跟过去陪读照顾女儿。也许郭妻对丈夫的风流行径已彻底寒心，她没有再回来，而是陪女儿一起留在了澳洲。

郭政明此番跑路本应该去投奔妻女，但澳洲显然会被警方锁定，因而他只能辗转来到泰国。郭政明去苏逸家接何琳，没想到何琳会反应强烈，情绪激动拒绝跟他走。郭政明万不得已唯有弄晕她，才把她顺利地抱走。

这些日子以来，何琳就是这样清清冷冷的，他让她吃饭，她就吃一点，他让她睡觉，她就闭着眼睛躺在那里，他亲她，她忍受，他要她，她也不拒绝，只是给他的不是一个女人的温柔，而是一块没有情感的木头。郭政明每每要发火时，一触及何琳茫然空洞的大眼睛，就会将一腔怒火尽数化为叹息，他还能要求她什么？她只是一个失忆的病人。

"我们先在这里避避风头，等事情平息些，我会带你去澳洲。"郭政明搂紧了怀里的女人，他决定到澳洲后，他会请医生为何琳彻底治好病。

何琳的心揪紧，她不要去澳洲，她已然离苏逸越来越远了，她不要远得连自己都找不到回家的路。

何琳的脸湿润了，但这泪不是从她的眼眶中流出的。郭政明感慨异国他乡的酸楚，竟破天荒地溢出泪来……

郭政明惆怅的思绪把他直接带回三年前他们最初的相识。炎热的夏季，郭政明代表市委去旱灾严重的村子视察。糟糕的路况，当地办事不力的实情，都让他本就严肃的面孔愈发暗沉。

然，随访记者何琳却是不客气的，她的提问掷地有声，"请问，对于这次旱情，是不是应该归功于政府的失职？政府的运转过分侧重在城区，忽略农村的发展，补偿不及时，反应迟缓，疏于预防……"

郭政明眉宇间顿时不悦，他忍住恼火开始正式端量这位言行大胆的记者。作为随访记者不从政府的角度出发，去报道政府为灾区呕心沥血出资救助，反而直揭政府的痛处，这不能不说明她的"愚钝"。

然，当他看清了面前的小女人时，却突然感到所有的燥热都化为一抹清凉。俏丽的短发，娇媚清纯的脸庞，红唇丰度的性感，灼热的阳光晒得她雪肤粉红，她凝视他的眼睛很漂亮，清灵的眸子里不带有一丝功利，他们离得很近，近得郭政明都能嗅到她身上若隐若现的女人香……

对于郭政明那个年代出生的人，跟他谈爱情是过分奢侈的事情，连他自己都分不清他对何琳到底是出自什么样的一种感情。他迷恋她近乎到了一种病态，但他却不想治愈，他情愿沉陷在这种病态中去与她纠缠不休……

在昏暗岑寂的卧室里，熟睡的男人眉心紧蹙，他的呼吸愈发急促，他的身子一抖似坠入无间的深渊，"琳琳……"苏逸大叫一声，蓦然睁开双眸。他怔怔地望着昏暗的屋顶，他的视线一片模糊。梦中的景象太可怕，他看到何琳躺在血泊之中奄奄一息，他急切地跑去救她，然，那条路却越跑越长。他终于扑到在何琳的身边抱起她，转瞬间却发现怀里竟空无一人，只余留了一块染血的白色手表……

苏逸颓然地坐了起来，抚了下额头的冷汗再无困意。漫漫长夜，他势必又要在思念煎熬中度过。

专案组已在省内外布置了许多监控措施，苏逸因受何琳的牵连，不可避免地成为被监控对象。

郭政明的追捕工作并不顺利，案情一直没有明显进展。

苏逸企盼郭政明能及早被抓获，这样何琳还有生还的希望。然，同城市却也有人希望郭政明能跑得越远越好，最好永远地销声匿迹，否则他牵扯出来的将是一批的政府官员。

这天上午，苏逸再次被纪检委请去协助调查，苏逸一直在强调自己的妻子

是被绑架的,而不是畏罪潜逃。而对方显然对他的话深表怀疑,他们告诉苏逸你的妻子已经和郭政明携款潜逃出境外,西双版纳警方已确认他们二人已由景洪上船潜入泰国的清盛。

这个消息无疑又再次重创了苏逸的心,他僵坐在那里久久无言。他很绝望,在一个语言不通、治安混乱的异国他乡,他的琳琳将该如何逃生?她又会遭遇什么?

苏逸失魂落魄地回到家,却看到家门前坐着两位老人。苏逸的眼泪止不住地往下掉,他看着风尘仆仆的岳父岳母,他真的想抱着他们痛哭一场。然,他知道他不能,他必须克制,不能再让琳琳的父母去承受他的痛苦。

何父何母面对女婿时是深感愧疚的,尽管他们很担心这个最小女儿的安危,但他们却不得不承认他们的女儿错得太离谱。此时的何父何母不奢求苏逸能原谅何琳,他们只求苏逸能帮他们打听何琳的去处,这老两口千里迢迢地从山东赶回来就是为了要去找寻女儿。

苏逸好声相劝安抚了岳父岳母,他怎能让两位老人去涉险?他隐去了一切能隐去的详情,尽量把事情简单化。夜晚苏逸把岳父岳母安顿在自己的卧室里,而他自己却在沙发上一夜无眠。清晨,夜色褪去了它最后一抹身影,晨曦轻柔地照射进屋里,苏逸做出了决定,他要亲自去泰国找寻何琳。

因为何琳是从清盛潜入泰国的,苏逸上网查了泰国清盛的所有资料,了解到它属于泰国的泰北部,周边有美赛、清莱、清迈等城市,因此苏逸决定他要先从清盛以及它的周边地区找起。

苏逸向中天公司正式提交辞职信,忙着办理护照签证等事宜。只是等苏逸焦急地把所有出境手续都办下来已经是半个月以后的事情。

清迈天气炎热,何琳并没有带夏天衣物,郭政明便为她买了一些当地的衣服。何琳穿着棉布的衣裙,修身的筒裙把何琳曼妙的身材束裹得玲珑有致,衣裙的颜色并不若本地人的艳丽,深沉而含蓄。何琳的短发早已长长,她在后面随意绾了个发髻。除去她的皮肤过白,她就算走在泰国人中间倒也不算突兀。

傍晚时分有人敲门,郭政明开门后便与来人进了卧室。来人在进来后深深地看了何琳一眼,何琳的手指微颤。这个人何琳并不陌生,此人一路护送他们来到泰国，中文说得很好，这些日子也都是他在送食物和衣物。郭政明称呼他为"素攀"。素攀皮肤古铜色，精壮瘦削的身材，五官并不出奇，但眼神狠戾。他之所以让何琳感到害怕，是因为何琳与郭政明在西双版纳景洪出港时，何琳曾想偷偷塞给边防检查人员一张字条，当时就是此人突然握住她的手，何琳吓得魂飞魄散。素攀攥住何琳的五指，强行把她指尖的字条渡到他手中。郭政明回身奇怪地看了他们一眼，素攀只是微一掀唇，"小心些，不要再摔着。"

从那一刻起何琳便对此人充满深深的惧意，意外的是素攀并没有向郭政明揭发何琳，只是在那以后的接触中，他对何琳的目光中明显多了戒备。

郭政明和素攀再次从卧室出来后，就让何琳收拾衣物，他们要马上离开清迈。他们东西并不多，临出门前，心思缜密的素攀又检查了一番。他上车后目光平静，何琳的心却提到嗓子眼，因为她在房间隐秘处留了一封求救信。

车子平稳驶离清迈。车子走的都是山路，在危险的山路上赶夜路，九曲十八弯的，绕得人心慌害怕。窗外影影绰绰的，何琳的心难以平静。

郭政明伸手把疲惫的何琳抱进怀里，他的嗓音竟带了抹温柔，"丫头，害怕就不要往窗外看，睡一会儿吧，醒了我们就到了。"

何琳又怎么能睡得着？她蜷在郭政明的怀里，思量着他们这是去哪里？从路况来看，去的地方更为偏僻。何琳沮丧的心沉了又沉，越热闹的地方越有利于她的逃匿，如果真要去了荒凉的山区，她想她就是跑都没有地方可逃，慌不择路的后果会让她的处境更危险。

稳速行驶的车子突然停了下来，何琳向窗外望去，竟隐现一处旅客休息的小站。郭政明陪同何琳去了趟洗手间，把何琳送回车上后，他才又去解决自己的个人问题。

素攀回到车上，他买了些充饥的食物。他伸手把炒饭递至后座的何琳面前，"这是第二次，也是最后一次，你应该明白我的意思。"

何琳僵硬地接过炒饭，她涩声相问："为什么不告诉他。"

素攀的眸子寒了又寒，"我不想对一个女人动手。"素攀犀利的眼睛扫了眼漆黑的窗外，"但你执意要给大家惹来麻烦，那我不介意把你弃尸荒野。"

何琳稳住狂乱的心跳，缓缓低垂眼帘，泪珠一颗颗地砸落下来……有这么一个狠绝的角色陪在郭政明身边，那她岂不是插翅难逃了？

"把眼泪擦干净,如果你不想让明起疑的话。"男人冰冷的语气似乎有微许的回温,他竟递过来一个素雅的手帕。

何琳接过手帕乖顺地擦净了眼泪,她明了这个男人对她并无恶意,她不想得罪他。何琳打开餐盒开始吃饭,想她从前对国内的泰国香米特别偏爱,可此时这洋溢香甜气味的泰国炒饭却让她味同嚼蜡食不下咽。

郭政明回来后并没有发现异常,他们简单吃了些食物,便启动车子继续上路。

临近半夜时,车子抵达清莱,途中他们的车子被警察拦下过数回。然,让何琳失望的是,这些警察都太过于友好,只是简单地查验了护照和车的手续,并不若国内的警察那般严格查询,也因此他们的车子每每都是被很快地放行。

车子渐渐驶入闹市,前面街头竟出现一个金碧辉煌的塔式建筑,后来何琳才知道这就是清莱的标志性建筑,有名的钟楼。

郭政明看何琳在车上没怎么吃饭,他还以为何琳吃不惯盒餐。车子途经一家披萨店时,他又体贴地让素攀为何琳买了份比萨和意大利面。

看得出素攀对清莱很熟悉,他轻车熟路地把车子开到一家 Guest House 停下。老板娘显然认识素攀,他们的证件都没有亮,就为他们安排了走廊深处的两个房间。

夜阑人静,郭政明沉沉地睡了,何琳悄然拿开他搂抱她的手臂。她坐了起来轻轻吐着气,小心翼翼地来到床头柜上的电话机旁。她拿起听筒,指尖飞快地摁着数字键,然,她失望地发现这个电话根本打不出国际长途。

但何琳不想放弃这唯一的能摸到电话的机会,她在大脑里搜索着泰国的报警电话是多少?但很可惜这个信息在她的大脑里非常模糊,没办法她只有碰运气地摁了个最有可能的 191。意外地她竟拨通了,电话等待的长音蓦然响起,何琳的心脏强烈地碰撞着,她在祈祷对方能快些接起……

然,听筒却突然没了长音,何琳怀疑自己的听力出了问题,她的手指急促地想去再次摁动数字键,却不想触碰到温热的异物。

何琳顺着听筒向下望去,一只黝黑的大手正紧扣在电话机上。何琳的身子战栗,她没有勇气回头,她知道这是谁的手。

房间里诡异地寂静,静得他们都能清晰地听到彼此的心跳。

"告诉我,为什么要报警?"郭政明的声音冷冷地响起。

方才的郭政明一直都在看着何琳,这些日子以来的逃亡生涯,让郭政明的神经变得异常紧张敏感,何琳挪动他的手臂,床垫的颤动已然惊醒了郭政明。何琳是背对着床上的人,她不知道郭政明正在疑惑地观望她。他看着她举止小心地来到电话机旁,看着她熟练地摁着国内的长途号码,看着她思考片刻就果断地摁出了191。其实何琳方才摁得没错,191正是泰国的报警电话。何琳的记忆力本就优于常人,只是一次偶然在网上浏览过的各国报警电话总汇,就让她记住了这个号码。

何琳的魂魄已飞出体外,她紧闭着双眸僵硬地杵在那里,是的,此时的她已无需再装疯卖傻了,郭政明从来就不是傻瓜,反而他比一般人都要来得精明。

"为什么?"郭政明吼,近乎于咆哮。

何琳怜弱的身子瞬间被郭政明扯摔在床上,颤怒的拇指狠戾地捏住她的下颌,"原来你一直都在给我演戏,你根本就没有病?"

何琳艰难地喘息着,忍着被撞击的疼痛,极力让自己平静下来。事已至此,她再多的恐慌和害怕也是于事无补。

沉默的何琳终于睁开眼睛,她的身子已不再战栗,她的眸子也恢复了往日的疏离清冷。

何琳抬高视线,勇敢地迎视着异常暴怒的男人,连声音都是出奇的平静,"是的,我没有病,我是不想和你在一起,我才一直辛苦地在装病。"

郭政明凄楚地笑了,他居高临下地欺压在何琳身上,锐利的眸光痛纠着何琳,声音却变得诡异地温柔,"丫头,你是不是觉得自己很委屈,一直想摆脱我都没能如愿,到头来却被我牵连,跟着我有家不能回,只能这样隐姓埋名地藏匿在这里。"

"我说我委屈你就能放我回去吗?"何琳讥笑地反问。

"我不能。"郭政明回答得很干脆。

何琳幽怨的目光直射郭政明,她的唇角卷起不屑,"那你还假惺惺地问我做什么?你铁了心拉我一起畏罪潜逃,不就是想要今天的这种结果吗?你想让我身上沾满洗不掉的污迹,让我变成和你一样罪不可赦的人。"何琳怎能不恨郭政明,他让她与他一起潜逃,她已然被披上丑恶的外衣,现在的同城,她肯定自

第二十一章 烟花易冷

己已是臭名昭著、罪名远扬了。

啪的一声,郭政明狠扇了何琳的耳光。

这一巴掌打得够狠,眼冒金星的何琳,脸被打向一旁,耳鼓嗡咛,唇角渗出血丝。但这一巴掌却把何琳愚钝的脑袋给震醒了,她猛然醒悟郭政明是在试探她,因为自始至终,他都不曾告诉过她,他们躲在泰国的真正原因,那她又是怎么知道他是在畏罪潜逃?

"很好,你终于说实话了。"郭政明的眸子徒然凌厉,肃杀的大手已扼住何琳的喉咙,"我先前还奇怪我的事情别人怎么会知晓得这么清楚?丫头我曾经怀疑过你,但我情愿你是一个真正的病人,可没想到检举我的人真的会是你!"

## 第二十二章　日薄西山

何琳望着痛心疾首的郭政明,她染血的红唇凄怆地掀起,"这都是你逼的,你是不是感到很失望?可你带给我的不只是失望,是绝望。"

何琳颤抖着双臂支撑起孱弱的身子,她的脸逼近郭政明的狰狞,"是你强暴了我,让我成了最可耻的情妇;是你毁了我的人生,把我残忍地拽入地狱,让我活得如此卑微低贱,可你为什么连最后的一点自尊都不留给我?"

屈辱的泪倾涌而出,何琳痛苦地纠着心口,"你让我在我的爱人面前无地自容,你逼得我去自杀,你更逼得我整日地装疯卖傻,你说我该如何对待你?"

"所以呢?"郭政明的脸几尽铁青,他的青筋蹦得几欲爆裂。

"哈哈……"何琳笑得眼泪迸落,"所以我要让你和我一起下地狱,让你受到法律的制裁。你这样的人不配得到老天的垂爱,不,你根本不是人,你就是魔鬼,你必须受到惩罚……"

郭政明万般疼痛都不及何琳的话来得致命,他无法想象何琳竟是这样狠毒之人,他爱她,而她却要害他。

轰然声响,何琳已被暴怒的郭政明狠摔在墙上。何琳柔弱的身子沉重地撞击着墙壁,她的胸口一滞,红唇溢出更多的血。她的身子像断了线的木偶,无力地向下瘫滑……

"你这个贱人,枉费我如此爱你,你竟想置我于死地,想让我受到惩罚,你还不配。"

撕心裂肺的郭政明咒骂着何琳,滔天的恨意让他的血液都在咆哮奔流,颤动的血管几欲暴胀。他已彻底癫狂,他拎起昏厥的何琳把她狠抛到床上。

郭政明伟岸的身子已重压在何琳的身上,衣衫碎裂,一场暴行势不可当……他要彻底撕毁她的灵魂,这个女人不配得到他的怜爱,她想让他下地狱,

那就让他先送她进地狱……

何琳从疼痛中转醒,她的肋骨已断裂,费力地咳嗽,每咳嗽一下,势必带出抑制不住的鲜血。她的视线愈发昏沉,她没有挣扎,甚至连企求都没有,也许死亡是她最好的结局,她知道她已没有了任何的退路。不能再与爱人相伴,她已心灰意冷,同城等待她的是什么?她已无力承受,风风雨雨,是是非非,她一个满身伤痕的女人又能去改变什么?为了这个结局,她已经失去得太多太多……

发泄完兽欲的男人,黝黑的长指抓扯住女人的头发,强行抬起她漠然的脸,"该死的女人,你不是要拉我下地狱吗?你告诉我什么是地狱?"

何琳的血唇勾起一抹不屑的笑,"和你在一起,每一天都是地狱……"

郭政明寒眸一凛,力指已掐住何琳的呼吸,也掐断了她欲说完的话。何琳笑得胸腔震动,血意翻腾,她终于解脱了……

然,喉间的紧窒蓦然松开,大量的空气蹿进何琳撕裂的肺里,她开始急促地喘息,缓缓睁开双眼……

郭政明痛楚的鹰眸直逼何琳,他的唇抿起冰冷。薄情寡意的女人,她宁可死都不愿和他在一起……

"在我离开泰国前,你还得在地狱中煎熬,不过你不用担心,你很快就会解脱。我在走之前会把你埋在这里,你不用奢望你的爱人会找到你,这辈子、下辈子你都不可能和他在一起……"

郭政明恶毒的话成功戳痛何琳的心脏,何琳一口鲜血喷薄出来,勉强维持的意识彻底坠入黑暗……

何琳的背叛让郭政明直感不能再留在泰国,他开始怀疑自己是不是已经暴露了行踪。两日后他决定离开泰国转去新加坡。在走之前他不能让何琳独活,她的存在势必要牵扯出他更多的秘密。

郭政明让素攀开车载着他和何琳去了荒废的后山。一路上郭政明都在看着被单下包裹的昏迷女人,他与她到底谁才是谁此生的劫?她声声都在控诉着是他毁了她,那他此刻的境地又该去怨恨谁?是她逼得他不得不杀她,一切都是她咎由自取……

崎岖不平的山路震醒了昏迷的何琳,她断裂的肋骨被颠簸得再次锐痛。她的眸子死灰一片，她的第六感已清晰地感受到死亡的气息。

何琳挣扎着从被单里爬起，爬向窗子看向窗外。杂草丛生的山林，茂密的树木遮盖了隐现的天。何琳的泪滑落下来，那个畜生说得对，埋在这里没有人能找到她，她的魂魄势必要滞留在这个陌生的国度，她的苏逸，她的家人都将永远离她远去……

素攀扫了眼后座上苏醒的何琳，除去被单的女人衣衫凌乱，裸露的身体上布满了淤青和紫痕，上卷的衣襟下现出的腰身，上面除了一道道醒目的指痕，竟还有清晰的牙印。

柔弱无助的女人终是牵动了郭政明的心，郭政明猝然窒痛，伸手把何琳拽进怀里，他悲伤的嗓音喑哑低沉，"你是不是不想死？你现在求我还来得及，你发誓不再背叛我，我就会带你走。"

何琳望着郭政明的目光很冷，她的声音更冷，"我不会求你，更不会跟你走。我这辈子最后悔的就是遇见你，埋在这里很好，至少下辈子，下下辈子我都不用担心会再遇见你……"

郭政明被何琳的话激得脸色彻底暗沉，他猛然甩开她，"停车。"

素攀戛然刹住车，转眸望向郭政明。

"就这里吧，你等在车上，我去把她处理了。"郭政明俯身抱起委靡的何琳。

素攀的手突然攥住郭政明的手臂，"等一下。"

"你要留下她？"郭政明疑惑地望向素攀，然，素攀的冰眸里没有一丝感情。

素攀随意地瞟了眼何琳，"既然是要死的人，你还介意我上她吗？"

郭政明怔住了，他不傻，他早就从素攀看何琳的眼神中看出了他喜欢何琳，只是为什么他不想让素攀染指何琳呢？

"你舍不得？"素攀无温的眸子直视犹豫的郭政明。

终于郭政明放开了何琳。他还要借此人之力平安地离开泰国，为了一个背叛自己的女人，他没有必要让彼此沾染不欢。

"我去外面等。"郭政明伸出长腿已站在车外。

何琳维持的冰冷面孔终于撕裂，她崩溃地摇头，"不要，郭政明你这个畜生，你们都不得好死……"

素攀已俯身上了后座。他随手甩上车门，郭政明背对着车子，何琳的咒骂

第二十二章　日薄西山

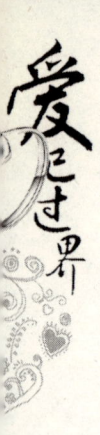

不绝于耳,"不要碰我……你们这些禽兽,我做鬼都不会放过你们……"

随即两声清脆的耳光打断了何琳的叫骂,郭政明的眉宇一抽,耳边传来衣衫撕裂的声音,何琳再起的尖叫越来越微弱……郭政明紧走几步离开他的听力范围,这已不是他的女人,他应该憎恨她,他不需要再对她有任何的怜惜。

然,郭政明胸间的燥热肆意地翻滚,时间仿佛很漫长,漫长得郭政明的腿有些站立不稳。终于他的肩头被人重力一拍,素攀的声音依旧淡漠无温,"人我已经弄死了,是不是现在埋?"

郭政明的身子不可抑制地晃动两步,他夺步冲回到车前,探进身子,被强暴的何琳衣衫凌碎早已没了气息,嘴角还渗着鲜红的血。郭政明视线顿时模糊,欲触摸的手硬生生地撤了回来。他僵硬地直起身子,"埋了吧,我今天就要离开这里。"

素攀利落地用被单包裹住何琳的尸体,把她扛在肩上向后山走去。郭政明望着渐去渐远的身影,维持的镇定终于崩溃,他扶住车身,抑制不住的泪狂涌而出……

这些日子,苏逸烦躁的心几尽癫狂,精神的折磨让他终于病倒。他头一次无法言状地憎恨中国的办事效率,他就为了一本迟迟缓发的护照而不能前去救他的何琳。

临近中午,苏逸才从浑浑噩噩的噩梦中醒来。他克制着身体的不适,要去洗漱,他要再去托人想办法把护照快些办下来。这样无休止地等下去,他怕他的琳琳等不到他去的那一天,就已遭不测。

苏逸虚弱地走进洗漱间,望着空空如也的浴缸,他的眼眸瞬间被打湿,琳琳失踪前与他在浴室里的嬉闹仿佛就发生在昨天。然,现在这个死寂的家里不会再出现琳琳爽朗的笑声,陪伴他的唯有一室的孤冷寂寞。

苏逸颤抖着手旋开水龙头,他用冰冷的水冲洗着眩晕的头。蓦然,他的身子晃动,胸口骤然巨痛,他忙伸手扶住洗手台,才稳住欲跌倒的身体。然而,疼痛并没有停歇,巨痛一波一波地袭来,苏逸的手抓扯住胸口,跪倒在冰冷的地砖上,眼泪莫名地流出来,止不住地往外涌……

苏逸抬手抚了下自己的脸,他的心顿时慌作一团。他踉跄地爬起来冲出洗漱间,冲进书房颤抖着手打开电脑。他焦急地点开网页,他在查看着最新的新闻。半晌,紧张的苏逸似乎松了口气,没有消息是不是就意味着他的琳琳就能平安无事呢?忽然苏逸很懊恼,他狂躁地伸手把电脑狠摔在地上,轰然的碎裂声都无法减弱他心中的愤怒,这算是什么?他的妻子被人掠到境外,没有人能帮助她,而他却只能在这里坐以待毙?他不能等,他一刻都不想再等下去……

然,现实就是这么残酷,两天后苏逸依然没有拿到他想要的护照,但他却听到惊人的消息。苏逸焦急地去纪检委询问,可让他失望的是,被抓获的只有郭政明一人。省公安厅与新加坡警方的通力合作下,成功截捕了潜居在新加坡的郭政明,但是新加坡警方却没有查到何琳的入境资料,这就是说何琳根本没有和郭政明在一起。苏逸彻底傻了,那谁能来告诉他,他的妻子去了哪里?郭政明怎么可能轻易地放了何琳,那是不是说明他的琳琳已经遭遇不测了?

同城市巨贪郭政明被依法逮捕消息一出,同城市引发了剧烈震荡,用同城地震来形容此次事件对同城的影响也不为过。

在多日的打压下,郭政明坚固的心理防线终于崩溃,他对犯罪事实供认不讳。郭政明被省纪委双规短时间内,就有许多官员被查,这宗受贿腐败案,引发了同城政法系统的震动,并直接导致多人落马。

"我们已经确认了你的妻子没有参与郭政明受贿案,郭政明也交代了他是因为报复何琳检举他而残忍杀害了她。"纪检委的人很遗憾地告诉苏逸这个沉痛的消息。

苏逸从听到噩耗就呆坐在那里,心痛已不能诠释他的心情,他不相信他所听到的,他们居然告诉他,郭政明已交代,一起跑路的何琳已被他杀死在泰国?

"我们已经联系了中国驻泰国大使馆和泰国警方,他们会全力为你搜寻你妻子的尸骨。"接待苏逸的人不忍心看他悲痛的表情,伸手轻拍他的肩膀以示安慰。

苏逸终于抬起悲伤的脸,他说,请尽快安排我去泰国,我要亲自去找我妻子,就算是死,我也要把她带回来。

苏逸来泰国已经两周了,泰国警方搜寻何琳的尸骨并不顺利。郭政明也许是不想牵连素攀,所以他提到潜入泰国后的事情时,绝口不提素攀这个人,也

因此坚持是他杀了何琳。他说由于当时慌乱又不熟悉清莱的地形,所以他已说不清楚他把何琳的尸骨埋在哪里了。

这样搜寻何琳的尸骨就变得困难重重,因为清莱大面积都是山区,谁又能为一个异国客死的女人挖地三尺呢?

但警方没有给苏逸消息,苏逸就固执地认为他的琳琳没有死。他想象不出他美丽的琳琳为什么要埋在阴暗潮湿的泥土里,她的美丽以往都是绽放在耀眼的光明中,她从来就不属于黑暗,她就是苏逸的光明。

苏逸住的 Guest House 附近有一家叫 PIZZA COMPANY 的比萨店,何琳生前除了喜好海鲜还对比萨情有独钟,故而苏逸每天总是下意识地去那里小坐一会儿,有时他会要一份比萨细细地品尝。每每味蕾沾染乳酪的香甜,他的眼泪就会涌出来。他的眼前晃动的都是他的妻子吃比萨时意满的表情。他的琳琳是多么容易满足,一份美食就会勾起她幸福的甜笑。

比萨店的对面有一个夜市,苏逸时常都会去走一走,他会认真地去看每一件异域风情的衣饰。他的琳琳生前最喜好逛街购物,然,他从没陪妻子好好地逛过街,他把她一个人扔在同城多年,她是不是也如他这样借物来打发思念的时间?

苏逸的眼眶湿润,他的妻子一定很委曲,结婚多年,他沉于工作,都没给她买过一件像样的礼物。每每都是她迫不及待地为他购全他所需要的衣物,每一件都是她精心为他挑选的。

苏逸的手轻抚摆放的商品,他在体味妻子的心情。如果是她,她会喜欢哪种颜色和款式呢?苏逸终于挑选出可心的物品,付了钱。他要在找到琳琳后把这些他用心挑选的礼物都送给她,他想他现在终于知道如何去疼爱老婆,是不是还来得及。

苏逸住的 Guest House 老板娘知道他是为了找寻自己失踪的妻子,便好心地建议苏逸,应该去拜佛许愿。泰国的四面佛,是有求必应佛,很灵验,好多外国人来这里都是为了求佛许愿的。

苏逸是一个无神论者,但他鬼使神差地去了寺庙。他很虔诚地燃香、贴金箔、放花。香火缭绕中他轻合眼帘双手合十行礼,他在用心与佛祖交流,他说:我祈求你保佑我的琳琳能平安无事,祈求你让我们夫妻能早日团聚,我这辈子不会再有任何的杂念和欲望，我只要我的琳琳能平安地回到我身边……

虔诚拜佛的苏逸蓦然心跳加速，他倏地睁开眼睛……

怦……怦……他的心仿佛要撞出胸膛，他的耳朵好似失聪般的，周围嘈杂的景致都静谧起来。苏逸茫然地转过身子，他在熙攘的人群中搜寻着，有什么东西在强烈地牵引着他的心，让他的胸口揪扯得疼痛，他快步穿梭在熙来攘往的人群中找寻着……

然，他的视线里全都是闲适的游人和捐功德的本地泰国人。苏逸的面部湿润，他摊开手掌，仰天而望，原来不知道什么时候开始天上竟飘下绵绵的细雨。苏逸的泪倾涌而出，他再也忍受不住，跪倒在地上，声声都在呼唤着日夜思念的爱人，"琳琳……琳琳……"

凄然飘雨的天空，神圣肃穆的寺庙，匆匆而行的人群，一个跪在地上悲伤哭泣的男人……

寺庙门口一个身着泰国服饰的女人正俯身上车，突然她的胸口一窒，她摁住抽痛的左肋，喘息急促……

身后的素攀伸手扶住她，"何，是不是伤口痛？"

何琳转眸透过素攀望向方才去的寺庙，稍显苍白的脸上绽放虚弱的笑容，"是我方才走得过急了，不要紧，我们回去吧。"

素攀放下心来，他把何琳搀扶进车里坐好，才缓缓启动车子。

沉默的何琳眸光望着窗外的街景，思绪缥缈。今天她恳求素攀带她来这里，是为了祈求佛祖能保佑她的家人和她的爱人平安。

何琳这段时间一直在素攀的家中养病，她和外界与世隔绝，素攀看她的身体有了起色，才给她拿来电脑。他说我知道你很担心你的家人，你可以上网与他们联系，告诉他们你平安无事。

素攀没有避忌，他给何琳点开的网页上全是郭政明被捕，而她自己已死亡的消息。

何琳很震惊，她悲喜交加，喜的是那个恶魔终于落入法网，悲的是她已经死了，至少在她的爱人和家人心中，她已经是一个不存在的人。

何琳伤感之余也感叹老天是在为她选择一条应该走的路，那就是，从此以后她要告别过去，在这个异国他乡重新开始。

然，重新开始谈何容易？每每夜里何琳的心口都会被思念揪扯得疼痛难忍，但她告诫自己，如果你爱他就要彻底放了他，你满身的污迹势必要沾染他纯净的灵魂，既然你已彻底淡出了他的生命，那就不要再去惊扰他的生活。时间能抚平一切伤痛，她的苏逸那么优秀，他会再遇到一位他爱的女人，那个幸运的女人也会如她这般的去疼爱他照顾他，她会为他生养他喜欢的孩子，他们从此会幸福地生活在一起……

这才是苏逸应有的生活。

一块素雅的手帕再次递至女人眼前，"何，如果你想回去，我来安排。"

何琳接过手帕擦净脸上的泪水，"素攀，我的回去带给他们的不会是快乐，而是无尽的伤害和耻辱，我不能再去搅乱他们的生活。"

素攀本是寡言少语的人，此时的他虽能体味何琳的痛苦，却不知如何去安慰她伤痛的心灵。

车厢里已恢复了沉寂，唯有化解不了的悲伤在浸染绞磨着他们疼痛的心。

稳速行驶的车子停在一家 PIZZA COMPANY 的比萨店，素攀沉默地下车，半晌，他回来后手里多了一个溢满香味的纸盒。他上车后把比萨递至何琳的手中。他并不知道这个女人喜欢吃什么，但上次郭政明特意让他为何琳买比萨，他就记住这个女人喜欢吃这个东西。

何琳表情复杂地望着手中的食盒。这个男人对她很好，他救过她的命，他默默地照顾她陪伴她，他的心思她怎能不明了？只是她这辈子都不会再去爱别人，她的生命里已镌刻了一个刻骨铭心的爱人，她的心再也驻不进其他的人。

素攀收回自己的视线，依旧安静地开着车。

素攀是个意志坚强的男人，他的阅历复杂，苦难磨砺了他坚韧的性格。确切地说他不是泰国人，他是中国人。他的父母死于中国特殊年代，文革的那场浩劫让他失去了至亲的人。他的哥哥为了活命带着年幼的他铤而走险，从云南边境逃了出来。他们很幸运，一起逃亡的同伴大多死在边防搜查士兵的枪子下，他和哥哥不顾后面射来的子弹，拼命地游着，终于游过了中缅边境线，到了安全的河岸，此时他才发现哥哥早已中弹，他用身体为他遮挡了致命的子弹。他们被缅甸山村的村民而救，后来他和哥哥辗转来到泰国，从此成了"泰国人"。

在泰国素攀当过兵，打过仗，退役后他从动荡的泰南来到幽静的泰北。

素攀的哥哥是个重情重义之人，他念念不忘的就是文革中曾救过他命的好友郭政明。二十世纪九十年代初，他的哥哥曾回到国内寻亲，那次也如愿以偿地找到了郭政明。也因此这次郭政明潜逃首选的国家就是泰国，只是郭政明没有想到素攀的哥哥已于几年前病逝了。素攀最敬重自己的哥哥，他自然接替了哥哥去完成他应该做的事。

素攀亲自去云南接应郭政明，但他没有想到郭政明竟会带着女人跑路，还是一个美丽的痴傻女人。

素攀本是对情爱寡淡之人，但何琳却轻易地驻进他的心。在云南素攀就洞悉出何琳的伪装，这个女人掩饰得很好，只是她骗得过郭政明却骗不了素攀。

在过港出境时，他早注意到何琳的异常，她的五指在紧张地攥着，她的手一直在抖。素攀在她抬起手的一刹那握住了她的手，他能感受到她身体的战栗，他清楚她不愿和他们一起走，但他却不能帮她，他不能害了郭政明，否则他哥哥在九泉之下也不会原谅他。

初到泰国何琳就病倒了，郭政明想送她去医院，素攀阻止了。他不能让郭政明涉险，他只为她买来了药。

素攀本是一个冷酷无情之人，他不会因为一个女人而行差踏错。为了安全，素攀决定把郭政明转移到更为幽静的清莱。在临走前他慎密地检查了房间，果然在最让人忽视的角落里藏有一封信，一个清秀的女人笔迹。何琳很聪明，她怕看到信的人不懂汉语，又在下面用英文写了一遍。

素攀没有迟疑，他烧毁了这封信。素攀看得出郭政明很在意何琳，否则也不会在这么危险的时候还带着个只会拖累大家的女人。

素攀趁郭政明不在，警告了何琳，让她适可而止。以他当兵人的心狠手辣，这样的隐患早该除去。只是他却没有下手，看到她流泪，他竟还鬼使神差地递过他的手帕。

那晚郭政明与何琳在 Guest House 的争吵，自然逃不过素攀敏锐的听力，他的心有些烦躁，他竟然在为她担心。

郭政明决定除掉何琳，素攀是意料之中的，没有哪个男人会留个危险的炸弹在身边，不想引爆就得及早除去。

他载着他们去了荒凉的后山，这里人烟稀少风景极佳。素攀想把何琳葬在

第二十二章 日薄西山

这里也不会埋没了她美丽的灵魂。

只是他没想到他会在最后一刻倒戈,何琳醒来后的凄惨无助,身上的伤痕累累都在牵动着他冰冷的心。何琳对郭政明说的话像一把利刃刺中他的左肋,竟让他伸手阻止了欲去的郭政明。

他迫使郭政明答应他的无理要求,甩上车门阻隔了郭政明的视线,他望着拼命挣扎叫骂的何琳,竟错觉自己就是要玷污她的禽兽。

时间不容他犹豫,素攀狠扇了何琳的耳光,他撕裂了她的衣服,他说,你想活命吗?那就听我的,我不会碰你,但你要配合我……

素攀制造了何琳死亡的假象,也正如他所料,承受不住何琳惨状的郭政明放弃了去掩埋尸体。素攀妥善藏好受伤的何琳,便载着郭政明离开。对于郭政明选择去新加坡素攀是不赞成的,去法制健全、遵纪守法闻名的新加坡,这无疑是铤而走险。但郭政明去意已决,也许他对素攀强暴何琳一事芥蒂颇深,所以他并没有听素攀的意见,于当天下午就乘飞机离开泰国。

当素攀在网上获悉郭政明被捕,他是深感遗憾的,但事已至此,旁人也是无计可施。对于何琳已死亡的消息却让素攀很震惊,他来到床前,看着睡梦中的何琳,他伸出的手终是没有抚上何琳苍白的脸,有那么一瞬,他真希望何琳能这样留下来。

泰国是著名的佛教国家,清莱的寺庙就有好几处,然,苏逸自从在第一次去的界遥寺里感应到何琳的存在后,便天天都去那家寺庙,不拜佛的时候他就坐在寺庙里静静聆听着和尚们诵经。这让苏逸烦躁的心灵沉静下来,虽然他没再有过亦如那天的心灵感应,但他却愈发坚定自己的信念,他的妻子没死,他一定会找到她。

素攀的家是一个复式的二层木楼,楼下有个绿荫环绕、石头铺就的小院,充满了异国风情。素攀特意在院子里的大树下置放了一张躺椅,他让何琳躺在上面多晒太阳,这对于她的断骨愈合有益处。尽管何琳深居简出,很少走出小院,但她还是喜欢上了这个清净悠闲的小村庄。村里的人由于信仰佛教的缘故,对外来的人很友好,他们看到何琳时都会微笑地对她合十行礼。

苏逸从界遥寺出来便去了比萨店,他依旧要了一份比萨和一杯咖啡。比萨店里有位店员会少量的汉语,苏逸来时,他会用拙笨的汉语与苏逸交谈,以此来提高自己的外语能力。

正逢下午,店里比较清闲,这位店员正给苏逸讲着为什么泰国的十二生肖里会有大象。店门响动进来一位客人。他表情淡漠地走进来,在听到苏逸和店员的闲聊后,他的身子静止了数秒便向苏逸投来探究的目光。

苏逸感受到被人窥视,便转眸对来者友好地微笑。

素攀脸上虽无笑意,但他也礼貌地合十行礼。

素攀之所以留意苏逸,是因为他从苏逸的言语中竟听出他是来自与何琳同一地方的人,他们的口语无论发音还是掺杂的方言都是极为相似的。

店员很快为素攀装好了外卖的比萨。素攀临走时眼神复杂地又多看了苏逸一眼。

素攀走后,疑惑的苏逸随口询问店员,这个人经常来买比萨吗?店员笑了,以前不常来,就是这一个月几乎每周都来买几次,听说是买给他女人吃的。

苏逸莞尔,看他冰冷严肃的样子,竟还是个疼老婆的人。

清莱不大,以钟楼为中心,方方正正,街道纵横,有不超过六条街的繁华市区,再往外走就是郊外。这段日子以来,苏逸已走遍了清莱的大街小巷,他拿着妻子的照片询问每一个看到的本地人。然,这些泰国人除了友好地合十行礼,便都是茫然地摇头。苏逸也曾去过郊外的小村庄,但也都是一无所获。

为了去更远的地方寻找,苏逸租了一辆迷你型的轿车。这天苏逸再次去了郊外,他把车子停在一个格外静谧的小村庄,然后他徒步走了进去。村口一家小院里一位上了年纪的大娘正在院子里晾晒山野菜,苏逸笑着合十行礼,并把自己妻子的照片递了进去。他用简单的英文询问着她是否见过何琳。

大娘双手合十礼后,便细细端量着照片上的人。苏逸没有忽略她眼中一闪而过的惊异,但意外地大娘却轻轻摇头,表示没见过照片中的何琳。

苏逸有些失望,他向村子深处走去。这个小村庄真的很幽静,连人都稀少,围着苏逸转的唯有几只流浪狗。也许这个炎热的正午,村民们都躲在屋子里午睡。苏逸驻足在一个漂亮的小院前,他的额头已溢满细密的汗水。透过栅栏,院子里有一棵枝叶繁茂的大树,周围环绕着不知名的红花,异香浓郁,多并蒂

开。最让苏逸惊奇的是在树下石头铺就的小路上竟置放了一张藤制的躺椅。真是一个会享受生活的人,这样美丽的小院让苏逸都想进去坐一坐。

悦耳的铃音蓦然响起,苏逸取出口袋里的手机,他来到泰国后已换了当地的 SIM 卡,知道这个号码的人不多,除了双方的父母,还有为数不多的亲友。

苏逸扫了眼来电,他笑了,竟然是欧文瑾。他接听了电话,原来欧文瑾和童语已由大连坐航班赶往泰国,现飞机正落在转乘的广州白云机场。他们傍晚时分就能抵达曼谷,会直接转乘国内航班赶来清莱,大约晚八点就能到清莱,他们让苏逸帮其在他所居住的 Guest House 为他们预留个房间。

这无疑让苏逸孤冷落寞的心变得柔软温暖。自从何琳涉案以来,苏逸尝遍了世态炎凉,平日里所谓的亲朋好友都拿着嘲笑、试探、不理解、鄙视等种种的不良心态来对待他,这让苏逸不得不远离了周围的亲友,就连苏逸的父母都无法理解儿子的疯狂行为。但也有例外,那就是欧文瑾夫妇,他们一直都在关心苏逸找寻何琳的进展,就连难得的结婚蜜月都选在何琳失踪的清莱。

苏逸不再停留转身往回走,他紧走的脚步却在看到迎面走来的男人时微顿,居然是比萨店里巧遇的泰国人。

素攀显然对于苏逸的出现深感意外,他的眸光扫了眼远处的家,何琳并不在家。何琳自从上次去界遥寺拜佛,胸口的断骨便有些不适,素攀已经把她送去了医院,他回来也是为了给何琳熬些有利于断骨愈合的海鲜汤。

依旧是礼貌的合十行礼,两个男人擦肩而过。

苏逸走过的身子又转了回来,他蹙起眉宇,他在感怀这个泰国人看他的目光为什么如此戒备。

"请等一下。"苏逸唤住素攀。

素攀的身子顿住,苏逸很意外,他来到素攀近前,"先生,你也能听懂中文?"

素攀无温的眸子透溢着冷漠,"我会汉语。"

苏逸的心微紧,这个人居然不但懂中文,还会说字正腔圆的标准中国话。苏逸有些激动,急忙抽出何琳的照片放在素攀眼前,"这是我的妻子,请问你见过她吗?"

素攀接过照片,里面的何琳笑得很开怀,一对笑靥让她的面孔愈发甜美。

素攀的心有些窒痛，他面无表情地把照片还给苏逸，"对不起，我没见过她。"

苏逸顿觉失落，呆怔地站在那里，连素攀离开都不知晓。

素攀回到家中，伸手推开木窗，那个男人还站在那里，远远望去，他的身影很悲凉，悲凉得正午阳光都感化不了他。

晚上，苏逸早早地等在清莱的机场。望着走向他的欧文瑾和童语，他竟然有种想流泪的冲动。他勉强扯出笑意，扶了下欧文瑾的胳膊。

欧文瑾不客气地拥抱住苏逸，他知道他说什么都是多余的，对于伤感的苏逸，他无需太多语言，只需要温暖地给他拥抱。

童语到底是女人，她望着消瘦晒黑的苏逸，早已泪盈于睫。那场翻天覆地的风暴虽已过去，但她还心有余悸。只有她亲眼目睹了苏逸的艰难，进退维谷的苏逸面对毁天灭地的舆论，依然能做到对何琳不离不弃，那是怎样的力量在支撑着他？

苏逸要请欧文瑾夫妇吃饭，可欧文瑾和童语哪有心情吃饭，他们只是在苏逸居住的 Guest House 简单果了腹，便聚在苏逸的房间询问他寻找何琳的近况。其实在外人看来，何琳就是千真万确的死亡，因为郭政明不可能说谎。谁会白痴到让自己在身兼数罪的情况下再多一宗最致命的故意杀人罪？

只是苏逸的固执却让他们看到了一丝渺茫的希望，也许老天会鉴于爱情的伟大，还给苏逸一个平安无事的何琳？

苏逸望着终成眷属的欧文瑾和童语，在祝福之余也不免感慨自己的茕茕孑立，形影相吊。但童语和欧文瑾也不是没有遗憾，他们没有举行婚礼，只是宴请了大连的同事和朋友。没有亲人的祝福还是留下了稍许的阴影，但童语也不介意，重要的是他们能真正地走在一起。他们选择了旅游结婚，当然，他们目的不是旅游而是为了帮苏逸寻找销声匿迹的何琳。

第二十二章　日薄西山

## 第二十三章  花成蜜就

　　欧文瑾和童语似乎比混乱的苏逸要来得清醒，他们先去当地的报纸刊登了寻人启示，又把何琳的照片印制了传单。他们在清莱市区发了几天，未果后，又在周围的郊区发放。

　　这天上午苏逸载着欧文瑾和童语去了较远的山村，他的车开过一片寂静的小村庄。

　　童语赶紧喊住苏逸，"苏逸，这个村子为什么不去？"

　　苏逸放缓车速，"前些天我已经来过了，村里人说没见过琳琳。"

　　童语点头，望着窗外飞逝的风景，有些气馁，这么多天过去了，还是一无所获，难道何琳真的已经不在人世了？

　　他们开车分别去了更远的两个村子，走得满头大汗的，结果还是没有消息。三个人在路边摊简单吃了当地的小吃帕泰，便起程往回返。

　　苏逸租的这辆车子显然性能欠佳，车子还没有开回清莱市区，就坏在半路了。对于三个都曾在汽车行业工作过的人，这似乎难不倒他们，欧文瑾和苏逸打开车机盖开始排查寻找故障的原因。

　　童语站在路边，午后的阳光颇为耀眼，她伸手遮住刺目的阳光向远处张望。前面有一个小村子，很幽静很漂亮的小村庄，她想她是不是应该进去走一走。

　　何琳从医院回来后就一直卧床静养，她不懂泰语，所以从来不看当地报纸，这让她对外面的事一无所知。

　　何琳躺得颇为沉闷，方才在梦中她还与苏逸在一起，醒来才惶觉只是一场梦。她小心地来到窗前推开木窗，微风拂风，颇有凉意。何琳微眯双眸眺望远处，天空清澈而明朗，群山叠绕，翠绿葱郁。

这让她有了想出去走走的冲动,何琳轻缓地下了楼,沿着院子里的小路迟缓地散着步。这些日子以来她已经适应了泰国的生活,尽管她曾在同城是万众瞩目的女主播,但在这里她却是最普通不过的女人。昔日的她曾努力去争取辉煌炫目的生活,然,现实回报她的却是致命的伤害,现在的她不再奢望无实浮夸的光环,她只想像现在这样一辈子平凡宁静地生活下去。

啪的一声,何琳脚下一痛,一个小东西的壳被何琳踩坏了。何琳的心一颤,竟然是一只蜗牛,此时它那赖以生存的硬壳已被她踩碎了。

何琳很懊恼,她怎么可以这样不小心?她等于毁了蜗牛唯一的家。何琳把小东西放在手心里,她在苦恼地想着怎么安置它?半晌,她把它放进素攀家的花盆里,就让它和她在一起吧,都是无家可归的人。

栅栏外跑过一群嬉笑的小孩,他们看到何琳都露出憨厚的笑脸。何琳望着跑远的孩子们,她笑得很柔软,可爱的孩子,总是天真烂漫的毫无烦恼。

童语拿着小桶决定去村子里给车子要些水,她徒步走了进去。村子里很安静,家家都有一个绿荫围绕的小院,村头的院落里没有人,童语便往村子深处走去。平日里打拼在钢筋水泥构建的城市里,天天都过着快节奏的紧张生活,现在漫步在这样幽美静谧的小村子里,童语竟莫名地眷恋这里的乡野生活。

"哈哈……"阵阵笑声从远处传了过来,一群孩子向童语的方向跑过来。童语望着孩子们的笑脸颇为感慨,也许只有在孩子的脸上才能真正找到这样纯粹快乐的笑容。童语的心苦涩起来,对于她和文瑾,苏逸和何琳,纯粹的快乐是多么的奢侈。

这些孩子从装束上很快识辨出童语是一个外国人,他们便新奇地围着童语说着什么。童语也不驱赶,她面带微笑地掏出何琳的传单分发给他们。小孩子们都是毫无心机的,单纯的他们看完传单后都乐了,小手不约而同地都指向了同一个方向。

童语有些惊异,她不可置信地望着这些孩子,多日来的找寻都没有结果,难道现在就这么容易地让她找到了?

童语焦急地又指了指传单上的何琳,她在寻问着是不是真的,孩子们嬉笑着依旧指向方才所指的方向。

童语并不确认即将面临的是什么样的复杂状况,她为了保险起见先给苏逸去了电话。

童语拎着空桶继续往孩子们指的方向走去,越往里走,她的心脏就绷得越紧。终于她的视线里出现一个漂亮的异域风情的小院,一个窈窕的泰国女人正背对着她在院子里侍弄着花草。

童语直感自己的身子僵住了,尽管只是一个背影,但童语已确认这个女人真的就是何琳。

童语的眼睛模糊一片,猛然用手捂住自己的嘴,她怕她发出的声响惊扰了何琳,更怕她会莫名地突然消失。

童语不知道自己站了有多久,直到身后的欧文瑾触碰她僵硬的手臂,她才如被抽光力气般地瘫软在欧文瑾的怀里。

同时赶到的苏逸身子晃了下,他伸手扶着栅栏,他的心跳就要撞出胸膛。他简直不敢相信自己的眼睛,眼前看到的不是梦境,而是活生生的何琳。

苏逸记得这个漂亮的院子,原来他的琳琳一直都在这里。苏逸颤抖地推开木门,他一步一步向何琳走去。在他的潜意识里,他也怕这只是梦境,只要他脚步粗重了就会惊扰梦中的人无端地消失。

苏逸终于来到何琳身后,他再也抑制不住,难以疏解的泪水倾涌而出。

"琳琳……"苏逸的声音颤抖而悲凉。

花盆前的何琳身子蓦然僵住,她的手猛然抚住胸口,她的心为什么会这般疼痛?她是不是出现了幻听,她怎么会听到苏逸的声音?

"琳琳……"苏逸的手已抚上何琳的肩。

何琳紧闭了双眸,泪落了下来。她的身子在遏制不住地战栗,这一次她确认了她不是在做梦,这熟悉的气息和熟悉的嗓音,分明不是别人,这是她的爱人苏逸,只是……只是她缺少了勇气去面对身后的人。

苏逸轻扶住何琳的肩,把她转了过来。何琳泪眼婆娑,止不住狂泻的泪遮挡了她的视线,让她看不清眼前的人。她抬手急切地擦着眼泪,然越积越多的泪水还是蒙住了她的双眼,蠕动的双唇翕张数次终于发出声音,"苏逸,是你吗,真的是你吗?"

苏逸没有回答她,因为此时的他已哽咽得说不出任何的话语,他唯有伸出手臂把何琳紧紧地拥抱进怀里。他的头深埋在何琳的颈窝,悲痛地放声哭泣。

院外的童语早已哭成泪人,欧文瑾把善良的小妻子紧拥在怀里。

紧拥何琳哭泣的苏逸后知后觉地发现,怀里的女人呼吸急促,脸色煞白,连额头都溢出冷汗。他紧张地松开痛苦的何琳,"琳琳,你怎么了?"

何琳很虚弱,手轻摁自己的左肋,"不碍事的,是我骨折的肋骨又痛了。"

苏逸的心骤然抽痛,他的妻子经历了什么,会连肋骨都被生生地折断?苏逸抱起何琳把她小心翼翼地轻放在树下的躺椅上,他没有问何琳的肋骨为什么会骨折,他明了有些东西是何琳不愿意去碰触的,那他又怎么忍心去揭她的伤疤?

苏逸怜惜地执起何琳的手指抵在唇边轻吻,"琳琳,我一直都相信你没有死,可是你为什么不与我们联系呢?你爸妈他们为了你的死信,心都要哭碎了。"

何琳凝望着自己的爱人,她没有想到苏逸会来找她,她更没有想到唯有他不相信她的死亡。

何琳的泪眸定定地迎视着苏逸,"我回去不会带给你们任何的快乐,我不想让你们再因为我而蒙羞。我已经是个罪孽深重的人,我怎么还敢去奢望回到你们的身边?也许老天让我在这个陌生的国度里死里逃生,就是想要我永远地留在这里,让我用一辈子的孤独和寂寞来为我的罪孽赎罪。"

苏逸的眼眸再次湿润,"可是琳琳你想过没有,你留在这里惩罚的不光是你自己,还有我。我已经向佛祖发誓,我除了你,今生不会再婚娶。"

"苏逸!"何琳惊吓地猝然捂住他的嘴,他怎能这样地诅咒自己?她的苏逸这般的美好善良,他应该得到最美满的婚姻,而不是孤老一生。

何琳的手已抚上苏逸消瘦的脸,她又怎么会舍得离开他,"苏逸,我已经不能再生育了,我们不能这么自私,你要为你爸妈想一想,我们不能剥夺他们享受儿孙福的权力。"

苏逸凄凉地笑了,从自己的左腕上摘落下白色手表轻柔地戴在何琳的手腕上,自从何琳失踪后,他就把两块手表戴在一起,现在终于能物归原主了。

他把自己的表和何琳的表对在一起,止不住的泪颗颗滴落在表盘上,"琳

琳,如果这一世我们都要过得这般痛苦,那还要下一世做什么?孩子的事我不强求,我们一切随缘,我只要你好好地陪我走完这一生,哪怕就只有我们两个人,我也不后悔我的选择。"

"苏逸……"何琳悲泣得不能言语,她何德何能能让苏逸如此珍惜厚爱她,她坚持的心开始松动,她真的能和她的爱人厮守在一生吗?

苏逸轻柔地把哭泣的何琳揽进怀里,"琳琳听话,跟我回家吧,这次我绝不会再放开你的手,我不会再让人从我的身边把你带走……"

何琳哽咽地点头,终于伸出手抱紧苏逸。她想她这辈子都不会再放开自己的手,她要牢牢地把自己拴在爱人的身边,就像表盘中的分针与时针,不管路途有多遥远,它们始终要依偎在一起,一起旋转……

在山东美丽的岛城,这里山海幽美,气候宜人。

岛城的汉垣私立语言学校,占地虽不广,校园的后面却有一片广袤无垠的大海,站在办公室的窗前向远处眺望就能看到那片深蓝色的大海。

何琳每次从这个角度望过去,她的心就会随着起伏的海水一起变得深蓝,似乎所有的痛苦和不堪都会被碧波荡漾的海水所包容。深厚的海水抚平的不只是她的伤痛,抚平的还有她那颗千疮百孔的心。那一刻她的心就会变得莫名地平静,平静得有如沙滩里深埋的贝壳,它可以躺在那里千年万年,只为陪伴这片静谧的沙滩,只为独享这里的祥和宁静。

何琳踱步回到办公桌前,她的视线移落在奶白色的马克杯里,里面的咖啡早已冷却,咖啡的香气也尽数散尽,但却不影响何琳品尝它的心情。何琳捧起杯子大大喝了一口,她的唇际上扬。这杯咖啡她放了好多的糖,以至于喝上去毫无苦涩,倒甜得腻嘴。也许生活就该如此吧,不甜你就要想办法让它变得甜。

办公室的房门响起,年轻的小王老师走了进来,"何姐,你还没走啊?"

"这就走。"何琳眉眼含笑,开始收拾零散的桌面。何琳在这所学校工作已经两年多,从事语言素质教育,主讲公众演讲口才与交际艺术。

同事和学生们都非常喜欢何琳,对她的评价是,治学严谨,专业水平高,从不自我炫耀。

"哦,一定又是在等姐夫吧?"小王老师结婚在即,平日里她最羡慕的就是这位何老师，她的老公不但人长得帅，对何老师更是疼爱有加，如果不出差几乎天天都来接老婆下班，风雨无阻。

何琳笑弯了唇，岔开了话，"小王你的新房收拾得怎么样了？有什么需要我帮忙的就知一声。"

"都已经差不多了，到时候你人能来参加婚礼就行了。"小王性格开朗质朴淳厚，是山东本地人，比何琳晚来一年。

两个人边说边收拾通勤包，明天是周末，所以都把笔记本带回家。她们走出教学楼时遇到主抓宣传教育的刘老师，他叫住何琳，"小何，下周去电视台录制节目，闫主任说让你带学生去。"

何琳一怔，旋即露出笑靥，"哦，那件事啊，我下午已经找过闫主任，让他换秦老师去了。这样的机会还是留给年轻人的好，我就不去凑热闹了。"

刘老师有些意外，但他还是点头离开了。

"喂，何姐，这样的机会别人争都争不来，你怎么还主动让出来啊？"小王很替何琳惋惜，能在电视上露脸参与节目，这是多好的机会啊。

何琳挽着小王的胳膊继续往外走，"唉，我也不希望啊，只是我不行的，一上电视就紧张。"

小王恨铁不成钢地反瞅着何琳，"何姐你是教口才的，你还紧张？说出去学生还不笑死你？"

何琳灵动的大眼睛眯了起来，"所以我才不去在学生面前丢脸呢，你可不许告诉别人哦，这是秘密。"

小王大笑起来，"好啊，有了这个把柄，我哪天就狠狠敲你一顿。"

"没问题，那天等你小对象有空了，一起来我家做客吧，我给你们做好吃的东北菜。"何琳热情地邀请小王。

小王高兴了，连声应允。他们准小两口都爱吃东北菜，只是厨艺都不精，何琳的邀请让她觉得很温暖，很开心。

两个嬉笑的女人结伴走到学校门口分了手，何琳快步上了苏逸的车。

"累了吧，上了一天的课。"苏逸温柔地看着妻子。

"不累，倒是你刚出差回来就来接我。"

何琳倾身过去啄吻了苏逸的脸，她的鼻子撩过苏逸的脖颈嗅了一下，然后

了然地点头,"嗯,还好你身上没有其他女人的香水味。"

对于妻子的突击检查,苏逸笑意渐浓,他启动车子,"琳琳,晚上你再为我好好地做遍检查。"

"别高兴太早,交不出皇粮就罚你做一周的苦力。"

"苦力?什么苦力?"苏逸的车子稳速前行。

何琳也不理他,自顾旋开车上的CD,舒缓悠扬的爱尔兰音乐流泻出来,缠绵迂回的笛声让何琳的心愈发轻盈柔软。

何琳望着窗外,前面的超市隐约可见,她急忙嘱咐苏逸,"一会儿就在前面超市停一下,我去买些羊肉卷,回家给你做海鲜火锅吃。"

苏逸却握紧了何琳的手,"不用了琳琳,妈知道我今天回来已经来过电话了,让我们晚上过去吃,她包了饺子,是你爱吃的鲅鱼馅。"

何琳的心顿时温暖起来,她的眼眸隐现泪意。她从没有想到她还可以过这样的生活,她的亲人和爱人都陪伴在她的身边。

苏逸为了何琳已经把他们的家迁居到山东的岛城,因为何琳的父母和哥嫂都在这里。苏逸可谓是用心良苦,他自知妻子的伤痛难以抚平,同城不能留,而去其他地方他又怕何琳寂寞凄苦,所以苏逸经过深思熟虑后决定定居在岛城。

因为只有何琳的父母才会不去计较她的过失,他们还是会深爱她这个小女儿,他们更会给何琳最温暖、最无私的关爱。

事实证明苏逸的决定是对的,陌生的岛城会让何琳尽快忘记曾有的伤痛,能让她更好地重新开始自己的生活。在这个美丽安逸的城市,何琳不再是耀眼的首席女主播,不再是市民喜爱的金牌主持人,她只是一名普通的教师,她只是苏逸的老婆何琳。

那年在泰国,苏逸陪何琳一起等素攀回来后他们才离去,苏逸看到了素攀本人后恍然大悟这就是比萨店的那个泰国人。聪明的苏逸当即明了素攀的心思,他常常买的比萨,他对苏逸所说的谎话,都是为了能挽留住何琳。

那天苏逸把何琳带回 Guest House,何琳的身子虚弱先小睡了一会儿,结果她在噩梦中惊醒。苏逸抱着冷汗涔涔的何琳,心痛如刀绞。苏逸很想知道何琳被郭政明掠走后倒底经历了什么,但他又不忍心去揭开妻子的伤痛。那段尘封的记忆,深埋在何琳的内心深处,她不会愿意去碰触,更不会愿意去追忆,那是禁忌，是她一个人的禁忌。

惊醒后的何琳蜷缩在苏逸的怀里，她把脸紧贴在苏逸裸露的胸膛上，她贪婪地吸取着丈夫身上温暖的味道。这曾是她魂牵梦萦的味道，她以为这辈子都不会再躺在这个熟悉的怀抱里。然，现在她噩梦过后，她居然发现她就在这个怀抱里，这般真切地感受着苏逸的疼爱。何琳决定不再隐瞒，从今天起她不会再对苏逸有任何的隐瞒，她要把自己完全地交给苏逸，让他来主导她的生活。

何琳坦诚地告诉了苏逸一切，苏逸听得惊心动魄，如果不是素攀，他的琳琳早已被活埋了。苏逸紧拥着自己的妻子，他庆幸他还能这样地抱着她，他在心里暗暗下决心，他要把何琳紧紧地拴在他的身边，亦步亦趋，永不分离。

翌日，苏逸就与中国大使馆取得联系，他要尽快为何琳办理回国的相关证件，心思细腻的苏逸不想再节外生枝。

然，素攀也是理智的，他的确挣扎过，矛盾过，但他还是决定放何琳走。他清醒地知道何琳并不爱他，她早晚会离开他，这个女人终究是要回到自己爱人的身边。

但素攀还是在何琳班机起飞前赶到机场，他用力地拥抱着何琳，他知道这一分别将是他与何琳的永世分离。末了，素攀送给何琳一尊包装精致的小金佛，他说让它来替他保护何琳，让它来保佑何琳从此远离磨难，保佑何琳幸福安康……

飞机终于起飞了，何琳望着窗外变得越来越渺小的街景，她的眼眶蓦然湿润。别了质朴的泰北小城，别了浪漫的湄公河，别了素攀……

苏逸把哭泣的妻子揽在怀里，这一刻他不想打扰她的悲伤，但苏逸想，他的琳琳泪已经流得太多太多，从今以后，他不会再让她流泪了，他要让她微笑，幸福地微笑……

也许他与她头发花白了，牙齿都掉光了，他也要把她抱在怀里，看着她微笑……

姜老的家位于京城近郊，这是一栋中式别墅，有独立的庭院，假山，流水，各种植被枝繁叶茂，把整个院子都衬托得清幽雅致。

在二楼的书房里，松鹤延年的木雕屏风，名贵的中式书架，古朴大气的大

第二十三章 花成蜜就

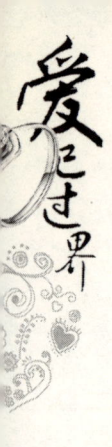

字台和太师椅,都彰显了主人的贵而不俗、内敛含蓄的性格。

太师椅上正端坐一位古稀老人,虽然满头银发,但精神矍铄,气色红润,双目炯然有神。

姜老下棋一向稳、准、快,就算是走错了,他也从不会悔棋,这老人家的性子还真和自己最疼爱的外孙儿欧文瑾有些相似。

此时的姜老利落地走完一子,尔后便有些得意地看着童语。童语本有些困乏,恍惚间她再凝神一看,自己已然输了。

童语不禁摇头轻笑,"外公,你总是说自己老了,可与你下棋,十有九次都是我输。"

姜老手捋着胡须笑得颇不以为然,"小语,你陪我下十次棋,有九次心神不宁,你说你还能赢吗?"

其实姜老也在想,这小语明明是他教出来的徒弟,可她对下棋还真是没有天赋。嗯,等她肚子里的孩子出世,他还是转去教重外孙吧。

"唉……愿赌服输吧,这周花房的花我浇了。"其实童语也不是心神不宁,而是这离产期愈来愈近,她的身子就愈发昏沉,总是犯困不说,连带着她有些产前忧郁症了。可能准妈妈们生产前都会担心诸多事宜,担心自己的孩子健不健康,生产时会不会顺利。前些天童语在电视上看到一个孩子就是因为难产引起窒息,父母极力挽留,结果抢救到最后居然成了脑瘫儿,这让她的心愈发不安起来。

姜老整理着棋子,不急不徐的,"你外婆活着时,性子就非常急躁,每次下棋她都走得极快,尔后便委屈地看着我,问我她可不可以悔棋。她生文瑾妈那年,产婆还没到,孩子就自己出来了,所以文瑾妈的性子倒与你外婆有些相似。小语,我看你性子沉静,做什么事都很稳妥,你不会有事的,外公给你预约的医生都是最好的,你就放宽心吧。"

童语莞尔一笑,其实外公的性子也颇为急躁,童语怀孕四个月时就把医生和病房都给安排好了,这不孩子还没到预产期,他连月嫂也给请好了。童语在心里非常感激外公,自从她和文瑾搬来和外公一起住后,外公就对她这个孙媳妇疼爱有加,她俨然成了他老人家的掌上明珠。这也让欧父欧母开始对她另眼相看,现在她的公婆虽对她不至于热情,但大家也相处得和和气气。

房门响动，用人轻缓地送进来茶品，但给童语的却是一杯温牛奶。童语手扶着腰，直了直微僵的身子，"一会儿不能再和外公比下棋了，我们应该比画画，和外公你下棋比较打击我的自信心，这样对胎儿不利。"

姜老虽然神态无常，但眼中却滑过精光，他的画实在是上不了台面，他可不能和童语比这个。老人家抬头看了看墙上的挂钟，佯装遗憾地说道："哟，这时间有些晚了，文瑾就快回来了，画幅画太耽搁时间，我们比书法如何？等文瑾回来后，让他来评比谁的字更胜一筹。"

"那输的一方怎么办？"童语当然不会拒绝，她自幼练习书法国画，这都是她的强项，只是她有必要问清楚这次赌的是什么。别看文瑾的外公七十有余，但老人家却精明得很，两个人天天赌这赌那的，大多数却都是童语被外公绕得团团转。

"研墨，我们谁输了，就给对方研一周的墨。"

童语放下心来，点头表示可以接受。这次不算离谱，比上次她输了，罚她去院子里捉虫子强。

爷孙俩准备好笔墨砚，铺好书画毡，各自展开宣纸。

姜老抢先下笔，写的是狂草，大气磅礴，挥洒自如，寥寥几笔一气呵成，几个龙飞凤舞的大字跃然纸上，"子孙满堂"。

而童语下笔稳妥，写的是唐楷，方润整齐，挥洒得飘逸灵动，"心想事成"四个字写得是清雅之致。

说来也赶巧，往日里欧文瑾得临近六点才回来，今天倒提前回家了。他通常回来的第一件事就是去书房向外公要人，他的小妻子从这一刻起该归他所有了。

欧文瑾进书房时，这一老一少正较着劲比谁写的字好，这可为难了欧文瑾，他左看看右瞧瞧，觉得他们的字都不错，这字体不同倒也不好拿来比较。

"你们这次赌的又是什么呀？"欧文瑾轻声问着，他要做到心中有数。

"研墨，期限为一周。"童语清晰地回复着丈夫，也在提醒他要做到公正。

欧文瑾的目光怜爱地落在童语圆鼓鼓的肚子上，这光顶着个大皮球就已经让妻子够劳累了，还让她天天研墨，他怎么舍得？欧文瑾又转头望向外公，花白的头发，微翘的胡须，唉，这老人家年事已高，让老辈儿为小辈儿研墨这也

· 277 ·

说不过去。

"那个,我看这样吧。"欧文瑾很没骨气地总结陈词,"下周的墨还是我来研的好。"

两记不屑的白眼同时送给欧文瑾,姜老先不乐意了,"好就是好,不好就是不好,有这么难分辨吗?"

童语也颇有微词,"你这个裁判向来不合格,总是这样搅局。"

童语话音没落,门口就传来轻缓的敲门声,接着佣人推门走了进来,提醒着这几位楼下开饭了。

欧文瑾轻嘘口气,长臂一伸,一手揽一个,"我上来时,看到刘嫂今天做的饭菜很是丰盛,都是你们俩爱吃的,这谁胜谁负不重要,我们还是赶紧下去吃饭吧。"

姜老扫了眼童语的大肚子,表现得很大度,"我就看在我即将出世的重外孙面上,不跟你们俩计较,让小语先下楼把肚子里的孩子喂饱吧。"

童语也很谦让,认同地点头,"嗯,还是外公好,我们今天就先比到这儿,明天我再陪你比水墨画。"

童语的耳边传来欧文瑾不厚道的窃笑,因为童语的话还没有说完,他的外公就已经溜之大吉了。

一家人老少三代开开心心地吃过晚饭,童语的身子太沉了就先回房休息。欧文瑾陪外公下了两盘棋,爷孙俩聊了些公司方面的事情。姜老体谅孙子想回房陪媳妇的心情,早早地放欧文瑾回房了。欧文瑾回到卧室,用脚轻缓地勾上门,纯白的羊毛地毯吸去了他的足音,他悄然地先去浴室冲了澡,又轻缓地回到床前。

床上的童语睡得颇沉,过于丰腴的身子侧卧着,裸露在外面的双足有些浮肿。欧文瑾指尖轻抚童语的脸颊,他的妻子真是辛苦了,自从怀上小家伙就害喜害得厉害,把人折腾得吃不好也睡不香。

欧文瑾视线下移落到童语圆滚滚的肚皮上,削薄的唇抿起性感的笑痕。他爱恋地凝望着熟睡的妻子和即将出世的孩子,他的心底莫名地蒸腾起幸福的暖流……

原来那年姜老在得知小两口凄凉地领了结婚证,连个像样的婚礼也没有办,老人家震怒了,他把欧母欧父狠骂了一顿,迫使欧母欧父勉强接受了童语。欧文瑾和童语还在泰国度蜜月时,就被姜老电话传唤,让他们从泰国返回时直接飞往北京。

姜老深知自己是风前残烛,开始为外孙做打算,把预留给欧文瑾的那部分家业提前交给他打理。

姜老是个成功的商人,共有一子两女。老人家并不喜欢女婿欧父,生意人对官场上的人都有诸多的看不惯,但他的二女儿偏要嫁给他,他当初也就违心同意了,还好没生出来一个和女婿一样刻板的儿子来。

姜老打小就对欧文瑾这个外孙很是疼爱,但这个孩子却因为与父母的矛盾一直留在大连。现在童语找到了,两个人也结婚了,老人家就想劝外孙回来接管北京的生意。但当时刚从泰国赶回来的欧文瑾还是犹豫不决,他担心童语留在北京会受委屈,只是这姜老比欧文瑾想得要周到,他亲自去欧家把外孙和孙媳妇接到他这里来同住。老人家寡居多年,现在有得意的外孙陪他,也算是享清福了。

睡梦中的童语直感肚皮麻痒,睫毛轻颤睁开眼睛,望着眼前痴看她的欧文瑾,一抹温柔在她眸中化开,她盈盈地笑了,那抹幸福的笑就这样绽放在欧文瑾面前。

童语扶起旁侧的躺枕,手指轻轻地拍松枕头,"累了吧,你也早些睡吧。"

欧文瑾挨着妻子躺了下来,他的手还在抚摸着童语的肚子,"天天陪外公你的身子还能吃得消吗?"

童语扑哧笑了,"外公和你的性子有得一拼,和他在一起下下棋、写写字,我也就不闷了。"

童语眼前一暗,欧文瑾削薄的唇已覆在她的唇上辗转吮吸,他就是尝不够她的味道。现在童语身子有孕,为了孩子的安全,欧文瑾已经忍了很久,只能借吻来排解他对妻子的渴望爱抚。

有时候欧文瑾也感怀命运的捉弄,如果当初不是母亲和江岩的破坏,他和小语的孩子都已经快上学了,只是现在这个磨人的小东西还赖在妈妈的肚子里不肯出来,连带着他这个做爸爸的也跟着他一起遭罪。

欧文瑾伸手把童语揽进怀里,"等小家伙生下来,就让他去陪外公去,我带

第二十三章 花成蜜就

你出去好好走走，这一年你也够辛苦了。"

童语刚要反对，欧文瑾的话风就一转，"今天苏逸来电话了，他邀请我们过去岛城度假。我告诉他你就要临产了，他很意外，他说你生孩子时，他会带何琳过来看你。"

"真的吗？"童语兴奋了，她的朋友很少，而苏逸夫妇却是她最珍重的朋友。她在心里总是挂念着他们，两家人也时不时地通通电话。细细算来，自从泰国一别，他们已经有两年多没见面了。

欧文瑾就知道妻子听到这个消息会高兴，他小心地把童语臃肿的身子往怀里移了移，"他们来得正好，我已经和林教授预约好了，等他们来时，你就陪何琳过去看看，林教授对治疗她这类的不孕症很有信心。"

童语有些感动，蹭在丈夫的怀里，声音有些哽咽，"文瑾，谢谢你……"

欧文瑾用唇堵住妻子要说的话，他爱她，他不要她谢他，是她让他找到了久违的快乐，就因为有了她，他才觉得自己原来还可以这样地幸福……

月色凄迷，流银般的月光穿透浅薄的纱帘，清幽地洒了一室的柔和，床上的男女深情地拥吻着彼此……

天长地久有多久，我只愿深深地被你这样爱着，我只愿也这样深深地爱着你。只因今生有你，才圆了我一生的期许，我的爱人，我愿与你相濡以沫，更愿爱你一生一世……